LALE GÜL

ICH WERDE LEBEN

Roman

Aus dem Niederländischen von
Dania Schüürmann

Suhrkamp

Die niederländische Originalausgabe erschien 2021 unter dem Titel *Ik ga leven* bei Uitgeverij Prometheus, Amsterdam.

Die Übersetzung dieses Buches wurde von der niederländischen Stiftung für Literatur gefördert.

Nederlands letterenfonds
dutch foundation
for literature

Dieses Buch wurde klimaneutral produziert.

Klimaneutral
Druckprodukt
ClimatePartner.com/14438-2110-1001

Erste Auflage 2022
suhrkamp taschenbuch 5235
Deutsche Erstausgabe

Umschlagfoto: Annaleen Louwes
Umschlaggestaltung: Lübbeke, Naumann, Thoben, Köln
Druck und Bindung: C.H. Beck, Nördlingen
Printed in Germany
ISBN 978-3-518-47235-4

www.suhrkamp.de

ICH WERDE LEBEN

Für meine inzwischen verstorbene Oma
und für Defne

»Wie? Ist der Mensch nur ein Fehlgriff Gottes? Oder Gott nur ein Fehlgriff des Menschen?« FRIEDRICH NIETZSCHE

»Ich will gelesen werden.« MULTATULI

»Was macht ihr aus unseren Töchtern, o Sitten! Ihr zwingt sie zum Lügen und Heucheln. Sie dürfen nicht wissen, was sie wissen, nicht fühlen, was sie fühlen, nicht begehren, was sie begehren, nicht sein, was sie sind.« MULTATULI

»Das tut kein Mädchen. Das sagt kein Mädchen. Das fragt kein Mädchen. So spricht kein Mädchen.« MULTATULI

»Darin liegt das A und O der ganzen Erziehung. Und wenn dann so ein armes, eingeschnürtes Kind glaubt, stille hält, gehorsamt ... wenn sie gänzlich unterworfen ihre liebe Blütezeit verbracht hat mit Beschneiden und Kappen, mit Ersticken und Schwächen von Lust, Geist und Gemüt ... wenn sie, gehörig verunstaltet, verrunzelt, verdorben, ganz brav geblieben ist – das nennen die Sitten brav! – dann hat sie allenfalls die Aussicht, dass dieser oder jener Lümmel kommt, ihr den Lohn anzubieten für so viel Bravheit, indem er sie anstellt als Aufseherin über seinen Leinenschrank, als von ihm monopolisierter Patentapparat, sein ehrwürdiges Geschlecht zu erhalten. Es ist gewiss der Mühe wert!« MULTATULI

»Des Menschen Berufung ist, Mensch zu sein.«
MULTATULI

1

Ich hätte mit dem Strom schwimmen können; nichts wäre dann passiert, ich wäre nicht verstoßen worden. Doch heute treffe ich im Wissen um das Übermorgen eine sorglose Entscheidung.

Als Gedankenspiele bereiten viele Dinge im Leben Spaß, man setzt sie jedoch besser nicht in die Wirklichkeit um. Auf die Veröffentlichung dieses Texts trifft das auch zu. Ich gebe daher allen einen guten Rat à la Johan Cruyff: Hüllt euch besser in Schweigen über das, was ihr eines Tages bereuen könntet. Versehe ihn mit der Bitte, mir in meinen Bericht zu folgen. In der Hoffnung, dass ich einen Stein ins Rollen bringe.

Zehn nach elf am Abend, ich bin mit dem Schlüssel an Omas Haustür zugange, drehe ihn im Schloss. Der vertraute schale Geruch, der mir beim Betreten ihres Reichs entgegenschlägt, überwältigt mich auch dieses Mal, doch Sekunden später meine ich ihn nicht mehr wahrzunehmen, zum Glück. Mit üblen Gerüchen ist das so. Kommt man von einer neutralen Umgebung plötzlich an einen Ort des Gestanks – Schultoiletten, Klos im Universitätsgebäude, Umkleidekabinen von Fitness4Ladies Only im Amsterdamer Viertel Bos en Lommer, Freeks vollgerauchtes Zimmer (Hasch), die Wohnung meiner Erzeuger, wenn Mutter frittiert (no Dunstabzugshauben in den Hühnerverschlägen in Amsterdam-West) oder das blutige Schaf fürs Opferfest abgeliefert wird, oder eben Omas Wohnung –, dann wird man erst erschlagen, doch augenblicklich gewöhnt man sich daran; wie an so vieles.

Kaum bin ich in meinem Zimmer, reiße ich die Gardinen zur Seite und das Fenster sperrangelweit auf. Letztens habe ich überall in der Wohnung Duftstäbchen aufgestellt, aber der säuerliche Omageruch vermischte sich einfach mit grünem Apfel und Babypuder; keine Chance. Kann ja nicht wirken, schwant mir, denn der Ursprung allen Miefs besteht fort: Oma. Wie sagt man? Probleme müssen bei der Wurzel gepackt werden.

Mein jüngerer Bruder, Halil, er ist achtzehn, beschwert sich jedes Mal: »Mann, Alter, hier steht ja die Luft, macht doch mal die Fenster auf!« Darauf reagiere ich nicht mehr. Was soll man auch antworten? Die Ursache kennt er genau: Unsere kranke Oma stinkt in ihrem Bett vor sich hin, gehüllt in unzählige Kleidungsstücke, fetter jeden Tag. Speckrollen haben die Kontrolle über ihren Körper übernommen, als ob sie in ihnen versinkt, vor allem, wenn sie versucht aufzustehen. An den Knien leidet sie unter Erosion (etwas mit ihren Bändern oder so, Vater konnte es mir nicht erklären, sein Niederländisch ist mies und er redet mit dem Arzt). Außerdem leidet sie an Verkalkung, Asthma, Diabetes, Parkinson und Gott weiß was noch alles. Bewegung also schwierig. Der Arzt hat gesagt, eine Operation sei möglich, wenn sie mindestens 30 Kilo abnehme, sonst berge der Eingriff zu viele Risiken. Wird dann wohl leider nichts. Schon seit Jahren hören wir von den Männern in Weiß, sie müsse dringend Gewicht verlieren – da können die lange warten. Oma scheißt auf ihre Gesundheit. Läge es an ihr, würde sie erst fluchen, dann seufzen und schließlich sterben. »Dann bin ich erlöst«, sagt sie.

Seit Langem ist sie zynisch und von Schwermut befallen, wird nur noch von ordentlich Zucker einigermaßen munter, und das bisschen Genuss, die verfluchten Plätzchen, Apfelkuchen, Limonaden, das Milcheis und die Chips, will ich ihr nicht wegnehmen, sondern decke sie damit ein. Sie kann nicht lesen, kann sich die Zeit nicht wie andere Omas vertreiben. Türkisch beherrscht sie auf Bauernniveau, keinen einzigen Tag hat sie eine Schule von innen gesehen, ihr Vokabular ist armselig, ihr Horizont beschränkt, sogar das türkische Trash-Fernsehen zu hoch für sie. Ihr Allgemeinwissen ist so kläglich, dass sie glaubt, es gäbe nur drei Länder auf der Welt: Amerika, Türkei und die Niederlande. Amerika darum, weil ihr von vielen Menschen oft über diesen Ort des Verderbens, die geografische Verkörperung des Bösen, erzählt worden war. Die moderne Welt war so neu für sie, dass viele Dinge keinen Namen besaßen, um von ihnen zu sprechen, musste sie auf sie zeigen; daher kann ich über vieles nicht mit ihr reden, nur Belanglosigkeiten austauschen. In meiner Abwesenheit litt sie oft unter beunruhigender Ruhe oder auch Langeweile.

Mit meinen Erzeugern ist es ähnlich; als sie mit ungefähr 25 Jahren (Geburtsdaten unbekannt bzw. nicht registriert) in die Niederlande kamen, waren sie ebenfalls Analphabeten. Auch wenn das Problem seither mehr oder weniger aus der Welt geschafft wurde, gibt es genug andere Bereiche, in denen sie aufzuholen haben. Ihnen sind mehr Länder in der Welt bekannt, sie können aktuelle Ereignisse einordnen, doch sie beziehen Nachrichten plus Weltbild über die türkische Schüssel, also zu faktenfreiem, grellem Kitsch aufbereitete Propaganda, zurechtgestutzt für ein reaktionäres, kollektivistisches und ultrareligiöses Publikum. Nicht nur innenpolitische Anliegen, auch Außenpolitik. In letzter Zeit wurde ich ein paar Mal unfreiwillig Zeugin der Botschaften und hörte etwa, der niederländische Premierminister Rutte habe gesagt, die Türken sollten sich gefälligst aus den Niederlanden verpissen, und der Rechtspopulist Wilders habe zugesichert, das Land wieder muslimfrei zu machen. So weit lagen sie wahrscheinlich gar nicht daneben, man muss nur den Leitspruch »Die Niederlande wieder für die Niederländer« betrachten – was auch immer das bedeuten mag – und die Aufforderung, sich zu verpissen, die der Premierminister an Jugendliche mit Migrationshintergrund richtete, aber die Wirkung wäre eine andere gewesen, hätte man korrekt zitiert. Bombastische Toneffekte samt Bildern eines zornentbrannten Geert Wilders waren dem Beitrag hinzugefügt, und alles wurde in Endlosschleife wie auf HSE Shopping wiederholt.

Ein anderes Mal vernahm ich, dass die Niederlande türkische Pflegekinder bei homosexuellen Pflegeeltern unterbringen, um Muslime zu ärgern. Die biologischen Erzeuger eines Yunus aus Den Haag sprachen einem begierigen Reporter ihre Geschichte ins Mikrofon. »Wir haben gesagt, das stehe in Widerstreit zu unserem Glauben, aber unsere Vorbehalte wurden ignoriert. Das machen sie extra, weil wir Muslime sind!« Beim nächsten Mal wurde ich informiert, eine Abgeordnete der Sozialistischen Partei gebe sich offen als PKK-Anhängerin zu erkennen, was auch nicht weiter verpönt sei. Frau Karabulut werde gar gelobt und in ihrem Türkeihass von den Niederländern noch befeuert, die gemäß dem Motto »Teile und herrsche« die Türkei in einen Krisenherd und Satellitenstaat verwandeln wollten, denn dafür seien die perversen Bleichgesichter und monströsen Schoßhündchen Amerikas und Israels schließlich bekannt. Kuzu, ein niederländischer Politiker türkischer Herkunft, bemühte in regelmäßigen Abständen das Narrativ, die Niederlande seien durch und durch rassistisch, schlimmer, faschistisch, nicht nur die einfachen Bürger, sondern auch die Richter, Polizisten und eigentlich alle Institutionen. Sogar gegen das

Grundgesetz werde verstoßen, wenn es um Muslime oder Menschen anderer Hautfarbe gehe. Er zeigte besonderen Eifer beim Namedropping türkischer Politiker in den Niederlanden, die gegen ihn oder seine Ideen waren, sodass die nach der Ausstrahlung ein Problem mehr hatten und ihren Urlaub in der Türkei vergessen konnten.

In letzter Zeit ging es häufig um die Bekehrung eines ehemaligen Rechtspopulisten zum Islam, von Muslimen auch »Rückkehr« genannt, da wir glauben, jeder werde als Muslim geboren und lediglich durch seine Erzeuger vom Weg abgebracht. Schon der zweite Vertreter von Wilders Partei PVV, der eine Metamorphose hinlegte – für uns ein Glücksfall; von notorischem, ungewaschenem, missratenem Rassisten und Islamhasser zum demütigen Muslim. Einst General der vordersten Front bei den Anti-Islam-Braunhemden Hollands, jetzt ein Held, der von seinen religiösen Fanatikerfreunden mit offenen Armen empfangen wird und ihr Wertefundament bestätigt. Die Gemeinschaft der Muslime hatte einen dicken Fisch an der Angel, ein neues Maskottchen, ein Paradepferdchen, und würde es nun unaufhörlich anpreisen. Religion funktioniert wie ein Unternehmen, man möchte große Namen mit sich in Verbindung bringen; wie bekannte Sängerinnen für eine Limonadenmarke über den Boden robben, hatten auch wir unsere Schlampe, unseren *helperwhitey*, den wir dem Patriarchat zur Prostitution zuführten.

Es gibt sicherlich seriösere Nachrichtensender im türkischen Fernsehen, ich weiß es nicht; meine Erzeuger hatten immer das Schwachsinnigenprogramm laufen. Das Interview mit Bauer Ali in den Straßen Anatoliens ist mir besonders in Erinnerung. Er wurde zu *Charlie Hebdo* befragt; Tenor war, tugendhaft sei die Tat nicht, Terror müsse verabscheut werden, aber diese Typen, eine Truppe Humoristen ohne Manieren, sogenannte Vorkämpfer des sogenannten freien Wortes, hätten schon auch darum gebeten. Schlaflose Nächte hätten sie jetzt eher nicht deswegen. »Wer ein bisschen Grips hat, kann sich die Gewalt ausmalen, für den Fall, dass man eine Person verspottet, die für so viele Menschen auf der Welt heilig ist. Deswegen weiß ich nicht, warum die Leute sich so aufregen«, sagte ein Mann. Wer braucht schon Wissen und Fachkenntnis, wenn er gesunden Menschenverstand hat? Aber wer weiß, und er hat Recht. Wählt man seine Feinde, sollte man die wirklich gefährlichen Typen besser links liegen lassen.

Auf jeden Anschlag im Namen unseres Glaubens folgt zuverlässig die Entkopplung von Tat und Motiv in meiner Community, man zeigt sich empört wegen der allgemeinen Empörung.

Was wohl eine Umfrage unter Türken, vor allem in der Diaspora, über unsere Haltung hinsichtlich *Hebdo* zum Vorschein brächte, würde mich interessieren. Zum Glück bedeutet das Recht auf freie Meinungsäußerung nicht Recht auf eine Bühne.

Der Witz, den wir nicht zum Lachen finden, wird uns bloßstellen. Tiefer als ein guter Witz schneidet nur wenig. Und ich verachte Menschen, die sich von der Pflicht entbunden sehen, zu kränken und zu provozieren, was mächtig ist.

Es ist bemerkenswert, wie Medien Menschen beeinflussen, auch ohne zu lügen. In der regionalen Presse konnte man neulich lesen, Wilders sei verurteilt worden für seine Frage »Wollt ihr weniger oder mehr Marokkaner?« (woraufhin die Menge »Weniger, weniger« skandierte), während die türkischen Blätter »Trotz Genozidsprache keine Strafe für Wilders« titelten. Beim letzten Mal, als ich unfreiwillig beschallt wurde, lief gerade eine Interviewreihe mit Türken aus Deutschland, Frankreich und den Niederlanden, die medizinische Eingriffe lieber in der Türkei durchführen ließen. Ihrer Überzeugung nach war die medizinische Versorgung dort besser, sie erzählten Anekdoten von Familie und Freunden, die in den Niederlanden zu hören bekamen, körperlich würde ihnen nichts fehlen, ihre Schmerzen und Beschwerden seien stressbedingt, in ihren Herkunftsländern aber entdecken mussten, dass sich ein wucherndes Krebsgeschwür in ihnen breitmachte und sie schon zu viel Zeit verloren hatten. Bei Tante Kadriye, Eierstockkrebs im Endstadium, ist das so gewesen.

Auch die anderen Interviewpartner ließen, Popschutz unter der Nase, verlauten, sie würden lieber im eigenen Land unterm Messer liegen, denn der Rassismus, Hass, die Fremdenfeindlichkeit in den Niederlanden, Gefühle, die sich auch in der Brust ihrer Ärzte regen konnten, würden ihnen Sorge bereiten. Eine schlicht gekleidete Frau fasste es folgendermaßen in Worte: »Die rechtspopulistische Partei wird von vielen gewählt, auch der Arzt von mir und meinen Kindern ist vielleicht darunter. Blind kann ich dem nicht vertrauen und Vertrauen ist wichtig.« Wollte man Brücken bauen, wäre Vertrauen tatsächlich wichtig, aber mir schien vielmehr, dass die bestehenden, wenn auch wackligen Brücken abgerissen wurden. Die Gräben wurden tiefer, Feinde konnten sich nicht mehr in die Augen blicken, geschweige denn miteinander sprechen.

Heute Mittag wurde ich von demselben Sender informiert, dass eine Gruppe Strenggläubiger in den USA gegen Abtreibung auf die Straße gegangen war. Die Todesstrafe solle auch für Mörder ungeborener Babys gelten. Ich bin genauso Anhängerin der Todesstrafe, aber nur für die, die das Kind in sich selbst getötet haben.

Von allen häuslichen Aufgaben ist Oma befreit. Ich kümmere mich, auch wenn Mutter in letzter Zeit zugegebenermaßen mehr tut als ich, da ich kaum noch zu Hause bin, seit ich zwei Nebenjobs habe, einem Studium nachgehe und dazu noch eine heimliche Fernbeziehung führe.

Die Medikamente, die Oma jeden Tag einnehmen muss, kann man riechen, sie dringen aus ihren Poren. Es ist nicht gerade hilfreich, dass sie selbst nie auf die Idee kommt, die Balkontür oder ein Fenster aufzumachen, vor allem, wenn ich den ganzen Tag außer Haus bin. Ich habe Oma häufiger gebeten, habe es mal angeordnet, sie ein anderes Mal angefleht, die Wohnung in meiner Abwesenheit zu lüften. Sie weigert sich. Geht ihr alles am Arsch vorbei. Sie ist eben ein Häufchen Elend, beschädigt, rundum betrogen von ihrer Vergangenheit, lebensmüde, trübsinnig schon seit Jahrzehnten und zu normalem Funktionieren schlicht nicht in der Lage – unmöglich, ihr böse zu sein. Viel Misere hat Oma durchgestanden, es gleicht einem Gotteswunder, dass sie noch nicht unter die Räder gekommen ist, schließlich war ihr von den Göttern reichlich beschieden: ein Aufwachsen in extremer Armut als Waise mit einem dahinsiechenden, kränklichen, unfähigen Vater, Zwangsverheiratung als Zwölfjährige mit ihrem Cousin, mehrmalige Vergewaltigung und Misshandlung in der Ehe, häusliche Gewalt unfassbaren Ausmaßes, Mutterschaft mit dreizehn, ein spielsüchtiger Partner, der alles Geld verlor und sich als brutaler, unberechenbarer Typ erwies, im Suff regelmäßig bösartig wurde, mehrere ihrer Kinder ermordet oder schwer misshandelt hat (unter anderem meinen Vater) und Onkel Bahattin behindert geprügelt hat, der sich dann, einmal in den Niederlanden angekommen, von Oma scheiden ließ und inzwischen mit einer vierzig Jahre jüngeren Dame aus einem gottverlassenen türkischen Dorf verheiratet ist, die er durch seinen niederländischen Pass – ergo Geld – dazu hat verleiten können. Inzwischen hat er fünf Kinder mit ihr, das jüngste, so sagt man, wenige Tage alt. Opa ist über siebzig, sein Fortpflanzungsapparat funktioniert aber anscheinend prächtig.

Ich habe Opa noch nie gesehen. Er wohnt auch in Amsterdam, vielleicht ist er mir schon über den Weg gelaufen. Nur Vater hat sporadisch Kontakt, der Rest von uns kennt ihn ausschließlich aus Erzählungen, die einem das Blut in den Adern gefrieren lassen. Manchmal spricht Oma noch von Ayse und Atikè, ihren beiden Töchtern, die als Säuglinge von ihrem Vater erdrosselt wurden. Sie plärrten zu viel, das trieb ihn in den Wahnsinn. Als Oma ihn verfluchte, ihn wüst beschimpfte – ihr Mut unerprobt, unanständig –, kriegte sie den Topf kochender Milch über ihre Beine. Nur eine von unzähligen Anekdoten, aber ich belasse es hierbei.

In ihrer Jugend war Oma hübsch, Verehrer bzw. um ihre Hand anhaltende Männer gab es reichlich, aber egal, ihr Vater hatte bereits bei der Geburt die Verheiratung mit dem Cousin besiegelt. In jenen Gegenden sprach man von Wiegenschwur. Erzeuger bestimmten, dass zwei Babys – meistens aus einer Familie, das war so schön vertraut – verheiratet werden sollten, wenn sie denn reif dafür waren. Körperlich reif.

Also ja, Oma macht keiner mehr was vor. Ihr Leidensweg hat sie zu einer müden Frau gemacht. Eine konsequent gelebte Antriebslosigkeit ist radikaler als Selbstmord. Und Gleichgültigkeit eine Gnade. Sie hielt sicheren Abstand zu jedem Fünkchen Begeisterungsfähigkeit. Selbstschutz auf Kosten anderer.

Die Tragik der Geschichte: sie ist inkontinent, kann noch zur Toilette, um einen abzuseilen, aber das Pinkeln wird in ihren Pampers erledigt. Und das riecht man. Tagein, tagaus. Die Wohnung mieft, vor allem im Sommer ist es kaum auszuhalten. Die aus Holz gebauten und renovierungsbedürftigen Wohnungen hier sind winzig, man tritt sich gegenseitig auf die Füße, kann sich nicht ungehindert umdrehen, ohne mit seinem Hintern irgendwo anzustoßen, was das Zusammenleben mit Oma nicht komfortabler macht, dennoch sind alle Nachteile verschwindend gering gegenüber dem einen Vorteil, den ich bei Oma genieße: Sie ist nett zu mir. Sie ist mein Kumpel.

Die Wohnungen haben jeweils zwei Schlafzimmer, es knarrt, knirscht, die Wände sind hellhörig, man kann eigentlich gleich bei offener Tür kacken. 48 m^2 sind sie groß und bezahlbar, darum wohnen wir hier. 450 Euro, ein Spottpreis für ein Loch in Amsterdam. Meine Kommilitonen müssen allein 700 für ihr Ein-Zimmer-Studio zahlen. Wir wohnen nicht etwa günstig, weil die Wohnungsbaugesellschaften Menschenfreunde sind, sondern weil wir hier schon mehr als zwanzig Jahre wohnen. Bei einem Auszug würde die Miete sofort angepasst, wahrscheinlich auf 750 Euro für einen vorsintflutlichen Schuhkarton im Problemviertel. Oder Powerviertel. Oder Wowviertel. Oder meinetwegen Gebiet mit besonderem Aufmerksamkeitsbedarf. Weil es sozialer Wohnungsbau ist. Vom freien Markt ganz zu schweigen.

Unser Viertel hatte es damals in die Zeitung geschafft; Kolenkitbuurt wurde offiziell als die schlechteste Wohngegend der Niederlande ausgezeichnet, da der Bezug von Transferleistungen bemerkenswert hoch war, so bemerkenswert wie die sprachlichen Defizite, die Jugendkriminalität, das Ausmaß an Vandalismus und die katastrophalen schulischen Leistungen. Auf dem Foto zum Artikel war Oma abgebildet, die damals noch draußen herumlaufen konnte. Die ganze Nachbarschaft sprach über Oma in der (Gratis-) Zeitung, der Inhalt wurde ignoriert; wahrscheinlich konnten die meisten sie nicht lesen.

2

Sich an den Gesetzen der türkischen Konservativen zu vergehen ist wohl das Schlimmste, was man Mutter antun kann. Sie versteht sich als deren Hüterin. Oma dagegen bricht mit allen Konventionen und auch ich verfüge dahingehend über Talent, daher haben Oma und ich, obwohl wir auch mal aneinandergeraten, ein enges Verhältnis; bei Streitigkeiten stellt sie sich schützend vor mich, nimmt, wenn irgend möglich, den Druck vom Kessel. Wenn meine Erzeuger mich terrorisieren, schließen wir die Reihen. Ich mache das genauso für sie. Auch unter Zeugen flucht Oma oder ruft den Tod an, und das stellt laut unserem Glauben eine entsetzliche Sünde dar. Leid ist mit »Würde, Geduld und Selbstbeherrschung« und so weiter zu erdulden, denn das ist laut Mutter »edelmütig«. Ein jeder hat also sein Kreuz zu tragen, nur ohne Kreuz dann. Den Tod darf man nicht anrufen, Allah allein bestimmt, wann deine Zeit gekommen ist. Leid ist Teil deiner Prüfung und von Gottes Plan. Inzwischen weiß ich, dass sich die besten Pläne durch ihre prinzipielle Unausführbarkeit auszeichnen.

»Er möchte sehen, ob du ohne Gejammer, ohne deinen felsenfesten Glauben an Ihn aufzugeben, Leid ertragen kannst.« Schon als Kind fiel es mir schwer, dieses Konzept zu verstehen. Wurden meine Fragen ihr lästig, sagte Mutter damals, ich sei zu jung, um es zu begreifen, aber mit den Jahren ist es nicht besser geworden, im Gegenteil. Einmal hat sie es mit einer Analogie erklären wollen: »In der Schule musst du doch auch Prüfungen schreiben, und obwohl die

Lehrer alle richtigen Antworten verraten könnten, weigern sie sich, wie schwer es dir auch fällt, weil sie nämlich sehen wollen, ob du es eigenständig schaffst. So ist auch dieses Leben eine Prüfung durch Allah, bei der Er der Aufseher ist.«

Prüfung ganz sicher, vielleicht mehr im Sinne von Experiment. Schon als Kind war mir klar, dass der Vergleich hinkte, aber instinktiv beließ ich es dabei.

Oma empfand Widerwillen gegenüber allem Gottesfürchtigen, auch wenn sie es nicht aussprach. Regelmäßig musste Mutter sie auf die Gebetszeit hinweisen, fünf Mal am Tag, also schwierig, sich jedes Mal zu entziehen. Beim Ramadan machte Oma auch nicht mit. Ihre Krankheit dient jetzt als Ausrede, aber es war mir nicht entgangen, dass sie früher schon im Geheimen schmatzte, schlürfte. Damit der Gesetzesbruch in unserem Fanatikerhaushalt verborgen blieb, wurde ich als Kind bestochen; von ihrer Grundrente gab sie sowieso nichts aus, Mutter kümmerte sich schon damals ums Essen und ihre Kleidung (Mutter kann gut schneidern), es war Schmiergeld über.

Lamentiert Oma, sagt Mutter verbissen, Oma habe Bittgebete zu verrichten oder Korankapitel zu rezitieren, das würde sicher helfen. Oma wird dann sauer und sagt nichts mehr, brodelt wie kurz vor dem Ausbruch. Es braut sich etwas zusammen unter ihrer Haut, ich sehe, wie es zuckt. Kürzlich sprang das Ventil auf: »Quatsch«, sagte sie gereizt, als Mutter ihr zum Beten riet. Die Hausdespotin setzte daraufhin mit lauten Gebeten ein, Gott möge die lästerlichen Worte, von Beelzebub eingeflüstert, vergeben, und ermahnte die Sünderin. Oma solle bloß aufpassen und ihr Herz mit Gottesfurcht füllen, im Jenseits müsse sie noch Rechenschaft ablegen für den Zorn, den sie auf sich gerufen habe. Und wenn man ihre Situation bedenke, sei dieser Moment schon gefährlich nah, es fehle ihr an Umsicht. Je älter man wird, desto mehr verliert das Zeitliche seinen ursprünglichen, rein theoretischen Charakter.

Während ich meine Tasche ablege und den Schlüsselbund auf den Schreibtisch werfe, sehe ich aus dem Augenwinkel Oma im Wohnzimmer sitzen. Es glüht, laut Thermometer 27 Grad. Sie trägt einen langen Blümchenrock, wie immer, und eine gestrickte Weste. Selbstverständlich hat sie ihr weißes Kopftuch auf. Ich kann mich nicht entsinnen, wann ich sie das letzte Mal ohne Kopftuch gesehen hätte, es scheint mit ihr verwachsen. Ältere Menschen legen es aus Gewohnheit fast nie ab, lediglich beim Duschen, obwohl es in den eigenen vier Wänden nicht getragen werden muss, jedenfalls wurde mir das auf der Koranschule so beigebracht, als ich dort jedes Wochenende meiner Kindheit und Jugend eine Extra-Ausbildung durchlief.

In der Praxis sind viele Dinge eher kulturell bedingt als durch die Heilige Schrift vorgegeben; die mir vermittelte Doktrin passt merkwürdigerweise gar nicht zum Leben der Muslime in meiner Umgebung, was ich als Jugendliche nur schwer begreifen konnte. Heute weiß ich, dass Heuchelei und Unstimmigkeiten einfach unentbehrlich sind für ein frommes Leben. Ich glaube, es gibt viel mehr Muslime als Menschen, die wahrhaftig an Allah glauben. Viel, viel mehr. Ein frommer Heide ist weniger unwahrscheinlich als ein frommer Muslim.

Zum Beispiel: Ein verzinsliches Geldgeschäft stellt eine unverzeihliche Sünde dar, trotzdem nehmen viele eine Hypothek oder ein Darlehen auf, einschließlich meiner Verwandten, die mir ihrerseits das Schänden unantastbarer Vorschriften vorwerfen. Meine Erzeuger würden es niemals gutheißen, wenn ich mit einem nur zum Glauben bekehrten

Muslim nach Hause käme. Wer mit Pech umgeht, besudelt sich, lautet ihr Argument. Besser aus einem Holz geschnitzt sein. Auch übertrieben luxuriöse Prunk-und-Prahl-Hochzeitsfeiern haben in der reinen Lehre keinen Platz; dort wird für Einfachheit im irdischen Leben geworben und extravagante Ausgaben für weltlichen Tand sind verboten. Das Beten fünfmal am Tag ist eine ernste Verpflichtung, doch viele Muslime, vor allem Männer, kommen dem nicht nach.

Natürlich kann man sich fragen, was denn nun die eine Gotteslehre ist; Lesarten gibt es unzählige, damit will ich niemanden langweilen, doch ich beziehe mich hier auf meine, unsere Lehre, wie ich sie auf der Koranschule der islamischen Gemeinschaft Millî Görüş gelernt habe, wo ich von meinem sechsten bis siebzehnten Lebensjahr hinmusste, unter Zwangsherrschaft der Potentatin Karbunkel, auch Mutter genannt, Verkörperung des Bösen, Nesttyrannin, eine Krankheit, gegen die kein Kraut gewachsen ist, eine vom Scheitel bis zur Sohle mit Groll gegen mich erfüllte Frau, Anstifterin aller Verwüstungen und Urheberin meiner Tragödie. Der Name eines Menschen sollte eigentlich von seinen Taten abgeleitet sein.

Geht es um Luxus, Geld oder ein Leben im Wohlstand, also um in der Lehre scharf kritisierte oder vollkommen nebensächliche Angelegenheiten, kokettiert man um die Wette. Für Festlichkeiten wird kein Aufwand gescheut, die Frauen frönen ihrer Abhängigkeit von Soaps über verbotene Liebschaften im türkischen und arabischen Fernsehen (bei den Türken eingekauft und übersetzt), Jugendliche laufen in unbezahlbaren Markenklamotten durch die Gegend, trotz mickrigem Gehalt der Erzeuger und Behausung im Elendsviertel. Als ich einmal auf der Amsterdamer Shoppingmeile P.C. Hooftstraat herumlief, war meine halbe Nachbarschaft da, obwohl sie und ihre Familien noch viel Monat übrig haben, wenn das Geld aufgebraucht ist, jedenfalls nach meinem Kenntnisstand. An Zahltagen erlebe ich regelmäßig, wie sich Kollegen, kaum ist der Regalauffüllerlohn auf dem Konto eingegangen, eine Jacke von Canada Goose, eine Vuitton-Tasche, einen Gucci-Gürtel, eine Bomberjacke oder Schuhe von Isabel Marant, Balenciaga oder Alexander McQueen bestellen, obwohl sie danach keinen Euro mehr für ein Pausenbrot übrig haben. Die Jugend hört Drill Rap von Hautfarben-Buddys, die ein aggressives, promiskuitives, kriminelles und nihilistisches Leben predigen. Beim Rap wird das mit Losungen aus der Glaubenslehre kombiniert, eine giftige Mischung, die mein Fassungsvermögen übersteigt, vor allem, wenn man bedenkt, dass Musik laut Lehre sowieso verboten ist. Wie Regen und Wind einzeln gut zu ertragen sind, in Kombination aber nervtötend wirken, sind Menschen, die die Lehre mit der Beweihräucherung von Straßenkultur und Kriminalität verbinden und einer Art Gangster-Islam anhängen, wirklich von der allerschlimmsten Sorte. Viele legen sich systematisch auf die Sonnenbank, weil Blässe in unserer sozialen Schicht ein No-Go ist: Leicht gebräunte Haut ist das Maximum an Vornehmheit. Sogar Mädchen mit Kopftuch, die, jedenfalls in der Öffentlichkeit, kaum Haut preisgeben, sind kaum hervorzulocken unter den Solariumröhren. Als ich mich ein paar Mal im Kaufhaus Bijenkorf aufhielt, fielen mir die vielen Frauen mit sandfarbigem Teint und Kopftuch sofort auf. Dass unser Glaube, über den die meisten ständig Reden schwingen, mit Hip-Hop-Kultur nicht zu vereinbaren ist, können sie nicht erkennen. Warum, weiß ich nicht. Sie führen sich auf wie Katholiken, die Glaubensgrundsätze der Reformierten Kirchen predigen.

Halil wurde ebenfalls auf der Koranschule unterrichtet. Zu Hause wusste er von Lehrern zu berichten, die einen körperlich züchtigten, wenn man seine Hausaufgaben nicht gemacht hatte oder die auswendig zu lernenden Texte nicht flott herunterleiern konnte. Meine Erzeuger waren voll des Lobes, körperliche Gewalt sei bei einer anständigen Erziehung unentbehrlich. »Sonst wirst du nie lernen, was Disziplin ist. Der Mensch taugt zu nichts, wenn er frei ist, Freiheit macht lax, Adams Sohn – der Mensch im Frömmlerjargon – hat Regeln und Führung nötig, Disziplin und Angst sind für das zivilisatorische Projekt unabdingbar. Wer Angst hat, wird für den Kampf gestärkt. Wer keine Angst hat, wird schlaff. Das einfache Volk hat sich dem zu fügen, was die Herren bestimmen, schenke dem westlichen Gefasel von Freiraum, Autonomie und Schamlosigkeit kein Gehör. Zwanglosigkeit bedroht das menschliche Glück, den Frieden und die Harmonie in Gesellschaft und Familie. Angst ist die Mutter der Moral, man muss ertragen lernen«, meint Karbunkel, die Kakerlake. Große Laterne, kleines Licht. Ich kann viel über Mutter sagen, aber dass sie sich durch Nachdenken aufhalten ließe, nicht. Oder dass es ihr an Anschauung mangeln würde. Anschauung ist, was sie im Innersten zusammenhält, nur sind ihre Vorstellungen recht grobschlächtig und von niederer Herkunft. Putzig, wie sie stets Weisheiten zum Besten gibt in einem selbstsicheren Ton, als handele es sich um Tatsachen. Doch man bedenke: Je größerer Narr, desto größere Schelle.

Ich selbst habe derartige Züchtigungen zum Glück nicht erlitten, passierte nur bei den Jungen. Defne, meine achtjährige Schwester, wird auf derselben Koranschule, die ich damals besucht habe, lebensanschaulich erzogen. Manchmal erzählt sie Anekdoten aus dem Unterricht, die mich zweifeln lassen, ob es jemals wieder gut wird. In ihrem Fall ist es weitreichender, unübersichtlicher, da auch ihre normale Grundschule eine religiöse Schule ist, im Gegensatz zu meiner damals, aber dann blicke ich auf mich selbst und habe wieder Hoffnung.

Die Koranschule ist eine Einrichtung mit einem einzigen Zweck: Wahrheitsfindung unmöglich machen, bloß kein Bezug zu Wissenschaft oder Vernunft. Ich fand es furchtbar, wollte nie hin und flehte Mutter an, zu Hause bleiben zu können, saß dennoch regelmäßig mit zu vielen Mädchen in einem zu kleinen Raum mit einem wackligen Tischchen, auf dem unsere Koranbücher lagen, wo wir uns mit straff gespannten Kopftüchern heilige Texte in die Köpfe hämmerten. Doch wenn mir die Befreiung von der Doktrin geglückt ist, obwohl mir alle Mittel kritischen Denkens versagt worden waren, muss es auch ihr gelingen. Denke ich. Hoffe ich. Gleichzeitig weiß ich, dass ein Lebensweg von tausenderlei Faktoren bestimmt wird und es mehr Menschen gibt, die sich nicht befreien, als solche, die es tun, Schicksalsgenossen kannte ich nämlich keine, also weiß ich im Grunde nicht, ob meine Hoffnung begründet ist. Hoffnung scheint meistens nichts anderes zu sein, als Verantwortung zu übertragen. Laut Nietzsche glaubt kein Sieger an den Zufall, also tue ich es auch nicht. Allerdings sollte man sich darin üben, die richtigen Dinge dem Schicksal zu überlassen. Die Zukunft ist zu nichts verpflichtet. Trotzdem schätze ich den Menschen als Herrscher über ein Geflecht aus Möglichkeiten statt als Spielball eines im Wesentlichen festgelegten Schicksals.

Vor Kurzem war ich mit Defne für Oma einkaufen und sie sah zwei Männer knutschen. »Iehhh!«, kommentierte sie. »Wie ekelig!« Die beiden dachten bestimmt, sie sei mein missratener Nachwuchs – ich schämte mich. Schimpfte mit ihr; sie müsse sich entschuldigen, was sie auch brav tat, woraufhin ich ihr erklärte, dass man sich nicht über die Zuneigung lustig mache, die andere Menschen füreinander empfinden, egal welchen Geschlechts. Schnell war ihr verziehen, sie war ja nur ein Balg und schämte sich ganz offensichtlich. Scham beweist Zuneigung. Wir schämen uns nur für die, die uns am Herzen liegen.

Kinder können sich alles erlauben, wie Geisteskranke, manchmal erfüllte mich das mit Neid, denn für mich traf das nicht mehr zu, ich galt als erwachsen.

Defne war eine gute Schülerin, sie erkannte ihren Irrtum und zeigte Reue. Als Kind glich sie einem hohlen Gefäß; man kann einfüllen, was man will. Ein intoleranter Mensch ist nicht so geboren. Wir als Menschheit nehmen nur verdammt gerne diejenigen ins Visier, die uns am wenigsten ähneln oder die wir nicht verstehen. Zivilisation muss diese Neigung im Zaum halten. Zivilisation heißt, sich besser zu verhalten, als man ist.

Manchmal kam sie nach einem Wochenende der Indoktrination mit Arbeitsblättern nach Hause, auf denen die Markennamen israelischer Unternehmen aufgeführt waren, die man boykottieren sollte. Nestlé, Coca-Cola, Danone, Evian, Colgate und Maggi zum Beispiel. Eine weitere Liste nannte verbotene Produkte aus dem Supermarkt Albert Heijn, wie etwa Datteln oder Feigen. Kürzlich standen französische Marken auf einem Blatt, nachdem Erdoğan wegen Macrons angeblicher Islamophobie nach dem Anschlag auf Samuel Paty zu einem Boykott aufgerufen hatte.

Gelegentlich stellte sie Fragen, denen ich lieber auswich: Warum Christen und Juden die Muslime hassen, warum Muslime im Irak von Christen bombardiert würden, warum bosnische Muslime in Srebrenica verraten worden seien, warum Muslime in China in Konzentrationslagern einsitzen würden, warum die Welt es zuließe, dass man den Palästinensern ihr Land wegnehme, und warum kürzlich um die zehntausend Menschen in Amsterdam gegen rassistische Polizeigewalt protestiert haben, während sich keine Menschenseele für die Uiguren oder den Krieg im Jemen interessierte, kein Hahn danach krähen würde. Warum es in manchen Ländern gesetzlich untersagt sei, den Holocaust zu leugnen, das für den Genozid in Bosnien aber nicht gelte. Der Grund nämlich sei, dass Un- und Andersgläubige Groll gegen uns hegten, Gott selbst habe uns schließlich darüber aufgeklärt.

Ich wies ihre Schlussfolgerungen zurück, es sei alles komplizierter, die Wirklichkeit häufig ungenau. Ich hatte nicht vor, ihr zu sagen, sie müsse diese Dinge ignorieren, denn sie würde das anschließend unseren Erzeugern berichten, im Verplappern war sie gut, das hatte mich die Erfahrung gelehrt. Ein Geheimnis von mir bewahrt sie allerdings, von dem mehr oder weniger mein ganzes Leben abhängt: Auf meinem Handy hat sie ein Foto entdeckt, auf dem ich Freek küsse, meinen Liebsten. Ich habe ihr ins Gewissen geredet, wenn sie mich weiter in ihrem Leben haben wolle, müsse sie dieses Geheimnis mit ins Grab nehmen. Ein Kind mit einem Geheimnis zu belasten, grenzt an Folter, sie sind nun mal ungekünstelt, nichtsahnend, tragen das Herz auf der Zunge; ich verlangte also etwas von ihr, was gegen ihr Wesen war, aber ich konnte es nicht ändern.

Defne war dazu verdammt, schnell groß zu werden. Nicht nur weil sie die Geheimnisse ihrer Schwester hüten musste, die ansonsten für immer aus der Familie verstoßen werden würde, sondern auch weil sie bereits ein Kopftuch und langes Gewand zur Schule trug, Sportunterricht nur mit Mädchen hatte, wodurch ihr achtjähriger Körper sexualisiert wurde, und weil sie sich mit vertrackten geopolitischen Fragen rumschlagen musste; sie konnte kein Kind sein wie andere.

Doch wir müssen dankbar sein, denn sie geht, wie ich früher, auf eine Wochenendschule, dabei gibt es auch Internate. Wie in einem Kinderkloster gibt es dort tägliche Unterrichtspläne, die keine freie Minute lassen, so dass man ein *Hafiz* werden kann, der den Koran von A bis Z auswendig kann. Auf Arabisch. Da sind auch Kinder dabei von sechs oder sieben Jahren, die meisten sind ein bisschen älter. Anschließend mutiert man zum Lehrmeister mit Befugnis, die Neuen zu unterrichten; so funktionieren die Rädchen des islamischen Mahlwerks, getrennt nach Mann und Frau. Eine Lüge bezieht ihren Status durch die Anzahl ihrer Verkünder. So besehen ist eine Wochenendschule noch gar nichts. Mutter wollte ihre Kinder auf dem Internat unterbringen, in den ungestörten und ununterbrochenen Dienst am Schöpfer stellen, aber Vater verhinderte das letztlich, wenn auch zögerlich. Kinder sollten eine Kindheit haben, meinte er. Außerdem sei ein Internat teuer. Jetzt, wo Mutter sieht, was nach elf Jahren Wochenendschule aus Halil und mir geworden ist, denkt sie immer öfter laut über ein Internat für Defne nach; Eisen muss man schmieden, solange es heiß ist. Auf dem Altar der Aufklärung und dem vielköpfigen Monster namens Individualismus wollte sie kein drittes Opfer bringen.

Defnes Lehrerin hatte nach dem letzten Erdbeben in der Türkei verkündet, Naturkatastrophen seien eine Strafe Allahs für die Menschheit, weil diese trotz seiner Botschaft weiter sündige. Wenn Defne mich einer Sünde überführt wie des Augenbrauenzupfens (auf solchen Frauen lastet der Fluch Allahs), des Tragens von Make-up oder von zu kurzer, körperbetonter Kleidung, des Versäumens der Gebete, Handyfotos, auf denen ich halbnackt und kopftuchlos am Strand liege, des Widerstands gegen meine Erzeuger oder der Telefonate mit meinem außerehelichen Lebensgefährten, sagt sie jedes Mal, ich sei mitverantwortlich für das Elend von Menschen am anderen Ende der Welt, die mit Dürren, Erdbeben und Vulkanausbrüchen zu kämpfen haben. Irgendwie straft der liebe Gott nicht nur Verbrecher, sondern vor allem Unbeteiligte, steht auch in den heiligen Texten. Das Schuldopfer, und zwar in seiner widerlichsten, barbarischsten Form, das Opfer des Unschuldigen für die Sünden der Schuldigen! Welches schauderhafte Heidentum! Sagt Nietzsche. Für Gott existiert das Individuum nicht. Denkwürdige Botschaft, in vielerlei Hinsicht. Umweltverbrechen, bei denen nur wenige Menschen Gewissensbisse empfinden, belasten das Kollektiv auch. Das gilt ebenso für unvernünftige Menschen während einer Pandemie. Gott belässt es also ganz augenscheinlich bei immer derselben Art von Ermahnungen, so unergründlich sind seine Wege gar nicht; man erkennt ein Muster. Aber der Mensch lernt nicht dazu, begreift einfach nicht, dass, was schlecht ist für alle, auch schlecht ist für den Einzelnen. Und Dummheit genießt leider immer den Vorteil, in der Mehrheit zu sein. Ich gehörte laut Defne zu den unrettbaren Narren. Der Glaube an Kollektivschuld beraubt den Menschen seiner individuellen Unschuld. Warum werden kollektive Ziele immer auf Kosten Einzelner verfolgt?

Häufig fühlte es sich an, als sei ich die Mutter von Defne. Sie kam zur Welt, als ich in der fünften Klasse war, ich sah, wie sie sich jeden Tag mehr entwickelte. Die Jahre sind nur so vorbeigerauscht, ich erinnere mich noch genau, wie sie in einem Maxi-Cosi nach Hause getragen wurde wie ein überrumpeltes Würmchen. Ich sang Schlaflieder an ihrer Wiege, wachte über sie, wenn Mutter zur Moschee war, um dort Kurse zu besuchen, was sie häufig und leidenschaftlich tat; auch wenn ich eigentlich für eine Klassenarbeit oder einen Test lernen musste, hielt sie ihre eigene Ausbildung für wesentlicher.

Ich fütterte Defne und spielte mit ihr, ich allein zerdrückte abends ihre Bananen, konnte sie besänftigen, wenn sie weinte, sie gesund machen, wenn sie krank war. Nun sorgte ich mich um niemanden mehr als um sie, ich wollte sie behüten und wappnen, mich schützend vor sie stellen. Nicht dasselbe wie ich sollte sie erleiden, sich niemals einsam, geknebelt, minderwertig, unsicher, in Gefahr oder unverstanden fühlen. Ich würde immer für sie bereitstehen, für sie als Kind und Heranwachsende da sein; eine Gefährtin sein, eine Kameradin, eine Wegweiserin, eine Zuhörerin, wie ich es auch gebraucht hätte. Sie würde nicht in aller Einsamkeit, in einem geistigen Irrgarten gefangen, ihren Gedanken nachhängen und grübeln, wie sie ihren Gefühlen und Wünschen begegnen sollte, worüber sie mit ihren Erzeugern nicht sprechen konnte. Aus ihrem Herzen würde sie keine Mördergrube machen. Bei all ihren Fragen, Zweifeln, Hindernissen und Verletzlichkeiten würde ich ihr bedingungslos zur Seite stehen, selbst wenn sie mit vierzehn Jahren von einem Junkie schwanger sein sollte, nachdem sie es zugedröhnt in irgendeiner Gasse getan oder sich verliebt hatte – ich weiß nicht, was schlimmer wäre –, es würde mir nichts ausmachen, ich wäre wie ein Schutzengel da für sie, würde ihr die richtigen Mittel zur Verfügung stellen, sie anleiten und ihr

Mut machen, wenn sie nicht mehr weiter wusste, aber ganz sicher würde ich ihr nicht mit Verdammung oder sozialem Boykott wegen »Gesichtsverlust«, »verlorener Ehre« oder »mangelnder Selbstachtung« drohen.

In unserem Hoheitsgebiet galt, dass man die Kirche im Dorf lässt, besser niemandem ans Bein pinkelt, aber bei mir galt das nicht; keine *Black Box*, wunde Punkte, die nicht berührt werden dürfen, über jeden Schlamassel konnte sie sich mit mir austauschen, sie würde nicht zwischen Fühlen und Müssen in der Klemme sitzen. Hätte ich, als ich aufwuchs, einen älteren Bruder oder eine ältere Schwester gehabt, wäre mir viel Angst, Bedrängnis und Enttäuschung, kurzum viel Leid, erspart geblieben.

Defne würde Zigaretten und Feuerzeug nicht unter ihrem Kopftuch verstecken, würde nicht auf dem Schulweg ihr Kopftuch ablegen und auf dem Nachhauseweg wieder an, würde nachts nicht vom Balkon springen, um auszugehen oder sich mit einem Kerl zu treffen, um dann erwischt zu werden und Hieben und Schlägen zu trotzen. Sie würde nicht unter quälenden Schuldgefühlen leiden, wenn sie mit ihrem Freund geknutscht hatte, weil sie glaubte, jetzt als Schulmatratze zu gelten, vielleicht sogar in seinen Augen, und Fotos von ihr würden die Runde machen und in einer »Shaming-Gruppe« beleidigend kommentiert werden. Sie würde unter keinen Umständen denselben Dreck mitmachen wie ich, das würde ich nicht zulassen, ich nahm ihr Schicksal in meine Hände. Jedenfalls soweit ich es vermochte, denn von der wissenschaftsfeindlichen, der Verzückung huldigenden Grundschule und Koranschule konnte ich sie nicht holen, sie war nun mal nicht zwischen meinen Beinen hervorgekommen, daher hatte man beschlossen, dass ich kein Sagen hatte; die Schlampe, die gebärt, ist die Schlampe, die bestimmt. Ich war die, die ständig ein Aber auf den Lippen hatte. Vorerst gab ich mich damit zufrieden.

Nietzsche hat schon gesagt: Man verdirbt einen Jüngling am sichersten, wenn man ihn anleitet, den Gleichdenkenden höher zu achten als den Andersdenkenden. Überzeugungen bleiben durch Einseitigkeit unangetastet. Eine solche Erkenntnis war entmutigend, schließlich wusste ich, womit ich konfrontiert war, aber ich würde tun, was ich konnte.

Ich würde ihr außerdem beibringen, dass es nicht cool war, andere zu ärgern, boshaft, zynisch und aggressiv zu sein, Dinge, mit denen man auf »Problemschulen« Ansehen erlangte. Es zeugt nicht von Bravour, sondern von Trübsinn. Ich würde ihr sagen, dass sie nicht unterprivilegiert war, dass sie es nicht zulassen durfte, wenn ihr der schwarze Peter zugeschoben wurde. Wenn sie Nachhilfe oder Betreuung oder einen zum Lernen geeigneten Raum brauchte, würde ich das für sie bereitstellen. Wenn sie Bücher brauchte, würde ich sie versorgen, wenn nicht, würde ich ihr trotzdem Bücher geben, statt sie ihr wegzunehmen, wie Mutter es bei mir gemacht hatte, damit ich das Auswendiglernen des Korans, des einzigen bei uns zu Hause gelesenen Buches, nicht vernachlässigte. Wo nicht gesät wird, wird auch nicht geerntet. Ich würde ihr beibringen, dass einem in diesem Land alle Wege offenstehen, es eine Frage des persönlichen Einsatzes ist, erfolgreich zu sein, dass sie kein Opfer ist, sondern in einer Meritokratie lebt, im Gegensatz zur Türkei und vielen anderen Orten. Sie würde als junge Erwachsene natürlich mit einem kleinen intellektuellen Defizit in die pluralistische Gesellschaft eintreten, wegen Faktoren, die ich nicht ändern konnte, aber ihr Rückstand würde bereits kleiner sein als meiner damals. Keine Menschenseele, die mir Nachhilfe oder Hausaufgabenbetreuung hätte anbieten können, unbezahlbar für uns, alphabetisierte Eltern oder andere Erwachsene mit Schulbildung gab es nicht in meiner Umgebung. Ich hatte kein eigenes Zimmer, kein eigenes Bett, keinen Schreibtisch, kein Zimmer zum Lernen. Später ging ich selbst zur Bibliothek, um Lesestoff zu besorgen, welcher mir regelmäßig abgenommen wurde, weil die Verpflichtungen der Koranschule Vorrang hatten. Tag für Tag hatten wir die Bude voller Besucher. Niederländisches Fernsehen konnte ich nicht gucken. Gehobener Sprache, spannenden und herausfordernden Gesprächen, die mich für den Umgang in gebildeter Gesellschaft vorbereitet hätten, war ich nicht ausgesetzt. Mutter schickte mich täglich mit einem Euro zum Supermarkt; damals kostete eine Packung weißes Toastbrot 50 Cent und eine Packung Schmierkäse ebenfalls, das stellte im Prinzip mein tägliches Frühstück und Mittagessen dar. Nüsse, Fisch, verschiedene Obstsorten oder geringfügig teureres Gemüse wie Spargel oder Paprika aßen wir nicht. Fitnessstudio oder Ausgehen war unbekannt, zum Friseur gingen wir nicht. Wenn auf der Grundschule ein Klassenausflug anstand, stöhnten meine Eltern eine Woche lang über die Höhe des Elternbeitrags, fragten, ob ich denn wirklich mitwolle, unbedingt, ob ich mich nicht einfach krankmelden wolle. Meine Defizite waren beachtlich, meine Entwicklung nicht optimal, vor allem die Wochenenden, an denen ich illegalen Indoktrinierungsagentinnen ausgeliefert war, verliefen qualvoll, aber ich hatte Rückstand aufgeholt und getan, was ich konnte. Denn es macht sich lächerlich, wer in diesem Land sein eigenes Scheitern kleineren Hindernissen zuschreibt. Auch würde ich ihr sagen, dass sie sich sicher gelegentlich ausgeschlossen fühlen würde, wie jeder andere auch. Möglicherweise aufgrund ihrer Herkunft oder Religion; vielleicht wegen ihres Gewichts, Geschlechts oder ihrer Existenz – alles möglich, der Mensch ist schließlich böse und ungelehrig; doch das widerfuhr jedem und überall, war unterm Strich gar nicht so schlimm, man wünschte sich trotzdem nicht so bald einen anderen Wohnort auf der Welt (vom Wetter abgesehen).

3

Zu meiner Freude frittiert Oma neuerdings nicht mehr, nimmt die Mahlzeit zu sich, die Mutter ihr zuteilt. Sonst musste ich nach der Uni die Fettspritzer vom Boden schrubben. War ich einmal nachlässig, bekam ich es mit Karbunkel zu tun, nach Multatulis Karikatur des heuchlerischen Tugendwächters auch Droogstoppel genannt, die genauestens kontrollierte, inwiefern ich meiner Pflicht als Hauptpflegekraft nachkam; alles musste jederzeit jungfräulich rein sein. Türkische Hausfrauen sind nämlich besessen; sie schrubben den Boden, als müsse man von ihm essen, in der Befürchtung, es könne unangekündigter Besuch kommen. Immer wieder bin ich über diesen Reinlichkeitswahn hergezogen, habe diskutiert, um mich letztlich – wie auch bei anderen Dingen, bei denen wir, vorsichtig ausgedrückt, Unstimmigkeiten haben – ihrem Diktat zu unterwerfen: einer untadelig reinen Wohnung. Jeden Tag Staubsaugen, Staub putzen, Vogelschiss vom Balkon kratzen (ein Höllenjob), das Schmutzgeschirr keine Minute stehen lassen (und beim Abwasch nicht das Wasser laufen lassen, das ist Geldverschwendung), die nasse Wäsche umgehend an die Wäscheleine auf dem Balkon hängen und die Kleidung, wenn sie trocken ist, augenblicklich abnehmen und bügeln, die Badezimmerkacheln mit Chlor abschrubben und die Bettwäsche täglich wechseln. Mutter rastet aus, wenn das Bett ungemacht ist, meine schmutzigen Socken den Weg in den Wäschekorb noch nicht gefunden haben, die auf dem Balkon hängende Wäsche bei einsetzendem Regen nicht blitzartig ins Haus geholt wurde, ich den drei viertel vollen Mülleimer noch nicht geleert habe, ein Haar im Abflusssieb der Dusche liegt oder wenn ich die Essensreste der letzten Mahlzeit nicht im Kühlschrank aufbewahrt habe, wie es sich gehört, sondern auf dem Herd habe stehen lassen.

Geht es um Reinlichkeit, praktisch wie spirituell, muss man Droogstoppel neurotisch nennen. »Und wenn auf einmal jemand vor der Tür steht?! Was sollen die bloß von uns denken? Willst du das, wenn du verheiratet bist, in deiner Wohnung auch so machen? Dein Mann lässt sich scheiden, und zwar sofort!«, entgegnete sie auf meine Frage, warum sie so verkrampft damit umging. Plötzlich setzte sie ein ernstes Gesicht auf, als sei das ein unheimlich solides, geradezu bestechendes Argument. Mutter lebt für andere, nicht nur dem Anschein nach, mit viel Mühe habe ich das zu ändern versucht. Ist mir nie geglückt sie davon zu heilen. Ihr zweiter Name lautet Collectivum; bei allem, was sie tut, denkt sie daran, was andere darüber denken oder, noch schlimmer, sagen werden. Dabei denkt sie an Leute von ihrer Sorte, die mit wahnsinnig albernen ungeschriebenen Regeln zu Anstand und Tugendhaftigkeit hantieren. Will sie das so handhaben, ist das ihre Sache, aber sie erwartet, trotz meiner Weigerung, dass auch ich diese Haltung verinnerliche. Mein Wille macht keinen Unterschied, sie zwingt es mir einfach auf.

Alle Sachen hatten einen von Mutter zugewiesenen Platz: einen Schrank, ein Regalbrett, eine Schublade, Vase, einen Stellplatz; nur ich war nicht zu platzieren, da wusste sie nicht weiter. Ich wollte alles sein, nur nicht das, was sie von mir verlangte. Brave Bürgerin, Gotteskind, Dienstmagd, ein tugendhaftes und angepasstes Mitglied der Gemeinschaft, die keusche Gattin einer koranfesten besseren Hälfte. Schon bei dem Gedanken bekam ich rote Flecken am Hals.

Letzten Sommer war ich vollkommen baff, als sie mir kurz vor der Abreise in die »Ferien« (sprich Folter) in der Türkei wieder mal eine Erklärung gab. Wie besessen putzte Mutter die Wohnung, als hinge ihr Leben davon ab, und forderte meine Unterstützung, ich aber hatte die Nase voll.

»Und wenn wir im Urlaub sterben? Was sollen die Leute wohl denken, wenn die Wohnung schmutzig ist? Ich lasse nicht über mich sagen, dass ich schlampig bin.«

Da wusste ich, dass sie verrückt ist.

Auseinandersetzungen drehten sich letztlich immer darum; sie hängt ihre Fahne gerne nach dem Wind und ich bin die Laus im Pelz, denn ich sehe nur mich selbst als Maß aller Dinge. Ja klar, manchmal geht es auch um Glaubensvorschriften, die ich nicht befolge, aber auch das hat mit Angst vor dem moralischen Urteil anderer, der Gemeinschaftsangehörigen, zu tun. Die Angst, stigmatisiert und sozial geächtet zu werden, wegen einer Tochter wie mir, einer nicht ins Bild passenden, gar nicht bilderbuchhaften Tochter, ist ihre existenzielle Angst.

4

Wegen Platzmangels in der elterlichen Wohnung wohne ich bei Oma. Die Familie hat die gleiche Wohnung wie Oma, daher bin ich umgezogen, was ich nicht bedauere, gar nicht. Im Gegenteil.

Es gab keinen Platz mehr für mich: ein Schlafzimmer für die Erzeuger, eins für Halil und Defne. Zuvor schliefen Halil und ich in einem Zimmer, Defne pennte im Elternschlafzimmer, wurde aber zu alt dafür und nahm mein Bett in Beschlag. So stellten es jedenfalls meine Erzeuger dar, ohne genauer auszuführen, wofür genau sie zu alt wurde, aber durchschaut hatte ich sie längst; neben einem achtjährigen Kind gestaltet sich Geschlechtsverkehr eher schwierig, der in ihrem Fall so geil sein muss wie das Wort selbst.

Halil und Defne teilen sich jetzt ein Etagenbett. Was bedeutet, dass er nicht zu Hause lernen oder für sich sein kann. Defne bringt Freundinnen mit, guckt in ihrem Bett Zeichentrickfilme und existiert, wie Achtjährige es eben tun. Halil ist eigentlich gar nicht mehr da, könnte sich aber fürs Alleinwohnen entscheiden, wenn er es denn zu beengt findet, eine Möglichkeit, die mir nicht offenstand, mein Mitleid hat er nicht. Er zieht aber nicht aus; in einem Jahr würden wir sowieso in eine größere Wohnung umziehen, da unsere abgerissen werden sollte, dann bekäme er sein eigenes Zimmer. Außerdem hat er keine Lust auf ein Studiendarlehen, seine Universität war um die Ecke, haushälterische Pflichten hat er keine und tun kann er letztlich, was er will, denn Halil hat einen Penis. Eine Frau darf vor der Ehe nicht allein wohnen, zu schweren Sünden würde sie sonst verführt und die Eltern verlören die Kontrolle über sie. Bei einem Penis war das, warum auch immer, egal.

Wenn man so beengt wohnt, davon verstehe ich eine Menge, geht man die vier eigenen Wände hoch, will nicht nach Hause. Doch es geht schlimmer; unsere marokkanischen Nachbarn leben mit sechs Kindern in einer genauso kleinen Wohnung. In einem der Schlafzimmer stehen zwei Etagenbetten, die beiden jüngsten Kinder schlafen auf dem Sofa, das sich, sobald Allah Seine himmlische Decke aufschlägt, in ein Bett verwandelt. Es ist keine Ausnahme; die meisten Familien nordafrikanischer Herkunft in unserem Viertel haben mindestens vier Kinder und wohnen so. Türken haben meistens zwei, drei Kinder, trotzdem ist es eng, denn die marokkanische Wohnkultur ist nicht unsere Bezugsgröße. Alles ist natürlich relativ, aber dass sie sich für Familiengrößen der 6er-Tabelle entscheiden und noch Luft zum Atmen haben, will nicht heißen, dass wir uns nicht mehr beschweren dürfen.

Wegen der häuslichen Beengtheit hängen viele Kinder und Jugendliche auf der Straße ab, sonst zanken sie sich über die Raumaufteilung zu Hause, Müßiggang ist schließlich aller Laster Anfang, oder werden von ins Zimmer stürmenden Eltern gestört (bei uns wird nicht angeklopft, Privatsphäre ist ein Fremdwort), die einen als Klagemauer betrachten, ihren Senf zu allem dazugeben, zu familiären Angelegenheiten, finanziellem Ungemach, Ehezwist oder im Zweifelsfall zur Unordnung im Zimmer. Sie kommen angelaufen, damit man die Post übersetzt, Formulare ausfüllt, werden böse und vorwurfsvoll, wenn man das nicht kann, selbst wenn man noch ein Kind ist. Es wird verlangt, dass man freitags in die Moschee geht, nachgefragt, warum man nicht bete, nachgefragt, was man da mit seinem Handy mache, nachgefragt, warum man bei einem Blick aufs Handy lache, nachgefragt, mit wem man telefoniere, ob das der Stimme nach ein Junge sei; oder aber es wird viel Lärm veranstaltet, indem mit Familie in In- und Ausland Videogespräche geführt werden, während unsereins sich auf die Hausaufgaben zu konzentrieren versucht. Wenn Leute bewirtet werden, das ist am schlimmsten, der Besuch so lange kleben bleibt, dass man sich fragt, ob sie vielleicht auch noch zum Übernachten bleiben. Wäre nicht ungewöhnlich; an jedem Wochentag kann jemand ungeniert anklopfen und ausharren, bis man lauthals gähnt und abwimmelt. Man sagt gemeinhin, Besuch und Fisch bleiben drei Tage frisch, bei den Türken hatte sich das aber noch nicht rumgesprochen. Oder sie nahmen drei Tage wörtlich.

Regelmäßige Besuche sind nachvollziehbar, die Frauen arbeiten nicht, langweilen sich, da sucht man Schicksalsgenossinnen im Kopftuchparadies, manchmal kommen sie aber mit der ganzen Rasselbande einschließlich Kerl und Kindern. Einfach weil es geht, weil man nichts Besseres vorhat, eifrig auf der Suche ist nach einem Tagesprogramm und einer Lebensmission, weil man sich ohne Gesellschaft nicht amüsieren kann und die Familienbande gestärkt werden sollen. In unseren Kreisen werden mangelnde Geselligkeit, Zurückgezogenheit und Introversion als Selbstgenügsamkeit und Anzeichen eines kalten Charakters interpretiert. Gastfreundlichkeit ist tatsächlich die Quintessenz unserer Existenz. Oder na ja, für sie jedenfalls.

Ich selbst halte Einsamkeit für ein schwer vernachlässigtes Vergnügen. Ich kann überhaupt nur schlecht umgehen mit den Details des Lebens und flüchte so viel irgend möglich, ziehe mich zurück, wodurch ich zur Abtrünnigen, zum regelmäßigen Ziel von Schmähreden werde, Mutter ganz vorne mit dabei. Ich fühle mich nie als Teilnehmerin, sondern höchstens als Zuschauerin oder wie jemand, der zeitlich begrenzt eine Rolle ausfüllt. Mir fehlt ein soziales Gen, ich sehe die Welt anders, finde Menschen lästig, beziehe keine Freude oder Erfüllung aus dem trivialen Geschwafel all dieser Nullachtfünfzehn-Verwandten, die sich in heißen Diskussionen um welchen Skandal auch immer – meist Klatsch und Tratsch, was mit Essen und Trinken, der Frau von, Ehestreit und Versöhnung – vor allem am eigenen Rechthaben ergötzen. Wer noch unbekannte Wege beschritt, begab sich aufs Glatteis, ihm war von vornherein mit Misstrauen zu begegnen, während ich vielmehr Anpassungsvermögen für eine gefährliche Tugend halte. Ich habe Besseres zu tun, als meine Zeit mit diesen bornierten, äußerst empfindlichen Volksintellektuellen zu vergeuden. Das Gegenteil stimmt übrigens auch: Sagst du die richtigen Dinge, vor allem als Weißer, werden sie dir bei uns Muslimen noch den Arsch küssen.

In meinen Kreisen war der Andere so durch und durch anders, dass ich mich regelmäßig fragte, ob ich nicht ein unergründliches Rätsel für sie darstellte.

Seit ich bei Oma wohne und immerhin ein eigenes Zimmer mit Tür habe und nicht mehr ständig Menschen auf dem Flur antreffe, bin ich befreit. Nicht ganz, mein Auszug entband mich laut Mutter nicht von der Pflicht, stundenlang mit ihren Besuchern herumzusitzen. Bei Oma klopft es auch gelegentlich, aber ich wette, dass Oma, Einsiedlerin wie ich, Besuch nicht ausstehen kann, was sie auch auffallend plump zu verstehen gibt, worauf Mutters Wangen sich schamrot färben. Wir sind schließlich eine Fortsetzung von ihr, bilden eine Einheit, die soziale Umgangsregeln zu respektieren hat, darum wurde Oma, kaum war der Besuch verschwunden, nicht verschont von Mutters Beleidigungen. Sie vertrat mit aller Leidenschaft und Beharrlichkeit das, woran wir uns nicht hielten. Doch alles in allem ist Omas Wohnung ein mildernder Umstand, durch den ich das Leben mit meinen Erzeugern noch aushalte.

Anfangs sollte Halil bei Oma einziehen, da Mutter mein Leben lieber kontrollieren wollte als das ihres Sohnes, der ja doch alles darf und den Tag auf der Straße verbringt. Außerdem wollte sie, die Hofmarschallin, mich als Tochter des Hauses und damit Leibeigene gern den Besuch bedienen sehen. Ich konnte meine Erzeuger jedoch mit dem Argument überzeugen, dass Halil ohne ein wachsames Auge schlechte Noten bekommen würde. Damals war er sechzehn, ich achtzehn, und machte zufällig eine Phase durch, in der seine Noten den Bach runtergingen, weil er nur noch zockte. Ich jagte ihnen Angst ein, indem ich düstere Szenarien entwarf, bald schon würde er vom Gymnasium auf die Hauptschule absacken, wenn das so weitergehe, denn auch die Realschule verlange noch ein Mindestmaß an Disziplin, auf die schiefe Bahn würde er geraten, dort hingen nur Junkies rum, dumm, mit Messern bewaffnet. Als Müllmann oder Drogendealer würde er enden, denn wer mit Hunden zu tun hat, kriegt Flöhe. Vom Regen in die Traufe. Das mit den Schulen war noch nicht mal gelogen.

Das Furchteinjagen war mir geglückt; ich durfte bei Oma wohnen. Wenn sie hätten zurückrudern können, hätten sie das lieber gestern als heute getan. In den letzten Jahren haben sie mehrere Anläufe gestartet, Halil solle jetzt bei Oma einziehen; ohne mich. Ich wache über mein Stückchen Territorium, das bisschen Freiheit, das ich mir mit Einsatz aller Truppen gesichert habe. Niemand wird mich je von dort verbannen, verkündete ich schrill, so wie man mit meinen Erzeugern kommunizieren muss. In unserer Kultur muss man auch mit dem Körper sprechen, nicht nur mit unzureichenden Worten, dem Mantra musste ich mich mit aller Schärfe widersetzen – und dabei vor allem zornig schauen. Oma ist auf meiner Seite, dass gerade ich bei ihr wohne, ist wichtig für sie, meine Gesellschaft allein bedeutet Hoffnung. Von Halil hat sie nichts, der ist sowieso nie zu Hause. Höchstens am Opferfest. Dabei ist er alles andere als ein Opfer.

Aufgrund der Wohnsituation haben die Erzeuger weniger Kontrolle darüber, in welchem Aufzug ich das Haus verlasse, wie ich mich kleide, mich schminke, mit wem ich abends telefoniere. Vorerst gelten immer noch viele Beschränkungen für mich, der Weg Richtung Freiheit ist lang und liegt größtenteils noch vor mir, aber in jedem Fall ist es bequemer als unter den wachsamen Augen meiner Eltern, besser gesagt denen meiner tyrannischen Mutter. Vater arbeitet ja doch den lieben langen Tag, von ihm kann ich mich kaum belästigt fühlen. Ich kenne ihn nicht anders: Mein ganzes gottverdammtes Leben lang ist er bei der Arbeit.

Bereits Kleinigkeiten sind Privilegien, früher hatte ich wegen solcher Dinge häufig Ärger. Jetzt gehe ich still aus dem Haus, damit sie nicht hören, wie Omas Haustür zufällt, sie wohnen direkt gegenüber, dann prescht Mutter zur Tür, um islamische Maßstäbe an mein Outfit anzulegen und mich zurechtzustutzen. Wenn ich nach Hause komme: Treppe hoch, Absätze behutsam aufsetzen, Tür entriegeln, nicht mit dem Schlüsselbund klimpern, in mein Zimmer hechten, um mich dann schnell der Schminke und der aufreizenden

Kleidung (laut Gott) zu entledigen, bevor Karbunkel oder Vater mich erwischen. Sie haben einen Schlüssel zu Omas Wohnung und kommen regelmäßig vorbei. Seit Jahren geht das so, ab und zu erfolgt eine Festnahme auf frischer Tat, aber in letzter Zeit pfeife ich immer öfter auf das Kasperletheater. Dann halt Streit. Dann halt moralische Erpressung und drohende Zwangsverheiratung. Dann halt Schläge von Karbunkel, die immer schnell schlechte Laune kriegt, mich am liebsten in meiner eigenen Suppe kochen würde, die ich am liebsten mit einem Helikopter in der Sinaiwüste abladen würde. Dann halt der Bluthund, der mich hemmungslos beschimpft, bespuckt, kneift, grüngelbe, ovale Markierungen bleiben auf meinem Körper zurück, über die sich Freek aufregt, wenn er mich nackt sieht, wegen derer Oma vor Wut schäumen würde, weil sie Peitschenschläge nur zu gut kannte. Ich kriegte Karbunkels Wut ab. Ihren Zorn, weil ich nicht taugen, zuhören, gehorchen wollte. Früher hätte ich im Bett geweint, auf Trost wartend, hätte nichts gegessen und mein Zimmer nicht verlassen, um Aufmerksamkeit zu erregen, meine Traurigkeit zu zeigen, der erhoffte Trost erfolgte aber selten, denn ich verdiente es nicht. Jetzt ist das nicht mehr so. Ich bin mir mein eigener Trost. Das Drehbuch bei solchen Szenen steht fest; aber *fuck*, ich bin jetzt zwanzig Jahre alt. Irgendwann muss sie doch das Feld räumen?

Im Winter trage ich einen Mantel, mein Outfit wird dadurch verhüllt, jetzt im Sommer stelle ich meine schamlose Aufmachung zur Schau. Mutter meint, ich müsse einen Rock tragen, minimal bis übers Knie und weit genug, um sämtliche Rundungen zu umspielen. Es ist mir verboten, kurze Ärmel zu tragen oder sonst Haut zu zeigen, geschweige denn nackte Beine wie bei normalen Mädchen im Sommer. Ich darf keine Jeans tragen, nur Stoffhosen, unter den beschriebenen Sackkleidern. Oft entscheide ich mich für Maxiröcke, das geringere, da elegantere Übel.

Keine Haarsträhne darf aus meinem Kopftuch lugen und ich darf mein Tuch nicht zu einer Art Turban binden, dadurch käme ja mein Hals frei. Früher, mit vierzehn, meinte Mutter noch, nackte Füße seien auch ein Verstoß gegen das Gesetz. Beim Sittenprediger in der örtlichen Moschee, einem tüchtigen Redner, hatte sie sich Rat geholt – meist berief sie sich auf ihn, wenn sie ihre Autorität und Ansprüche auf mich geltend machen wollte, er besorgte sozusagen das Catering und die Getränke zu meiner täglichen Tragödie, Virus und Bakterien leben halt in friedlicher Koexistenz –, und so besprach sie sich mit ihm zu meinen Sandalen, von mir ins Spiel gebrachte Verwandte und Nachbarn stellten sich auf meine Seite. Mutter treibe es zu bunt, jeder trage heute Sandalen. »Warum sollte ich mich wohl dafür interessieren, was jeder macht? Die haben doch alle keine Ehrfurcht mehr vor Gott, sind nun mal die Regeln unseres Glaubens, die hab ich mir nicht ausgedacht!«, antwortete Mutter dann meiner Tante und bezichtigte sie des Irrtums. »Sie ist jung, du engst sie zu sehr ein, pass bloß auf, das schlägt noch ins Gegenteil um«, wurde geunkt. »Ich halte mich nur an die Regeln«, sagte Mutter dann, nicht zu Unrecht. »Muss sie auch, sonst wird sie es bereuen. Gott wird mich am Tag des Urteils fragen, warum ich meine Tochter nicht anständig erzogen habe, wie sie dem Teufel folgen konnte, wo sich mein guter Einfluss ausgewirkt habe? Der Imam sagt, wir Erzeuger seien verantwortlich für die Taten unseres Nachwuchses, wir werden darüber Rechenschaft abzulegen haben.« Unser Gott brachte wohl bei der Erbsünde eine 100-Prozent-Regel zur Anwendung. Nicht von Elternteil auf Kind, sondern umgekehrt. Trotzdem landete auch das Kind in der Hölle, Verlierer war man sowieso, während Gott immer gewann. Ausnahme: Alle sind die Tugend selbst.

Für gläubige Menschen ist es nicht genug, sich ihres eigenen frommen Zustands zu vergewissern. Weil sie nicht auch bei den Mitmenschen Tugendhaftigkeit hervorrufen, sie nicht vom Einfluss des Teufels befreien können, sündigen sie selbst. Denn kann es Tugend und Laster an einem Ort geben?

Wie konnte ich Mutter verdeutlichen, dass Imam Wawelaar nicht per se die Wahrheit verkündet und keine legitime Autorität darstellt? Wie den Unterschied erklären zwischen Fakt und moralischem Urteil? Wie erklären, dass verwerfliches Verhalten verwerflich bleibt, auch wenn es sich auf sein Recht beruft?

Der liebe Gott hatte an alles gedacht, um es so einzurichten, dass das freie Individuum nicht frei war. Ich hatte mich in der ewigen Nabelschnur verfangen. Der Lehre kann man viel vorwerfen, aber Mangel an Systematik kann man ihr nicht nachsagen, sie ist durchdacht, das Ideal hat stets den Vorrang gegenüber dem Recht des Einzelnen. Während ich früher alles, was Erzeuger und Sittenprediger verkündeten, als Wahrheit ansah, mir zu Herzen nahm, wurde das weniger selbstverständlich, je älter ich wurde. Erwachsene wussten gar nichts besser, nur das Mutter-Vater-Kind-Spiel spielten sie einfach weiter, auch wenn sie selbst bereits Kinder hatten. Man machte einfach. Gelegentlich jagte mir das Angst ein, aber nicht mehr an den Menschen zu glauben, war eine traurige Befreiung. »Komm schon, Fatma, lass gut sein, sind doch nur nackte Füße«, schloss Vater. In solchen Momenten frage ich mich, wie Frömmler eigentlich beschließen, was überzogen ist und was nicht. Lässt man die Gesetze in diesem Fall Gesetze sein, hält man das bei anderen Dingen genauso. Die Wirklichkeit widersetzt sich anscheinend dem schlüssigen Aufgehen in der Theorie. Menschliches Verhalten, befürchte ich, ist derart komplex und zufällig, dass ich es nie begreifen werde. Wie der katholische Priester Antoine Bodar so schön gesagt hat: »Der wichtigste gleichbleibende Faktor der Geschichte ist vielleicht der Mensch mit seinen widersprüchlichen Eigenschaften und seinem unvorhersehbaren Verhalten.«

5

Im Knast haben sie mehr Platz zum Leben als wir. Bei Besuch war Querflötespielen unmöglich, man hätte längs stehen müssen. Als Schülerin bekam ich einen knallroten Kopf, wenn zu Beginn des neuen Schuljahres Hausbesuche angekündigt wurden, um die Erzeuger kennenzulernen, als wenn das in der Schule nicht möglich gewesen wäre. Ich weiß nicht, ob das auf jeder Schule so gehandhabt wird, vermute vielmehr, es lag daran, dass unsere als »schwarze« Schule mit einer migrantischen Schülerschaft galt, obwohl es kaum »schwarze« Menschen gab. Meinen Beobachtungen zufolge bestand die Schülerschaft aus etwa 70 Prozent Marokkanern und 30 Prozent Türken (oder »türkischen Niederländern«, *whatever*), aus hier und da ein paar Surinamern und einigen germanischen Halbniederländern, von denen bei genauerem Nachzählen ganze zwei weiß waren. Die Lehrer probierten alles, um die Erziehungsberechtigten in die schulischen Abläufe einzubinden, die waren aber gleichgültig oder versäumten ihren Auftritt bei den Elternabenden, vor allem die ältere Generation, die wenig bis überhaupt kein Niederländisch sprach. Just im Jahr meiner Einschulung war beschlossen worden, ein Hausbesuch könne ein Lösungsansatz sein. Die Lehrer wollten insgeheim auch gerne in unseren Haushalten und Leben herumschnüffeln, davon bin ich überzeugt. Mal gucken, wie die Wohnungen exotischer Muslime aussehen. Wie es dort wohl eingerichtet ist, ob es dort ganz anders zugeht, ob die Mutter wohl auch im Haus ein Kopftuch trägt, ob der Vater der Mutter ab und zu eine runterhaut, ob der Vater mehrere Frauen hat, ob dort Bomben und Bombengürtel für den Dschihad rumfliegen, so was halt. Viel gab es allerdings nicht zu gucken, höchstens mal ein totes Schaf in der Dusche, wenn sie zufällig zum Opferfest vorbeikamen, aber das war dann auch das Abenteuerlichste.

Zu meiner Verwunderung war jeder Lehrer (sowohl die von mir als auch die von Halil) beeindruckt von unseren Teppichen. Mir war nicht klar gewesen, dass handgeknüpfte Teppiche außergewöhnlich sind, bis Meneer Albers (und die dann Jahr für Jahr ihm nachfolgenden Lehrer) ganz aus dem Häuschen war deswegen. In ihrer Jugend hatte Mutter viel am Webstuhl gesessen und das alles nach ihrer Hochzeit in die Niederlande transportiert. »Herrliche Kunstwerke! Ich habe selbst einen Perserteppich zu Hause, aber diese Farbkombination und Muster sind wirklich einmalig! Einzigartig! Ganz anders als die, die ich kenne«, sagte er mit bewegter Stimme. Ich übersetzte: »Deine Teppiche gefallen ihm, Mama«, woraufhin Mutter von unbändigem Stolz ergriffen wurde. »Sag ihm, ich hab noch ein paar im Keller, er kann sich gern einen aussuchen, wenn er sie so schön findet!«

Typisch Mutter, großzügig war sie. Lobte man ihre Kleidung, flitzte sie hinter ihre Nähmaschine, sagte man ihr, das Essen sei lecker, brachte sie am nächsten Tag einen Topf voll vorbei, saßen wir im Garten meines Onkels beim Grillen, reichte sie den niederländischen Nachbarn (zu deren größter Verwunderung) eine Schüssel Fleisch, weil sie das Grillfleisch gerochen hatten und es eine große Sünde gewesen wäre, nicht zu teilen. Lobte man ihre Teppiche, musste sie natürlich einen verschenken. Habsüchtig war sie nicht, vielmehr altruistisch, überzeugt, der Freigebige stehe in Gottes Gunst, gelernt hatte sie es von ihrer Mutter, die war auch so. Opa beschwerte sich manchmal, seine Frau würde noch das Essbesteck verschenken. In ihrem Fall nachvollziehbar, immerhin waren sie die Reichsten in ihrem Dorf; ihre sechs Kinder waren alle in die Niederlande ausgewandert und erfolgreiche Bauunternehmer geworden (bis auf Mutter, die hatte eine Vagina). Fromm, wie Oma war, wollte sie ihren Wohlstand gerne teilen, eine Hand wäscht schließlich die andere. Es war einfach zu viel Geld für ihr einfaches Leben, wahrscheinlich wussten sie nicht, was sie sonst damit anfangen sollten. Altruismus als Egoismus des Kollektivs. Güte, die bewundert werden soll, verneint sich selbst.

Weil ich es peinlich fand, einen *fucking* Teppich an einen Lehrer zu verschenken, einfach nur normal sein wollte wie alle anderen, meinte ich bloß: »Meine Mutter sagt, der Kaffee ist fertig.« Heute würde ich den Teppich verschenken, als Pubertierende fühlte ich mich aber genötigt, nicht komisch rüberzukommen, was auch immer das bedeutet. Später würde der Idiot noch der ganzen Klasse berichten, dass er bei mir zu einem Teppich gekommen war, großes Gekicher, der Gedanke allein war unerträglich. Ich wollte normal sein und normalerweise überreichte man seinem Lehrer bei einem Elterngespräch keinen Teppich.

Schlimm fand ich es nicht, dass die Lehrer einfach mal vorbeikommen wollten, es war nur so peinlich. Besonders wenn der Lehrer reinkam, auf Mutters freundliches Geheiß die Schuhe auszog, und sich dann wunderte, wie klein unsere Familienwohnung war. Nicht einer sparte sich den Kommentar. »Ist die Wohnung nicht viel zu klein?« Mensch, Mevrouw Kusters, haben Sie einen Durchblick, da wären wir von allein nie drauf gekommen. Ich gab immer dieselbe Antwort: »Wir ziehen zum Glück bald um.« Notlügen finde ich vertretbar, das würde Allah auch begreifen. Meine Erzeuger spielten das Spiel mit, Gott sei Dank. Mehr oder weniger jedenfalls, Mutter verstand (und versteht) doch kein Wort und Vater schwieg.

Die Lehrer wussten den von Mutter üppig gedeckten Tisch sehr zu schätzen. Das gebrochene Niederländisch führte zu Verständigungsproblemen, aber mit vereinten Kräften bekamen wir es hin, ich verdolmetschte. Während unserer Grundschulzeit war das anders, Halil und ich schwitzten Blut und Wasser, wenn wir bei den Elterngesprächen so schnell wie möglich verdolmetschen mussten, was der Lehrer sagte. Unser Türkisch war nicht gut genug, ich wusste nicht, wie ich Sozialkunde, Kunsthandwerk, Sozialkompetenzen oder Wortschatz übersetzen sollte. Und selbst wenn ich es gewusst hätte, hätten die Erzeuger doch nichts damit anfangen können. Mit Post vom Finanzamt oder von der Stadt hatten wir dasselbe Problem. Ich wusste nicht einmal, was ein Steuererlass oder Freibetrag eigentlich war. Ich wusste wohl, dass Vater sich über das Finanzamt beschwerte, es mache ihm das Leben schwer, bald schon wäre er ein armer Schlucker.

Halil tat sich mit dem Dolmetschen schwerer; wenn es um Sprachkenntnisse ging, fielen seine Zeugnisse schlechter aus. Ich dagegen hatte sehr gute Noten, weil ich viel mehr Bücher las. Die Gymnasialempfehlung glich daher einem Kinderspiel, Halil empfahl man trotz seiner guten Prüfungsergebnisse die Realschule, der Lehrer meinte sogar, auch die Hauptschule sei noch zu hoch gegriffen. Halil war sprachlich nicht begabt, nur seufzend und stotternd fand er zu Worten, bekam keinen niederländischen Hauptsatz mit korrekter Zeichensetzung hin. Allen war schleierhaft, wie es ihm trotzdem gelungen war, ausreichend gute Noten fürs Gymnasium zu sammeln. Durch ihre Erfahrungen mit mir waren meine

Erzeuger inzwischen vertraut mit Abschlussnoten und den damit verbundenen Zukunftsaussichten, wobei sie von anderen Eltern gehört hatten, dass ich wirklich ein außergewöhnliches Zeugnis hatte, Grund, stolz zu sein (ich hatte den besten Schnitt, der an meiner Grundschule jemals erreicht worden war, allerdings vor allem wegen der schlechten Noten meiner Mitschüler).

Bei Halil hatten sich unsere Erzeuger damit abgefunden, dass er auf die Realschule gehen und schließlich etwas wie Bauarbeiter werden würde, Lesen war nicht sein Ding. »Nicht jeder ist gut im Lernen, manche sind besser mit ihren Händen, wie meine Brüder, Halil ist auch so«, sagte Mutter nach den Elterngesprächen, in denen jedes Mal auf seine beträchtlichen sprachlichen Defizite hingewiesen wurde, er müsse mehr lesen, mehr niederländisches Fernsehen gucken. Mutter meinte, das sei Unsinn, nichts zu machen, man könne es nicht erzwingen. Menschen waren nun einmal verschieden, jeder hatte andere Talente. Auch bei diesen Gesprächen über Halil war ich Dolmetscherin für den Lehrer, es werde alles darangesetzt, Halils Lücken wettzumachen. Hoffentlich war Mutter im Unrecht. Körperliche Arbeit ist doch nur für die, die zu faul sind zum Denken.

Als Mutter von meinem guten Abschluss hörte, war das böse Auge ihre erste Sorge. Die Vorstellung des bösen Auges entspringt der Glaubenslehre, bei Erfolg müsse man auf der Hut sein vor missgünstigen Menschen und unheilbringenden Blicken; Erfolge könnten zunichtegemacht werden. Das lässt sich auf alles anwenden. Wenn man schön ist und Komplimente dafür bekommt, ohne dass jemand das Wörtchen *maschallah* (»möge Gott dich beschützen«) hinzufügt, kann die Schönheit verwelken. Muslime können wirklich wütend werden, wenn man sie als Mitmuslim lobt und das Schlüsselwort weglässt; insgeheim lauere man darauf, den Segen wieder zu tilgen. Wenn Frauen ein Kind bekommen haben, Besuch empfangen, und das Baby danach erkrankt, wird das mit dem bösen Auge eines der Gäste erklärt. Bekommt man Haarausfall, dann weil jemand neidisch auf deine Haare geblickt hat. Geht ein Rezept schief, dann weil jemand aus deiner Umgebung es dir nicht gegönnt hat. Springt dein Auto nicht mehr an, dann weil jemand auf dein Auto neidisch war etc. Alle Unglücksfälle im Leben können auf missgünstige Infiltranten der Umgebung zurückgeführt werden; dagegen hilft nur der Koran und besondere Anstrengungen, um alle Erfolge und Glücksfälle für sich zu behalten, möglichst fern der bösen Augen. Unentbehrlich ist der *nazar boncuk*, ein blaues, rundes Amulett mit einem Punkt in der Mitte, der ein Auge darstellen soll. Wenn man in der Türkei danach Ausschau hält, sieht man es überall; in Geschäften, Gemeindehäusern, Krankenhäusern, Bäckereien, Banken, Wohnungen, Autos und Flughäfen. Die Marokkaner haben eine Hand als Symbol. Auf der Koranschule habe ich gelernt, dass die heidnischen Amulette strengstens verboten sind, Abgötterei, eine spätere Erfindung, im Leben des Propheten (Friede sei mit ihm) kamen sie nicht vor, in den heiligen Schriften auch nicht. Es handelt sich um kulturelle Symbolik, obwohl man meint, sie sei religiös begründet. Die Vorstellung des bösen Auges, unabhängig von den Amuletten, sei in der Lehre begründet, wurde mir beigebracht; schützen könne man sich aber nur, indem man den Koran rezitiere.

Das böse Auge ist der Grund, warum gottesfürchtige Muslime keine Fotos von sich, ihrem Nachwuchs oder ihrem Essen in den sozialen Medien veröffentlichen. Imam Wawelaar aus der Moschee vor Ort tischte eine Geschichte auf, in der jemand sein Essen auf Instagram gezeigt, dann einen akuten Herzinfarkt erlitten habe. »Das kommt, weil es Menschen gab, die missgünstig auf seinen Teller geblickt haben, ohne Allah zu preisen. Auch euch kann das widerfahren!«

Doch sollte ich ihm, voller Missgunst, während seiner Rede ein böses Auge zuwerfen, was würde dann geschehen? Kann ich ihm zu einem Infarkt verhelfen?

6

Halil schaffte den Schnitt fürs Gymnasium, indem er kurz vor den letzten Prüfungen auf dem Bibliothekscomputer übte, wir hatten keinen; er war sich darüber klar geworden, wie entscheidend der Abschluss für seine berufliche Laufbahn und sein Leben sein würde. Auf dem Gymnasium in Amsterdam-West wurde er in eine Förderklasse gesteckt, doch sein Lehrer ließ nicht locker. Schon bald konnte er weiter und landete ein Jahr später in den regulären Abiturklassen. Inzwischen erreicht er Bestnoten auf der Universität Leiden und möchte ein Studienzeugnis mit Auszeichnung, um als Anwalt im Amsterdamer Bankenviertel zu arbeiten. Kürzlich fragte Oma ihn, was er später werden wolle, wusste mit Anwalt aber nichts anzufangen, und nach seinen Ausführungen verstand sie nur noch Baklava.

Als Halil sein Abiturzeugnis in Empfang nahm, hat er dem Lehrer Mischa den Mittelfinger gezeigt (dem Grundschullehrer, der gar nicht anwesend war) und seinem Frust Ausdruck verliehen, wie viel Mühe ihn das Gymnasium gekostet hatte, obwohl er es ja von Anfang an verdient gehabt hätte, aber der »rassistische« Scheißlehrer »habe es ihm einfach nicht gegönnt«. Ich würde nicht so weit gehen zu sagen, dass es sich um einen Fall von Missgunst gehandelt hatte, schließlich hatte ein Schulkamerad von Halil damals, Yassine, mit dem er auch nach der Grundschule befreundet geblieben war, durchaus eine Gymnasialempfehlung bekommen, von ein und demselben Lehrer, weil er sprachlich begabt war, extrovertiert, einen großen Wortschatz hatte, selbstsicher war und rege am Unterricht teilnahm, und obwohl sein Schnitt zu niedrig ausfiel. Es scheint sich nicht um den klassischen Fall »Jugendlicher mit Migrationshintergrund wird diskriminiert« zu handeln, sondern um den klassischen Fall »viele Lehrkräfte belohnen extrovertiertes mehr als introvertiertes Verhalten und glauben, Intelligenz mit Bestimmtheit erkennen zu können«. Auch weißen Niederländern passiert, dass sie unterschätzt werden. Meine ich. Man sagt zwar, stille Wasser seien tief, Poser aber kommen leider besser weg.

Mir war es unangenehm, wenn der Lehrer beim Hausbesuch das Klo aufsuchte; dort stand eine Gießkanne, damit wir unsere Hintern waschen konnten, vor dem Gebet, sonst zählt es nicht. Vielleicht wussten sie längst, wozu sie diente, oder hatten sie gar nicht bemerkt, ich weiß es nicht, aber normal war es nicht und mir hochnotpeinlich. Heute wäre es mir egal, denn von Lehrern einer solchen Schule kann man doch wohl erwarten, dass sie etwas wissen über die Kulturen, mit denen sie täglich zu tun haben? Sie wissen, was man über Integration sagt. Muss von beiden Seiten kommen.

Seltsam auch, wenn mitten im Gespräch mit dem Lehrer der Gebetsruf *ezan* ertönte. Wir hatten eine digitale Uhr aus Mekka zu Hause, die fünfmal am Tag losging. Die Lehrer zuckten zusammen, sie brachten die ersten beiden Wörter des *ezan*, das »Allahu akbar«, vermutlich mit etwas anderem als Beten in Verbindung. Mutter griff dann, ob das Gespräch mit dem Lehrer nun bereits abgehakt war oder nicht, sofort zu ihrem Gebetskleid, um sich abzusondern und die nötigen Bewegungen zu verrichten: stehen, beugen, stehen, beugen, mit der Stirn den Boden berühren, sich hinsetzen, von vorne beginnen. Nur weil der Lehrer da war, ging sie in ein anderes

Zimmer. Für mich jedenfalls hat sie das nie gemacht. Wenn ich früher einen Zeichentrickfilm guckte, musste der Fernseher augenblicklich ausgeschaltet werden, kaum dass Mutter sich zum Beten bereit machte. Rasend machte mich das. Sie musste Richtung Mekka beten, in Richtung unseres Fernsehers, aber der durfte nicht laufen, denn das wäre laut Imam Wawelaar Abgötterei.

Die Lehrer kommentierten jedes Mal das türkische Programm, das ununterbrochen lief. »Gucken Sie auch niederländisches Fernsehen? Das wäre gut, um die sprachlichen Defizite auszugleichen.« Vater bejahte, dabei war das nie der Fall. Selbst wenn Halil und ich am Abend etwas gucken wollten, gaben die Erzeuger die Kontrolle über die Fernbedienung niemals ab und scherten sich wenig um unsere Bitte. In unserer Grundschulzeit war das auch schon so gewesen. Viele in unserer Nachbarschaft konnten noch nicht einmal niederländische Sender empfangen, das kostete damals Geld. Außerdem tauchten ab einer bestimmten Uhrzeit nackte Frauen auf dem Bildschirm auf, die gerne angerufen werden wollten. Eines Tages wollte auch Vater seinen Vertrag kündigen, er hatte sich sagen lassen, man könne so Geld sparen, aber Halil und ich flehten ihn an, wir mochten niederländische Zeichentrickfilme lieber als die türkischen, letztlich bekamen wir ihn rum. Er verlängerte den Vertrag, wenn auch widerwillig. Allmählich sprachen mein Bruder und ich immer öfter Niederländisch, Türkisch nur noch mit den Erzeugern und Verwandten, die keiner anderen Sprache mächtig waren. Der Sprachwechsel erforderte einige Übung, war aber zugleich ein Segen, denn wir waren schließlich um eine Sprache und Kultur reicher, konnten innerhalb einer Millisekunde zu einer anderen sozialen Realität switchen. Worte steuern das Denken. Wer denkt, dass Sprache nur

Mittel zum Informationsaustausch ist, liegt falsch. Durch Übersetzen kann man die Grenzen und entlegensten Winkel des eigenen Denkens erkunden, das habe ich schnell verstanden. Sprache ist dabei auch ein trügerisches Hilfsmittel für das Erreichen des Unmöglichen: den Anderen zu verstehen.

Mutter verbat es sich, Vater aber ermutigte uns. Mitmachen wollte er, das ging aber schief: Korrekte Hauptsätze konnte er nicht bilden. Mutter verweigerte sich dem Niederländischen, sie fand es schwierig, anstrengend und unnötig, sie wollte ja doch in naher Zukunft wieder in die Türkei zurück. Mein ganzes Leben lang höre ich schon von der chronisch wehmütigen Mutter, dass wir irgendwann »zurückgehen«, wir keine Wurzeln schlagen sollten, aber wann genau und wie, da war sie dann überfragt. In Gedanken hat sie ihr Land nie verlassen, nur physisch. Außerdem meinte sie, dass Niederländisch in die Schule gehöre und Türkisch nach Hause; wir waren schließlich Türken und durften unsere Muttersprache nicht vernachlässigen. Doch es gelang ihr nicht, dem einen Riegel vorzuschieben.

Seit der weiterführenden Schule schaute ich Programme der öffentlichen Sender auf meinem Handy. Lehrer rieten uns, Talkshows zu gucken und Zeitungen zu lesen, das wäre wichtig und würde unseren Wortschatz verbessern. Zeitungen hatte ich nicht, Vater hielt das für Geldverschwendung, Nachrichten gab es doch kostenlos im Fernsehen, aber ich konnte mir eine App herunterladen und frei verfügbare Shows anschauen. So kam ich das erste Mal in Berührung mit der niederländischen Debattenkultur.

7

Ich bin erschossen, komplett erledigt. Zweimal täglich mache ich die zweistündige Fahrt von Bos en Lommer nach Loosduinen und zurück. Als ich mich gerade aufs Bett fallen lasse, ruft Oma mir zu: »Deine Mutter hat angerufen, du bist mal wieder zu spät; wenn ich du wäre, würde ich zurückrufen.«

Es ist echt ein Scheiß, dass ich das Wochenende nicht bei Freek bleiben kann, sondern abends nach Amsterdam zurückfahren muss, weil ich nirgends übernachten darf. Er zu mir ist keine Option. Wenn ich von einem Bekannten in Amsterdam mit einem Jungen gesehen werde, der auch noch ganz anders ist als ich und verdächtig nach einem Germanen aussieht, herrscht bald Krieg und ich riskiere die Exkommunikation. Noch schlimmer: Zwangsheirat oder ein One-Way-Ticket in die Türkei. Anekdoten hierzu gibt es *en masse*, Beispiele aus meiner nächsten Umgebung. Ich will das gerne vermeiden, vorerst also heimliche Verabredungen außerhalb Amsterdams. Eine andere Wahl habe ich nicht, höchstens abhauen.

Hatte ich einen Teil des Tages unifrei, arbeitete ich im Supermarkt Albert Heijn oder im »griechischen« Restaurant Oresti's, dessen Besitzer Türken sind, wie bei allen griechischen oder italienischen Restaurants in Amsterdam und Umgebung. Die Wochenenden verbrachte ich abwechselnd bei Freek oder bei der Arbeit. Ich wollte meine Studiengebühren, Bücher und alles bezahlen, auch sparen, damit ich meinen Erzeugern beim anstehenden Umzug helfen konnte, den Vater mit seiner Arbeit als Postbote und Putzkraft bei der Bahn nicht stemmen konnte, da wir auch das Mobiliar erneuern wollten. Mussten, es fiel auseinander. Vater ging davon aus, dass ich über viel Geld verfügte, da ich bereits seit drei Jahren bei jedem Treffen mit Freek gelogen hatte, ich würde arbeiten. Er hatte mir zu verstehen gegeben, dass ich ihm, wenn es denn so weit war, etwas vorschießen müsse, er würde mit dem Geld hinterher sein. Die Reserven gab es nicht, Enttarnung drohte, ich versuchte noch etwas reinzuholen und anzusparen.

Mutter ist Hausfrau, Vater Alleinernährer. Mit Arbeit hat sie sich nie abgegeben, obwohl Vater sie ermutigt hat, die Sprache zu lernen und eine Anstellung zu suchen. Das ist ungewöhnlich, meistens verbietet Vaters Generation Frauen zu arbeiten, schließlich müssten sie das in einer Umgebung mit anderen Männern tun – keine gute Idee. Außerdem sind sie überzeugt, dass eine Frau zu Hause Frauenzeugs zu tun hat. Vater ist da neumodischer. Oder Geld war in diesem Fall wichtiger, gut möglich. Prinzipien ziehen regelmäßig den Kürzeren, wenn es um den Mammon geht, auch wenn sich das niemand eingestehen will. Geld, Gewalt, Gunst sticht Recht, Siegel, Kunst. Entscheidungen werden selten auf Grundlage von Prinzipien getroffen, meistens spielen pragmatische Gründe und Gefühle die Hauptrollen.

Mutter zog es trotz Vaters Ermutigungen vor, die traditionellen Rollen beizubehalten; eine Frau habe sich mit der Erziehung der Kinder, dem Kochen, Reinemachen, Backen, Schneidern, der Familienpflege zu beschäftigen. Würden Frauen einer Arbeit nachgehen, ginge das familiäre Gleichgewicht verloren. Lernte man in der Moschee. Danach hatte Vater aufgegeben. Mutter hat jetzt, wo die Kinder nicht mehr klein sind, mehr Freizeit als jemals zuvor. Im Volksmund würde man sie in der Türkei mit einem Gemüsebauern vergleichen, der vor lauter Langeweile seine Eier wiegt. Vor nicht allzu langer Zeit hat sie dann auch mit einem neuen Millî-Görüş-Kurs der örtlichen Moschee begonnen. Sie lernt auf Arabisch zu lesen, studiert Korantexte, die es in all ihre Erklärungen schaffen. In ihren Augen ist das sinnvoller als weltliches Wissen oder Arbeit. Wie es dem Faulenzer entgegenkommt, dass man ihn für nutzlos hält, kam es auch Mutter gelegen, dass ihr Arbeit laut der Lehre untersagt war. Ich will damit nicht sagen, dass sie faul ist, aber bequem. Das ist etwas anderes.

Da Vater ungelernter Arbeiter war und allein verdiente, war Geld immer knapp bei uns, während arbeitslose oder neben ihrer Sozialhilfe schwarzarbeitende Nachbarn oder Verwandte es genauso gut oder besser hatten als wir. Von Nachbarinnen hatte Mutter erfahren, dass deren Kinder Gratisinternet, Kleidergeld und sogar ein Laptop vom Staat bekamen. Wer älter war, erhielt aufgrund niedrigen elterlichen Einkommens eine Studienfinanzierung, die bei erfolgreichem Abschluss nicht zurückbezahlt werden musste. Auch Miet- und Pflegezuschlag wurde gewährt. Manche waren auf dem Papier geschieden, damit die Frau als Alleinerziehende zusätzlich Geld beantragen konnte oder so ähnlich. Ihre Fixkosten waren damit gesichert und mit dem Schwarzgeld konnten sie in den Urlaub fahren oder sogar Immobilien in der Türkei kaufen. Mutter sagte immer wieder zu Vater, es grenze in diesem Land an Irrsinn, als ungelernter Arbeiter zu schuften, es lohne sich nicht. Doch der Imam vor Ort hatte gesagt, es handele sich um Betrug am Staat und sei eine große Sünde, wenn man denn legal arbeiten könne, also ließ Vater von dem Gedanken ab.

Ich habe niemals begreifen können, dass diese Frau mich zur Welt gebracht hat. Wenn ich nicht äußerlich ganz nach Vater käme, wäre ich felsenfest überzeugt, im Brutkasten des Krankenhauses verwechselt worden zu sein. Mit einem anderen Kind mit Migrationshintergrund, das kaum von mir zu unterscheiden gewesen war und dessen Namen die Ärzte kompliziert fanden, sich nicht merken konnten, der rein zufällig meinem Namen verdammt ähnlich war, Bouschra oder so (mein Name ist übrigens Büsra, angenehm), so dass die Namenskärtchen versehentlich vertauscht wurden. Ich weiß noch nicht mal, ob es Namenskärtchen gibt, ich spinne mir was zusammen. Die einzig reale Möglichkeit ist, dass Vater mich mit einer anderen Frau gezeugt hat und mir nach der Geburt Mutter als Mutter untergejubelt wurde, aber das geht zu weit; man sollte keinen Verschwörungstheorien aufsitzen.

Bücherstapel, Collegeblöcke, Blätter auf meinem Schreibtisch erinnern mich an Abgaben morgen, zum tausendsten Mal habe ich das Gefühl, dass das Leben mir zu viel wird. Ich werfe mich aufs Bett, schließe meine Augen. Gleich mach ich mir drei Tassen Kaffee, schwarz wie Flüssiggummi, dann wird es gehen.

Heute Morgen saß ich mit einer Gruppe älterer Damen im Zug. Die waren auf dem Weg in ein Museum, darauf hatten sie sich sehr gefreut. Die digitale Voranmeldung hatten sie kompliziert gefunden, sie hofften, nicht gleich an der Tür abgewiesen zu werden. Es war ergreifend. Die Damen trugen Make-up und Nagellack, hatten getöntes Haar. Wie Freeks Oma. Voller Lebensfreude waren sie, es faszinierte mich, ich kannte das nicht. In meiner Welt taten ältere Menschen solche Dinge nicht, konnten nicht einmal lesen, geschweige denn an Kunst interessiert sein. Auch die, die noch nicht alt waren, wie meine Erzeuger, sprachen nur von Allah, vom Tod und dem Jenseits, besonders von der Hölle. Unser irdisches Dasein, Ausstellungen, Kunst, kümmerte sie wenig. Oder profane Wissenschaften. Mutter betete ganze Nächte hindurch mit ihren bunten Gebetsperlen. Die von ihr benutzte Perlenkette gleicht der katholischen.

Es hat mich häufiger fasziniert, wie viele Parallelen zu unserem Glauben es im frühen Christentum gab; zuvor hatte sich mein Bild auf Weihnachten und die Bibelgeschichten aus dem Schulunterricht beschränkt. Allerdings gab es keine Vorschriften, die alle Aspekte deines Lebens betrafen. Oder es zerrütteten. Auf Wikipedia las ich, Christen hätten früher auch eine Art Burka gekannt. Schwer zu glauben, dass holländische Frauen jemals verhüllt rumgelaufen waren. Das gab Hoffnung. In einer frommen Gesellschaft können sich drastische Veränderungen vollziehen, wenn sich das Bildungsniveau verbessert (und noch so Dinge wie Reformen, Demokratisierung, Säkularisierung, alles kein übertriebener Luxus). Das Blatt konnte sich wenden. Im Fall meiner Familie war es allerdings längst zu spät.

Letzte Woche stieg ich wieder früh aus dem Bett und saß in einem Zugabteil, das leer war, bis auf einen schon älteren Herrn, der sich mir direkt gegenüber niederließ statt in sicherem Abstand. In Zügen herrschen ungeschriebene Gesetze: Du setzt dich nicht in die Nähe von jemandem, wenn es Platz gibt, und sicher nicht so nah.

Mit theatralischer Aussprache fragte er, wie ich heiße, ob ich mir gelegentlich Sprüche anhören müsse wegen meines Kopftuchs, mit einem Finger zeigte er auf seinen Kopf, als sei ich schwachsinnig. Nachdem ich seine Vermutung bestätigt hatte, legte er mir ans Herz, mich nicht beirren zu lassen, seine Mutter und Oma hätten auch Kopftücher getragen, das sei völlig normal gewesen. Die ungefragte Bekundung rührte mich, aber was ich damit anfangen sollte, wusste ich nicht. Sah ich so aus, als müsse mir von Wildfremden geholfen werden, die mir zuraunten, ich sei schon in Ordnung, ich verdiene keine entwürdigenden Bemerkungen? Sah ich aus wie eine Geflüchtete aus Afghanistan, der er mal auf die Schnelle die Niederlande und die Niederländer erklärte? Ich war hier verdammt nochmal geboren. Erwartete er etwa, dass ich mich bedankte? Er glaubte doch wohl nicht, dass ich mich auch nur einen Augenblick minderwertig fühlte, wenn mir Hirnlose Kommentare über Kultur und Kleidung drückten? Die Opferrolle passte mir nicht. Ich war in Ordnung, wie ich war, gab mich als etwas noch Besseres aus. Ich war nicht gut im Verletzlichsein. Der Herr war an der falschen Adresse.

Neulich hat man mich am Strand von Scheveningen tatsächlich beschimpft. »Wir sind hier nicht in Saudi-Arabien, nimm das Kopftuch ab!«, brüllte ein Halbnackter mit ungesunder Bräune. Bohrende himmelblaue Augen verrieten Anspannung, er war empört. Ich wusste nicht, was ich sagen sollte. Am liebsten: »Will ich ja, ist scheiß heiß und am liebsten säße ich hier in meinem Bikini und würde meine Brüste in die Sonne halten, so einfach ist das aber nicht, du Sack.« Doch ich schwieg, bloß keinen großen Wirbel ums Tuch machen. Ohne männliche Begleitung kam es am Strand öfter vor, dass ich beschimpft wurde, das Völkchen in und rund um Zandvoort und Scheveningen scheint nicht besonders auf orientalische Kleidung zu stehen, doch Freeks Nachbarschaft war schlimmer: Ich wurde angespuckt, Dosen flogen vom Balkon gegen meinen Kopf, ich wurde im Den Haager Dialekt wüst beschimpft, sogar zu Schlägereien wurde aufgefordert, jedenfalls wenn Freek dabei war (sonst Gott sei Dank nicht, war dann wohl unter ihrer Würde), ich war abgebrüht, da musste der Herr im Zug sich nicht kümmern.

Mein Blick streift die vielen Nahrungsergänzungsmittel, die ich seit Tagen vergessen habe einzunehmen. In letzter Zeit habe ich anhaltende körperliche Beschwerden; ich war chronisch müde, schwermütig, reizbar, meine Hände zitterten plötzlich. Es gab Tage wie heute, da starrte ich vor mich hin, brach unvermittelt in Weinen aus. Ich fragte mich, ob ich glücklich war. Wusste es nicht. Die Tage und Wochen zogen an mir vorüber, während ich von der Uni zur Arbeit hetzte und wieder zurück, um ab und zu einen Sprint zum Zug einzulegen und Freek zu besuchen, der zu Recht klagte, wie wenig wir uns sahen. Ich fühlte mich wie außerhalb der Zeit, hakte Verantwortlichkeiten nur noch ab. Ich arbeitete ohne inneren Antrieb, wurde zu einem Pflichterfüllungsautomaten, irrte wie blind durch die Wirklichkeit. Ich lebte eine verdorrte Existenz, ohne Lebenskraft. Als ich googelte, »Warum bin ich so müde?«, wurde ich auf Vitaminmangel als möglichen Grund hingewiesen. Also bin ich zur Drogerie und habe alles eingepackt, was Versprechungen machte: »stärkt die Immunabwehr«, »hilft in stressigen Zeiten« oder »hält ein normales Energielevel«. Ich bin immer noch träge und leicht erregbar; Pillen verhelfen auch nicht zu anderen Umständen, sozialökonomischem Fortschritt, Freiheit, Unabhängigkeit, zu einer anderen Familie.

Im Supermarkt fange ich früh in der Brotabteilung an, von sieben bis zwölf; um sechs Uhr stehe ich auf. Anschließend besuche ich Vorlesungen, Literaturwissenschaft. An unifreien Tagen, meistens zweimal in der Woche, arbeite ich im Restaurant, meine Eltern wissen davon nichts. Sie würden es niemals zulassen, dass ich Alkohol serviere oder überhaupt bediene, für eine Muslima gehöre sich das nicht, bescheiden müsse sie sein, habe sich im Hintergrund zu halten, solle keine Aufmerksamkeit erregen, indem sie in einem engen Kostüm an den Tisch komme. Da wirst du mit Blicken taxiert, der Kilometerstand deiner Sünden schießt nach oben, während die Ehre deiner Familie bröckelt.

Ganz falsch war das nicht, die Gastro dient für Menschen dunklerer Hautfarbe als Ort fürs Flirten und Jagen; Ausgehen und Tinder wie die Kartoffeln geht ja nicht. Besser gesagt: für Mädchen nicht, für Jungs natürlich schon. Wenn sie ein Mädchen der eigenen Community abschleppen wollten, war die Gastronomie die einzige Option, abgesehen von virtuellen Instagram-Dates. Hatten sie Lust auf was Germanisches, swipten sie eben.

Wie das Flirten in Restaurants funktioniert, ist ziemlich amüsant. Die Herren sitzen in Grüppchen zusammen, futtern oder saugen an einer Shisha, checken dabei ihre Umgebung ab, alle Tische nacheinander, ob attraktives Fleisch vorhanden ist. Ist das Angebot enttäuschend, ziehen sie zur nächsten Essgelegenheit weiter und wiederholen das Ganze bis zu einem Volltreffer. Bei beidseitigem Interesse wirft die Jungfrau dem Jüngling beständig Blicke zu und lächelt ihn bedeutungsvoll an, grünes Licht also. Er muss dann Eier haben, um zu blinzeln und Richtung Toiletten zu deuten. Das Weibchen folgt auf dem Fuße, es will gefressen werden. Nummern werden ausgetauscht in der Hoffnung auf mehr. Manchmal erblickt der Knabe eine Maid, die er appetitlich findet, doch sie erwidert seinen Blick nicht oder ist mit ihrer Begleitung beschäftigt, wodurch er andere Ideen und Mittel einsetzen muss, will er sie jemals wiedersehen, abklären, ob die Zuneigung gegenseitig ist. Möge sie doch mal auf die Toilette gehen, da kann er zuschlagen, wenn nicht, gibt es ein letztes Mittel in der Not: spezielle Facebook-Gruppen, man kann dort anonym posten, dass man an Tag X um so und so viel Uhr in dem und dem Restaurant saß und dem Mädchen an Tisch X mit den langen Haaren und dem grünen Pullover zärtlich zugetan ist. Nur das männliche Geschlecht darf solche Gesuche posten, als Mädel wäre man »notgeil«, eine Nutte, eine Schlampe, eine Bitch und eine Matratze, Labels, mit denen man in dieser Welt schnell versehen wird. Man sei »geil auf Schwänze« oder ticke nicht sauber, ein Mädchen mit einem letzten Rest Selbstachtung würde nie einen Jungen anmachen, sicher nicht in einer öffentlichen Gruppe im World Wide Web. Die meisten Mitglieder des Hautton-Sand-Clubs sind in solchen Gruppen, es ist also wahrscheinlich, dass die Herzensdame das Gesuch sieht oder durch Bekannte informiert wird. Man kann auch heimlich ein Foto machen und in der Gruppe posten. Beziehungen gestalten sich dann recht schwierig, da beide fromme Erzeuger haben und nicht vor der Hochzeit mit einem Freund oder einer Freundin nach Hause kommen dürfen.

Bei gutem Wetter heißt es Fummeln in abgelegenen Ecken der Parks; der Amsterdamse Bos ist groß genug, Spaarnwoude ist auch beliebt. Oder im Auto, wenn man denn eins hat. Im Winter bleibt nur das Hotel. Weil bei uns die Männer alles bezahlen, auch unter den Jüngeren, denn sonst bist du deinen Schwanz nicht wert, kann eine Beziehung richtig ins Geld gehen. Mein chronisch geiler Cousin Mustafa beschwert sich regelmäßig über die wöchentlichen Hotel- und Restaurantkosten. Die Hotels von Amsterdam sind hocherfreut über die Muslime.

Wie das Ficken abläuft, übertrifft an Absurdität alles.

Vaginaler Sex ist ausgeschlossen, das Mädchen will ihre Jungfräulichkeit wahren, bis ihr ein Ring übergestreift wird; dann also andere Formen des Liebesspiels. Läuft nicht unter Sex, sie ist ja noch Jungfrau, alles schick. Geht es dann doch einmal schief, die ganze Chose daneben, die inniglich geliebte Jungfrau gibt sich unbedacht nach kurzem Zögern dem Augenblick hin, geht von der Bremse und der Jäger schlägt zu, folgen Nachwehen katastrophalen Ausmaßes. Eine Reue, die zum Himmel schreit, nagt, von innen zerfrisst. Eine Zeit der Gewissensqualen, Pein und Selbstbeschuldigungen folgt, wenn nicht gar Selbstkasteiung. Die Last einer solch ungeheuerlichen Sünde ist unerhört und kann zu Depressionen und unmotivierten Handlungen führen. Angst: Was, wenn er es herumerzählt? Im schlimmsten Fall im Netz und direkt an die Familie des Mädchens adressiert, im besten Fall in seinem Freundeskreis, von wo es an andere und wieder andere Jungen weitergetragen wird, um dann hoffentlich irgendwann in Vergessenheit zu geraten.

Wenn die Familie Wind kriegt von der Schande, ist das ein Wendepunkt ihres Lebens; ihre Tochter ist nichts mehr wert, kein rechtschaffener Mann wird eine derart besudelte Missgeburt als Ehefrau und Mutter seiner Nachkommen akzeptieren, der gute Familienname ist endgültig, unrettbar verloren. Wenn Vater oder Bruder unter Leute gehen, wird stets auf sie gezeigt, getuschelt, getratscht, hinabgeschaut werden, schiefe Blicke wirft man ihnen zu, schaut ihn euch an, den Schwachkopf, den Waschlappen, den Schlappschwanz, den erbärmlichen Loser ohne Rückgrat, hat seine Tochter nicht erzogen, beschützt, bewacht, nicht vor dem Schlechten behütet, nichts als eine schnöde Hure ist aus ihr geworden.

Von Mutter hörte ich, es gäbe Mütter, die auf einmal gelähmt waren oder einen Herzinfarkt erlitten, nachdem ihre

Töchter mit Fotos bloßgestellt worden waren. Wir Muslime gehen es holistisch an: Individuen existieren nicht, jeder ist nur Verlängerungsstück; als Verwandter des Mädchens wird dein Leben nie wieder dasselbe sein, von ihrem Leben ganz zu schweigen.

Die unerträgliche Angst des Mädchens nach einer solchen Skandaltat rührt vor allem von Unsicherheit, wie sich die Beziehung entwickeln wird, ob sie scheitern kann, eine Heirat möglicherweise nicht zustande kommt. Welcher Mann würde sie in verbrauchtem Zustand noch wollen? Unsere Männer treffen ihre Auswahl bei Frauen wie bei Autos: Null Kilometer auf dem Tacho heißt die Devise. Vor Kurzem meinte ein Cousin: »Autos muss man reiten wie Frauen«, das erklärt alles.

Wenn die Beziehung nicht scheitert und das Paar es bis zur Hochzeit schafft, hat man nicht mehr viel zu befürchten, außer vielleicht, dass Allah die Sünde nicht vergibt, aber da gibt es Verhandlungsspielraum und man kann bis an sein Grab büßen. Weitaus schlimmer, wenn sich die Wege trennen, dann gibt es erstens einen Kerl, der ein Geheimnis von dir kennt, das dein Leben und das deiner Liebsten unwiderruflich zerstören kann, wenn es an die große Glocke, in unserem Fall ans Minarett gehängt wird, woraufhin Mädchen und Familie, besonders bei zirkulierendem Bildmaterial, verunglimpft und geächtet werden, zweitens hat man eine »geöffnete Fotze«, die nicht mehr unter neu fällt, höchstens unter so gut wie neu, und dafür interessiert sich niemand, höchstens Männer, die geschieden sind mit Kindern oder so hässlich, dass sie nichts Besseres abbekommen. Daran sind die meisten Muslima wiederum nicht interessiert, ihre Erzeuger erst recht nicht, deren Meinung wichtiger ist als die ihrer Tochter.

Als Ausweg bleibt: eine Jungfernhäutchenoperation. Funktioniert aber nur, wenn der besagte Junge über kein Beweismaterial verfügt bzw. nichts veröffentlicht, Wohlwollen ist also vorausgesetzt, sonst bist du als *kahba*, als Hure der Nachbarschaft bekannt. Du schiebst ein paar Tausender rüber *et voilà*: in der Hochzeitsnacht blutest du wie ein geschlachtetes Rind. Denn bluten muss sie, sonst wirst du verdächtigt, Misstrauen geht um. Hast du Pech beim Bluten, es bleibt aus, bringt dein Mann dich schlimmstenfalls samt Quittung zurück zu deinen Erzeugern. Vielleicht sieht er aber auch darüber hinweg, da ihm das Preisschildchen einer Scheidung und neuen Hochzeit vor Augen steht. Allerdings ist ein Beziehungsstart voller Misstrauen schlecht und unschön, die Damen treffen präventiv Vorsorge. Es gibt verschiedenste Methoden, am weitesten verbreitet ist ein Tütchen Kunstblut. Details muss ich schuldig bleiben, ich habe noch nicht darauf zurückgreifen müssen.

Unter uns Muslimen wird also der Jungfräulichkeit gehuldigt. Bei Frauen versteht sich, denn die Geschlechter werden ungleich behandelt. Männer denken deswegen in Kategorien wie »Frauen zum Spaß haben« und »Frauen zum Heiraten«, das sogenannte Ehefrauenmaterial. Sie dürfen sich ausprobieren, bis ihre Zeit als Hausväter anbricht, meistens unter den liberalen monokulturellen Niederländerinnen, aber Mädchen der eigenen Sorte kommen auch in Frage. In ihren Worten »benutzen und entsorgen« sie die Damen, sind schließlich Schlampen. Die Frau, mit der sie in der Ehe verbunden werden, muss unberührt sein, ein Rohdiamant, sonst ist sie wertlos.

Gott unterscheidet die Geschlechter nicht, wenn er auf Jungfräulichkeit so viel Gewicht legt; in der Praxis schert sich niemand darum, wenn in der Familie bekannt wird, dass ein Typ keine Jungfrau mehr ist – mehr noch: Heimlich wird dazu ermutigt, seine Soldaten ab und zu marschieren zu lassen. »Ein Junge muss sich ausprobieren, ist normal, bei einem Mädchen ist Ehre wichtiger als ihr Leben«, sagte eine Tante kürzlich auf meine Nachfrage hin, warum sie Mustafa mit Mädchen chillen lasse, Selma aber nicht mit Jungen. Erziehungsberechtigte sind meist wenig daran interessiert, was ihr Sohn mit seinem Penis anstellt, schließlich werden sie nicht darunter leiden oder durch das Urteil der Gemeinschaft in die Knie gezwungen werden, um den Fehler auszubügeln. Wenn man hübsche Mädchen flachlegte, stieg man sogar in der Hackordnung, während die Mädchen gar nicht erst in die Ordnung aufgenommen wurden. Mutter findet auch nichts weiter dabei, dass Halil eine Freundin hat, ich aber würde zu Apfelmus geprügelt, verstoßen, auf die Straße gesetzt, in die Türkei verschickt oder Gott weiß was noch mehr. Wenn ich ihnen Heuchelei vorwarf, gab es immer Ausreden, um sie von der Pflicht zu befreien, sich gemäß den eigenen moralischen Grundsätzen zu verhalten.

Ich befand mich auf dem Schleudersitz, vor allem, da mein Freund weiß ist. Eine Frau darf nur Kontakt zu einem Mann unterhalten, wenn ihre Familie ihn kennt und ihre Beziehung gutheißt, woraufhin Verlobung und Hochzeit folgen. Erzeuger heißen gut auf Grundlage eigener Vorlieben. Manches ist in Stein gemeißelt, daran ist nicht zu rütteln: Er muss türkischer Herkunft sein, (sunnitischer) Muslim, von Millî Görüş. Eine Familie muss er haben, die hinter ihm steht und seine Partnerwahl unterstützt, sonst taugt man nicht, denn eine rechtschaffene Person achtet ihre Erzeuger und zollt ihnen bedingungslosen Respekt. Ein rebellischer (kritisch gilt bei uns als rebellisch) und nonkonformistischer

Charakter wird als die Verkörperung des Bösen betrachtet. Außerdem muss er über einen soliden Beruf und eine Wohnung verfügen.

Als Kind wurde ich von Mutter ständig ermahnt, bloß nicht Fahrrad zu fahren, beim Auf und Ab auf dem harten Sattel würde sonst mein Jungfernhäutchen reißen. Nach endlosen Streitereien mit meinem Vater hat sie ein Auge zugedrückt, er hielt es für übertrieben, jedermanns Tochter fuhr Fahrrad. Nachbarinnen erlösten Mutter von ihren Sorgen, erzählten ihr, so einfach gehe das nicht vonstatten.

Als sie bemerkte, dass ich meine Tage bekam, wies sie mich an, niemals Tampons zu benutzen, auch nicht, wenn ich in der Schule in Not war und jemand sie mir anbot. Normalerweise wird man vor Drogen gewarnt, ich vor Tampons, denn auch die würden meine Jungfräulichkeit rauben. Anders als bei der Sattelgeschichte wurde das von Nachbarinnen bestätigt.

Mutter bemerkte meine Menstruation erst, als ich schon dreizehn war, zwei Jahre hatte ich es geheim gehalten. Ich wusste, die Offenbarung bedeutete, immer ein Kopftuch zu tragen, nicht nur in der Koranschule. Eine Frau muss sich der Lehre gemäß ab der Menstruation verhüllen, dann ist man für die eigenen Sünden verantwortlich und wie für eine Frau jedweden anderen Alters zählt alles mit, während frühere Sünden erlassen werden. Für die Männer gilt das ab dem ersten Samenerguss. Allerdings wird ihnen keine besondere Kleidung oder Kopftuch verordnet.

Ich wollte noch kein Tuch, es war hässlich und bei Hitze unpraktisch. In der Schule würden sie mich komisch finden, zwar trugen auch andere Schülerinnen Kopftuch, aber zu mir passte es einfach nicht. Ich würde keine T-Shirts mehr tragen dürfen und beim Sport würde es nerven. Vor allem aber war es hässlich, das war der Hauptgrund.

Als ich meinen ersten blutigen Slip betrachtete, schlug mein Herz panisch; Sünden wurden jetzt mitgezählt. Der Ramadan musste eingehalten werden, Süßigkeiten mit Schweinegelatine durfte ich nicht mehr essen, zum Schwimmen konnte ich nicht mehr gehen (wenn Männer dabei waren). Ich musste fünfmal beten, durfte nicht länger mit Jungs befreundet sein, musste Rundungen wie Haar bedecken. Schon allein aufs Beten hatte ich keine Lust und spirituelle Genugtuung brauchte ich nicht; Beten war ineffizient, eine Zeitverschwendung, also beschloss ich, die Sache zu verschweigen.

Ich stopfte kiloweise Toilettenpapier in meinen Slip und watschelte zur Drogerie, um Binden zu besorgen, die ich so gut versteckte, als ob mein Leben davon abhinge. Mutter durchsuchte gelegentlich meine Sachen, ein gutes Versteck fiel mir erst nicht ein. Wo würde Mutter nicht gucken – einen solchen Ort gab es nicht in der Wohnung. Mir kam die kleine Geldkassette in den Sinn, die eine Freundin bei Intertoys gekauft hatte. Spielzeug, aber verschließbar. Unglaublich dämlich war, dass alle Geldkassetten der Marke mit dem gleichen Schlüssel zu öffnen waren, kaufte Mutter oder jemand anders eine, passte ihr Schlüssel auch. Bei den Tagebüchern mit Schlössern, die dort verkauft wurden, war das übrigens genauso. Vollidioten.

Mutter würde jedoch wohl keine Kassette anschaffen. Sie fragte, warum ich mein Erspartes für eine Geldkassette aufgebraucht habe, ich sagte nur, dass ich Geld darin aufbewahren wolle. Als ob ich welches gehabt hätte. Das Geld für Kassette und Binden hatte ich mir schon aus den Rippen geschnitten, alles mit dem Geld vom Zuckerfest bezahlt, einziger Tag im Jahr, um an Geld zu kommen, indem ich Hände von Verwandten küsste. Das restliche Jahr über war Flaute, Taschengeld gab's nicht.

Nach der Investition in die Kassette fehlte es mir einige Zeit an Geld, um am Automaten in der Bibliothek Kakao zu kaufen oder ein Croissant beim Albert Heijn. Einmal dachte ich daran, im Supermarkt zu klauen, wehrte das aber schnell ab, das war unter meiner Würde.

Irgendwann überlegte ich, zu Tampons zu wechseln, die mir praktischer schienen, aber Mutters Warnungen waren mir im Gedächtnis geblieben. Ich recherchierte auf Webseiten der Krankenkassen nach Informationen, ob ein Jungfernhäutchen durch einen Tampon tatsächlich reißen könne. Das sei unmöglich, aber das Loch könne geweitet und die Ränder gedehnt werden. Mich traf der Schlag. Mutter hatte scheinbar Recht, ich hielt mich an die Binden.

Dann hatte eines schönen Tages meine Stunde geschlagen, denn wie Türken so schön sagen – die Kerze des Lügners brennt nur bis Sonnenaufgang. Wahrscheinlich ahnte sie schon was, inzwischen war ich dreizehn und gleichaltrige Mädchen hatten ihre Monatsblutung längst. Sie war in Sorge, vielleicht war ich ja unfruchtbar oder krank. Zum Hausarzt wollte sie, aber ich konnte ihr weismachen, es sei vollkommen normal, auch Mitschülerinnen säßen noch im gleichen Boot. Mir war klar, der Tag der Wahrheit rückte näher, ich konnte schlecht lügen, bis der Israel-Palästina-Konflikt gelöst war. Ein Lügner setzt darauf, nicht erwischt zu werden, wird das aber unmöglich, ist es Zeit. Doch der Gedanke ans Kopftuchtragen hielt mich zurück, obwohl ich immer häufiger von schlechtem Gewissen geplagt wurde; sah ich Mädchen mit Kopftuch, war das wie ein Schlag ins Gesicht und ich wurde an den sündigen, heuchlerischen Zustand, in dem ich verkehrte, erinnert, dachte schnell an andere unverschleierte Muslima, ich war nicht die einzige Sünderin, war nicht allein. War aber auch schlau genug zu begreifen, dass das keine Entschuldigung sein konnte, dass jede ihr eigenes Grab gräbt, wie mir in der Moschee eingebläut wurde, also haderte ich weiterhin. Wankte, schwankte. Lernte, dass ich in der Hölle brennen würde für jedes einzelne nicht vor fremden Männern verhüllte Haar. Täglich vorm Schlafengehen bat ich Gott um Vergebung, Verschonung, Verständnis: Ich war noch nicht bereit, es verunsicherte mich, es stand mir nicht. Das würde Gott doch sicher begreifen? Oder war das keine Entschuldigung? Ich wusste es nicht, das Grübeln setzte mir zu. In meiner Klasse wollte ich nicht an Beliebtheit einbüßen, ich fürchtete weniger Aufmerksamkeit durch meine Unansehnlichkeit, dachte dabei an Harun, den hübschesten Jungen der Klasse, der gelegentlich mit mir quatschte, während ich rot wurde, meine Organe rumorten und ich an plötzlichem Sprachverlust litt.

Außerdem waren Haarklammern im Sportunterricht verboten. Von den anderen Mädchen mit Kopftuch wusste ich, dass das nervig war, es verrutschte bei der kleinsten Bewegung, vor allem, wenn man viel und langes Haar hatte, und ich spielte doch so gern Fußball. Die Verschleierten rannten daher nicht richtig, machten nicht wirklich bei den Übungen mit. Der Sportlehrer hielt das für Faulheit oder mangelnde Motivation. Mit Kopftuch wurde ich auch »faul«.

An einem Sommertag meines dreizehnten Lebensjahrs wurde Mutter schließlich gewahr: eine blutige Unterhose in meinem Zimmer, Nachlässigkeit meinerseits. Sie meinte, es handele sich um die erste Blutung, ich ließ sie in dem Glauben.

Einen Tag später lag beim Nachhausekommen ein rotes

Tuch auf meinem Bett. »Es wird Zeit, sich an die Regeln zu halten, deine gleichaltrigen Mitschülerinnen tragen längst ein Kopftuch, seit der Grundschule oder Übergangsklasse schon, Ilay ist jünger und hat eins, du bist schon in der achten Klasse. Du weißt, es muss sein, in der Moschee hat man es dich gelehrt. Freue dich, Allah wird stolz auf dich sein! Denke an den Segen, der dir zuteil wird. Morgen gehst du mit Kopftuch zur Schule, ich habe eins in deiner Lieblingsfarbe für dich gekauft«, sagte sie, als ob sie ein Halal-Schinkenbrötchen orderte, und kochte sorglos weiter, gänzlich unempfindlich gegenüber meinem Einwand, wie einschneidend das für mich sei.

Nach Stunden mit Haarnadeln vorm Spiegel und mit Hilfe von YouTube-Tutorials, in denen gezeigt wird, wie man die Sache stilvoll in Form bringt, holte ich am folgenden Morgen tief Atem und ging in die Schule. Ich glaubte, jeder in der U-Bahn würde mich anstarren, aber niemand wirkte beeindruckt.

»Schade, Büsra! Schade um dein schönes Haar!«, tönten nahezu unisono die Lehrer. »Oha, ein komplett neuer Anblick«, sagte Meneer Krosse. »Einen Moment lang habe ich dich gar nicht erkannt«, lautete auch ein Spruch. »Warum so plötzlich?«, hatte Meneer Demaret gefragt. »So halt, ich wollte gerne«, sagte ich. Ich fühlte mich wegen ihnen und ihrer unfreundlichen oder mitleidsvollen Blicke beschissener als zuvor. Ich lächelte es weg, um später auf der Toilette beim Blick in den Spiegel in Tränen auszubrechen.

Seit Mutters Entdeckung war die Geldkassette überflüssig, meine monatlichen Utensilien musste ich trotzdem verstecken. Wenn die lila Packung offen in meinem Zimmer herumlag, weil ich sie etwa nach dem Einkaufen kurz auf meinem Schreibtisch abgelegt hatte, wurde Mutter wütend.

Schamgefühl sei wohl ein Fremdwort für mich, solch intimes Zeugs einfach herumfliegen zu lassen, wenn Vater oder Halil es zu sehen bekamen? Ich durfte Vater nicht bitten, beim Einkauf auch an die Monatsbinden oder ein Rasiermesser zu denken, das würde von grenzenloser Schamlosigkeit zeugen. Sehr oft in meinem Leben habe ich das Gefühl gehabt, dass es eine Schande ist, Frau zu sein, während Jungen ermutigt werden, ihrer Männlichkeit zu frönen. Schon als Kindergartenkind war ich Zeuge, wie Verwandte Halil im Spaß aufforderten, seinen beschnittenen Penis zur Schau zu stellen, sie wollten beurteilen, ob er schon groß genug war für einen echten Kerl. Erst schämte er sich, irgendwann ließ er einfach seine Hose runter, um sich voller Stolz zu präsentieren, manchmal unvermittelt, woraufhin Onkel und Tanten mit theatralischer Verwunderung ihre Ehrfurcht zum Besten gaben und applaudierten. Ein echter Kerl, stählerne Hoden, eiserner Schwanz, er würde die Frauen schon bald verschlingen. Und ich? Was kann ich mal? Verschlungen werden?

Ich beschloss, dasselbe zu probieren. Ich war noch klein, wie alt genau, weiß ich nicht, aber klein genug, um nicht zu begreifen, dass ich meine intimen Körperteile unter keinen Umständen zeigen durfte.

Mutter zog hastig meinen Rock wieder herunter, Vater schlug mich mit der flachen Hand, wie er das noch häufiger in meinem Leben tun sollte. Die Gäste waren bestürzt. Ich fühlte mich, als hätte ich ein Verbrechen begangen, Mutter war vor Scham und Bitterkeit im Boden versunken, denn sie war es, die für meine Erziehung verantwortlich gemacht wurde. Ein Ereignis, das sich tief in mein Gedächtnis gegraben hat.

Ich weinte den ganzen Tag. Ich begriff meine Sünde nicht und flehte Allah um Gerechtigkeit an. Mutter meinte, die

Anime-Serie *Shin Chan* sei schuld, in der sich ein Junge ab und zu seine Hose herunterzieht, um mit nacktem Hintern seinen Tanz aufzuführen. »Sogar die Trickfilme der Ungläubigen verführen zu Leichtsinn!« Die Serie wurde mir verboten, was mich furchtbar ärgerte. Es war meine Lieblingsserie. Und Shin Chan hatte gar nichts damit zu tun.

Beim Beschneidungsfest für Halil beschlich mich ein ähnliches Gefühl. An jenem Tag trug er einen Kaftan in Gold, Blau und Weiß und hielt einen goldenen Stab in den Händen wie der heilige Sankt Nikolaus. Wir gingen mit der ganzen Familie in ein Fotostudio, wo er in dem Beschneidungsgewand mannhaft posieren musste. Die Fotos hängen immer noch in unserem und dem Wohnzimmer meiner Großeltern in der Türkei, neben ähnlichen Fotos anderer männlicher Nachkommen.

Anschließend fuhren wir zu einem kleinen Festsaal, dort wurde die Beschneidung mit allen Verwandten gefeiert. Halil bekam Geld und Goldstücke geschenkt, jeder wollte mit ihm aufs Foto. Wie ein Kaiser durfte er auf einem goldenen und reich dekorierten Thron Platz nehmen. Persönlich wurde ihm die Aufwartung gemacht, er sei jetzt ein echter Mann. Mutter platzte vor Stolz, ihr kamen die Tränen. Sie nannte Halil ständig »meinen Löwen« oder »meinen Widder«. Macht sie heute noch. Mich nannte sie beim Namen. Oder »meine Tochter«. Im Rückblick bin ich froh, nicht als Löwe bezeichnet worden zu sein. Es sind widerwärtige Sittenwächter, die eher morden als fremdgehen.

Es wurde damals ausgelassen gelacht, getanzt, gegessen. Insgeheim wünschte ich mir auch ein Fest und Aufmerksamkeit. Und Komplimente, ich sei zur echten Frau geworden. Notfalls zu meiner Menstruation.

Auch in späteren Jahren registrierte ich andere Bemerkungen, die an Halil gerichtet wurden, bei Telefonaten mit der Familie in der Türkei lautete die Standardfrage, wie es denn mit dem schönen Geschlecht laufe, ob er drei oder dreißig Frauen habe, sich bald eine aussuchen könne. Sie gaben ihm Tipps, was an einer Frau unentbehrlich sei; hatte sie breite Hüften, konnte sie ihm gesunde Tiger gebären, hatte sie große Brüste, konnte sie genug Milch produzieren, hatte sie Fleisch auf den Rippen, konnte sie ihm zwischen den Laken mehr Vergnügen bereiten.

8

Zu Recht meinten die Erzeuger, für eine Muslima gehöre es sich nicht, in einem Restaurant zu arbeiten. Ich konnte es trotzdem nicht lassen, denn es wird gut bezahlt und war eine Abwechslung zum Supermarkt, wo ich, seit ich fünfzehn bin, schuftete. Nachdem ich sechs Jahre lang Regale aufgefüllt, Kassendienst gemacht und Brot geschnitten hatte, wollte ich eine andere Umgebung. Verbotenes Fahrwasser zwar, aber Abenteuer waren mir nicht fremd. Am Rande des Abgrunds blühen die schönsten Blumen, das ist in etwa mein Lebensmotto. Auf lange Sicht ist das Vermeiden von Risiken hochgefährlich. Ein langes und todlangweiliges Leben folgt daraus.

Während meiner Schicht trage ich kein Kopftuch; das ist im Sinne des Arbeitgebers und in meinem, kein Grund zur Klage. Meine Erzeuger wissen natürlich nichts. Ich muss vorsichtig sein. Bis jetzt ist es gut gegangen, schon bei der Bewerbung um den Job hielt ich es für eher unwahrscheinlich, dass jemand aus meinem Bekanntenkreis hierherkommen könnte. Es liegt recht abgelegen, ist vor allem für Touristen und ziemlich teuer, nicht wirklich attraktiv für ein Publikum mit meiner Haut.

Meine Erzeuger haben kein Problem mit meiner Arbeit im Albert Heijn, »normale Arbeit für eine Frau«, solange ich nicht abends arbeite, keinen Alkohol einräume oder an der Kasse sitze. Mutter hat von Imam Wawelaar gelernt, dass laut Überlieferung des Propheten (Friede sei mit ihm) verflucht sei, wer Alkohol trage, kaufe, verkaufe oder verschenke, ich sollte ausschließlich in der Brotabteilung arbeiten.

Meine Schicht musste ich vor dem Einbruch der Dunkelheit beenden, dann konnte ich allein nach Hause, sonst holten Vater oder Halil mich ab. Jedenfalls bis letzten Monat, nach langen Diskussionen setzte ich durch, mit immerhin zwanzig Jahren nicht länger abgeholt zu werden. Dabei geht es nicht etwa um meine Sicherheit, wie sie scheinheilig behaupten, bevor sie härtere Geschütze auffahren, sondern um Argwohn. So können sie sicher sein, dass ich bei der Arbeit war, mich abends nicht herumgetrieben habe. Seit ich durchsetzen konnte, allein nach Hause zu gehen, arbeite ich in dem Restaurant. Nicht bis spät, kurz nach zehn muss ich zu Hause sein, die Erzeuger wissen, dass der Supermarkt um 22 Uhr schließt.

Mutter wunderte sich darüber, dass wir uns über das Abgeholtwerden von der Arbeit stritten. Früher wäre es undenkbar gewesen, dass ein Mädchen überhaupt arbeiten ging; es musste haushälterische Aufgaben erfüllen lernen, sich auf das Familienleben vorbereiten. Außerdem war die Kleidung heutzutage widersinnig: Da wurde Kopftuch mit Jeans, figurbetonten Röcken oder anderen modernen Klamotten kombiniert, gar mit Schmuck, Slippern, Make-up, während früher lange und formlose Gewänder getragen wurden. Zu ihrem Bedauern war in kürzester Zeit viel in der türkischen Kultur ausgetauscht worden: »Wir geben den Bezug zu unserem Glauben preis, verwestlichen allmählich«, sorgte sie sich. Mutter empfand ein tiefes Unbehagen: Zweifellos sei unsere Glaubenslehre überlegen, der Westen verludert und sittenlos, doch jetzt träten wir in die gleichen Fußstapfen. Die Integration, vielmehr Assimilation, sei allzu sehr geglückt, reichte zu weit, konservatives Gedankengut wäre auf dem Rückzug, fortschrittliche, moderne, vom Westen vertretene Ideale würden immer stärker.

Ich dagegen habe den Eindruck, dass sie im Mittelalter steckengeblieben ist und ein Brett vorm Kopf hat; meint sie denn wirklich, dass wir vom Weg abgekommen sind, völlig haltlos gen (Post)Moderne (laut Karbunkel Meuchelmörderin der Religion, des Menschen und der Gesellschaft) und Dekadenz taumeln, nur weil Frauen finanziell unabhängig sind, das Haus nach eigenem Ermessen verlassen und nicht mehr in Kartoffelsäcken rumlaufen? Darum ging es im Wesentlichen; würde man die Frau von ihrer vordringlichen Aufgabe als Hausfrau entbinden, sie zum Mann machen, würde es nicht lang dauern, bevor wir Muslime wie bei einem Schneeballeffekt alle unsere Prinzipien aufgeben würden. Eine Kultur gehe zugrunde, wenn es keine Menschen gebe, die sie annehmen, teilen, pflegen, gar auferlegen wollen. Früher sei alles besser gewesen. Als sie damals aufwuchsen, hatten Frauen so wenig Wahl, dass die heutigen Möglichkeiten unvorstellbar erschienen, während ich mich mit der niederländischen Norm verglich und dauernd gegen eine Mauer der Zwangsvorschriften stieß, eine beklemmender als die andere.

Touristen, Hauptkundschaft des Restaurants, versorgen mich reichlich mit Trinkgeld. Meine Kollegen, bis auf eine Ausnahme männlich, meinten, es läge daran, dass ich eine attraktive Frau sei; sie selbst bekamen deutlich weniger, und nicht selten führte das zu Auseinandersetzungen. Letzten Endes klagten sie jetzt über Sexismus.

Aufgrund der Vielzahl an Beschwerden hat der Chef vor Kurzem beschlossen, dass jegliches Trinkgeld in einen Topf wandert und am Monatsende gerecht unter allen aufgeteilt wird. Na ja, gerecht ist anders. Gleichberechtigt vielleicht, aber nicht gerecht; jeder weiß, dass ich mit Abstand das meiste Trinkgeld bekomme, und jeder bekommt im Leben, was Wissen und Können ihm einbringen. Doch ich bin hilflos vor der Tyrannei der Gleichheit eingeknickt.

Schwer ertragen konnte ich das viele Essen, das wir am Ende des Tages entsorgten. Nach Festlichkeiten warfen wir kiloweise Fleisch und Fisch weg, meistens unberührt, von der Pfanne direkt in den Müllcontainer. Ich fragte, ob ich etwas mitnehmen könne, Familie und Nachbarn seien dankbare Abnehmer. Ging gar nicht. Hatten »die Flüchtlinge«, wie die jemenitischen Untergebenen von meinem Chef genannt wurden, übrigens ein Großteil meiner Kollegen, auch schon gefragt.

Ich verstand nicht, aber die Diskussion hatte ich auch beim Albert Heijn geführt. »Schenke ich dir das Brot, kaufst du morgen keins mehr, und so immer weiter«, sagte Peter, der Filialmanager.

Es tat mir körperlich weh, das täglich mit anzusehen; laut meiner Erziehung war es schändlich, Essen wegzuwerfen, eine Sakrileg. Wenn Mutter bemerkte, dass die Milch abgelaufen war, nahm sie sie für den Teig. Wenn sie bemerkte, dass das Brot nicht mehr frisch war, röstete sie es und machte Paniermehl davon für die Hackbällchen. Wenn es schon schimmelte, bewahrte sie es und verfütterte es an Tauben und Enten. Die Stadt Amsterdam sah das nicht gern, überall hingen Plakate, auf denen stand, dass Brot auf der Straße nur den Ratten als Futter diente, doch unsere Nachbarschaft scheißt drauf. Wegwerfen stand nicht zur Debatte, das war *haram*, in unserem Viertel wimmelt es vor Nagetieren. Mutter konnte ausrasten, wenn einer von uns Brot weggeworfen hatte. Imam Wawelaar hatte gesagt, Allah würde mit Armut strafen, denn wer den Pfennig nicht ehrt, ist den Taler nicht wert. Albert Heijn wurde aus unerklärlichen Gründen nicht von Allah gestraft.

Unter den Mitgliedern meiner Community werden einige sauer sein wegen dem, was jetzt folgt; doch ich beschreibe lediglich mein Leben, die Widersprüche, an denen sie Anstoß nehmen, befinden sich allein in den Köpfen. Und die, die sich den primitivsten Gefühlen wie Aggression und Empörung hingeben, werden Rache an mir üben wollen. Nur ein Weiser verzeiht schnell, wenn er seiner Illusionen beraubt wird. Bald werden sie mich an den Pranger stellen, doch Hass und Liebe sind sich nah. Beide werden aufgebracht nur für den, den man schätzt oder als Gleichen ansieht. Wir hassen, was wir fürchten; wir fürchten, was wir für stärker, größer oder besser halten. Will man mir also Geringschätzung beweisen, dann sollte man mit den Schultern zucken. Ich weiß, dass es schwierig ist, aber die Größe einer Tat bemisst sich auch danach, wie schwer sie fällt.

Denen, die im Großen und Ganzen mit mir übereinstimmen, habe ich wenig zu sagen. Wer man ist, wird auch durch die Umstände bestimmt. Die sind nun mal nicht gut, viele aus Schwäche geborenen Ideale sind beängstigend, gnadenlos, unverhältnismäßig. Aktion reimt sich nicht auf Nuancen. Erst kommen die Umstände, dann werden wir Helden oder Schurken. Trampelt man auf ihm herum, stumpft der Mensch nun mal ab. Doch dass mein Argument relativiert werden muss, entzieht ihm noch nicht jegliche Grundlage.

Wenn es mir gelingt, Feinde zu machen, zeugt das von Talent; nur Idioten sind bei allen beliebt. Talent bedeutet schlicht, dass man etwas besser beherrscht als die meisten, in meinem Fall – sich dem Schweigen zu verweigern.

Doch Meinungen haben ein Recht darauf, in Zweifel gezogen zu werden. Ich werde nicht vorgeben, eine kritische Gegenstimme zu sein, um dann vermessen auf kritische Gegenstimmen zu reagieren. Widerrede muss nicht toleriert werden, sondern gehegt, gepflegt und gedeutet. Jeder muss sich vor ideologischer Selbstgenügsamkeit hüten. Bezüglich des Ausmaßes an Subjektivität bei der Wahrheitsfindung gehen unsere Wahrnehmungen logischerweise und qua Definition weit auseinander. Wer Kritik äußert, bitte mit Charme, denn bei unsachgemäßem Gebrauch ist Kritik unerträglich, genau wie gutem Rat zu lauschen, den man längst selbst erwogen und verworfen hat. Wenn meine Aufrichtigkeit zu weit geht, kann man sie ja als Eitelkeit abtun.

9

Gestern kam es zu einem denkwürdigen Gespräch mit Defne. Sie prahlte mit Süßigkeiten, die sie auf der Geburtstagsfeier einer Klassenkameradin abgestaubt hatte. Mindestens zehn Stück. Eigentlich war sie zufrieden mit der Ausbeute, wollte dann aber doch von einem enttäuschenden Vorfall auf der Feier erzählen: Als die Piñata zerschlagen worden war, hatte sie sich im Gerangel viermal so viel Süßigkeiten geschnappt wie die anderen Kinder. Dank einer Strategie: Schon vorher hatte sie eine Tüte ergattert und dann schnell reagiert, als der Süßkram auf dem Boden lag. Andere Kinder hatten nicht eine einzige Süßigkeit abbekommen. Daraufhin kam die Mutter des Geburtstagskindes zu Defne und knöpfte ihr den Großteil ihrer Beute ab, um ihn gerecht zu verteilen. Das fand Defne bescheuert, die anderen hatten sich keine Mühe gegeben, sich nicht vorbereitet, keine Taktik ausgedacht, obwohl sie von der Konkurrenz wussten. Anstrengung war sinnlos, wenn schlussendlich jeder durch Umverteilung der Mutter doch ungefähr dieselbe Menge abbekam.

»Sie haben nicht aufgepasst, sich mit anderen Dingen beschäftigt, während ich mir einen Plan ausgedacht habe. Die anderen waren einfach lahm, hätten sie ihren Arsch schneller in Bewegung setzen sollen.«

Mir schwant: Defne wird später brutale Kapitalistin. Mutter, die auch mitgehört hatte, ließ Defne wissen, dass Almosen an die, die weniger haben, niemanden ärmer machen. Wer viel begehre, entbehre auch viel. Arme Menschen gelangten leichter in den Himmel. Und Glück bestehe darin, aus den Blumen einen Kranz zu flechten, die zu Verfügung stehen. Und Schlichtheit sei Voraussetzung für wahren Genuss. Habsucht sei ein Fass ohne Boden. Geld führe vor allem zu Komplexität, und Komplexität könne niemals auf eine Stufe mit Schlichtheit gelangen. Geschäftigkeit sei die Abwesenheit von Erfüllung.

10

Das Pensum an der Uni war von Woche zu Woche gestiegen. Ich musste mir Beschwerden von der familiären Front und von Freunden, sofern ich noch welche besaß, darüber anhören, wie abwesend ich war. Neben dem Studium unterhielt ich ein romantisches Verhältnis, begleitet von viel Stress und Angst, erwischt zu werden – auch ein kleines Leck lässt ein Schiff sinken –, und ich musste die ideale Tochter, Enkelin, Freundin, Schwester raushängen lassen. Mit der Zeit lösten sich intakte Freundschaften auf. Ich war chronisch müde davon, alle Bälle in der Luft zu halten, aber die wichtigste Ursache für meinen Trübsinn war die Anspannung wegen der unzähligen Gefechte an der Heimatfront. Weil ich zu spät nach Hause kam, weil ich bei Familienbesuchen nicht anwesend war, weil ich am Abend arbeitete (die Nacht gehörte ihrer Meinung nach nur Trinkern und Verbrechern), weil ich mich zu viel draußen herumtrieb. Ihr größtes Ärgernis war meine Kleidung, zu sexy, die ich nur heimlich trug, aber es war ihr nicht entgangen, denn sie überprüfte regelmäßig den Inhalt von Omas Wäschekorb und meinem Kleiderschrank. Ich wurde zur Rechenschaft gezogen, warum ich derart enge Röcke besaß, wenn ich sie angeblich nicht anzog, warum lagen sie dann im Wäschekorb. Und die Kosmetiksachen natürlich, immer ein heikles Thema. Ich würde bei Videoanrufen zum Check meines Aufenthaltsortes nicht rangehen, meinen Aufenthaltsort via WhatsApp nicht mitteilen, Fotos für mein Profil bei WhatsApp, Instagram oder Facebook benutzen (keine Fotos ins Internet, *haram* für eine Frau, so lauten die Vorschriften).

Durch mein hektisches Leben und die Streitereien zu Hause stand ich unter Strom, kurz vorm Zusammenbruch. Ich wusste nicht weiter.

Mit Mühe erhebe ich mich vom Bett, auf dem ich schon eine Viertelstunde liege. Ich erlöse mich vom Kopftuch. Wie immer gibt es viele verpasste Anrufe der Erzeuger, ich spüre Mutters heißen Atem in meinem Nacken. Auf meinem Display ploppen Nachrichten auf. Wo ich sei und was ich in Gottes Namen bei Dunkelheit auf der Straße zu suchen habe. Im Winter ist es schlimmer, da rufen sie auch bei einbrechender Dunkelheit an – um fünf. Meine Geduld wird auf die Probe gestellt, ich kann die an mich gestellten Forderungen immer schlechter ertragen. Letzte Woche hatte Droogstoppel mir mit Nachdruck nahegelegt, vielmehr befohlen, gedroht, ich solle meinem Arbeitgeber sagen, dass ich nicht länger an den Abenden arbeiten könne, da ich ja nicht mehr abgeholt werden wolle. Ich hatte nur genickt, keine Lust auf Streit, aber jetzt ist es kritisch, die Uhr zeigt 23.30 Uhr.

Wenn ich sage, dass ich gerade von der Arbeit komme, ich Überstunden machen musste – eine Entschuldigung, die ich bei meiner letzten Verspätung verwendet hatte –, würde sie mir nicht glauben.

Vor drei Wochen war ich gegen 23 Uhr nach Hause gekommen und Vater hatte sich beim Albert Heijn nach mir erkundigt. Ich arbeitete absichtlich in einer weit entfernten Filiale in der Elandsgracht, aber das hatte sie nicht von ihrer Inspektion abgehalten. Als ich an jenem Tag aus Den Haag zurückkam, schlug Vater mich und schrie, ich habe keinerlei Selbstachtung, sei eine dreckige Lügnerin. Wegen meiner Kleidung, der Pumps, des Make-ups wurde ich als Schlampe beschimpft, ich hatte nicht die Gelegenheit gehabt, mich wie sonst in meinem Zimmer umzuziehen. Es prasselte weitere misogyne Beleidigungen, vor allem von Mutter. Die Hausdame Hass hatte, wenn sie wütend war, ein Händchen für bohrende Sätze.

»Wer weiß schon, was du den ganzen lieben langen Tag angestellt hast, kein Wort glaube ich dir mehr, wenn du sagst, dass du arbeitest oder studierst, vielleicht gibt's ja gar kein Studium, was weiß ich. Wir können ja kein Elterngespräch anfragen wie in der Schule, Nachforschungen anstellen. Überleg mal kurz, wie spät du nach Hause kommst und in welcher Kleidung – unfassbar. Schäm dich in Grund und Boden, alle deine Rundungen kann ich sehen, hast du das etwa auf der Koranschule gelernt, auf die wir dich jahrelang geschickt haben? Du ignorierst doch absichtlich unsere Nachrichten und Anrufe, mach mir nicht weis, dass du den ganzen Tag nicht auf dein Handy geguckt hast. Weißt du eigentlich, wie viele Mädchen, dickköpfig und ungehorsam wie du, vergewaltigt werden? Für wie viele ihr Leben gelaufen ist, weil sie niemand mehr heiraten will? Willst du auch so enden?«

In Karbunkels Jargon bedeutet »vergewaltigt werden« und »Irrwege beschreiten«, dass man als Muslima aus der Kurve fliegt, weil man zu *zina* bzw. außerehelichem Sex verführt wird. Sie nennt das »vergewaltigt werden«, weil sie der heiligen Überzeugung anhängt, dass jedes anständige Mädchen, das solch »widerwärtigen« illegalen Gelüsten nachgibt, nur manipuliert oder überredet worden sein kann durch den ein oder anderen Hurensohn, der sie benutzen und »wegwerfen« will, sie also nicht ehelichen möchte. Sie sorgt sich aber nicht etwa um die psychischen Folgen einer Vergewaltigung, sondern – und das ist wirklich krank – um die geraubte Jungfräulichkeit, wodurch mich mein koranfester Prinz, der einzig mögliche Ehepartner, der natürlich eine Jungfrau bevorzugt, nicht mehr will, weil ich dann »besudelt« bin. Als Frau ist man bei uns außerdem nie gänzlich unschuldig an einer Vergewaltigung; wenn man sich nachts allein auf der Straße herumtreibt, einer Pheromonfalle gleich, obwohl die Eltern zig Mal davor gewarnt haben, man aber ungehorsam und störrisch gewesen ist, dann hat man es herausgefordert. Man verdient die soziale Strafe und Zurechtweisung. Bei uns Muslimen gilt sowieso öfters »mitgegangen, mitgefangen«. Fertigt man zum Beispiel beleidigende Karikaturen an, hat man es auch herausgefordert. *It takes two to tango.* Und nein, das hat nichts mit Diskriminierung zu tun, sondern ist schlicht Ideologie.

Auch Vater schäumte vor Wut. Normalerweise war er es, der Mutter besänftigte, dem Streit die Spitze nahm, doch nach dem Platzen meines Albert-Heijn-Luftballons hatte auch er sein Vertrauen verloren, vor allem, da meine Kollegen sich bemüßigt sahen, ihm mitzuteilen, dass ich nicht nur an jenem Tag, sondern schon die ganze Woche nicht gearbeitet hatte.

»Ab heute will ich jede Woche deinen Stundenplan und deinen Schichtplan sehen, willst du Freundinnen treffen, machst du das gefälligst hier zu Hause oder du lässt uns über FaceTime sehen, mit wem du wo bist, und nur tagsüber! Außerdem bist du jeden Abend vor Dunkelheit zu Hause, keine Diskussion. Wir sind es so verdammt leid. Du hintergehst uns, wir sind deine Eltern, wir sind verantwortlich für dich und haben die Pflicht, dich zu beschützen.«

Meine Tränen liefen und ich sagte mit Nachdruck: nie und nimmer, eher sterben als Bewegungsfreiheit einbüßen. Nicht ertragen würde ich es, wenn der Sperrzaun noch enger gezogen werde, direkt vor meiner Nase. Ich sei gottverdammte zwanzig Jahre alt und würde selber entscheiden, was ich tue und wann ich nach Hause komme, dass ich gelogen hätte, weil sie mir keine Wahl lassen. Dass Lügen durch die Wahrheit erzwungen werden.

Karbunkel wurde handgreiflich. Sie zerrte an meinem Kopftuch und schlug mich, woraufhin Defne aufschrie und weinte. Ich riss mich los, rannte in Omas Wohnung, mein Zimmer, und verschloss meine Tür, die Karbunkel häufiger mit einem Teelöffel zu öffnen versucht hatte.

»Bist du gut angekommen, meine Süße? Hast du Lust, morgen im Zuiderpark zu picknicken? Es soll herrliches Wetter werden!«, las ich eine neue Nachricht von Freek.

Jetzt, drei Wochen später, sehe ich mich demselben Ungemach gegenüber. Oma vermeldet, dass sie toben und mich erwarten, sie hatten gerade bei ihr angerufen, es sei wohl besser, rüberzugehen. Wie immer hatte Oma gesagt, dass sie mich in Ruhe lassen, mir das Leben nicht sauer machen sollten, vergeblich.

Ich hoffe, dass Defne schon schläft. Deprimierend, dass sie das immer miterleben muss. Wegen mir. Das wiegt schwer. Wenn ich an Defne dachte, fühlte ich mich schlecht. Wie oft hatte sie sich schon in ihrem Zimmer eingeschlossen und geweint, wenn die Erzeuger und ich uns gegenseitig quälten? Kürzlich war mir ihr Tagebuch in die Hände gefallen, dort stand plakativ in Großbuchstaben, dass sie es hasste, wenn wir uns stritten. Sie hatte eine Zeichnung dazu gemacht: drei, die sich anblaffen, und eine, wie sie sich die Ohren zuhält.

Ich sah Defne kaum, hatte nie Zeit für sie, während ich früher häufig Ausflüge mit ihr unternommen oder sie zumindest in die Bibliothek mitgenommen hatte, was sonst niemand tat. Kürzlich fragte ich Mutter, warum in Gottes Namen sie sich nicht die Zeit nehme, ein paar Bücher fürs Kind zu besorgen, woraufhin sie mir allen Wind aus den Segeln nahm: »Bei der Kindererziehung geht es in erster Linie um Charakterbildung, Wissen erhält sie genug in der Schule. Du hast immer gelesen, liest immer noch, und schau nur, was aus dir geworden ist, du lebst an deiner Familie und Gemeinschaft vorbei, wie die Holländer.«

Ich hoffe, dass Halil zu Hause ist, damit er mich in Schutz nehmen kann und Mutter im Zaum hält, das macht er manchmal für mich; ihm wird stets Aufmerksamkeit geschenkt, er hat ja auch einen Schwanz, seine Kritik wird nicht im Vorhinein abgewertet. Leider ist er abends fast immer unterwegs, hängt mit Freunden ab – die Hoffnung konnte ich fahren lassen. Halil hatte mehrmals zu verstehen gegeben, ich solle nicht auf seine Hilfe bauen, er habe wenig Lust, sich gegen die Erzeuger aufzulehnen. Er riet mir, es gut sein zu lassen, sich ihren Regeln zu fügen, würde mir Kummer ersparen. »Arbeite halt nur nachmittags«, sagte er trocken. »Wenn du Freundinnen treffen willst, dann nachmittags, geh dran, wenn sie anrufen, schick ein Foto, ist doch nicht so schwer, warum musst du sie immer zur Weißglut treiben?«

Halil ahnt nichts von meiner Beziehung, er meint, dass ich am Wochenende arbeite, Freundinnen treffe oder studiere. Ich darf natürlich keine Beziehung haben, er würde mich sofort verraten und sich gegen mich wenden; schließlich will er nicht, dass seine Schwester eine *kahba* ohne Selbstachtung ist. Einige Male habe ich mit ihm diskutiert, mit Argumenten war da nichts zu machen.

»Du darfst abends und sogar nachts überall hin, darfst ohne Aufsicht mit Freunden in den Urlaub, kannst arbeiten und chillen bis Mitternacht. Darfst in der Kleidung an den

Strand, die dir gefällt. Wirst nie angerufen, niemand bittet dich, deinen Aufenthaltsort mitzuteilen und per Videochat Beweise für Ort und Freunde zu liefern, du musst auch deinen Stundenplan nicht vorzeigen. Dir nichts anhören, wenn du Fotos im Netz geteilt hast. Nicht mal nachts kommst du nach Hause, und keiner sagt was. Du kannst ausgehen. Die Kirsche auf der Sahnetorte – du führst eine Beziehung, von der sie wissen, die sie null problematisch finden, solange du nicht auf die Idee kommst, dein Mädchen als Ehefrau mit nach Hause zu bringen. Warum gönnst du mir nicht dieselben Rechte?«

»Ich habe nie gesagt, dass ich es dir nicht gönne, Büsra, du schnallst es einfach nicht. Du wirst unsere Eltern nicht verändern, ich auch nicht! Sie und ihr religiöses und kulturelles Gedankengut sind eine Tatsache. Du kannst dich dagegen wehren und meckern, so viel du willst, endet nur in Reibereien und schlechter Stimmung zu Hause, hast du dann auch drunter zu leiden. Es ist bequemer und deutlich angenehmer, sich mit den Tatsachen abzufinden, mit den Regeln, mit unserer Kultur. Du bist halt ein Mädchen und ich ein Junge, sorry, aber daran kann ich auch nichts ändern.«

Halil hielt mich für eine Unruhestifterin, weil ich nicht schwieg, wie es sich für Frauen gehörte. Immer wenn ich die Hoffnung hegte, er könne mich in meinem Streit unterstützen, enttäuschte er mich. Er sah es lieber, wenn ich mich statt zu rebellieren anpasste, ließ mich hängen. Mit unwilligen Hunden ist schlecht Kaninchen fangen. Vielleicht hatte er ja Recht. Vielleicht sollte ich meine Lage realistischer in Betracht ziehen. Meine Beziehung mit Freek müsste ich dann aufgeben, würde sowieso nicht funktionieren. War ja doch nur eine unreife Liebelei, eine Art Grundschulliebe.

»Glaubst du an Gott?«, hatte ich Halil kürzlich gefragt.

Überrascht schaute er mich an. »Nun sag schon«, drängte ich.

»Also, wenn es etwas nach dem Tod gibt, dann fahre ich besser, wenn ich an Gott glaube. Gibt es nichts, ist es auch egal«, sagte er.

Das war die dümmste Antwort *ever*. Als ob Gott den Sterblichen, die so argumentierten, einfältig, hinterlistig waren, von Herzen zugetan sein würde. Mein Bruder war unfassbar dämlich. Taugte zu nichts.

Ich beschloss, nicht zu ihnen hinüberzugehen. Schlüpfte in meinen Pyjama und lag mit hämmerndem Herzen im Dunkeln. Bald würden sie Omas Wohnung stürmen, um mich zu holen, ich würde dann schlafen oder so tun als ob. Der Krieg war ein bisschen hinausgezögert.

11

Drei Jahre hält Freek es schon mit mir aus. Ich würde ihm eine Freundin gönnen, mit der er schlafen, ausgehen, verreisen kann, abends auf dem Sofa hängen oder ins Kino gehen, ohne sich ab dem Nachmittag zu stressen. Mit mir hat er eher eine WhatsApp-Beziehung. Ich hatte versucht, heimlich zu verreisen, aber unbeaufsichtigt durfte ich nirgendwohin, ob Aus- oder Inland, auch wenn ich vorgab, es sei mit einer Freundin.

»Ohne Familie wirst du nur ein einziges Mal verreisen, und zwar mit deinem Mann. Schreib dir das hinter die Ohren«, sagte Droogstoppel. Etwas anderes hatte ich nicht erwartet.

In meiner Schulzeit war es dieselbe Leier gewesen, alle Schulausflüge hatte ich verpasst, im Gegensatz zu Halil, der wegen seines Penis glücklich davonkam.

Reisen hatten ohne mich stattgefunden, außer in der zwölften Klasse nach Rom, ein Pflichtausflug, da nahm es meine Lehrerin nicht länger hin, dass ich mich bei jeder Auslandsreise zuverlässig krankmeldete. Auf ihre Nachfrage, ob meine Eltern es nicht erlaubten, was ich bestätigte, teilte sie Vater mit, es müsse dieses Mal wirklich sein, Prüfungen und Aufgaben seien damit verknüpft, ich würde sonst automatisch eine Sechs kassieren. Karbunkel wägte daraufhin zwei Wochen lang ab und beratschlagte mit Imam Wawelaar. Schließlich stimmten sie widerwillig zu, nachdem sie noch zweihundert Mal die Warnung (soll heißen: Drohung) ausgesprochen hatten, ich solle abends nicht ausgehen oder mein Zimmer verlassen, müsse die Tür abschließen, auch tagsüber, dürfe keinen Umgang mit Jungs pflegen. Ich müsse stets in der Nähe der Lehrerinnen bleiben. Sollten die Lehrer Alkohol konsumieren, müsse ich mich fernhalten. Das Schlimmste für Karbunkel war, dass ein Mädchen mit »erwachsenen Männern« verreiste, gemäß unserem Glauben strengstens verboten, ausdrücklich hatte der Imam davor gewarnt. »Das grenzt doch an Wahnsinn, Jungen und Mädchen zusammen, in dem Alter?! In einem Hotel, mit Zimmern direkt nebeneinander? *Astaghfirullah* (›Möge Allah uns vergeben‹; man drückt damit aus, etwas bescheuert zu finden), ist ja mal wieder typisch für die Ungläubigen.«

Ich muss begeistert geguckt haben, eine Nacht vorher konnte ich nicht schlafen. Ich sehnte den Morgen herbei. Jahr für Jahr hatten meine Klassenkameraden gedacht, ich wolle gar nicht mit, würde Krankmeldungen erfinden, um das Geld für die Reisen zu sparen, dabei lag es nicht an mir. Sie glaubten, ich würde bescheißen und betrügen, sei eine Spielverderberin, eine Spaßbremse, aber in Wirklichkeit schämte ich mich für die Wahrheit, als unterdrücktes und bemitleidenswertes Mädchen engstirniger Eltern bekannt zu sein. Gar nicht cool. Anders als andere, die mehrheitlich auch Muslime waren, aber verreisen und abends arbeiten durften. Wenn ich den Erzeugern damit kam, sagten sie: »Sind aber nicht unsere Kinder, haben wir nichts mit zu tun. Die können ruhig den Bezug zu ihrem Glauben verlieren, sündig und schamlos durchs Leben irren, heißt noch nicht, dass wir das auch machen. Wenn einer von der Brücke springt, springst du doch nicht automatisch hinterher?«

Ich wollte kein Mitleid. Das hasste ich. Auch damals schon. In der Klasse war ich als selbstbewusst und unabhängig bekannt, ich wollte dieses Bild aufrechterhalten, behielt also für mich, dass ich jedes Jahr geweint und tagelang gestritten hatte, um mitfahren zu dürfen.

Bei den Vorbereitungen, wenn es darum ging, die Orte auszuwählen, die wir besuchen würden, zu klären, was jeder mitbringen würde, saß ich einfach still dabei; ich würde ja doch nicht mitfahren. »Nimmst du die Bluetooth-Boxen für die Musik mit, Büsra?«, fragten sie mich vor der Fahrt nach Paris. Sagte ich ja, würden sie sich später betrogen fühlen. »Nee, sind kaputt«, antwortete ich. »Ok, dann bring du die Snacks und Red Bull.«

Die Romreise war einzigartig, ununterbrochen redeten und lachten wir – ohne Zweifel hatte ich die beste Zeit meines Lebens. Mein erster und einziger Urlaub bis heute (die Sommer im Heimatdorf meiner Erzeuger in der Türkei gehen nicht als Urlaub durch, eher als Folter) und die einzigen fünf Tage vollkommener Freiheit.

Die Lehrer kümmerten sich während unserer Reise um rein gar nichts. Ich hatte Autorität erwartet, strenge Regeln, permanente Aufsicht, aber eigentlich bekamen wir sie nur zu den gemeinsamen Mahlzeiten zu Gesicht und bei Ausflügen zu Sehenswürdigkeiten, die nicht verpflichtend waren. Das Kolosseum ließen wir wegen der Warteschlange aus, verfolgten alternative Pläne, nämlich Bungeejumping und Speedbootfahren.

Der Erdkundelehrer Radstake, normalerweise elitär und vornehm wie ein Landgutbesitzer, immer im enganliegenden Anzug, jemand, von dem man sich nicht vorstellen kann, dass auch er gelegentlich kacken muss, riss auf einmal Witze wie: »Blasen kann Mevrouw van der Horst also auch.« Entgeistert starrten wir unsere Lehrerin an.

»Was haben Sie gerade gesagt?«, fragte Derya; Radstake

zeigte auf seine Kollegin: »Sie bläst sich einen Käfer von der Hand.«

»Geil, Alter!«, schrie Devrim ein paar Flugzeugsitze weiter, riss den Daumen hoch. Plötzlich duzten wir uns, nannten alle Lehrer beim Vornamen, so lautete wohl das ungeschriebene Gesetz von Schulausflügen. Stokebroek wurde zu Erik, Radstake zu Joop, Prenen zu Ramses und Mevrouw van der Horst zu Marjan. Nach der Reise hieß es Kommando zurück. Schade eigentlich; keine Hierarchien mehr – mir hatte das gut gefallen.

Alles Organisatorische hatten die Lehrer uns überlassen, nachdem wir uns beschwerten, dass sie mit viel zu hohen Kosten kalkulierten. »Das geht billiger!«, riefen wir, als von 580 Euro pro Person die Rede war. Die verantwortliche Lehrerin gab auf: »Also Leute, wenn ihr mit dem Preis nicht einverstanden seid, dann organisiert selbst, ich spar mir die Zeit und am Ende ist es ja eure Reise.«

Rückblickend keine gute Idee. Wir buchten das billigste Hotel weit und breit, hielten Luxus (sprich: einen letzten Rest Anstand) für übertrieben, wir würden ja sowieso nicht schlafen. Die Kosten musste jeder selbst tragen, das viele Geld konnten wir verständlicherweise nicht herbeizaubern. Wir schafften es, die Kosten auf 390 Euro zu drücken, indem wir nach dem besten (sprich: dem allerbilligsten) Deal Ausschau hielten. Wir flogen mit EasyJet und es ging direkt schief: Kaoutars Koffer ging verloren, ihre Laune im Keller. Täglich rief sie den Kundenservice an, der eine »Cruise Control«-Antwort gab – sie wüssten nicht, wo der Koffer sei, würden sich aber augenblicklich darum kümmern. Da sie ohne Sachen dastand, bekam sie 100 Euro von den Lehrern, um sich für die nächsten fünf Tage mit Kleidung zu versorgen, über die Höhe des Betrags herrschte jedoch Uneinigkeit, Kaoutar als modebewusstes Mädchen fand ihn viel zu gering, um passende Outfits zu erwerben. Sie wusste genau, wann bei Zara eine neue Kollektion reinkam, und war ziemlich eitel. Zudem war sie als Instagram-Influencerin unterwegs und freute sich seit Monaten darauf, die tollsten Fotos für ihren Feed zu machen. Meneer Stokebroek fand, sie habe kein Recht auf mehr Kleidergeld, mit dem Betrag könne man problemlos Basics kaufen, aber na ja, Meneer Stokebroek kaufte seine Klamotten beim Lidl, war nicht unbedingt der Maßstab.

Das Hotel ging nicht als solches durch. Es stank, wirkte schmuddelig, viel war kaputt, Insekten fast überall. Akram, unser Orakel, hatte prophezeit: »Wollen wir wetten, dass es anders aussieht als auf den Fotos?« Die Fotos auf der Webseite waren nicht irreführend, sondern als Betrug zu werten. Das Gebäude war praktisch eine Ruine, es hätte das Kolosseum ersetzen können. Alles war eng, knarrte und quietschte, man wusste nicht, ob man vielleicht zufällig im Anne-Frank-Haus statt in einem Hotel gelandet war. Die Tapete stammte aus Mussolinis Zeiten und die Telefone waren groß wie Schuhkartons, mit Drehscheiben zur Nummerneingabe.

Die Lehrer organisierten sofort ein anderes Hotel und ließen uns in dem Loch zurück. Wer mitwollte, durfte mit – gegen Mehrkosten.

»Ach, lass sie laufen, wir sind Warriors, wir überleben das schon«, sagte Youssef.

»Hey, Joop, Erik, Ramses, Marjan, ich dachte, wir seien Freunde!«, sagte Devrim zu den aufbrechenden Lehrern.

»Nee, also echt, Leute, wir sehen, dass wir hier wegkommen«, sagte Marjan und schüttelte den Kopf.

»Ja, ja, lass gut sein, geht ruhig, lasst uns doch hier krepieren, weg mit euch und bloß nicht umdrehen!«, sagte Mo. Und kaum dass sie weg waren: »Dreckspack, hauen sich gleich in einen Jacuzzi und bestellen eine Massage *on top*, und wir sitzen uns hier schön blöd gegenseitig auf dem Schoß. Wenn ich mich bücke, um etwas aufzuheben, fühl ich den Schwanz von irgendwem an meinem Arsch.«

»Ist euch auch aufgefallen, dass Ramses' linker Hoden größer ist?«, fragte Devrim. Ramses war unser Lehrer für Wirtschafts- und Sozialkunde.

»Mann«, sagte Mo.

»Digga, geh mir weg«, sagte Youssef.

»*Tfoe* (›Das ist eklig‹ in Berbersprachen), warum guckst du auf so was?«, fragte Kaoutar.

»Sag mal, Dev, können wir dich heute Nacht mit Hasan allein lassen?«, gab Derya zu bedenken.

»Also hört mal, ich hab's ein paar Mal gesehen, guckt mal genau hin, sein linker Hoden quillt ihm aus der Hose, echt wahr, *vallah*!«, sagte Dev.

Bei der nächsten Gelegenheit schaute ich genauer hin, und tatsächlich – er hatte Recht.

Gleich in der ersten Nacht hingen wir Mädels bis frühmorgens im Hotelzimmer der Jungs ab, was bei Mutter zu einer akuten Lähmung geführt hätte, wenn sie eine Kristallkugel besitzen würde. Das Zimmer war deutlich unordentlicher als unseres. Ich gab mein Bestes, um nicht ins Straucheln zu geraten.

Wir hatten Musik laufen, italienische Snacks waren da und Dalal hatte Bacardi, Raki und Red Bull plus Eiswürfel besorgt. Was Alkohol anging, war ich Jungfrau, wusste nicht, was mich erwartete, toll war es aber nicht. Es schmeckte nach Benzin (keine Ahnung, woher ich weiß, wie Benzin schmeckt), trank man zu schnell, brannte es leicht im Rachen. Als wir alles ausgetrunken hatten, forderte Devrim Mohammed auf, Wasser in Wein zu verwandeln. »Hey, Mo, der Getränkemarkt wüsste gerne, wie euer Prophet das angestellt hat!«, brüllte er vor Lachen.

»Das war Jesus, nicht Mohammed«, sagte ich.

»Jesus ist bei euch doch auch als Prophet anerkannt? Eben!«

»Wie habt ihr es bloß geschafft, den ganzen Alk auszutrinken? War ganz schön viel«, wandte ich ein.

»Akram ist schuld, der ist erblich vorbelastet, sein Alter ernährt sich auch rein flüssig«, antwortete Dev gnadenlos. Akrams Vater war Alkoholiker. Zum Glück war Akram stockbesoffen; die Witzeleien drangen nicht zu ihm durch.

Fast alle betranken sich, was zu unvergesslichen, zutiefst komischen Gesprächen führte; ich und andere brave Muslime verarbeiteten das, nüchtern wie wir waren, zu mitleidslosen Videos und zu urkomischen Memes, die sie berühmt und unsterblich machen sollten.

Das restliche Schuljahr über machten sie in der Klasse die Runde, jeder Lehrer bekam sie zu sehen, in unserem Fotobuch zum Abitur standen sie auch. Nur Bilder der Pimmel natürlich, die Damen verlangten, ich solle das Beweismaterial schnell vernichten, bevor es zu Gerüchten käme, sie »zur Schande würden und von ihrem Bruder eine geklatscht bekämen«.

Derya hatte in jener Nacht mit Quincy geknutscht. Scharf waren sie schon länger aufeinander, das wusste jeder, eine Beziehung wurde aber nicht draus. Verständlich, denn als Derya auf der Weihnachtsfeier (ich war natürlich nicht da, Halil schon) mit ihm getanzt hatte, brodelte die Gerüchteküche am nächsten Tag. »*Oh my god*, hast du gesehen, wie Derya mit dem Schwarzen abgegangen ist? *Vallah*, geht gar nicht, kommt Hakan das zu Ohren, ist sie tot!«

Deryas Bruder Hakan war auf unserer Schule gewesen, ein Jahr zuvor aber abgegangen. Genug Informanten hatte er noch, die bahnbrechende Neuigkeit über seine Schwester konnte er schnell erfahren. Derya war türkisch, Quincy aus Surinam; fataler ging es kaum unter allen mühseligen multiethnischen Kombis, denn Quincy war Schwarz und Türken betrachten ihre Nationalität und »Rasse« als heilig. Ein Mädchen, das mit «Schwarzen« oder auf Türkisch »zenciler« anbandelte, wurde als Nutte abgestempelt und von Verwandten zusammengeschlagen, da sie angeblich geil sei auf große Schwänze. Ich kann nicht sagen, woher diese Vorstellung stammt – als ob Jungs mit mehr Melanin keine anderen liebenswerten Eigenschaften haben konnten –, aber sie hielt sich in unserer Community hartnäckig, man würde es sich schon sehr schwer machen, als Muslima einen schwarzen Freund zu haben.

Jemand aus der Klasse hatte sich dann doch verplappert, die Knutscherei in Rom wurde publik und Derya von ihrem Bruder verprügelt. Gebrochen war nichts, vorerst nur eine lehrreiche Abreibung, aber wenn sie sich nicht zügig zu »betragen« wusste, würden bald Veilchen und gebrochene Knochen folgen. Eine Woche lang kam sie wegen der Turbulenzen zu Hause nicht zur Schule und als sie wiederauftauchte, wollte sie nicht darüber reden, würdigte Quincy keines Blickes. Auf Instagram habe ich vor Kurzem gesehen, dass Derya nun mit einem Jungen aus ihrer Community verlobt ist. Verliebt und glücklich sahen sie aus. Quincy ist laut Facebook bei Charlotte Leeflang gelandet. Auch die beiden – pure Glückseligkeit.

In der zweiten Nacht sind wir mit einer Bluetooth-Box und lauter Hip-Hop-Musik durch die Straßen von Rom gezogen.

»Meine Füße tun weh, ich will ins Bett!«, nölte Quincy, als wir um 3:15 Uhr noch nicht ins Hotel zurückgefunden hatten.

»Ist hier nicht der Dschungel von Surinam, Digga, wir finden es schon noch, du Jammerlappen«, sagte Youssef.

»*Yallah*, Quins, nicht faul sein, ja? Dafür ist euereins zwar berühmt, aber jetzt ist Anstrengung angesagt«, sagte Devrim.

»Weißt du, wofür seine Leute noch berühmt sind?«, fragte ich.

»*Damn*, Büs, das musste ja von dir kommen, das ist alles, woran du die ganze Zeit denkst, was?«, sagte Devrim. Gelächter.

»Ich hab's euch ja gesagt, dass wir uns verlaufen, wenn wir es Dev überlassen«, sagte Akram.

»Fängst du schon wieder damit an, Piet?« Akram wurde von Dev Piet genannt, wie der Wettermann Piet Paulusma, weil er unablässig Prophezeiungen von sich gab, dickköpfig darauf beharrte, er sehe bestimmte Dinge sich ankündigen; eine Art Störung. Regelmäßig tönte er: »Wetten, dass ...?« und wir seufzten dann wegen so viel vermeintlicher Hellsichtigkeit.

»Hör mal, Dev, wir sind vielleicht nicht im Dschungel von Surinam, aber eine Amsterdamer Kreuzung ist das auch nicht, ich bin's leid, bist du dir sicher, dass wir richtig laufen?«, fragte ich.

»Mit Kreuzungen kennst du dich aus, was, Büs.«

Ich seufzte. Keiner lachte mehr.

»Bruder, gib mir Futter, ich kollabiere«, sagte Mo, der äußerlich wirkte, als ernähre er sich ausschließlich von Frikadellen, sein Magen ein schwarzes Loch.

»Leck mich, Fettsack, du hast doch alles aufgefressen, was wir mithatten«, sagte Dev.

Ikram warf Mo eine Tüte zu mit Minipizzen aus dem Supermarkt.

»Die kann ich nicht mehr sehen, ich will was anderes, *vallah*«, sagte Mo.

»Ja, die Dinger hängen mir auch zum Hals raus«, stöhnte ich.

»In deinem Hals steckt öfter mal was, Büs, tu nicht so, als ob du das nicht geil findest, Schwester«, sagte Dev.

Am dritten Tag gingen wir an den Strand; ein Elend, keine Entspannung. Während Jungs und Mädchen ohne Kopftuch die heißen Temperaturen genossen, schwammen, sich sonnten, hielt ich mich mit den anderen verschleierten Damen im Schatten auf. Wir glaubten, vor Hitze zu vergehen. Während die freien Mädchen im Bikini das hellblaue Wasser genossen, schön braun wurden, sich in olivfarbene Göttinnen verwandelten, lief uns der Schweiß bis ins Poloch, wie wir da mit unseren langen Ärmeln und Jeans saßen, die am Körper klebten. Sila trug zwar kein Kopftuch, chillte aber mit uns im Schatten. Sie hatte eine empfindliche Haut, wurde in der Sonne schmerzhaft rot und nicht braun. Allein von den Ausflügen zuvor war sie verbrannt. Machte sie sarkastische Bemerkungen, konnten wir ihr einfach einen Klaps geben, die betreffende Stelle glühte dann vor Schmerz. »Aua! *Red lives matter*!«

Von einem Strandverkäufer mit klapprigem Wagen, der uns in der Hitze krepieren sah, ankam, um seinen Schund loszuwerden, hatten wir einen Fächer gekauft. Dreist versuchte er es anfangs mit zehn Euro pro Fächer, aber ich wäre noch eher den Hitzetod gestorben, als so viel auszugeben für etwas, das in keinem Kaufhaus mehr als ein Euro kostet. Und das verklickerte ich dem Typen. »I'm not crazy, I won't pay that much, I give you 3 euros for each, which is still too much, but that's what I'm offering you«, sagte ich.

Er tat entrüstet, als wolle er weggehen, ich wusste aber, dass es nur gespielt war.

»Kauf doch einfach, ist egal, wir sterben noch vor Hitze, *crazy chick*!«, sagte Hasan neben mir, der einzige Junge, der auch nicht ins Wasser ging und mit uns Mädels abhing. Schon immer machte er den Entertainer für unsere Gang, für die anderen Jungen der Schule war das nicht selten Anlass genug, ihn lächerlich zu machen und zu erniedrigen; er verhielt sich halt weibisch. Hasan war schwul, das war unschwer zu erkennen, und es machte ihm das Schulleben schwer. Ich war häufig Zeugin davon, wie er von Leuten als »Scheiß-Schwuler« beschimpft wurde, wenn sie gehört hatten, dass Hasan ein Homo bzw. auf Türkisch *ibne* war.

Hasan war ein Schatz, ich wurde traurig, wenn ich ihn so belagert sah. Eines Tages hatte ein Trüppchen beschlossen, es nicht bei Beschimpfungen zu belassen. Als Hasan eine Treppe hinablief, wurde er geschubst, knallte hin.

»Schau dir die schwule Sau an, haha, sein Arsch schmerzt noch von gestern.«

»Ieh, ich muss meine Hände waschen!«

Wut stieg in mir auf, zu Boden werfen wollte ich sie, ihnen unfreiwillige Sterbehilfe aufzwingen, mit einer Harke ihre Augen ausstechen, aber dann scheuchte ich sie nur weg: »Haut bloß ab, ihr Idioten!« Fröhlich lachend zogen sie weiter.

Wenn er wenigstens nicht so auffällig wäre, ein Alpha-

Homo; Hasan war aber ein Handtaschen-Homo. Vor meiner Freundschaft mit ihm hatte ich keinerlei Zweifel gehegt, dass Homosexualität eine Krankheit war, mindestens eine freie Wahl darstellte, zu ändern war, wenn man nur wollte. So hatte ich es auf der Koranschule gelernt: Heilung war möglich. Und wenn sie nicht gelang, dann war es eine Prüfung, die Gefühle mussten erstickt werden, mit ausreichend Willensstärke und Gottesfurcht würde das gelingen. Heute weiß ich sicher, dass Homosexualität nicht frei zu wählen ist, sonst gäbe es keine Heterofrauen.

In islamischen Ländern begehen viele Homosexuelle Selbstmord. Kaum verwunderlich, denn Gott ist bei diesem Thema gnadenlos.

Und das von Gott gefällte Urteil über Homosexualität führte zum ersten Kratzer oder besser gesagt Knacks, den meine felsenfeste Überzeugung von der Absoluten Wahrheit abbekommen hat.

12

In der dritten Nacht auf unserer Reise schmerzte Ikrams ganzer Körper, wohl wegen Bettwanzen, von Kopf bis Fuß war sie von Quaddeln übersät. Sie konnte sich vor Schmerzen kaum rühren. »Weil wir so geil darauf waren, Kosten zu sparen, sitzen wir jetzt in einem Hotel mit Bettwanzen, im Zimmer der Jungs funktioniert die Toilettenspülung nicht und bei den Mädels haben wir null Klimaanlage oder Warmwasser!«, schrie sie uns an.

»Mo wollte das Loch buchen«, sagte Derya vorwurfsvoll.

»Mo muss immer für alles herhalten!«, sagte Devrim und griff nach Mos Kopf.

»Mo hat vielleicht zuerst gesagt, was er will, aber gezwungen hat er uns nicht, es zu schlucken«, sagte ich.

»Da bist du natürlich Profi, Büs, im Runterschlucken!«, sagte Dev.

»Alle habt ihr zugestimmt, elendiges Pack, lastet mir nicht sämtliche Sünden Israels an«, meinte Mo.

»Ich will ja nichts sagen, aber ich habe euch gewarnt«, sagte Akram.

»Du hältst schön dein Maul, Piet, kommst mit deinen Prophezeiungen um die Ecke, prahlst rum, aber nur wenn's gerade in den Kram passt; selbst eine Uhr, die still steht, zeigt zweimal am Tag die richtige Uhrzeit, hinterher ist jeder klüger«, sagte Dev.

»Nie wieder, die reine Hölle hier, das Personal spricht kein Englisch und sie würdigen dich keines Blickes, spricht man sie an, wird man angeschnauzt«, ergänzte Youssef, der am nächsten Tag auch unter Juckreiz litt. »Das Schlimmste ist ja wohl das Essen, Jungs. Das Müsli schmeckt nach Whiskas, und Alternativen – Fehlanzeige, außer: pappiger Zwieback und Käse wie Schuhsohle«, jammerte Devrim.

»Außer pappigem Zwieback«, sagte ich.

»Büs, fuck off.« Ich war berüchtigt, alle zu korrigieren, sie zu nerven, auch während unserer WhatsApp-Gespräche, in denen es vor Dativ-Fehlern wimmelte. Meistens ignorierten sie meine Korrekturen. Heute, drei Jahre später, gilt das noch immer.

In der Gegend um unser »Hotel« wimmelte es vor Flüchtlingen und Bettlern. Nietzsche hatte Recht, was Bettler betraf; man sollte sie ganz abschaffen, man ärgert sich, ihnen zu geben, und ärgert sich, ihnen nicht zu geben. Wüsste ich es nicht besser, würde ich denken, ich sei in Marokko und nicht in Rom. Nicht dass ich jemals in Marokko gewesen wäre, aber aufgrund unzähliger Reiseberichte von Freunden hatte ich ein gefestigtes Bild vom Land. Selbst in der Türkei hatte es nicht so viele Bettler gegeben, obwohl Italien in Europa liegt und wohlhabender sein müsste, jedenfalls erwartete ich das.

Wir hatten wohl ein Hotel im Ghetto gebucht. Die Mädchen wurden rund um die Uhr belästigt, Gezische, Gepfeife, Gelaber in einer uns unverständlichen Sprache, aber sich auszumalen, was sie gesagt haben könnten, erforderte nicht viel Fantasie. Die Lehrer warnten uns vor Taschendieben und Betrügern. Trotzdem landeten sie einen Volltreffer: Eine Frau mit Kleinkind schien auf der Straße ohnmächtig zu werden, wir hechteten mit anderen Fußgängern zu ihr. Fünf Minuten später kam sie zu sich, bedankte sich ausdrücklich für unsere Hilfe, suchte auffallend schnell das Weite – da hatten ein paar von uns weniger Geld, einer kein Handy mehr.

Die vielen Nonnen im Straßenbild fielen mir auf. Sie liefen rum wie meine Verwandten. Im Vatikan wurden einige von uns wegen zu knapper Kleidung ermahnt. Wenn die Herren nicht ihr T-Shirt anziehen, die Damen ihren Rock in die Länge ziehen würden, würde man uns des Ortes verweisen. Wie in einem Scharia-Staat.

Unablässig wurden wir von Straßenverkäufern verfolgt, die uns »Markenkleidung« andrehen wollten. »Louis Vuitton, *real, vallah*«, tönten sie. An den Kopftüchern konnten sie ablesen, dass wir ein islamisches Trüppchen waren, also machten sie auf Arabisch weiter, obwohl Türken kein Arabisch verstehen und Marokkaner gar keine Fremdsprache sprechen, höchstens ein paar Slangwörter aus den Berbersprachen.

»Hey, Sadaf, was labern die?«, fragte Devrim.

»Ich bin Afghane, du Stümper, nix Arabisch.«

»Weiß ich doch nicht.«

»Klingt wie das eine Lied, wie war das noch ... Gammela Gammela«, sagte Quincy.

»Ganz genau, alles eine Wichse«, meinte Devrim.

Dev war halb Niederländer, halb Kurde, zudem offener, fanatischer Befürworter eines souveränen kurdischen Staats, ein unverhohlener PKK-Sympathisant; in den letzten Jahren hatte das zu heftigen Diskussionen mit den Türken in unserer Klasse geführt. Leidenschaftlich diskutierten sie die Frage, ob Widerstandskämpfer oder Terrorist – zusammengefasst. Sadaf meinte daher: »Hör mal, Devrim, woher kommst du nochmal? Welche Sprache sprechen sie da? Ach ja, sorry, ist mir fast entfallen, aus dem Land auf keiner Weltkarte.«

»Das saß!«, feuerten die Typen sich gegenseitig an.

»Gutes Comeback. Muss ich zugeben. Macht mich demütig«, sagte Devrim, einem Sportsmann gleich. Dann verkündete er: »Was nicht ist, kann noch werden, Alter, wart nur ab«, worauf Derya entgegnete: »Was nicht ist, kann für immer ausbleiben«; dann sagte ich zu Devrim: »Tu doch nicht so, als ob du morgen als Soldat in Kurdistan kämpfst. Du kämst doch am liebsten mit Holzschuhen und Tulpen in die Schule, Mann, bist holländisch wie die Deltawerke und Torfboden.« Gelächter. Devrim war, jeder wusste das, niederländisch, durch und durch, wie Zugverspätungen – sein kurdischer Nationalismus unglaubwürdig. Seine Mutter stammte aus dem Jordaan, einem Amsterdamer Arbeiterviertel, von ihr hatte er den Akzent; außerdem hörte er am laufenden Band niederländische Kneipenmusik, auch im Hotel. Die Zimmergenossen hatten die Nase voll davon, sabotierten seine Verbindung zu den Bluetooth-Boxen. »Bruder, *fuck off*, tagein, tagaus mit deiner holländischen Musik, *wesh* (Vorsilbe in Berbersprachen, die ich nicht übersetzen kann), du sitzt hier in keiner Kneipe *wela* (Nachsilbe, die ich nicht übersetzen kann)«, sagte Youssef, als wir nachts dicht an dicht im Zimmer der Jungen zusammensaßen. »Hazes ist halt ein Held, seine Musik muss man fühlen, die muss einen durchdringen«, entgegnete Devrim, woraufhin Ayoub entgegnete: »Ey, ich schwör bei Allah, mach die Musik aus oder ich dring in dich ein, Alter.«

Ein lautes Geräusch ließ mich zusammenzucken. Das Zimmertelefon. »Shit, jetzt kommt wieder eine Beschwerde, ich sagte doch, mach leiser, *vallah*!«, sagte Aimane.

»Stress nicht rum, Bro, chill«, sagte Devrim und nahm den Hörer ab. »Yes? Aah, okay. Yes, we are sorry. Ok. Ok. Yes, we will lower the volume. Good night. Sexy lady«, sagte er und legte auf. Wir lachten.

»Woher weißt du eigentlich, dass die sexy ist? Hast du die gesehen oder was?«, fragte Youssef.

»Keine Ahnung, ist nur Spaß«, sagte Dev.

»Nachher ist es so 'ne fette Sau, 120 Kilo, Kurzhaarschnitt, die kommt dich dann holen«, sagte Quincy.

»Da stehst du doch drauf, Quins, üppig Fleisch.« Gelächter.

»Nee, nix üppig Fleisch, bist du wahnsinnig, ich bin doch kein Metzger, alles in Maßen bitte.«

»Ja klar, Mann, du besorgst es ihr ganz sicher, wenn du kannst, liegst doch schon ein Weilchen auf dem Trockenen, Quins.«

»Nix da, ich kann fast immer, weißte ja, aber eine, die so rund ist, dass sie die Straße hinabrollt, wenn sie hinfällt? Da kriegt mein *Tollie* (Surinamisch für Penis) Panik.«

»Glaub mir ruhig, Bruder, man muss nur wollen, dann kannst du ihn überall reinstecken, außer in einen Typen vielleicht, aber im Gefängnis machst du auch das.«

»Hallihallo, wir sind übrigens auch noch da, von euren Schwanzgesprächen kann einem übel werden«, sagte ich mit Blick auf uns Mädchen.

»Ach, Büsra, halt dein Maul, mach jetzt bloß keinen auf Heilige; wenn die Mädchen nicht da sind, redest du wie ein LKW-Fahrer. Du hast so viele Gesichter, wie auf einer Drehbühne wirfst du dir eine Kutte über bei der einen Strophe und holst bei der nächsten ein Analsex-Kit hervor«, sagte Devrim. Gelächter.

»Anal mach ich nicht«, sagte ich. Lauteres Gelächter.

»Aha, alles andere aber schon?«, wollte Emre wissen.

»Klappe, Junge, das sind *jokes* hier, klar?«, sagte Mo, der mich ab und zu verteidigte.

»Mädchen dürfen solche Witze nicht machen, Bruder, tu doch nicht so«, sagte Emre.

Ein paar Mädchen und Jungen nickten zustimmend.

»Eigentlich nicht, Büsra ist aber ein Sonderfall«, fand Akram.

»Wie ich dich kenne, hast du bereits alle Schwarzen weit und breit durch, Schlampe«, sagte Devrim.

»Überhaupt nicht! Ich steh auf blond«, sagte ich. Es wurde gelacht, von den meisten. Nawal, Kübra, Mahsume, Hind und Kaoutar warfen mir missbilligende Blicke zu. Als Frau stünden mir dreckige Witze nicht zu, meinten sie, die braven Muslima. Beten ist schon crazy genug.

Emre verurteilte mein Verhalten, das hatte er bereits öfter zu verstehen gegeben. »Reiß dich zusammen, Büsra, komm schon, Schwester, sind zwar nur Witze, aber trotzdem, zeig ein bisschen Selbstachtung, welches türkische Mädchen würde reden wie du?«, sprach er mit ernstem Blick. »Geht mich ja nichts an, bin nicht dein Bruder oder Mann, aber du erniedrigst dich, wenn du dich so benimmst.«

Als hätte er das Recht, sich einzumischen. Wir hatten uns nie gemocht, Emre und ich. Er war ein typischer Vertreter des humorfreien Heuchlers, der meinte, solche Witze seien Männern vorbehalten, bei Mädchen laberte er auf einmal von vagen Konzepten wie »Selbstachtung«. Er war ein netter Junge und meinte es sicher gut, war ja nur Opfer seiner Erziehung, aber deswegen durfte man noch nicht heuchlerisch sein und mich zurechtweisen. Ich konnte eigentlich nie freundschaftliche Kontakte zu türkischen Jungs pflegen, auch bei der Arbeit nicht, denn die hielten alles für einen Flirt, auch wenn man nur quatschen wollte. Die marokkanischen Jungen waren im Alltag, warum auch immer, lustiger, offener. Kürzlich hörte ich, wie eine Cousine von mir das Thema anschnitt, absolut revolutionär, ich war perplex. Ich erlebte es selten, dass jemand aus meiner Community schmutzige Wäsche in der Öffentlichkeit wusch. »Wenn ich die Kinder zur Schule bringe, kann ich den Vätern der niederländischen Kinder problemlos Hallo sagen und ein bisschen Small Talk betreiben, aber bei türkischen Vätern geht das gar nicht, das wird sofort merkwürdig, es gibt da eine ungeschriebene Regel, dass Mann und Frau nicht miteinander sprechen, aber wie dämlich ist das eigentlich, warum sollen Muslime untereinander keinen Small Talk machen? Die Leute stellen sofort Spekulationen an«, beschwerte sie sich völlig zu Recht.

»Du sollst doch die Musik leiser machen, Alter, denk an die Tussi eben«, sagte ich zu Youssef.

»Leiser? Von wegen. Können mich am Arsch lecken, *vallah,* total unverschämt, sollen froh sein, dass wir überhaupt was zahlen für diesen Schweinestall ohne Warmwasser und Airco«, sagte Dev.

»Nicht mal unsere Scheiße können wir wegspülen, nur mit Mineralwasser, bald müssen wir eine Fäkalienkarre ordern«, sagte Mo.

»Echt wahr, Digga, heute Morgen haben wir kalt geduscht, ist zum Glück Sommer, sonst wären wir alle krank«, sagte Dalal.

»Ich bin immer noch voll mit Quaddeln, scheiß Bettwanzen!«, sagte Ikram.

»Hey, lass Futter rüberwachsen!«, rief Mohammed Devrim von seinem Etagenbett aus zu, da der in der Nähe des Tisches mit den Snacks lag. »Den ganzen Scheißtag lang hab ich noch nix gegessen.«

»Klar, Mann, die Pizzen haben sich selbst aufgegessen, was?«, sagte Kübra.

»Oh, ja, okay, aber mehr war nicht, ich brauch Futter, bin ein starker Junge, weißt du doch.«

»Hier, Fettwanst, nicht aufessen, was überlassen; wenn

wir demnächst unter Trümmern festsitzen, weil die Ruine hier einstürzt, kannst du von deinen Reserven zehren, wir nicht«, sagte Devrim und warf ihm Brot, Chips und Waffeln zu.

»Hast du jemals gesehen, dass Mo Essen überlässt? Der ist ein Staubsauger, *vallah*«, sagte Hasan.

»Ohne Mein und Dein könnt die Welt so herrlich sein, Jungs«, sagte Mo mit vollem Mund.

»Hey Mo, wenn du nichts übriglässt – ich schwöre, ich fick dich im Schlaf. Meiner ist ja zum Glück noch ganz, weil meine Erzeuger mich als Baby nicht unters Schafott gelegt haben«, sagte Devrim.

»Tja, ganz und abstoßend, mit dem Dreck, der sich da ansammelt; außerdem können wir länger, wenn's denn sein muss, während bei euch nach dreimal Stöhnen Schluss ist«, sagte Emre. Demzufolge war Emre keine Jungfrau mehr, hielt damit auch nicht hinterm Berg. Würde ich mich so verhalten, würde er mich als *kahba* beschimpfen.

»Aha, Emre, wie kommt es wohl, dass du da so informiert bist, wo du doch gerade noch über Selbstachtung geschwafelt hast und Sexwitze ablehnst?«, wollte ich wissen.

Quincy musste lachen. »Wow, denkst du wirklich, nur vom Pissen wäre er dermaßen verschlissen? Emre schiebt ihn rein, wo er kann, Hauptsache, es atmet, kein weiterer Kommentar«, sagte Quins.

»Bruder, das ist normal, wir sind Männer, so sind wir halt, animalisch; bei Frauen geht das nicht, weißt du doch, sonst bringst du Schande über dich und deine Familie.«

Bei muslimischen Jungs sind Werte und Normen vertrackt, schwerlich in einem kohärenten Korpus von Gesetzen und Regeln zu fassen. Das Tugendgeschwafel ist aber nichts wert, wird nicht entsprechend gehandelt. Wie unbekümmert Anständigkeit geheuchelt und zur Schau gestellt wird, hat unbestreitbar etwas von einer plumpen Provokation.

»Ohne Vorhaut ist hygienischer – die Vorstellung macht keinen Sinn, für Hygiene kann man selbst sorgen, braucht man nichts für wegschnippeln; mit einer Zehenamputation kann man auch seinen Fußpilz bekämpfen«, nahm ich den Faden wieder auf.

»Aber man kann länger, *vallah«*, tönte es.

»Laber nicht – was mit einem Wettbewerb? Ab zu den italienischen Huren und dann wollen wir doch mal sehen, wer länger kann, du Angeber«, sagte Dev.

»Hey, jetzt muss ich an deinen behaarten Arsch denken, Mann; ich krieg nichts mehr runter. Einen hoch auch nicht mehr, mit dem Bild im Kopf, egal bei welcher Frau«, gab Mo zum Besten. Gelächter.

»Ja, geil, leck mich doch an meinem haarigen kurdischen Arsch, ein echter Mann hat Haare«, sagte Devrim.

»*Oh my god*, worüber redet ihr?!«, sagte Kaoutar.

»Hast du einen behaarten Arsch?«, fragte ich Devrim.

»Klar doch, jeder Mann hat Haare am Arsch, Büs, tu doch nicht so, als ob du das nicht wüsstest«, sagte Dev.

»Jeder Mann?! Du denkst wohl, dass jeder ein Bonobo ist wie ihr? Nur Türken haben behaarte Ärsche!«, sagte Mo.

»Echt wahr, Alter, ich hab keine Haare am Arsch«, sagte Youssef.

»Ich auch nicht«, tönten sämtliche marokkanischen Jungs im Chor, während die türkischen Herren schwiegen.

»Ich bin Kurde, kein Türke«, sagte Devrim. »Dein Alter kommt aus der Türkei; ob du willst oder nicht, du bist ein Scheißtürke, deine behaarten Arschbacken sind der eindeutige Beweis, daran sieht man, ob jemand Türke ist – ist euer Aushängeschild«, sagte Mo.

»Jetzt verstehe ich endlich, warum sämtliche Pädos von Holland laut Statistik eher auf marokkanische Jungs stehen und nicht auf türkische. Dieser Frage habe ich mich in letzter Zeit intensiv gewidmet, jetzt weiß ich endlich, warum«, sagte ich.

»Du widmest dich gerne intensiv den Dingen, was, Büs«, sagte Devrim. Gelächter.

»Ja, in letzter Zeit habe ich mich regelrecht daran aufgerieben«, sagte ich. Die Reaktion ließ nicht auf sich warten: »Ja, du reibst gerne«, sagte Devrim prustend vor Lachen. Niemand begriff richtig, warum Devrim immer vulgäre Witze über mich riss, ich war ja ein keusch bekopftuchtes Mädchen, nie mit einem Jungen beim Betrachten seiner Briefmarkensammlung erwischt worden. Ich hatte auch niemandem in der Klasse erzählt, dass ich am Daten war, eine Beziehung hatte; sie meinten, dass Devrim einfach Witze riss, um mich zu ärgern, ohne Grundlage. Nur leider war Devrim nicht bloß ein Poser; vor einigen Monaten hatte er mich ertappt, auf frischer Tat, knutschend am Hauptbahnhof Den Haag. Dev hatte seine Schwester besucht. Er hatte mich beim Knutschen mit Freek fotografiert, ich bekam das Foto, als ich im Zug saß, zusammen mit der Nachricht »Geiler Typ!« plus Daumen-Emojis. Es folgte ein »Machst du gut!«, während ich im Schockzustand auf mein Handy starrte.

»Ich habe mir immer schon gedacht, dass du mit deinen Schmuddelwitzen nicht die Heilige bist, als die du dich ausgibst«, las ich, gefolgt von einer Vielzahl an Emojis. Ich hatte verdammt viel Schwein. Ein Stein fiel mir vom Herzen, dass es Devrim war, der mich gesehen hatte, ein anderer Junge aus meiner Klasse oder der Schule hätte es sofort weitererzählt, es hätte die Runde gemacht, wäre bei Halil zwei

Stufen unter mir gelandet. Devrim war nett, liberal, nicht missgünstig. Sofort hatte ich ihn angerufen, ihn inständig gebeten, das Foto zu löschen, es niemandem zu erzählen; dabei zitterten meine Hände und mit Mühe hielt ich das Telefon fest. Er ließ sich darauf ein. Ich wusste, dass ich ihm vertrauen konnte. »Immer mit der Ruhe, Büs, tief einatmen, Mann!« Trotz des Steins, der mir vom Herzen gefallen war, stresste ich mich den ganzen Tag lang mit dem Gedanken: Und wenn es nicht Devrim gewesen wäre? Wenn er das Foto weitergeleitet hätte? Ich musste aufpassen, nicht davon ausgehen, dass Den Haag sicheres Terrain war. Seitdem hielt Devrim mich für ein Multi-Tasking-Talent, für jemanden, der aus Angst vor seiner Community außerhalb der Stadt mit Hinz und Kunz rummacht. Ich hatte den Eindruck nie korrigiert, nicht zugegeben, dass es sich um meinen festen Freund handelte; war seine Sache nicht.

»Boah, Mann, stell dir vor, heiratest als Mädel einen türkischen Typen, freust dich mega auf die Hochzeitsnacht und dann – liegt er auf dem Bett und zieht die Boxershorts aus, guckst du auf einmal auf haarige Arschbacken und fragst dich, hab ich Ziegenbock oder Türken geheiratet. Haha!« Mo konnte sich wie immer wegen seines eigenen Witzes vor Lachen kaum halten. Ein paar kicherten mit.

»Arschhaare kannst du rasieren, Charakter kriegt man nicht organisiert – ein Problem, mit dem viele Marokkaner ihr Leben lang zu kämpfen haben«, sagte Emre, der stets meinte, die türkische Ehre verteidigen zu müssen.

»Oooooooooooh«, schallte es durchs Zimmer.

»Unser Arsch mag behaart sein, dafür sind wir kein Scheißvölkchen wie ihr, *vallah*, ihr verkauft doch noch eure Mutter für ein bisschen Drogengeld, klaut alles, was nicht niet- und nagelfest ist. Tu doch nicht so. Die Türken sind hart arbeitende Leute, ihr liegt auf der faulen Haut. Aber gut, der Apfel fällt eben nicht weit vom Stamm, Abschaum bleibt Abschaum«, sagte Devrim, der sich plötzlich auf die Seite der Türken schlug. Vor nicht allzu langer Zeit war bekannt geworden, dass vor einem Klub in der Nähe unserer Schule der abgetrennte Kopf eines gewissen Nabil von der marokkanischen Mafia abgelegt worden war, um Rache an einem verfeindeten Clan zu üben.

»Ooooooh«, schallte es erneut.

»Was gibt's da zu lachen für dich, Quins?«, schnauzte Mo. »Wir haben immerhin so was wie Kultur, Religion und Folklore, ihr habt nicht mal das. Eine eigene Sprache auch nicht. Nicht mal einen Familiennamen! Seid doch immer noch der Besitz der weißen Männer, tragt ihre Namen, betet ihre Götter an, sprecht ihre Sprachen! Welcher Schwarze heißt denn bitte Quincy de Vries?!«

»Ooooooh«, schallte es erneut.

»*True*«, sagte Quins, um sich drei Sekunden später an Devrim zu richten: »Aber ich kann das Land meiner Vorfahren wenigstens auf der Weltkarte zeigen!«

»Oooooh! Das war gemein!«, schrien alle durcheinander.

»Soll euch die Cholera erwischen, fallt doch meinetwegen alle tot um!«, sang Devrim aus voller Brust mit Ciske de Rat, der just im rechten Augenblick durch die Boxen drang. »Kein Bock, schön brav zu lernen, in der Gosse end ich ja doch!«

»Verdammte Scheiße, jetzt ist wieder seine depressive Kackmusik angesagt«, sagte Mo. Youssef hielt sich die Ohren zu, Aimane zielte mit dem Adidas-Slipper auf Devrims Kopf, der geschickt auswich.

»Gib alles, Dev, her mit dem Hochgenuss«, sagte ich und bekam eine Bananenschale an den Kopf.

»Mach gefälligst was Normales an, du Sack!«

Französischsprachiger Rap.

»Und außerdem«, fuhr Quins fort, »sind meine Vorfahren zwar Sklaven, aber eure haben sich freiwillig entschlossen, ihr Land zu verlassen, um Drecksarbeit zu machen. Ich weiß nicht, was schlimmer ist: versklavt werden oder sich aus freien Stücken knechten lassen, wohl wissend, dass man nur der Lückenbüßer ist, weil die legale Sklaverei nicht mehr existiert und Roboter noch nicht erfunden wurden.«

»Oooooooh«, erklang es im Chor.

»Okay, *done*, wir wurden komplett gedisst«, sagte Youssef.

»Ich nicht, in meinem Land ist Krieg, sonst hätten meine Eltern es nicht verlassen, in Afghanistan hatten wir mehrere Juwelierläden«, sagte Sadaf.

»Ja, weil deine Leute eine Schraube locker haben, so dass sie sich die Köpfe einschlagen für die rückständigsten Überzeugungen, weil der eine anders betet als der andere, also hör auf, dich aufzuspielen, Schätzchen«, sagte Devrim.

»Halt die Fresse, deine Nation ist geografisch nicht auszumachen«, sagte Sadaf.

»Jahaaaa, was anderes fällt dir auch nicht mehr ein, du Sack. Ich bin außerdem halb niederländisch, da habt ihr als Pack natürlich nichts mehr zu vermelden, würdet ihr ja die Hand beißen, die euch füttert. Im eigenen Land würdet ihr den lieben langen Tag Ziegenköttel schippen, wie eine Legehenne gebären und Kühe melken in eurem trostlosen Inzuchtkaff, wo es jeden Tag gerade zum Überleben reicht. Der einzige Höhepunkt in eurem Leben – wenn eure Kuh kalbt, so dass ihr am Ende des Jahres ein paar Zehner verdienen könnt, Allah würdet ihr dafür auf den Knien danken.«

»Eure Eltern haben nicht mal eine echte Geburtsurkunde. Migranten haben deswegen an Neujahr Geburtstag; sie erfinden ein Geburtsdatum, schätzen ihr eigenes Denkvermögen so ein, dass sie sich ein anderes Datum nicht merken könnten – also alle dasselbe Datum«, sagte Dev, der unsere Diskussion endgültig für sich entschieden hatte. Dev war rundheraus, fast schon derb. Was ihm in den Sinn kam, sagte er, ohne Maskerade, ohne Wohlfühlmassage, ohne sorgfältiges Abwägen, einfach drauflos; er tat immer als Erster seine Meinung kund, grölte im Klassenraum, hatte stets einen Kommentar parat – ich hatte also nichts anderes erwartet. Dev war ein Penner, aber seine Ehrlichkeit gefiel mir. Er machte bei Diskussionen kurzen Prozess und fragte sich nie, wie gefährlich das Terrain war, auf das er sich begeben würde; neidisch war ich auf seine Unerbittlichkeit, die Schnelligkeit, mit der er Worte abfeuerte. Ruchlos zu sein – ein Vorrecht der Jugend, nicht nur das gefährlichste, sondern auch das kostbarste.

Tatsächlich hatten meine Erzeuger beide am Neujahrstag Geburtstag. Heißt aber nicht, dass wir es je feierten. Wie alt sie waren, wusste ich nicht. Gefeiert wurde bei uns gar nichts; Erfolge waren erfüllte Pflichten, keine besonderen Leistungen. Als die Ergebnisse der Abiturprüfungen bekannt gegeben wurden, mir am Telefon mitgeteilt wurde, dass ich bestanden hatte, erzählte ich es meinem Vater; daraufhin fragte er mich, wer verstanden hatte. Ich übersetzte ins Türkische. »Ah, okay«, sagte er und guckte weiter Fernsehen. Nach der Abiturfeier zog ich mich um und ging arbeiten. Auf die Nachfrage einer Nachbarin, warum wir nicht feierten, ich hätte doch das Abitur bestanden, sagte Vater auf uns Kinder zeigend: «Natürlich müssen sie bestehen, fehlt mir gerade noch, dass sie durchfallen! Sie haben ein Dach über dem Kopf, gutes Essen, null Sorgen im Leben, keinen prügelnden spielsüchtigen Trinker als Vater, keine fahrlässige Mutter, wie ich damals, haben seit ihrem vierten Lebensjahr täglich Unterricht gehabt – natürlich müssen sie den Schulabschluss schaffen! Was gibt es daran zu feiern? Ist doch wohl das Mindeste? Was sollen sie sonst tun? Auf der Straße abhängen? Im Leben zeigt sich erst, ob man es geschafft hat, wenn man nach dem Abschluss eigenes Geld verdient und für Mama und Papa ein schönes Haus kauft!«

Meine Erzeuger hielten nichts davon, auf sich selbst oder andere stolz zu sein. Brachte unsere Nachbarin ein Stück Kuchen vorbei, weil ihre Tochter den Führerschein geschafft hatte, verputzte Vater den Kuchen, fragte dann, was es daran in Gottes Namen zu feiern gäbe. Galt auch für Ehejubiläen, Silvester, Geburtstage, Geburten, Babypartys, Zeugnisfeiern und andere Feste der Einfältigkeit. »Als das Kaninchen seinen Schwanz am Berg rieb, meinte es, mit dem Berg gerammelt zu haben«, bemühte Vater ein türkisches Sprichwort; zusammengefasst – einen Verdienst sollte man nicht größer machen, als er ist.

Als Halil das Abi geschafft hatte, war das Restaurant, in dem er arbeitete, exklusiv gemietet worden. Die Familie einer Abiturientin gab ein großes Fest, Halil bediente. Der Vater der Abiturientin fragte ihn nach seinem Alter und was er so mache. Halil antwortete; verwundert fragte der Mann, ob er etwa auch Abitur gemacht habe. Ja, genau, eine Feier gebe es aber nicht. »Verrückte Welt, was, mein Junge; wir feiern, weil meine Tochter endlich, nach einer Extrarunde, ihren Abschluss in der Tasche hat, und du, hast ein richtig gutes Abi und bist einfach bei der Arbeit, als ob es nichts Besonderes wäre. Als ich jung war, war ich wie du. Immer hart geschuftet; fand, es gebe nichts zu feiern, müsse alles noch besser werden. Damit kommst du im Leben weit, weiter, als wenn man in Watte gepackt wird wie meine Kinder. Halt die Ohren steif, Junge!«

»In den Niederlanden haben wir Türken von allen Menschen mit Migrationshintergrund die höchstentwickelte Kultur«, sagte Emre.

»Mach bloß nicht den Bock zum Gärtner. Ihr und die Marokkaner – ihr seid doch auch nur Nordafrikaner. Habt rückständige kollektivistische Kulturen, erschießt auf der Straße eure Töchter, wenn sie einen Freund haben. In euren Ländern diskutieren lauter Kleinhirne bis zur Bewusstlosigkeit, ob man im Ramadan seine Zähne putzen darf; vergeblich versucht man sich an Demokratie, einem noch recht ungewöhnlichen Konzept. Nordeuropa hat ganze LKW-Ladungen von euch ohne Qualifikation nach dem Krieg geholt, in rauschhaftem Paternalismus, aus antipatriotischer, germanischer Selbstüberschätzung, aus einem Trauma heraus; Jahrzehnte später haben sie sich dann gefragt, welchen Klotz sie sich da ans Bein gehängt haben. Vor lauter Bravour hatten sie damals die Vorstellung, dass, wie rückständig eine Kultur auch ist, wie sehr die Menschen auch verlottert waren, alles machbar sei; sie sublimierten die Geschichte bis ins Unendliche, denn Schuldgefühle verzerren die Wahrheit. Ist ein Überbleibsel des Christentums; je jämmerlicher, desto heiliger. Es gibt zu viele Menschen, denen man einen Dienst erweist, wenn man ihnen Anlass zu Mitleid gibt. Später haben sie die Migranten in Randbezirken sich selbst überlassen, alles überwuchern lassen; die Tugendelite behauptete weiterhin, alles sei in schönster Ordnung. Jetzt schieben die Gutmenschen den Migranten allerlei Probleme, Ausreden in die Schuhe, Rassismus hier, Diskriminierung da; hör doch auf, die sehen Dinge, die es nicht gibt, sind religiöser, als sie denken mit ihrem Hang zur maßlosen Übertreibung. Jeder Pfurz gilt als Ressentiment. Den Türken wird manchmal ein Vertrauensbonus eingeräumt, wegen relativ niedriger Kriminalität und dem Arbeitsethos, ganz anders als beim Rest à la Oblomow, der von nichts Ahnung hat; Türken sind ja vielleicht aus besserem kulturellen Holz geschnitzt, keine Schlappschwänze, aber gut ist deswegen noch lange nichts, in der Öffentlichkeit ist von einer Fünften Kolonne die Rede, brauchen wir uns nichts drauf einbilden. Das Trojanische Pferd stehe in der Türkei oder, na ja, mitten in Europa, ist größer geworden, eine Millionendiaspora. Deren freundlichste Vertreter, die zugleich das Höchste erreicht haben, was unter Türken möglich ist, sind die Türken auf Durchreise und mit eigener Agenda, die Geldgierigen, die geselligen Raki-Trinker, Menschen, die gläubig sind ohne Gott und auch sonst nichts Verräterisches an den Tag legen; aber wie viele Türken kennt man, die diesem Land gegenüber wirklich loyal sind, sich mit niederländischen Problemen mehr auseinandersetzen als mit türkischen? Eine Minderheit; das Wissen darum und die damit verbundenen Perspektiven für die Zukunft lassen manche patriotische Kartoffel nicht kalt. Es sind rein ökonomisch interessierte Agenten, die in einer Parallelwelt leben. Früher einmal sind Osmanen mächtig gewesen, standen vor den Toren Wiens – vergangener Ruhm, längst verflossene Tage. In eurem Fernsehen sieht man Imame Querelen austragen; so streitet ihr in alle Ewigkeit, ohne nötige Kritik zuzulassen, das Volk nicht länger zum Untertanen zu machen; währenddessen fliegen wir zum Mond und entwickeln selbstfahrende Autos. Der Islam ist die letzte Ideologie des Kollektivs, die sich noch mit allen Kräften gegen Modernität zur Wehr setzt. Will man auf zivilisatorischer Augenhöhe behandelt werden, muss erst der klaffende Abgrund überwunden werden. Komm schon, ihr stürmt doch auf den Abgrund zu im Moment – muss ich gar nicht erst ausmalen. Türken bringen es auf den Punkt: Kann man ein Handgelenk nicht beugen, muss man es küssen. Die paar wenigen Verdienste, die ihr euch auf die Fahnen schreiben könnt, die euch den umliegenden Ländern näher bringen, zivilisatorisch gesehen, sind Atatürk zuzuschreiben, der seine Ideen wiederum vom Westen übernommen hat – fremde Lorbeeren, fremde Federn, hat aber funktioniert, und darum geht es ja schließlich. Auf der anderen Seite kann ja nun nicht jeder ein Papst sein. Wenn Exzellenz die Norm ist, wird Bewunderung Unsinn. Und dass die Weißen erfolgreich und wohlhabend sind, nur weil sie in der Vergangenheit, wo immer sie konnten, ausgebeutet haben, ist Stuss, hat sich gar nicht sonderlich ausgewirkt.«

»Was ist Loyalität überhaupt? Sind Katholiken loyal mit dem Vatikan oder dem Nationalstaat? Und die Juden – mit Israel oder Holland? Und was ist mit den Niederländern, die in Spanien und Portugal Immobilien erwerben, wie die Türken in der Türkei, warum hinterfragt niemand deren Loyalität?«, fragte Aimane.

»Dass Türken den Niederlanden gegenüber loyal sind, ist unwahrscheinlich. Verwundert auch wenig, denn während das Goldene Jahrhundert der Niederländer verdammt lang her ist und bereits zu Tode relativiert wurde, liegt das Osmanische Reich nicht lang zurück und Türken kultivieren ihren Nationalismus weiterhin. Viele Türken haben Verwandte, die beim Militär waren, sich an Revolutionen beteiligt haben, Jungtürken waren. Für die niederländische Flagge können die sich nicht begeistern. Man wird auch nicht ermutigt, im Gegenteil. Wer will denn bitte stolz sein auf die Niederlande? Wollen die ja noch nicht mal selber. Schon deswegen sind Friesen keine Niederländer. In den USA ist das anders«, sagte Omar.

»Man darf weniger erfolgreiche oder begabte Menschen nicht geringschätzen, auch Völker nicht, jeder hat ein Recht auf Respekt«, erwiderte Aimane und meldete damit Anspruch auf mitleidsvolle Verachtung an.

Die prompt folgte: »Also versteh mich nicht falsch, aber manche Leute brauchen mehr Antrieb. Wir sehen doch alle, dass die Demokratie in der Türkei im Moment so festgefahren ist wie die deutschen Panzer im russischen Schnee. Ist halt so, sorry, Alter; wer ein echter Kumpel ist, es gut mit dir meint, sagt dir die Wahrheit, auch wenn's schmerzhaft ist, mit Ausreden ist noch keiner weit gekommen. Ein ehrliches Urteil ist gnadenlos wie unentbehrlich, man muss unverschämt sein, um die Wahrheit zu sagen«, sagte Dev. Generell verspüren Menschen, solche wie Devrim ganz besonders, das Bedürfnis zu sagen, man solle nicht persönlich nehmen, was sie gleich sagen werden; spätestens dann weiß man, dass sie mit gestrecktem Bein reingehen werden.

»Aber mit den Kurden, denen du dich verbunden fühlst, ist es doch dasselbe. Kriegen auch nichts auf die Reihe und ihre Kultur ist der reinste Hohn«, sagte ich.

»Wir Marokkaner kriegen es irgendwann auch noch auf die Kette, *inschallah*, müssen halt den scheißkorrupten König verjagen«, sagte Kaoutar.

»Ja klar, morgen ist auch noch ein Tag«, sagte Devrim.

»Hallo, antworte gefälligst auf meine Frage«, drängte ich.

»Ich weiß; ich gebe auch zu, dass die Türken fortschrittlicher und organisierter sind als die Kurden, die leider vor allem noch Stammesdenken anhängen und ungebildet sind. Ein eigener, funktionstüchtiger Staat ist in dieser Phase fast unmöglich, dessen bin ich mir bewusst, gibt noch viele harte Nüsse zu knacken, aber noble Ideale darf man ja wohl noch haben. Beschäftigt mich auch nicht sonderlich, die können mich mal kreuzweise, schließlich wohne ich in den Niederlanden. Wenn ich Reden über Kurdistan schwinge, ist das mehr so dahingesagt, steckt kein tiefer Wunsch dahinter oder Sinn.« So viel zu Devrims Loyalität mit Kurdistan.

»In der Vergangenheit brachte der Islam prächtige Zivilisationen hervor, ließ die Wissenschaften erblühen; während sie in Europa noch die Landwirtschaft erfinden mussten, hatten sie in Syrien bereits Städte und Straßen – allein am Islam kann es also nicht liegen. Im Mittelalter waren es die Muslime, die sich offen auf die griechische Philosophie einließen, es waren ihre Übersetzungen der alten Griechen, mit umfangreichen Kommentaren versehen, die nach Europa gelangten und dort den Boden für die Aufklärung bereiteten. Wenn Muslime sich heute in einem Zustand geistiger Isolation und Ressentiments befinden, kommt das nicht durch den Islam; der Islam ist ein gleichbleibender Faktor«, meinte Aimane.

»Ach Leute, in dieser Welt fließt das Wasser immer zum Meer; selbst wenn es neue Machthaber in Nordafrika oder im Mittleren Osten gäbe, würden sie geknechtet, behindert oder niedergeschlagen werden, es wird dafür Sorge getragen, dass das Feld nicht geräumt wird. So funktioniert das halt; die Welt wird vom Klientelismus beherrscht, die großen Bosse lassen keine Konkurrenz zu. Ihr rafft es nicht«, sagte Mo.

»Ach, hör doch auf, ergibt hinten und vorne keinen Sinn, deine Verschwörungstheorie. Ihr stellt euch ja blöder als Willem Holleeder; mit dem Argument kannst du jede Diskussion über zivilisatorische Unterschiede beenden, der Trick funktioniert nicht«, sagte Dev.

»Weißt du, was eigentlich abgeht: Der Westen ist reich, weil sie damals in Afrika alles leer geplündert haben; dort müssen sie sich vom unmenschlichen Kolonialismus erst mal erholen. Dass sie noch nicht alles wieder aufgeholt haben, kannst du ihnen doch schlecht vorwerfen«, sagte Youssef.

»Das denkst du also wirklich?«, fragte Devrim, der sich auf einmal aufrecht hinsetzte.

»*Just spitting the facts*«, sagte Emre.

»Hört mal gut zu, Leute, Afrika leer geplündert? Das ist größtmöglicher Unsinn, Milliarden und Abermilliarden an Rohstoffen liegen noch im Boden, das vorneweg. Die Krux bei der Sache ist nicht etwa, dass es keine Rohstoffe mehr gibt, sondern in Afrika keine Aufklärung stattgefunden hat. Das erwirtschaftete Geld wird nicht wie hier von einem gesunden Staat absorbiert, der ins Land investiert, damit alle eine bessere Lebensqualität haben. Die Dynamik existiert dort nicht, Reichtum ist konzentriert, auf bestimmte Kreise beschränkt, denn Umverteilung findet nur bei aufgeklärter Politik statt. Afrika mangelt es nicht etwa an wertvollen Rohstoffen, sie sind verdammt reich, aber arm an Philosophie, was sich wiederum an politischer Dysfunktionalität zeigt. Es ist doch wohl eher Ideologie, die Bevölkerungen korrumpiert, die sich dann nicht mehr imstande sehen, zu argumentieren und mit dem Mittel der Vernunft die Ideologie zu überwinden. Da hast du es mit Warlords und Monarchien zu tun, die totale Kontrolle haben über Ölvorräte und Minen. Imperialistische Ausbeutung ist nicht derart systematisch und hartnäckig gewesen; was letztlich nach Europa überführt wurde, war gar nicht viel. Die ganzen Rohstoffe sind noch da. Es gibt ein paar Beispiele langfristiger Schäden, die verursacht wurden, wie etwa die spanische Abholzung der Wälder in Marokko, die sich danach nie wieder erholt haben, ja klar, aber lass dich bloß nicht verarschen. Algerien hat immer noch verdammt viel Öl und Gas, Libyen hat bis heute gigantische Erdölvorkommen, Nigeria auch. Solche Behauptungen haben nichts mit Fakten zu tun, sondern mit stereotypen Vorstellungen vom Imperialismus. Die meisten Probleme lassen sich darauf zurückführen, wie und in welcher Weise die Afrikaner sich organisieren. Niemand will aussprechen, dass das politische System sich drastisch ändern muss, in Bildung investiert werden muss; nee, dann lieber auf Europa und die koloniale Vergangenheit schimpfen, herrlich einfach, obwohl jeder Schüler nach ein bisschen Recherche schnell begreift, dass der Weltmarkt auf das reagiert, was möglich ist – mehr nicht. Gibt es Möglichkeiten, gucken Länder halt, ob sie profitieren können – im eigenen Interesse natürlich. Gibt es Stahl zu holen, holen sich die Deutschen den Stahl. Warum hat Afrika keine Elektroautos? Gibt nicht genug Nerds mit guter Ausbildung, kein gutes Bildungssystem, die Staaten sind null demokratisch. Der freie Markt des Kapitalismus eröffnet den schlausten Menschen Möglichkeiten, automatisch werden gute Produkte entwickelt. In Afrika aber hat man keine Rechte, du musst mit dem zufrieden sein, was dir zufällt, schadlos halten kann man sich an niemandem. Man darf dann aber nicht behaupten, dass Apple einem etwas wegnimmt; sie stehlen nicht, sondern kaufen es.«

»Hast du jemals von *resource curse* gehört?«, fragte Mo. Devrim schüttelte den Kopf. »Eine politikwissenschaftliche Theorie besagt, es bestehe eine Korrelation zwischen dem Entwicklungsgrad einer Gesellschaft und dem Vorhandensein von Rohstoffen. Je mehr Rohstoffe ein Land besitze, desto schlechter sei es politisch und intellektuell entwickelt, im Hinblick auf Bildung und Innovation. Länder wie Japan und Singapur besitzen keinerlei Erdöl, Gas, Edelmetalle oder Mineralien, sind aber viel wohlhabender als rohstoffreiche Länder. Warum? Weil Rohstoffreichtum eine Dynamik in Gang setzt: Autoritäre, militaristische Regimes sind nur noch damit befasst, Kontrolle über die Rohstoffe zu wahren, was wir an Algerien, Marokko und Saudi-Arabien deutlich sehen können. Der marokkanische König verdient mit Phosphathandel und Tourismus; Algerien besteht aus einer Truppe Generälen, die mit Geld aus dem Erdölhandel russische Kriegsspielzeuge kaufen, mehr ist zu dem Land nicht zu sagen.«

»Aber Leute, hört mal, Israel garantiert doch, dass es Saudi-Arabien weiterhin gibt, wo Devrim als Andersdenkender enthauptet würde. Als die Saudis einen Mann in der Türkei zerstückeln ließen, hat Netanyahu dazu kein Wort verlauten lassen. Auch Diktaturen in Ägypten und Jordanien werden von ihnen gestützt – eure Diskussion bleibt an der Oberfläche. Israel stützt alle Regimes, wo dein Kopf rollen würde, weil es sichere Nachbarn sind. In Israel darf ein Muslim keinen Juden oder Katholiken heiraten, haben die Rabbis verboten; würde Erdoğan das morgen einführen, gäbe es einen Aufschrei der niederländischen Öffentlichkeit. Ganze Gesellschaften im Nahen Osten haben kein Stimmrecht, Intellektuelle werden enthauptet, während US-Präsident und Israelis den korrupten Regimes in den Arsch kriechen. Wenigstens sollten sie dann nicht herumposaunen, es müsse endlich zu einer Zivilisation wie der westlichen gefunden werden. Wer machiavellistische Politik betreibt, kann sich den Moralapostel sparen, da muss man sich schon entscheiden. Ein echter Machiavelli hat es nicht nötig, Ehrlichkeit vorzutäuschen. Europa kann sich außerdem ganz hinten anstellen, wenn es ums Jammern geht und darum, Anteilnahme an den eigenen Problemen einzufordern, denn das Leid im Rest der Welt ist bedeutend größer – daher haben wir das Recht, die Missstände hier zu ignorieren. Nennt mich ruhig illoyal«, sagte Omar.

Später ging es unvermindert weiter mit den Diskussionen. »Jede Beziehung wird irgendwann zum Alltagstrott, selbst wenn du es mit Doutzen Kroes machst«, sagte Dev.

»Stimmt, wobei ich bei Kim K meine Zweifel habe«, sagte Quincy.

»Alter, irgendwann ist die Luft raus. Da prickelt die Cola nicht mehr. Da hat's sich ausgezwinkert. Da ist's verpufft. Immer. Und das ist halt scheiße.«

»Warum seid ihr Männer solche Schweine?«, fragte Ikram.

»Ach, ist einfach so, wir können auch lügen, behaupten, dass wir von der Monogamie träumen, aber ist und bleibt eine Lüge. Bei allen Männern!«, sagte Dev.

»Nicht jeder ist ein Bluthund wie du, Alter«, sagte Dalal.

„Glaubt mir ruhig, ihr habt keine Ahnung und keinen Schwanz, deswegen meint ihr, es gäbe Männer, die ewig treu bleiben wollen.«

»Die gibt's also nicht?«, fragte ich.

»Doch, schon, aber nur, weil's nicht anders geht, *vallah*«, sagte Mo.

»Die Wahrheit ist grausam. Habt ihr ein Buch zu Ende gelesen, wollt ihr doch auch lieber ein neues Buch?«, meinte Dev.

»Boah, war das überzeugend, Alter«, sagte Dalal und rollte mit den Augen.

»Es sprach unser Hausphilosoph«, sagte Quincy.

Plötzlich ertönte der Gebetsruf aus Aimanes Telefon. »Allmächtiger, was für ein Katzenjammer, hab mich zu Tode erschreckt, dachte schon, die Taliban würden uns überfallen«, sagte Dev und äffte den Ruf mit hoher Stimme nach.

»Hey, Freundchen, nicht machen, *vallah*! Nicht witzig«, sagte Youssef ernst und ein Grinsen unterdrückend.

»Ja, *vallah*, hör auf, das geht echt nicht«, sagten die Mädchen abschätzig, während Nawal in ihre Hand prustete.

»Ach herrje, wir sind wohl bei den Fundis«, sagte Dev und fügte sich dem Willen der Mehrheit. Aimane schaltete den Gebetsruf aus und verzog sich mit Teppich in die Putzkammer.

»Na los, Dev, du bist doch ein ganz Schlauer, setz das mal in die Praxis um, mit der Monogamie und so; du machst ja doch nur einen auf dicke Hose«, sagte Youssef.

Devrim hielt sich, schlau wie er war, bedeckt, es waren schließlich Mädchen da, die mit seiner Freundin befreundet waren. Kurz darauf sagte er: »Letztens bei der Arbeit kommt so ein Typ rein, fragt mich, ob ich *horny* sei. Ich denk: Bin ich jetzt verrückt oder was. Sag ihm, er solle das bitte mal wiederholen, da sagt er glatt wieder – na, *horny* halt!« Alle lachten und wurden ganz Ohr. Devrim arbeitete an der Kasse einer Tankstelle. »Denk ich mir: Der Typ will mich tatsächlich ficken oder was, aber klar, bin ja auch echt heiß. Dann zeigt er auf einen Corny-Riegel. Hält ihn hoch und sagt – *Corny* halt! Ich konnte nicht mehr!«

Alle lagen unterm Tisch. Es war glühend heiß, keine Klimaanlage im Hotel; mit den Fächern vom Straßenverkäufer wedelten wir uns die Arme müde.

Am nächsten Morgen sollte es zum Petersdom gehen; die Lehrer standen unten und warteten auf uns, doch die Jungs schienen in Winterschlaf gefallen zu sein. Ich betrat ihr Zimmer und es schlugen mir die widerlichsten Gerüche entgegen. »Aufstehen, ihr Ferkel! Wir warten nicht ewig!«, brüllte ich, hielt mir mit meinem Kopftuch die Nase zu – vergeblich.

»Hey, Büs, trägst du einen Hermès-Gürtel? Cool«, sagte Ayoub gähnend. Ich hatte Ikrams Gürtel ausgeliehen, weil ich selbst keinen besaß.

»Ist nicht meiner, von Iek geliehen, Markenkleidung ist nicht mein Ding.«

»Büsra hat einen Herpes-Gürtel«, sagte Devrim, der noch mit geschlossenen Augen und verkatert den Spaßvogel machte.

Ich seufzte laut. Riss ihnen Decken und Kissen weg, so dass sie sich rühren mussten.

»Ich ... sag Erik, dass wir gleich ... kommen ... geh noch dusch ... unter die ... wie sagt man ... finde sie nicht ... wie Holloway sein Kind.«

Ich hatte keine Ahnung, worüber Dev sprach, ging uns in der Gruppe allerdings öfter so.

»Ihr seid so widerlich; wie ihr gestern noch über uns hergezogen seid – mit einem Glas an der Wand habe ich alles gehört. Wie hast du das genau gemeint – Büsra macht in fünf Jahren Escort?«, fragte ich Dev.

»Wer lauscht, ist selber schuld. Sorry, Mann, wir haben halt Vorhersagen getroffen, was wir karrieremäßig wohl alle machen; bei dir waren wir einhelliger Meinung, *vallah*. Ist keine Schande, wäre ich eine Frau, würde ich das auch machen.«

Just in diesem Augenblick kam Aimane ins Zimmer. Erst jetzt fiel mir sein gemachtes Bett auf. Den Gebetsteppich hatte er in der Hand. Er allein war angekleidet und frisch, sah aus wie das blühende Leben, hatte nämlich nicht getrunken. »Wo kommst du denn her?«, fragte ich.

»Aus der Putzkammer. Ich habe gebetet.«

13

Freek hat heute Morgen in meinem Beisein die Post seines Vaters geöffnet. Wir konnten lesen, dass die Stiftung der rechtspopulistischen *Partij van de Vrijheid* (PVV) für eine Spende danke. Dass Koos PVV-Wähler war, wussten wir, aber dass er Geld spendete, war auch Freek neu. »Soll er doch, ist mir egal, ich hab's aufgegeben, mit ihm darüber zu diskutieren. Er hat genauso wenig Durchblick wie die anderen Idioten. Muslime sind für die der fleischgewordene Gargamel, der die Dreistigkeit besaß, mit einem Fangnetz das Dorf der unschuldigen Schlümpfe zu stürmen, wie Riesenoktopoden, die mit ihren von Saugnäpfen versehenen Fangarmen über einen herfallen. Pim Fortuyn war der einzig gescheite Politiker in diesem Land, der hatte zumindest eine Vision. Man könne es nicht ändern, man müsse die Leute respektieren, integrieren, Neuankömmlinge als Gleiche unter Gleichen betrachten – aber die Grenzen schließen.«

»Ach ja, die PVV vertritt lauter Standpunkte, die sie innerhalb des demokratischen Rechtsstaats nicht umsetzen kann, da mache ich mir keinen Kopf. Sie würden nie allein regieren. In der niederländischen Politik verwässert man sich, ideologisch gesehen, gegenseitig«, meinte ich.

»Es ist trotzdem nicht egal. Wenn ich jedes Mal, sobald du das Haus verlässt, auf dich schimpfe, ich würde dich irgendwann umbringen, findest du das sicher nicht gut, auch wenn ich noch gar keine Waffe besitze. So verhalten sich diese Idioten, sie haben keine Lust auf konstruktive Lösungen, sie stehen lieber in der Ecke, murren und seufzen. Ihr

Mantra lautet: Hätten wir sie doch nie ins Land gelassen. Immer das alte Lied, die gleiche Leier, eine Schwarze-Peter-Diskussion – tragisch. Und dafür gibt mein Alter sein Geld her? Was für eine Welt. Aber *you know what*, muss er selber wissen – seine Kohle.«

Koos war der erste PVV-Wähler, den ich näher kennenlernte. Ich war überzeugt gewesen, es handele sich bei dieser Wählerschicht um den Abschaum der Nation, lauter grausame Rassisten. Verbitterte Choleriker, die im Mitmenschen dunklerer Hautfarbe den Sündenbock sahen und sämtliche Probleme auf ihn projizierten. Bis ich Koos kennenlernte.

Als er mich das erste Mal mit seinem Sohn antraf, war er verdutzt. Ich stand im Wohnzimmer, trug kein Kopftuch, doch meine Herkunft war gut zu erkennen, was er im Übrigen auch nicht problematisch, eher merkwürdig fand. Wir wurden uns vorgestellt, schon bald machte sich sein schwerer Den Haager Akzent bemerkbar, ich musste ihn manchmal bitten, etwas zu wiederholen. Er wirkte auf mich wie ein Mann mit glänzender Laune und viel Witz. Groß war er und korpulent, dick, nicht abstoßend dick. Es stand ihm gut; von wem Freek seinen schönen Körper geerbt hatte, war mir jetzt klar. Bald schon begriff ich, dass man im Den Haager Akzent die letzte Wortsilbe teilweise anders aussprach: früher wurde zu frühar, Butter zu Buttar, Dünen zu Dünnin. »Ij« und »r« klangen anders. Manche Worte wurden auf eine Art ausgesprochen, die in keiner Regel zu fassen war. Doch darüber hinaus schien ich es mit einer eigenen Sprache zu tun zu haben. Mit einem anderen Vokabular. Ging man etwas trinken, sagten sie, man gehe kentern; trank man Kaffee, sagten sie, man trinke ein Tässchen Plörre. Ihre Redewendungen waren ebenfalls eigen.

Koos stellte die Standardfragen einer ersten Begegnung

mit der potenziellen Schwiegertochter, nämlich wie lange wir uns schon kannten, wo wir uns begegnet waren usw. Dass ich aus Amsterdam kam, schien ihn zu überraschen. Er machte einen aufrichtig interessierten Eindruck, sagte, er freue sich für uns. Bis ich aufbrach. Augenblicklich geriet unser Verhältnis unter Spannung. Ich legte mein Kopftuch an und wollte mich von ihm verabschieden. Bei meinem Anblick wurde er stocksteif. Er brachte kein Wort heraus und starrte Freek an. Um die Situation zu beenden, ging ich einfach. Später erfuhr ich, dass Koos, gelinde gesagt, wenig von meinem Kopftuch hielt. Er wollte mich nicht länger in seinem Haus willkommen heißen. Ich verstand das nicht; bevor ich mein Kopftuch aufgesetzt hatte, war alles gut gewesen, auf einmal war die Hölle los. Wegen eines Tuchs, mit dem ich mein Haar bedecke. Aber konnte ich ihm das wirklich übelnehmen? Das Fremde, an das man gewöhnt ist, scheint normaler als das Gewöhnliche, das man nicht kennt.

»Lass ihn seinen Unfug verzapfen, einfach ignorieren, mach ich auch; ist auch mein Zuhause. Er bekommt es sonst mit mir zu tun, er kann ja doch nichts machen«, sagte Freek am Telefon mit seinem Akzent aus Den Haag, wenn auch weniger ausgeprägt als der von Koos. Wo Freek wohnte, war Koos keine Ausnahme in seiner Ablehnung des Kopftuchs. Der Fremdenhass gärte in Loosduinen schon länger. War ich allein unterwegs, wurde ich schief angeguckt. Ich bekam gelegentlich einen Schwall Wasser ab von einem Balkon oder eine Bierdose an den Kopf. Die Dose war glücklicherweise leer und mit schwereren Gegenständen wurde ich nicht beworfen, denn sonst wäre ich »geliefert«, wie sie sich ausdrückten. Manchmal wurde etwas wie »Pfui, dieses Pack« gemurmelt. Es wurde mir nachgerufen, ich solle gefälligst in mein eigenes Scheißland zurück. Ich musste zugeben, dass ich es nicht gerade für ein passendes Auswanderungsziel hielt, daher wollte ich ja nicht »zurück«. Im Regierungssitz Den Haag konnte man unter Diplomaten einen befriedeten Stammeskrieg verfolgen; auf den Straßen dagegen fand der wirkliche statt.

Freek konnte sehr wütend werden, wenn er hörte, was mir auf dem Weg zu ihm passiert war, wollte mich fortan vom Bahnhof abholen; die Umstände wollte ich ihm ersparen und behauptete daher, es sei nicht wieder vorgekommen. Wenn wir Händchen haltend herumliefen, bekamen wir noch mehr schiefe Blicke zu spüren. Wahrscheinlich wurde er als Volksverräter gesehen, der sein Volk verwässerte oder zur Islamisierung beitrug – keine Ahnung. Nicht nur an seinem Wohnort war das der Fall, sondern überall, wo wir hingingen. Jeder starrte uns an. Immer. Überall. Wir waren eine wandelnde Zirkusattraktion, nicht unverständlich, schließlich gaben wir ein schönes Gespann ab. Im diversen, bunten Zentrum von Den Haag war es noch schlimmer. Ich wurde als »kahba« oder »Scheißhure« beschimpft von Rollern, Kunstfelljackenträgern, Gucci-Käppis und weißen Socken in Badelatschen, die an mir vorbeifuhren. Saßen wir in der Tram, warfen nordafrikanisch aussehende Männer und Frauen mir böse Blicke zu. Manchmal sprachen Männer mich in einer Berbersprache oder auf Arabisch an, dann informierte ich sie, dass ich Türkin war, kein Wort verstand, worüber sie sich alle ohne Ausnahme wunderten. Man hielt mich öfter für eine Marokkanerin, auch bei der Arbeit. Die Rollergangster hielten mich wohl auch für eine Landesgenossin, zumindest Glaubensgenossin, so viel war deutlich. Sonderbar, nur mit meiner eigenen ethnischen Gruppe hatte ich noch keinen Ärger gehabt.

Mit den aufdringlichen Blicken konnte ich inzwischen umgehen, nach einer Weile machten sie mir nichts mehr aus, aber Freek störte sich zunehmend daran. Es versetzte ihn in Rage, wenn die Leute uns anstarrten. Er hasse die hirnlosen Rassisten bis aufs Blut. Ich gab zu bedenken, dass wir als Paar – blondes, tätowiertes Muskelpaket und kopftuchtragende Frau – wohl auch bei mir als Außenstehender Neugier hervorrufen würden. Das konnten wir doch schlecht abstreiten? Er dachte anders darüber.

Als ich das zweite Mal bei Freek war, traf Koos mich wieder ohne Kopftuch im Wohnzimmer an; er setzte sich zu mir. »Sag mal, liebe Büsra, Mädel – warum trägst du dieses Ding?! Du bist doch eine wunderschöne junge Frau!« So begann unser erstes wirkliches Gespräch. Ich erklärte, dass Koos keinen Anstoß daran nehmen müsse, wirklich gläubig sei ich nicht, eher liberal, ich würde Kopftuch tragen, weil es in meiner Kultur üblich sei, könne es einfach abnehmen, etwa in seiner Anwesenheit, obwohl das eigentlich streng verboten sei, dass ich mich nicht besonders an die Regeln halten würde, kein Grund zur Sorge, schlechte Absichten lägen mir fern. Ich fühlte mich, als ob ich mir selbst etwas beweisen wollte, nur wie – wusste ich nicht. Wie konnte ich schlüssig erklären, dass ich ein Kopftuch trug, es aber nicht tragen wollte? Ich muslimisch war, aber nicht einverstanden mit den meisten Dingen im Islam? Ich meine Eltern hasste, aber nicht fortging? Ich heimlich hier war, wohl wissend, dass mir eines Tages die Entscheidung Flucht oder Anpassung bevorstand? Ich in einen Krieg verwickelt war und den Verlauf hinauszögerte, da ich auch nicht wusste, wie mich entscheiden? Ich flüchten und den Krieg für mich entscheiden konnte, dann aber Oma und Defne nicht mehr sehen und sie vermissen würde?

Mit der Zeit sparte sich Koos Kommentare zu meiner Kleidung. Wir kamen immer besser miteinander aus. Eines Tages fragte ich ihn, ob er als PVV-Wähler Ausländer hasse.

»Nein, natürlich hasse ich Ausländer nicht – hör bloß auf! Dafür steht die PVV gar nicht. Nur die Medien stellen uns so dar! Die PVV ist eine sachliche, lösungsorientierte Partei. Nur das. Wir haben im Viertel Schilderswijk so viele Probleme, in kürzester Zeit hat es sich dermaßen zugespitzt – nicht mal begraben sein möchte man dort. Wilders schaut nicht weg wie alle anderen und deswegen stimme ich für ihn. Wer sich ordentlich benimmt, sich an unsere Kultur anpasst, ist mir herzlich willkommen. Du auch! Du bist eine außergewöhnlich nette und pfiffige junge Frau, Menschen wie du sind kein Problem, im Gegenteil – ihr bereichert uns!«

Was er sagte, war den Ausführungen meiner Erzeuger zur Türkei verdächtig ähnlich. Türken beschwerten sich zunehmend über die vielen Syrer, die sich nach dem Krieg in türkischen Metropolen niedergelassen hatten. Auch in meiner Familie fand man es unmöglich, dass in Istanbul mehr Araber als Türken herumliefen. Mein Cousin Mert war kürzlich dort gewesen und erzählte uns, wie betroffen ihn der Anblick der vielen Araber gemacht hatte. Sie seien überall, man könne auf die Idee kommen, sich gar nicht in der Türkei aufzuhalten. Fremdenfeindliche Äußerungen waren unter Türken eher die Regel als die Ausnahme. Der allgemeine Tenor lautete, die Türkei habe nicht die nötige Wirtschaftskraft, um Millionen von Arabern durchzufüttern. Zudem fürchtete man, kulturell und demografisch unterminiert zu werden. Die Syrer würden jede Menge Kinder kriegen, in ihrer Sprache plappern, ganze Viertel für sich einnehmen und in Windeseile arabisieren, indem sie den Geschäften arabische Namen geben würden. Die türkische Regierung hatte daher irgendwann durchgegriffen und die arabische Sprache in Auslagen und auf Werbeschildern gesetzlich verboten. Die Kriminalität nehme zu und die Täter seien immer häufiger Araber; jedes Mal schäumte das Volk im ganzen Land vor Wut, wenn wieder eine türkische Frau von einem Flüchtling vergewaltigt oder belästigt worden war. Linke wie rechte Türken waren sich einig: Die problematischen Syrer mussten weg, es seien zu viele, sie zersetzten die Ordnung.

Koos sagte, das sei exakt auch die Meinung der PVV zur Situation in den Niederlanden; man dürfe nicht länger die Augen verschließen vor den Problemen, die durch die unkontrollierte Einwanderung bildungsferner Menschen ausgelöst würden. Allein die ethnische Zusammensetzung in den Gefängnissen lasse tief blicken.

Die PVV-Wähler und die Türken waren sich ähnlicher, als es ihnen lieb sein konnte.

Innerhalb von drei Jahren hatte Freek sich dreimal wegen beleidigender Kommentare mit Wildfremden angelegt. In allen Fällen handelte es sich um Weiße, die ihren Hass ungehemmter zur Schau stellten, während Menschen meiner Hautfarbe auf einem Roller oder im Auto sitzend lediglich spuckten, etwas brüllten, dann wieder Gas gaben. Dreimal waren es Männer, die uns von Angesicht zu Angesicht beleidigten und beschimpften. Nein, zweimal. Der dritte Mann starrte uns nur unentwegt an, lächelte boshaft, sagte dann: »Hah!« und spuckte provozierend auf den Boden, sonst nichts, für Freek aber reichte das, um die Konfrontation zu suchen. Es hätte noch mehr Zusammenstöße gegeben, wenn ich ihn nicht mehrmals festgehalten, mitgezogen hätte. Er war ein sanftmütiger Junge, aber pinkelte man ihm ans Bein, wurde er zu einem anderen Menschen, auch ich erkannte ihn kaum wieder, er wurde blind vor Wut. Bei einer der Prügeleien hatte er einen heftigen Schlag abbekommen, direkt ins Gesicht, was ihm wochenlang Schmerzen bereitete, Medikamente waren nötig, damit er seinen Kiefer normal bewegen konnte; die Gegenpartei aber war schlimmer, ja katastrophal zu Schaden gekommen – Veilchen, vielleicht sogar gebrochene Zähne und Knochen waren die Folge gewesen. Bei den anderen beiden Prügeleien hatte Freek sich nicht nennenswert verletzt, er war Boxer. Seit diesen Vorfällen war ich auf der Straße ängstlicher, ich wollte in der Öffentlichkeit nicht mehr Händchen halten, zärtlich sein, küssen. Es könnte ja auch außer Kontrolle geraten, dann wäre ich mitverantwortlich. Das verstand er nicht, was hatte ich damit zu tun? »Ich habe mich einer Situation bewusst nicht angepasst, obwohl ich wusste, wie es kommen würde; man muss sich selbst verändern, wenn die Zustände sich nicht verändern lassen.« Das fand er idiotisch. Ganz offensichtlich hatte er keine Ahnung von der Welt.

Der letzte Zusammenstoß lag drei Wochen zurück, als wir wieder einmal zu ihm unterwegs waren. »Volksverräter, elender«, murmelte ein Vorbeikommender, der uns Händchen halten sah.

»Ach Mensch, wieder so ein Depp, gleich haben wir ein Quartett zusammen.«

»Sprichst du etwa mit mir?«, fragte der Mann.

»Volltreffer, oder sind hier noch mehr Leute, die sich um den Titel bemühen?« Plötzlich packte Freek sich den Mann am Kragen, auch ich erschreckte mich.

»Ich habe keine Lust auf Polizei, lass einfach, bitte, lass uns weiterlaufen!«, bettelte ich. Ich hatte das schon mit ihm thematisiert, ihm das Versprechen abgenommen, sich, in seinem eigenen Interesse, künftig zurückzuhalten. Er wusste, dass ich es hasste, dass meine ganze Woche verdorben wäre, würde er sich jetzt prügeln, also riss er sich zusammen und lief schnell weiter, während der Mann uns noch nachrief. »Kamelficker!« Ich zog Freek schnell mit mir.

Als Koos und Freeks Mutter Bianca davon hörten, welche Scherereien wir hatten, waren sie fassungslos. Koos war enttäuscht, dass Freek ihn nicht um Hilfe gebeten hatte, er würde den Leuten schon eine Lektion erteilen. Ich war mir sicher, dass er unter normalen Umständen Partei für die Idioten ergreifen würde; weil er mich seit Langem kannte, hatte sich seine Meinung geändert. Er sah das Kopftuch als das, was es war, nämlich ein Stückchen Stoff, und konnte mich als Person erkennen. Wir waren die verschleierte Muslima und der PVV-Wähler aus Loosduinen und doch gehörten wir zusammen, waren Familie, aßen und lachten seit Jahren gemeinsam, teilten Glück und Leid. Dennoch ließ er seine Tochter Tessa regelmäßig wissen, dass sie nicht auf die Idee kommen solle, einen Muslim nach Hause zu bringen; bei Männern läge es anders als bei den netten Frauen, sie dürfe sich keine Illusionen machen, so einer käme ihm nicht ins Haus.

14

Wenn ich wegen Koos' Witzeleien beim Fernsehgucken einen Lachanfall hatte, ins Grunzen geriet, äffte er mich nach, wodurch ich mehr lachte und grunzte. Es waren die schönsten Momente von allen. Wenn wir ausgelacht hatten, lächelte Freek mich an und drückte mich. »Ich liebe dich, Büsra«, sagte er vor Freude strahlend. »Manchmal frage ich mich, womit ich das verdient habe«, auch gelegentlich. Nach seinen Wünschen zum Geburtstag befragt, sagte er jedes Jahr aufs Neue: »Dass du mehr da bist. Das fände ich nämlich am schönsten.« Ich nahm ihn fest in den Arm, und wie immer bei einer Umarmung oder einem Kuss fühlte ich, wie sein Penis hart wurde. Sogar wenn ich gerade erst in der Tür stand und ihm einen Begrüßungskuss gab. Als Erstes umfasste er meine Hüften, meine Pobacken, küsste mich dabei innig – darin war er besser als jeder andere, auch ohne Vergleich war ich mir sicher. Der chemische Zustand meines Körpers änderte sich schlagartig. »Immer mit der Ruhe, Mann, ich bin doch grad erst angekommen«, sagte ich besänftigend, schubste ihn weg und wollte ins Wohnzimmer laufen, um Koos, Tessa oder Bianca zu begrüßen, doch er griff nach mir und hielt mich zurück. »Erst musst du mir helfen, du kannst später mit ihnen quatschen, hier liegt ein Notfall vor, viel zu lange habe ich dich vermisst.«

Auch heute lief es ab, wie es seit drei Jahren läuft; kaum war die Haustür offen, zog er mich an sich, in sein Zimmer direkt neben dem Flur, warf mich aufs Bett und drehte den Schlüssel im Schloss. Wie ein Nikolaus setzte er mich auf seinen Schoß, fragte mich nach der Fahrt, nach meinem Tag, ob es mir gut gehe, ich etwas Cooles gemacht, ihn vermisst hätte. Ich antwortete; währenddessen befühlte und streichelte er mich ausgiebig. Meistens trug ich etwas aus weichem und leichtem Stoff; er mochte das. Nur selten zog ich Jeans an. Figurbetonte Röcke zumeist, Strumpfhose, enges, meine Brüste betonendes Oberteil. Er löste den BH und nahm meine weichen Brüste in seine Hände, die harten Brustwarzen, kniff zu, mal sanft, mal weniger sanft, so dass meine Worte hier und da von einem »Aua« unterbrochen wurden. Wenn er meine Nippel zwickte, tat es weh – hart wurden sie trotzdem. Jeder Zentimeter meines Körpers wurde berührt, sämtliche erogenen Zonen aktiviert. Oft wünschte er sich, dass ich mich über seine Beine legte, während er auf dem Bettrand saß. Er zog meinen Rock (meistens Bleistiftröcke) über die Pobacken nach oben, zog die Strumpfhose herunter, strich über meine glattrasierten weichen Beine. An meinem String vorbei drang er mit den Fingern in mein feuchtes dunkelrosafarbenes Inneres ein, um es auf das Kommende vorzubereiten, dabei lauschte er meinen Erzählungen und stellte Nachfragen.

Wenn er mir zwischendurch kleine Küsse in den Nacken drückte, konnte er mich mächtig aufgeilen, besonders hinter mir stehend, mich fest an sich drückend; ich spürte seinen harten Schwanz, wie er sich zwischen meine Pobacken drückte. Ich erschauderte leicht, bekam Gänsehaut, wenn er dabei mit seinen Nägeln über und an meinem BH entlangstrich.

Ich hatte ihn schon oft gebeten, aufzuhören, ich wolle mit ihm in der Badewanne liegen, einen ganzen Film schauen, fertigkochen, eine Geschichte bis zu Ende erzählen – es war zwecklos, er war dazu nicht in der Lage. Erst wenn er befriedigt war, konnte er entspannen, wieder fokussieren, jedenfalls eine Zeit lang. Es war ein ständig zu stillender Hunger. An nur einem Nachmittag hatten wir manchmal acht Mal Sex. Auf dem Heimweg war ich fix und fertig. Wir waren beide chronisch geil, konnten nichts daran ändern, wie Magneten wurden wir voneinander angezogen, wenn wir uns sahen, fühlten oder rochen.

Manchmal kam er zu schnell, schneller als ich, wie heute Nachmittag. Er ärgerte und schämte sich, während ich lachte und seine Niederlage genoss. »Ich begreif's nicht, bei dir klappt es nicht, ich schwöre, mit einem anderen Mädchen hatte ich das Problem noch nie, du bist ... du bist zu viel, zu heftig, zu weiblich, zu rund, deine Hüften treiben mich in den Wahnsinn. Du hast den allerschönsten Körper, bist so weich und sinnlich. Zu verführerisch, zu betörend. Und dein geiles Gestöhne, dein Atem, dein geiler Blick ... Ich kann's einfach nicht, ist außerhalb meiner Macht, übersteigt meine Fähigkeiten«, rechtfertigte er sich.

»Es sei dir vergeben, Liebling, mach dir keine Sorgen, du bist richtig gut«, sagte ich, strich ihm über den Kopf, als wäre er ein Kind, das auch nach vielem Üben noch nicht seine Schnürsenkel binden kann. In der Missionarsstellung hielt er es länger aus, drehte ich mich auf den Bauch, war garantiert innerhalb einer Minute Schluss. Meinen eigenen Orgasmus im Blick drehte ich mich nicht um, wurde aber im Nu gewendet, ob ich wollte oder nicht; dann kam er, heftig, Sperma lief an meinen Schenkeln herab. Ein vergeblicher Versuch von vielen, eine Seele zum Leben zu erwecken. Der Typ konnte LKW-Ladungen verspritzen.

Heute weiß ich, dass sowohl Spermamenge als auch Druck bei beschnittenen Schwänzen unspektakulärer ausfallen. Ich weiß noch mehr. Ein Mann kommt sehr laut, ein anderer mucksmäuschenstill. Manche zittern, schwitzen beim Orgasmus, andere nicht. Manche sind unermüdlich, können nach einer Viertelstunde die zweite Runde einläuten, andere halten zweimal pro Tag für übertrieben. Manche haben einen Mikropenis; denen kann man mit der Hand keinen runterholen, denn er ist kleiner als eine Handfläche. Manche produzieren einen Teelöffel voll Sperma, andere einen Becher. Manche haben trotz ihres Körperbaus kleine Schwänze, andere haben Riesendinger, obwohl sie nur durchschnittlich groß sind. Manche kriegen mühelos einen Steifen, andere benötigen stets Hilfe und so richtig wird es trotzdem nichts. Zum Glück war Freek eine Testosteronbombe.

Ich hatte schnell begriffen, dass mein Hintern meine stärkste Munition darstellte; ich musste mich nur in einem beliebigen Moment umdrehen, mich an ihm reiben – und er war mir verfallen, zur Beute geworden, komplett verloren. Griff automatisch nach mir, drückte mich an sich, innerhalb einer Sekunde spürte ich ihn wachsen. Ich machte das gelegentlich, wenn er hochkonzentriert am Computer spielte, telefonierte, kochte, Sport trieb oder studierte. Oder draußen, dann wurde er wahnsinnig. Manchmal sauer. »Nicht machen. Bitte.« Interessierte mich nicht, ich genoss es, verpasste ihm überall einen Steifen, mit dem er den ganzen Tag rumlaufen musste. Ich war verrückt nach diesem romantisch-erotischen Spiel. Wie furchtbar, dachte ich häufig, wenn einem das entgeht. Ich hatte Mitleid mit anderen Muslima. Nur Erfahrung kann uns von Unschuld befreien.

Wenn ich ihn zur Unzeit angetörnt hatte, erpresste er mich. »Warte bloß ab, das wirst du mir noch büßen.«, sagte er.

»Ich warte gerne. Was hast du genau vor?«, provozierte ich ihn.

Zu Hause ließ er den Worten Taten folgen. Er nahm mich hoch, warf mich aufs Bett, um mich zu überwältigen, jedweden Widerstand niederzuringen mit seinen kräftigen Armen, die von blauen Adern durchzogen waren, auf weißer Haut besonders auffällig. Meine Haut war auch recht hell, hatte aber eine andere Art von Glut, einen wärmeren Ton. Ungeduldig war er, wartete nicht ab, riss Strumpfhose und String gleichzeitig runter, den Rock hoch. Mit der anderen Hand drehte er mich um. Er rieb sich an mir. Ich stöhnte, wenn seine Eier meine Klitoris berührten. Ich drehte mich zu ihm, küsste ihn heftig, saugte an seiner Unterlippe, schaute ihn vielsagend, fast bettelnd an. Ich drückte ihn auf den Rücken, verwöhnte ihn mit meinen vollen Lippen. Ich lutschte, küsste, saugte, nuckelte in gemächlichem Tempo. Manchmal stöhnte ich leise, so dass er die sanften Vibrationen meiner Stimme fühlte, während ich seinen Schwanz mit den Lippen umschloss. Anfangs ließ ich ihn noch nicht tief in die Kehle gleiten. Allmählich begann ich mit meinen Lippen auf und ab zu fahren. Ich blies ihm einen. Wenn ich mir mit der Hand behelfen wollte, nahm er sie weg. Hielt sie gar fest. Er wollte Lippen und Zunge. Es dauerte nicht lang, dann kletterte er auf mich, um in mir zu kommen. Das wollte ich aber nicht, ich wollte ihn mit meiner Zunge schmecken.

Wenn ich zu stöhnen begann, wurde er schneller, um dann eine Pause zu machen, meinen Orgasmus hinauszuzögern. Ich spürte den heißen Atem zwischen meinen Beinen. Er leckte, nuckelte, lutschte. Saugte er sanft an meiner Vulva, umspielte meine Klitoris mit seiner dünnen, sanften Zunge, um dann wieder alles zu lecken, konnte ich es kaum mehr aushalten. Nahm er einen Finger zu Hilfe, war es um mich geschehen. Er verstand es, mit den Fingern umzugehen, berührte zur richtigen Zeit die richtigen Stellen. Ich kam zitternd und stöhnend, während ich seinen Kopf hielt, ihn zwischen meine Beine drückte. War ich gekommen, bestieg er mich schnell, umfasste mich. Ich mochte es, mich in seinem Griff zu befinden, es war vertraut; sein Körper, wie er mich übermannte, das Flackern in seinen Augen, sein animalisches Begehren turnten mich an. Jäger, Beute – ich wurde verschlungen; bevor ich etwas unternehmen konnte, befand ich mich in unbeugsamem Griff, jegliches Spiel war unmöglich, und kam schon wieder, stöhnend, außer Atem.

Nach ein paar Mal war ich derart müde, dass meine Muskeln nicht mehr mitmachten, weil ich mich anspannte, vor allem, wenn er mich von hinten nahm. Jeder Stoß fühlte sich hart an, als müsse ich mich widersetzen, indem ich mich anspannte, mich absicherte. Ich hatte keinen Vergleich, nur mit Freek hatte ich jemals Liebe gemacht, aber nach eigenen Aussagen war er gut bestückt und mein Genuss bestätigte das. Während er mich von hinten befriedigte, las ich auf der Marlboro-Schachtel auf dem Nachtschränkchen, Rauchen würde das Risiko für Impotenz erhöhen. Ich musste an den Beipackzettel der Pille denken. Da stand geschrieben, die Libido nehme ab. Was wäre wohl ohne seine Zigaretten und meine Pille los gewesen.

Stöhnte ich zu viel und waren wir nicht allein, drückte er mir den Mund zu und fuhr hemmungslos fort. Kondome benutzten wir nicht. »Du musst mich fühlen und ich dich, wir müssen verschmelzen«, sagte er. Die Pille, die ich heimlich schluckte, deren Verpackung ich in meinen Socken versteckte, war eine großartige Erfindung.

Ein Orgasmus war der größtmögliche mir bekannte Genuss im Leben. Ich verstand nun, warum im Islam so oft über Sex und Jungfrauen im Paradies gesprochen wurde. Ich würde mich ebenfalls freiwillig dafür melden.

Wenn ich mich widersetzte, Anstalten machte, zuerst ins Wohnzimmer zu gehen, um seine Eltern oder seine Schwester zu begrüßen, hob er mich vom Boden. Ich war besiegt; körperlich hatte ich ihm nichts entgegenzusetzen. 1,60 Meter gegen 1,90. Und weitere Unterschiede. Bianca rief ihrem Sohn aus dem Wohnzimmer zu, mich gefälligst unversehrt zu lassen. Mir war das peinlich, aber Freek egal. Im Beisein seiner Eltern fing er manchmal an, mich zu küssen, verkündete dann, wir würden jetzt zum Briefmarkengucken aufs Zimmer gehen. Für mein Gefühl war ich im libertären Nudistencamp gelandet; anfangs stieg mir die Schamröte ins Gesicht.

Nach dem Sex gingen wir zusammen baden oder duschen. Sobald ich nackt war, wurde ich wieder von Armen umfangen.

Beim ersten Liebesspiel lief es allerdings anders ab, ganz und gar nicht himmlisch. Fünf vergebliche Versuche an fünf Tagen hatten wir zu meiner Entjungferung unternommen; es klappte nicht. Überhaupt nicht. Undurchdringlich wie eine Mauer. Ich begann mich zu fragen, ob ich normal gebaut war. Wenn er es forcierte, tat es weh. Fast hätten wir uns schon damit abgefunden, dass seiner zu groß war für mich, ich, laut Google, möglicherweise an Vaginismus litt. Ich fühlte mich furchtbar. Nicht wie eine Frau. Würde ich je Sex haben? Mit Verlust hat jeder irgendwann zu kämpfen, aber wie soll man etwas verlieren, was man nie besessen hat. Ich wollte so gerne. Ich fasste den Entschluss, mein Schicksal anzunehmen. »Penetrieren, sofort; wenn es sein muss, perforieren, selbst wenn ich gleich krepiere, kreische, heule, du machst einfach weiter!« Freek schaute betreten und verwirrt. »Bist du sicher?«, fragte er noch dreimal. »Ja, ganz sicher, du hörst auch nicht auf, wenn ich Stopp sage, das würde ich dir nie verzeihen«, fügte ich noch hinzu. Es folgten: eine schmerzhafte Sitzung, ein Blutbad plus zwei Tage Humpeln.

»Warum humpelst du?«, fragte Vater an jenem Abend zu Hause.

»Muskelkater«, sagte ich.

Ich hatte vor kurzem probiert, ihm zu widerstehen, wollte sehen, was er tun würde, wenn ich ihn zum Äußersten trieb. Unwirsch sagte ich, ich hätte wirklich keine Lust, sondern Bauchschmerzen und Kopfweh. Ich konnte zusehen, wie er vor meinen Augen zappelte wie ein Fisch auf dem Trockenen, er flehte mich um Gnade an.

»Bitte, Darling, ist echt schwierig für mich, ich habe so eine Lust auf dich, du hast mir so gefehlt, *please*. Dein Körper macht mich einfach heiß, sorry, ich kann nichts dran ändern, stehe hilflos in Feuer und Flammen, ich will dich so sehr«, jammerte er, als wäre er ein Sklave, der den Meister um einen Schluck Wasser bittet, während er mich befummelte und sich an meinem String zu schaffen machte. Ich hatte wirklich Glück mit meinem Liebesleben. Hatte ich das Talent dazu etwa von jemandem geerbt?

»Nein. Nein ist nein, ich hab doch gesagt, dass ich keine Lust habe? Reiß dich zusammen oder geh dir selbst zur Hand, eine Hand hast du ja wohl noch?!«, sagte ich wütend. Schauspielern konnte ich gut.

»Ich hole mir doch keinen runter, wenn meine Prinzessin neben mir liegt. Du folterst mich mehr, als du denkst«, winselte das stärkere Geschlecht. Von hinten drückte er sich eng an mich. Ich entzog mich. Als er bemerkte, dass ich wirklich nicht willig war, griff er zu einem Buch. Ich kostete die Szene in vollen Zügen aus; erstmals im Leben fühlte ich mich mächtiger als ein Mann. Nie zuvor hatte ich einen Mann derart unterworfen. Macht war ein großes Vergnügen. Mutter hatte bis zur letzten Kopftuchfalte Recht: Männer dachten mit dem Schwanz, im Nu waren sie wie verhext; während Mutter meinte, man müsse sich bedecken, verhüllen, sich schützen, machte ich das Gegenteil – verführte so viel wie möglich. Ich machte weiter, bis er fast platzte. Wie schwach sie waren, die Trottel, die Stümper. Man musste ihn gesehen haben: leidend, bettelnd, wütend, mit bohrendem Verlangen. Ein Häufchen Elend. Wir Frauen, aus ihrer Rippe geschaffen, konnten sie zum Äußersten treiben; andersherum funktionierte es nicht, wir wurden durch das gleiche Verlangen getrieben, nicht aber blind.

Nach halbstündigem Leiden lachte ich ihn aus: War nur ein Witz, ich habe keine Kopfschmerzen. Fand er nicht lustig. Gnadenlos wurde ich für das Schauspiel bestraft. Er kniff in meine Brustwarzen, in die Innenseite meiner Schenkel, bis es fast wehtat, schlug auf meine Pobacken und hinterließ einen roten Handabdruck. Hatte ich fast den Höhepunkt erreicht, zog er sich zurück oder hielt inne. Fühlen sollte ich, was er gefühlt hatte. Wie hypnotisiert starrte ich ihn an, zeigte ihm, dass ich es kaum aushielt, dass ich ihn wollte; mit herrischem Tonfall fragte er mich, wonach genau ich verlangte, ob ich ihm das ins Ohr flüstern könne – sonst würde er nicht weitermachen.

»Bitte«, sagte ich.

»Bitte was? Was soll ich machen? Ich versteh dich nicht«, fakte er.

Es war unsäglich; ich beschloss, das allein zu erledigen, führte meine Finger an die richtige Stelle, um mich zu erlösen. Unsanft schlug er meine Hand weg, drehte mich um und schlug mir auf den Po. »Dein Wille ist Gesetz«, sagte er. Ich spürte, wie er in mich eindrang, befand mich stöhnend im siebten Himmel. Wir waren zwei Körper, ein Leib. Wir mochten es nicht gemütlich, sondern leidenschaftlich. Wir wollten uns küssen, uns zärtlich lieben, als würde nur das allein uns am Leben halten.

Als ich gekommen war, wollte ich nochmal, doch das schwächere Geschlecht hatte sich verausgabt. Gott liebte Frauen mehr, so viel war klar. Weil wir da unten die doppelte Anzahl Nervenenden haben und Orgasmen fünfzehn Sekunden dauern können.

Oft klagte ich, die größtmögliche Kontrolle über eine Frau in muslimischen Kulturen sei die Kontrolle ihrer Sexualität. Jetzt begann ich zu begreifen, dass Frauen die Sexualität des Mannes kontrollieren.

Als wir heute nach einem stürmischen Fick fernsehguckend im Bett lagen, blickte er mich unverwandt an. »Können wir den Moment nicht festhalten, tausendfach kopieren und ihn dann jedes Mal, wenn uns ein Bedürfnis danach überkommt, wieder hervorholen? Bleibst du für immer bei mir?« Victor Hugo hatte Recht: Das höchste Glück des Lebens besteht in der Überzeugung, geliebt zu werden. Es waren die flüchtigen Momente, wenn alles auf seinen Platz fiel; windstille Momente reiner Glückseligkeit und tiefen Wohlbefindens.

War es möglich, sich das flüchtige Glück in der Seele zu bewahren, so dass man davon zehrte, wenn es einmal schwer war? Konnte man Lebensfreude hegen und pflegen und wie Benzin oder Batterien einsetzen?

Wenn er das sagte, fühlte ich, wie mich die Angst packte, ich vom Wissen heimgesucht wurde, dass Dinge an Fahrt aufnehmen, gerade wenn man sie aus Angst ausbremsen will. Die Kombination aus Freude und Angst wirkt repressiver als nur Kummer. Ein Teil von mir ist in jenem Augenblick gestorben; ich wusste, dass mir keine besseren Zeiten vergönnt sein, sondern sie zum Glanz vergangener Tage werden würden. Ich fühlte mich unwohl in meiner Haut; der Berg kreißte und gebar eine Maus. Es fehlte an Muße. Es fehlte an gutem Rat und Einsicht. Ich konnte mich nur meiner Intuition überlassen. Und die riet zur Risikovermeidung. Es ist besser, auf der Flucht zu begreifen, man hätte besser gekämpft, als im Kampf zu merken, man hätte flüchten müssen.

Waren wir hungrig und gingen etwas essen, machte Freek Fotos von mir, wenn ich gerade den Mund voll Kabeljau hatte. Das gelang ihm immer. Momentaufnahmen, bei denen ich Sauce auf der Backe hatte, gerade einen Burger verdrückte oder nach einer Regendusche wie eine Vogelscheuche aussah, mit verschmierter Mascara und strubbeligen Haaren, die aus dem Kopftuch hervorlugten. Er filmte mich, wenn ich inbrünstig und falsch bei Liedern mitsang. Mir gefiel es nicht sonderlich, dass er mich in den hässlichsten Momenten aufs Bild bannte, aber er fand es lustiger und »authentischer«.

15

Ich stehe auf dem Hauptbahnhof von Den Haag und warte auf den Zug nach Amsterdam. Freek ist krank, seine Eltern in Spanien. Er hat sich eine Ohrenentzündung eingefangen, hat Kopfschmerzen und Gleichgewichtsverlust und kann weder aufstehen noch sich bewegen. Ich habe Suppe für ihn gekocht, musste ihn aber zurücklassen. Es war schon spät.

»Wenn du doch bei mir bleiben könntest«, hatte er gesagt. Er machte so einen hilfsbedürftigen Eindruck. Ich versprach, mich krankzumelden bei der Arbeit und früh am nächsten Tag wieder bei ihm zu sein – die einzige Möglichkeit, ihm irgendwie entgegenzukommen. Und doch ärgere ich mich wahnsinnig, jetzt nicht für ihn da sein zu können. »Sag doch einfach, dass du bei einer Freundin übernachtest, Darling, bitte, dann sind sie bestimmt einverstanden, ich brauche dich«, versuchte er es noch einmal. Es ging nicht; sonst hätte ich richtig Ärger daheim, sie würden mich sowieso die ganze Zeit mit Videoanrufen traktieren. Wieder zu Hause, würden sie mir das nicht verzeihen, noch misstrauischer werden. Sie würden auch die angebliche Freundin sprechen wollen, um zu kontrollieren, ob ich wirklich bei ihr war, sogar meine WhatsApp-Nachrichten würden sie sehen wollen. Mutter lebte ganz nach dem Motto: Vertrauen ist gut, Kontrolle ist besser. Sie hielt es für unnötig und unsicher, anderswo zu übernachten: Und wenn ein Bruder, Vater oder anderer Mann in das Zuhause der Freundin kommt? Und wer ist die Freundin genau? Und wenn sie etwas in mein Getränk mischt? Niemandem konnte man vertrauen, vor allem nicht

Nicht-Muslimen und Nicht-Türken. Bevor ich ein fremdes Zuhause betreten durfte, müssten sie die Leute kennenlernen; übernachten durfte ich nirgendwo, nicht mal bei meiner eigenen Cousine. Könnte schiefgehen, schließlich gibt es in jeder Familie Männer. »Männer haben Gelüste, die sie nicht immer im Griff haben«, sagte Mutter.

»Du tust, als ob Männer Bonobos sind, von jeglicher Zivilisation, Umsicht, Vernunft und Kultiviertheit ausgeschlossen, dass sie wie ein treibendes Schiff überall gegenrumsen, ohne jedwede Kontrolle«, sagte ich verärgert.

»So ist es, auch wenn's nicht so aussieht, du machst dir da was vor – ein Mann denkt mit seinem Penis.«

Laut Nietzsche war die Frau Gottes zweiter Fehler. Laut Mutter war es der Mann. Ich will lieber nicht wissen, warum das Mutters Männerbild ist. Es muss an den Vorträgen in der Moschee liegen. Am Klatsch unter den Frauen, an den Geschichten, die sie auch mir weitererzählt, in der Hoffnung, mir Angst einzujagen, mich von ihrem Menschenbild zu überzeugen. Es habe ein Mädchen gegeben, das zum Nachhilfegeben gegangen und vergewaltigt worden sei. In der Pflege gearbeitet habe und durch den Sohn der kranken Frau vergewaltigt worden sei oder so ähnlich. Ein Mädchen habe im Internet einen jungen Mann kennengelernt – der böse schwarze Mann in jeder von Mutters Geschichten –, der habe sie unter Drogen gesetzt und vergewaltigt. Was weiß ich. Ich habe die Geschichten so oft gehört, dass ich tot umfallen möchte, wenn sie wieder zu einer ansetzt. Es macht mich krank. Schwermut umfängt mich. Für Mutter gilt die Faustregel: Warum das Naheliegende annehmen, wenn auch das Unwahrscheinliche stimmen kann.

Freek hat die Beschwerden aufgegeben und sich mit der Situation und den uns auferlegten Grenzen abgefunden.

Weiß, wie der Hase läuft; an vielen Kleinigkeiten merke ich aber, dass ihm die Art, wie wir unsere Beziehung seit Jahren führen, immer schwerer fällt, und ich kann ihm nicht sagen, wie lange das so weitergeht, wann ich ihn jemals den Erzeugern vorstellen werde. In keiner möglichen Welt ist das eine Option; das kann Freek nur schwer verkraften. Ich habe mich um eine eigene Wohnung bemüht, für mehr Freiheit, obwohl das nicht erlaubt ist, aber Mutter sagte, sie würde sich die Hand abhacken, ginge ich aus dem Haus und brächte eine solche Schande über sie. Gestört genug war sie. Und die Polizei würde sie auch einschalten. Ich erklärte ihr, dass das wenig Aussichten auf Erfolg habe, schließlich war ich volljährig. Dann würde sie eben alle Verwandten einschalten, um mich daran zu hindern. Täte ich es trotzdem, würde ich sie nicht mehr wiedersehen. Oma auch nicht, Defne nicht, Halil nicht – niemanden. Eine akute Lähmung würde sie wegen mir erleiden. Wenn ich das mit meinem Gewissen vereinbaren konnte – bitte schön.

Niemals würden sie Freek akzeptieren; sollte ich daran festhalten, würden sie mir das Leben schwer machen, mich auf verschiedene Weisen bestrafen. Zu lügen, ihn als Muslim zu verkaufen, würde keinen Unterschied machen: Ein Konvertit ist ein Fake-Muslim. »Die werfen ihren Glauben doch ganz schnell wieder über Bord«, sagte Mutter einmal, als ich sie fragte, was sie von bekehrten Gläubigen hielt. Bei einem als Muslim geborenen Gläubigen kam das laut meiner Mutter nicht vor. Nach statistischen Beweisen habe ich gar nicht erst gefragt. Keinen einzigen bekehrten Muslim kennt sie. Sie weiß es einfach. »Solange nicht die ganze Familie muslimisch ist, wird ein Kind doch immer zum Unglauben verleitet, auch die Enkel«, meinte sie. »Außerdem weiß man nie, ob einer sich aufrichtig bekennt oder nur heiraten will«, gab sie zu bedenken. Ich muss zugeben – damit hat sie Recht; man nimmt dann allerdings das Risiko in Kauf, einen aufrichtigen Neu-Muslim abzuweisen. Mutter wird aber deswegen wohl eher keine schlaflosen Nächte haben, denn letztlich ging es um die Herkunft, wie später in der Diskussion auch deutlich wurde. »Auch wenn er ein perfekter Muslim wäre – ein Türke ist immer besser, der kennt unsere Sprache und Kultur.«

Das ist übrigens bei Marokkanern anders, da wird mehr nach dem Glauben geschaut. Bei uns ist Nationalität unsere Zweitreligion, was Marokkaner meist nicht nachvollziehen können, sie sind viel weniger patriotisch. Die marokkanische Identität gründet vorrangig auf den Islam, wohingegen Türken neben dem Islam auch nicht-arabische Eigenheiten pflegen und ihre Sprache und Kultur als sehr wichtig erachten, manchmal wichtiger als die Religion.

Ich weiß auch nicht genau, ob die Strafe für meine außereheliche Beziehung nur darin bestehen würde, verstoßen zu werden. Keine Ahnung, zu was sie in der Lage wären. In meiner Familie wird gesagt, Frauen seien für die Ehre der Mitglieder mit Penis zuständig, und zwar durch ihre Keuschheit, alles dreht sich also um ihre Vulven, die sie »bewahren und schützen für deren rechtmäßige Eigentümer«, die den Schleier dann lüften dürfen. Gelingt es ihnen, ist die Ehre der Familie gesichert. Gelingt es nicht, ist alles ruiniert und es muss unerbittlich Rache an der Frau genommen werden für ihre unverzeihliche Sünde: Ehrenmord heißt die Devise. Bei genauerem Hinsehen bieten die islamischen Texte keine konkreten Anknüpfungspunkte für solch eine Behandlung, das ist eher regional und kulturell bedingt. Mehr noch: Islamische Texte verbieten den Ehrenmord explizit, kein Einzelner, nur ein Schariarichter hat in Anwesenheit von genügend Zeugen die Befugnis zu entscheiden, ob eine Sünderin gesteinigt oder ausgepeitscht wird, doch manch ein Schriftgelehrter lässt sich nicht belehren. Ehrenmord findet in nicht-islamischen Gemeinschaften des Nahen Ostens auch statt; man muss nur tief genug feststecken im Treibsand des Stammesbewusstseins. Doch Muslime befolgen die reine Lehre sowieso nicht unbedingt, wie schon erläutert.

In den Niederlanden werden jährlich fünfhundert Fälle gezählt, bei denen Ehre gerächt wird und die Polizei damit zu tun bekommt; zwanzig enden tödlich. In der Türkei sind es zweitausend polizeilich registrierte Fälle. Ehre kann verschiedentlich gerächt werden: durch körperliche Misshandlung, Entführung, im Extremfall durch Mord. Am wenigsten schwer wiegt in den Niederlanden die Variante des sozialen Ausschlusses, eines Boykotts: Als Sünderin wird man gedemütigt, zur Schande erklärt, fertiggemacht, psychologisch unter Druck gesetzt, eventuell kommt es zu verbaler Gewalt. Andauernd wird eine solche Frau durch ihre Familie, Bekannte und Nachbarn dem *Slut-Shaming* ausgesetzt, niemand darf mehr Umgang mit ihr haben. Laut unserem Glauben ist es bei einer Frau (nicht bei einem Mann) Voraussetzung für eine gültige Ehe, dass der Vater den Partner gutheißt. Eine Mutter darf ihre Meinung haben, hat aber sonst nicht viel zu melden. Bleibt die Autorisierung aus, ist man nicht mit Gottes Segen verheiratet, selbst wenn man es gesetzlich ist. Letzteres ist nachrangig, beim Lieben Gott zählt das nicht.

Wie groß die Gefahr tatsächlich ist und wie die Ehre im Einzelfall genau gerächt wird, unterscheidet sich je nach Familie, ist davon abhängig, wie viele verrückte Männer, also Onkel, Cousins und Brüder, es in der Familie gibt, wie bereit sie sind, einen gehen zu lassen, zu vergeben oder zu strafen.

Wenn sie derart strenggläubig sind, dass sie aus Treue zur Ideenlehre ihr Gewissen zum Schweigen bringen und keinen Anstoß nehmen an einem Anschlag auf die Freiheit eines Einzelnen zur Verteidigung des Kollektivs – dann wird es gefährlich. Ich rate sowieso dazu, sich fernzuhalten von Orten, an denen Tatendrang und Überzeugungskraft zusammenkommen. Ehrgeiz begründet große Erfolge, aber auch tiefe Enttäuschungen. Bei Ehrgeiz gilt schnell: Alles oder nichts.

Ich selbst bin mit einer orthodoxen Familie gesegnet, in der solche Angelegenheiten als unverzeihlich eingestuft werden. Einen Vorgeschmack habe ich bekommen, als vor zwei Jahren eine Cousine von zu Hause weggelaufen ist. Sie hatte sich verliebt, in einen türkischen Mann gar, der aber nicht für gut befunden wurde. Ihr Vater verstand sich nicht mit der potenziellen Schwiegerfamilie. Außerdem hatte er einen anderen Kandidaten aus koranfester, rechtschaffener Familie ins Auge gefasst. Scheinbar hatte er vor Jahren heimlich mit ihnen abgesprochen, dass seine Tochter die ihre war. Ohne ihre Kenntnis war sie bereits versprochen; allerdings hatte er gesagt, noch bis Ende ihres Studiums warten zu wollen. Nicht weil er ihre Ausbildung besonders wichtig gefunden hätte, aber er nutzte ihre Studienfinanzierung, um für eine Immobilie in der Türkei zu sparen. Sie war offiziell auf irgendeiner anderen Adresse angemeldet, was sie zu einer alleinwohnenden Studentin machte; dadurch erhielt sie besonders hohe Zuwendungen, noch dazu, weil Onkel offiziell arbeitslos war. In unserer Community bedeutet, seine Tochter einer anderen Familie zu versprechen, sie verheiratet zu haben – ein echter Mann hält schließlich sein Wort. Ein solches Geschäft rückgängig zu machen, war ein enormer Gesichtsverlust, schlicht nicht möglich.

Onkel hatte also ein großes Problem, sollte seine Tochter

nicht auf ihn hören und mit einem anderen ankommen. Sein Ruf stand auf dem Spiel, damit sein ganzes Leben und seine gesellschaftlichen Funktionen. Der von Onkel ins Auge gefasste Kandidat sei religiös gesehen orthodoxer, ein ganz entscheidendes Kriterium für eine glückliche Ehe, und – sehr wichtig: Er gehörte zur Familie, kam aus dem Dorf in der Türkei, aus dem auch »wir« kommen. Angeblich hieß das, er sei eine sichere Wahl, seine Tochter solle »nicht in fremde Hände fallen«. Meine Erzeuger stimmten Onkel zu: Es war viel schicklicher, statt Wildfremde, von denen man nichts wusste, jemanden aus der eigenen Familie oder des eigenen Dorfes als Schwiegerfamilie zu wählen. Innerhalb der Familie wusste man, ob man sich vertrauen konnte; im Nu konnte es bei Fremden passieren, dass die Tochter verlassen würde, betrogen von dem Arschloch, er gar Kinder mit einer anderen Frau zeugen würde (oder schon gezeugt hatte, wer weiß) oder sie schlecht und undankbar behandeln würde.

Meine Cousine Betül aber war störrisch. Eines Tages packte sie ihre Koffer und verschwand sang- und klanglos. Sie zog bei ihrem Freund ein, war dem Hörensagen nach sogar ordentlich mit ihm verheiratet. Aber egal, Betüls Ehe wurde von Familie und Gemeinschaft für ungültig erachtet; immerhin hatte sie zuvor unverheiratet zusammengewohnt, war also eine Hure. Ihr Partner wurde von ihren Brüdern (meinen Cousins) und ihren Cousins mit einem Messer bedroht. Es blieb bei der Drohung, denn meine Cousins waren nicht dumm genug, für so etwas in den Knast zu wandern oder ihr Leben zu vergeuden (vermute ich), aber zusammengeschlagen hatten sie ihn. Onkel forderte einen Geldbetrag in Höhe von 15 000 Euro vom unerwünschten Schwiegersohn. Türken nennen das den Hauptpreis bzw. *baslik parasi* oder den Preis für die Muttermilch bzw. *süt parasi* (die Bezahlung fürs

Stillen oder so ähnlich), dabei handelt es sich um den Geldbetrag, den Männer ihren Schwiegervätern zahlen. Einfach weil es die Väter der Töchter sind. In den heiligen Schriften taucht auch dieser Brauch nicht auf, ist aber in konservativen türkischen Kreisen gängig, in denen man denkt, der Verkauf der eigenen Tochter sei religiös autorisiert. Auch Vater hat Opa damals 10 000 Gulden für Mutter gezahlt. Je nach Vater und Tochter fällt der Betrag unterschiedlich aus. Ist die Tochter hübsch und füllig und viele Männer halten um ihre Hand an, steigt der Preis. Wenn nicht, sinkt der Preis. Wie bei einem beliebigen Produkt – wie die Ware, so der Preis, Nachfrage und Angebot. Heutzutage wird kaum noch auf diese Tradition zurückgegriffen, außer von denen, die trotz ihres langen Aufenthaltes in den Niederlanden unbeugsam und von der alten Schule sind, wie Onkel eben. Auch Vater ist mit dem Brauch einverstanden und hat bereits durchblicken lassen, dass er seinen zukünftigen Schwiegersohn um Geld fragen wird, wenn jemand um meine Hand anhält, daher freue ich mich schon auf den Tag, an dem ich verkauft werde.

Der Mann meiner Cousine stotterte das Geld sogar noch ab, wahnsinnig wie er war, in der Hoffnung, Onkel und die restliche Familie würden ihnen dann vergeben. Er hoffte, auf diese Weise seine von Schuldgefühlen geplagte Frau wieder mit ihrer Familie zu vereinen. Nichts lag weiter von der Wahrheit entfernt. In die Falle war er getappt. Nicht gedankt wurde es ihm, sondern ausgeschimpft und verflucht wurde er. Nie mehr wurde ihnen vergeben. Seitdem habe ich Betül nicht wiedergesehen, niemand spricht mehr über sie, bis vor sechs Monaten. Sie hat wohl Brustkrebs, das hat sie ihrer Mutter mitgeteilt. Sie brauchte Hilfe, aber davon war nichts zu sehen. Tante wollte sie liebend gern besuchen, doch Onkel verwehrte ihr dieses Recht. Er wollte nichts mehr von Betül wissen, sie war nicht mehr seine Tochter. So wie ihr damals ihre Familie scheißegal gewesen, sie ihren eigenen individualistischen Weg gegangen war, ohne auf Rat zu hören, musste sie eben jetzt auch allein stark sein. Er würde deswegen noch lange nicht einknicken oder ihr ihre Sünden vergeben, mehr noch – das war jetzt Gottes Strafe für ihren Ungehorsam gegenüber dem eigenen Vater. Für ihn war es die ultimative Bestätigung, dass Gott ungehorsame Schlampen im Diesseits wie im Jenseits bestraft. Hätte sie den frommen Typen heiraten sollen und nicht diesen Hund, mit dem sie nun zusammen war, der nicht mal betete und dessen Mutter kein Kopftuch trug.

Einige Monate später erzählte Mutter, es sei wohl gutartig gewesen, Betül habe laut den Nachrichten an ihre Brüder gut auf die Behandlung angesprochen. Ein bisschen neugierig war ich schon, was Onkels Erklärung dafür war, wie das zu seiner Allah-straft-alle-Schlampen-Theorie passte, aber eigentlich wollte ich es gar nicht wissen.

Betül wohnt nicht mehr in Amsterdam und Onkel hat alle Fotos von ihr zerrissen. Wahrscheinlich hat sie schon Kinder und lebt glücklich mit ihrem Mann. Ich hoffe es für sie. Ein paar Mal habe ich versucht sie auf Facebook und Instagram ausfindig zu machen, ohne Erfolg.

Genau zwei Jahre später passierte dasselbe mit Betüls Bruder, meinem Cousin Tayfun. Er wollte eine Frau heiraten, die seine Erzeuger verabscheuten. »Nur über unsere Leichen!«, hatten sie monatelang gesagt. Sie kam aus einer linken türkischen Familie, eingefleischte Kemalisten. Sie sahen gar nicht gottesfürchtig aus, kleideten sich westlich, die Erzeuger des Mädchens waren geschieden. Außerdem trug die junge Frau kein Kopftuch. Im Sommer trug sie gar Röcke, zeigte nackte Beine und ein gewagtes Dekolleté. Die Erzeuger von Tayfun waren erzkonservativ: Wenn man sich besuchte, saßen Männer und Frauen getrennt. Frauen trugen große Kopftücher und lange Gewänder, die Kinder gingen auf Koraninternate. Nicht einmal einen Fernseher besaßen sie, Teufelswerk, dort waren halbnackte Frauen zu sehen, in Serien und Sendungen wurden lauter sündige Zustände präsentiert. Das wollte nicht recht passen zu einer Schwiegertochter, deren Familie sogar Wein und Raki trank, die sich um göttliche Vorschriften nicht weiter kümmerte.

Onkel fand es schon haarsträubend, dass die zukünftigen Schwiegereltern geschieden waren, mal ganz abgesehen von den anderen Dingen, die ihm gegen den islamischen Strich gingen. »Wenn in einer Familie Scheidung normal ist, findet ein Kind es auch normal und wird sich selbst auch scheiden lassen«, meinte Onkel. Sie war eine Frau, die nicht in Ketten gelegt und versklavt werden konnte. Zu liberal und selbstständig. Solche Frauen scheuten keine Scheidung. Sie hingen nicht sonderlich an Ehre, Gemeinschaft, Tradition, Schamgefühlen, Gottesfurcht und unerschütterlichen Normen und Werten. Gegen aufgezwungene Einschränkungen gäbe es Widerstand. Frauen ihrer Sorte fanden nichts dabei, männliche Freunde zu haben, Fotos von sich ins Internet zu stellen, mit ihrer Kleidung »halbnackt« herumzulaufen, sich täglich vor dem Ausgehen fertigzumachen, Parfüm aufzutragen, mit männlichen Arbeitskollegen in der Kantine zu lachen und zu quatschen, »nackt« (mit Bikini) am Strand zu liegen, abends ohne ihren Mann aus dem Haus zu gehen, auch mit Kindern, die einfach in einer Kita abgeladen wurden, weiter zu arbeiten, sogar in einem gottlosen Club abzufeiern. Was sollte Onkel mit einer solchen Schwiegertochter, die seinen Sohn sicher in ein paar Jahren ersetzen und seinen Enkelkindern keine anständig gottesfürchtige Erziehung angedeihen lassen würde?

Tayfun war so störrisch wie Betül; trotz allem wurde er nicht verstoßen. Wenn auch widerwillig, wurde seine Entscheidung toleriert: Immerhin war er ein Mann, brauchte daher keine Zustimmung seines Vaters, damit seine Ehe vor Gott gültig war. Meine Cousine und mein Cousin wurden ungleich behandelt, obwohl sie exakt dasselbe taten, dieselben Eltern hatten. Aber es kam noch schlimmer, irrsinniger: Zwei Wochen nach Tayfuns Hochzeit erreichte uns die Neuigkeit seiner Scheidung. Absolut unerhört – in unseren Kreisen hatte sich noch niemals jemand so schnell scheiden lassen, eine zweiwöchige Ehe wäre überall absurd, bei uns ganz besonders. Der Scheidungsgrund ist mir nie wirklich deutlich geworden; letztlich lag es wohl an den Herkunftsfamilien, die sich nicht ausstehen konnten, heftig in Streit gerieten, Tayfun und seine Frau ergriffen jeweils Partei für ihre Familie, da geriet es dann außer Kontrolle.

Bei der Geschichte hörte ich sie im Geiste schon wieder daherreden. In unserer Community kam eine Scheidung wegen erbitterter Reibereien zwischen den Schwiegerfamilien öfter vor, ich wage gar zu behaupten, dass es sich um die vornehmliche Ursache für Scheidungen handelt, bei Westlern hört man bedeutend weniger oft davon, aber im Nachhinein wurde ich äußerst misstrauisch. Zwischen beiden Familien war es vorher doch schon nicht gut gelaufen, warum sollte es auf einmal derart eskaliert sein?

Den Geschichten, die man bei konservativen Türken hört, ist immer zu misstrauen; nach einem solchen Skandal werden recht kurze, oberflächliche Erklärungen bemüht, wonach man hofft, das Thema sei bald aus der Welt, aber es kann sich um Täuschung handeln, um den wirklichen Grund zu verbergen, den Ruf zu retten. Schließlich leben koranfeste Muslime für ihre Ehre; wenn sie sie verlieren, werden sie stigmatisiert und ausgeschlossen. Es ist die Schlagader ihres sozialen Handelns, ihre Daseinsberechtigung: Man muss als moralisch integer und unerschütterlich gelten, sonst blamiert man sich. Spielraum für Fehler, Unsicherheiten oder Zweifel gibt es nicht.

Alles dreht sich um Außenwirkung, gut rüberzukommen, sich von der Schokoladenseite zu zeigen, bloß nicht aus dem Rahmen zu fallen – die Quintessenz des Lebens. Alles, was persönlich ist, offenherzig, intim, menschlich, ist tabu und Material für einen möglichen Skandal. In unserer Kultur gibt es derart viele Tabus, dass man sie gleich Tabuismus nennen könnte.

Ich habe das nie begriffen. Wer seine Ehre hochhalten will, macht es sich unnötig schwer im Leben. Das krampfhafte Festhalten an all der Scheinheiligkeit, die auf Außenwirkung bedachte Selbstdarstellung, die Rollen, die man nach außen spielt, die Zwangsjacke, die das Sein eines Tugendmenschen darstellt. Es wird letztlich zu einem Käfig, den man um sich selbst herum baut.

Meine Cousinen und ich steckten die Köpfe zusammen und beratschlagten zu der Blitzscheidung mit dem folgenden Ergebnis: In muslimischen Kreisen ist so eine schnelle Scheidung nur möglich, wenn sich in der Hochzeitsnacht herausstellt, dass die Frau keine Jungfrau mehr ist. Wie wir das Mädchen kannten, war sie, mit ihrer modernen, liberalen Familie, keine Jungfrau Maria. Wie wir Tayfun kannten, hätte er wohl seine Probleme damit, schließlich war er entsprechend indoktriniert. Tayfun sah gut aus, war nett, kam aber aus einer Familie, die mittelalterlichen Denkbildern anhing. Es war nur wahrscheinlich, dass er zumindest einige Ideen wie den Jungfräulichkeitskult verinnerlicht hatte.

Aber worauf ich mir nun wirklich keinen Reim machen kann: Tayfun wurde nach dem gigantischen Fehltritt vergeben. Eine Frau wäre dem Tod geweiht. Ehre, Gottesfurcht, Ansehen, Tugend, unverzeihliche Sünden, unumstößliche Verpflichtungen, Scham, Klatsch und Tratsch ... Gab es alles plötzlich nicht mehr. Tayfun hatte einen Penis; durch sein Versagen war er in der Rangordnung nicht herabgesetzt worden. Bei uns galt nicht *Errare humanum est*, sondern *Errare pimmelum est*.

16

Mutter ruft an; weil Freek kränkelt, ist es wieder viel zu spät geworden. Mitternacht ist vorbei, gegen ein Uhr morgens. Notfalleinsatz auf der Zugstrecke, wie so häufig, resultierend in Verspätungen. Ich gehe ran, will sagen, dass ich zu Hause bin, sie sich keine Sorgen machen muss. Sie ist wutentbrannt. Einen Dreck schere ich mich um ihre Meinung, mache, wonach mir der Sinn stehe, gehe absichtlich nicht ans Telefon – nur um sie in den Wahnsinn zu treiben, heimlich würde ich es gar genießen.

Es stimmt zwar, dass ich ihre Anrufe absichtlich nicht entgegennehme, Rechtfertigungen verweigere, aber das tue ich nicht, um sie in den Wahnsinn zu treiben, wie sie sagt. Sie treibt sich selbst in den Wahnsinn, sie denkt unaufhörlich daran, dass sie die Kontrolle über mich verloren hat, ich immer aufsässiger, souveräner, mündiger werde, sich der Prozess meiner Befreiung unter ihren Augen vollzieht, sie keine Ahnung hat, wo ich rumhänge und was ich treibe. Sie beißt sich an der allmählich zu ihr durchdringenden Erkenntnis die Zähne aus, dass ich keine Verlängerung von ihr bin, nie sein werde, dass ich meinen eigenen Weg gehe, während sie mit eingezogenem Schwanz und sich das Kopftuch raufend dasitzt, weil sie nicht weiß, womit sie jetzt drohen soll, weil ich nicht festzunageln bin. Dass ihr nur bleibt, mir aufs Wort zu glauben, wenn ich behaupte, von der Arbeit zu kommen. Das ist es, was sie wahnsinnig macht. Misstrauen und Verzweiflung können einen Menschen bis zum Äußersten treiben. Ich muss vorsichtig sein.

Ich sage, dass ich müde bin, will das Gespräch beenden. Sie kreischt wie eine Irre, mein Benehmen sei nicht länger hinnehmbar, umgehend habe ich bei ihnen auf der Matte zu stehen, jetzt oder nie. Ich gehe besser, bevor sie gleich noch wütender in mein Zimmer stürmt. Im Nu schminke ich mich ab, ziehe mich um. Ich ziehe eine Pyjamahose und Bademantel an. Eigentlich hätte ich gerne den Mumm, einfach so rüberzugehen, nicht jedes Mal wieder ihr Urteil, den aggressiven Tonfall, die moralische Erpressung zu fürchten und zurückzustecken, aber ich möchte mir die Kopfschmerzen ersparen und auch für das Seminar morgen muss ich noch etwas schreiben. Ich nehme meine Schlüssel, gehe durch die Tür, und nach ein paar Schritten betrete ich ihre Wohnung.

Defne schläft schon, sie muss morgen früh zur Schule. Scheint ihnen nichts auszumachen: Bei meinem Anblick werden beide laut. Wie immer übernimmt Mutter die Führung. Oberhaupt in reaktionären Familien ist meist der Vater, bei uns ist Mutter eine weibliche, islamische Ausgabe von Stalin, ein Khomeini mit Vulva, Despotin des islamischen Faschismus, eiskalt, unbarmherzig, gibt keinen Fingerbreit Territorium jemals preis. Moralische Unerschrockenheit ist schließlich die vornehmliche Eigenschaft aller Führerpersönlichkeiten, ob klein oder groß, ob gut oder schlecht.

Toleranz war ein Fremdwort für sie, schließlich bedeutete Toleranz, dem Wein der Weisheit das Wasser der Unwissenheit beizumischen. Duldsamkeit fordert geistige Muskelkraft – die hat sie nicht.

Vater ist klar, dass er besser damit fährt, ihr Regime zu unterstützen, sonst leidet er selbst darunter, muss ihr Genörgel Tag und Nacht ertragen. Nur selten widersetzt er sich ihr, murmelt ab und zu, sie solle nicht übertreiben, ich zuhören, denn Mutter besäße mehr Weisheit als ich, das habe ich bedingungslos zu respektieren. Standardsprüche von Türken, die total sinnlos und arbiträr sind. Warum mehr Weisheit? Wegen ihres Alters? Ihrer Mutterschaft? Darum soll sie »Lebenserfahrung« haben und Respekt verdienen? Welche Erfahrung hat Mutter denn? Bis zu ihrem 25. Lebensjahr hat sie auf dem Land in Anatolien gearbeitet, wo sie einzig und allein frische Kuhscheiße eingeatmet hat, sonst war da keine Kultur zum Aufnehmen, um dann an Vater verheiratet (sprich: verkauft) zu werden, weil der am meisten Geld bieten, sie in die Niederlande mitnehmen konnte, so dass sie ihrem Kuhdorf entkommen ist.

Einmal hier angekommen, bekam sie mich; es öffnete sich eine ganz neue Welt für sie mit dem freudigen Ereignis meiner Geburt, sie musste gelegentlich das Haus verlassen, die westliche Gesellschaft entdecken, eine Welt, in der sie sich die Rosinen aus dem Kuchen pickt, zugleich aber die Welt, gegen die sie sich ideologisch absetzt.

In der Moschee lernt sie, man dürfe sich nicht zu sehr anpassen an die dekadenten, verdorbenen Menschen. Es sei nur Schein, dass der Schöpfer auf ihrer Seite stehe wegen ihres Wohlstands, den sie gestohlen haben und durch Unterdrückung und Ausbeutung zu erwerben wussten. Nicht verführen lassen dürfe man sich von ihren hohlen Vorstellungen, es seien nur Einflüsterungen vom Teufel, vom *şeytan*. Ein bisschen Anpassung war im Übrigen in Ordnung: die Sprache lernen, sich den Mitmenschen gegenüber anständig benehmen, seinen gesellschaftlichen Beitrag leisten, indem man arbeitete und Steuern bezahlte (als Mann), mehr aber auch nicht – Loyalität galt zwingend nur der islamischen Welt. Unerschütterlich war an »Allahs Richtschnur« festzuhalten: Religion, Gemeinschaft, Sprache, Normen, Werte, die ehrenwerter und verdienstvoller waren als die der Ungläubigen.

Jeden Freitag predigte Imam Wawelaar etwas à la: »Die Niederlande sind gottlos, ihren eigenen Gott haben sie vor die Tür gesetzt und wollen das jetzt auch bei uns tun, damit auch wir kulturell zugrunde gehen. Ein Schwulenparadies, sie stellen Huren hinter Fenstern als touristische Attraktion zur Schau, und Alkohol und Drogen sind legal und kulturell akzeptiert. Sie haben ihre Frauen und Töchter nicht im Griff, die mit jedermann wie toll ins Bett springen, als ob es nichts Heiliges oder Besonderes wäre, als ob Geschlechtsverkehr bedeute zu konsumieren. Die Niederlande sind außerdem das Schoßhündchen von Israel und den USA, außenpolitisch haben sie viel Schuld auf sich geladen. Das Unrecht, das unseren Brüdern und Schwestern angetan wurde, immer noch angetan wird, vergessen wir niemals! Wahrlich, Gott sieht alles! All das widerstrebt der Botschaft und den moralischen Geboten von Gott und seinem Propheten, Friede sei mit ihm!«

Karbunkel setzt wieder mit ihrem unverblümten Monolog ein, der immer selben Leier. Es prasseln Verwünschungen auf mich herab. Laut fragt sie, was sie bei der Erziehung denn falsch gemacht habe, warum ich nur immer so verflucht eigensinnig sei. Ich solle mich hüten. Wie ich in Gottes Namen auf die kranke Idee kommen könne, erst jetzt heimzukehren. Völlig unverständlich, wie ich als junges Mädchen so viele Stunden außer Haus verbringen könne, nie zu Hause sei, um mich mit angemesseneren Dingen zu beschäftigen (wie Plätzchen backen und zusammen auf dem Sofa Fernsehsendungen gucken, in denen Menschen über ihre Eheprobleme stritten oder ein Imam auf Fragen aus dem Publikum antwortete, wie oft man etwa über einer Wasserflasche Korankapitel rezitieren müsse, um sie für einen Kranken zu heiligen (auch hier gilt: Funktioniert es, kommt es von Gott, wenn nicht, nicht), Tee trinken mit Verwandten oder Nachbarsfrauen auf Besuch).

Ich kann ihr Misstrauen gut verstehen, immer bemühe ich die Ausrede von der Arbeit, auch wenn ich den ganzen Tag mit Freek am Strand gelegen habe. Irgendwann wird das auffallen. Sie hatte sich eine Lösung überlegt. Wollte ich unbedingt abends arbeiten, durfte ich das, aber Vater würde mich ab sofort wieder von der Arbeit abholen, wie vor ein paar Monaten auch schon. Immerhin war es merkwürdig, dass ich erst um ein Uhr morgens zurückkam. Das kauften sie mir nicht ab.

Ich kann mich nicht länger beherrschen, bin es so satt, den ewigen Sündenbock zu spielen, einen unaufhörlichen Strom an Erniedrigungen und Beschimpfungen über mich ergehen zu lassen. Es ist mir unmöglich, auch noch das bisschen Vergnügen aus meiner Beziehung aufzugeben. Ich will nicht zurück zu den Zeiten, in denen ich Freek schon gegen Nachmittag verlassen musste, zurück nach Amsterdam, um abends zu arbeiten, nur damit Vater mich abholen konnte. Mein Eindruck verfestigt sich, es mit einer kranken Psychopathin, einem Kontrollfreak zu tun zu haben, mit einem einfältigen, rückständigen, bornierten, schlichten, niederträchtigen Esel aus einem türkischen Kuhdorf, der einfach nicht an die Rechte, Freiheiten, an das Leben hier gewöhnt ist. Ich nenne sie einen minderwertigen Menschen, was ich später noch bereuen werde; eigentlich muss ich mich beherrschen, sonst gebe ich meiner Gegnerin zum wiederholten Mal die Gelegenheit, die Märtyrerin zu spielen, bei Nachbarn und Verwandten über mich zu klagen und natürlich nur ausgesuchte Beispiele anzuführen; hinter meinem Rücken wird ihr reichlich Raum gegeben, um ihre Bedrängnis zur Schau zu stellen. Der Ton macht die Musik, vor allem in unserer Kultur; Misstöne können die Botschaft verfälschen, dazu führen, dass Zuhörer einen nicht mehr ernst nehmen wollen. Natürlich wird Mutter meine Sünden und Widerworte übertreiben, aus dem Zusammenhang reißen, ihr eigenes übergriffiges Verhalten verschweigen, meine Worte wie eine Beleidigung, Schändung ihrer Person aussehen lassen, um ihre Erzählung überzeugender zu gestalten. Doch wenn man derart übertreibt, das Bedürfnis empfindet, nur die grausamsten Worte ins Gedächtnis zu rufen, den Rest aber verschweigt, lässt man sich in die Karten gucken, lässt man durchblicken, wie wenig überzeugend man die eigene Erzählung findet. Denn wie Mutter sind nicht viele. Selbst fromme Familienmitglieder, Nachbarn und Bekannte von ihr finden, dass sie mit ihrer Forderung, mich von der Arbeit abzuholen, zu weit ging. Nur leider macht ihr das gar nichts aus. Sie sah es sogar als Kompliment, dass sie augenscheinlich eine der wenigen ist, die die Vorschriften des Imams, ja von Gott, noch ernst nimmt. Das verschaffte ihr ja sogar Extrapunkte beim Herrn, dass sie trotz der immer nachlässigeren Massen standhaft war.

Doch mein Fehltritt ist eine Lappalie verglichen mit denen des Feindes. Mit zitternder Stimme sage ich, dass sie mich nie wiedersehen wird, wenn sie mich noch einmal als Schlampe bezeichnet. Wenn sie noch ein einziges Mal auf die Idee verfällt, drakonische Regeln zu verordnen, die meine Freiheit einschränken, halte ich es in dieser Familie nicht mehr aus. Im Ernst. Eindringlich schaue ich sie an, damit sie es begreift. Fromme Türken sind für Worte allein, wie viel Sinn sie auch ergeben mögen, nicht empfänglich. Sie muss spüren, wie ich es meine.

Plötzlich verstummt sie, ihr Gesicht ernst. Sie reißt ihre Augen auf und zieht abschätzig wie bei Gestank die Nase hoch, murmelt: »Ich sag dir eins, Ismail, das Mädchen ist verloren. Lügen und Provozieren beherrscht sie bis zur Perfektion.«

Mit leiser Stimme fragt sie mich, misstrauisch aus halb zugekniffenen Augen blickend, warum ich so heftig reagiere, ob ich etwas zu verbergen habe. Was denn so schlimm daran sei, von Vater oder Bruder abgeholt zu werden, warum ich nur deshalb drohe, das Haus zu verlassen? Ist doch kein Grund, auszuflippen? Ist doch nett, abgeholt zu werden, nicht allein kommen zu müssen? Offenbar gehe ich gar nicht zur Arbeit, das sei sonnenklar, sonst wäre es kein Problem. Ich führte sie wohl an der Nase herum, würde sie zum Narren halten, aber dafür sei sie zu schlau. Fortan würde sie mich immer im Albert Heijn aufsuchen, um zu überprüfen, ob ich wirklich bei der Arbeit sei. Sie glaubte mir kein Wort mehr. Wer ein Machtgefälle in Stand halten will, schätzt Misstrauen und Kontrolle als die verlässlichsten Kräfte. Ich gehe weg und werfe die Haustür ins Schloss. Ich spüre Adrenalin in meinem Körper, rund ums Herz. Wie bei anderen Malen, als ich so wütend war. Manchmal dauert es eine Weile, bis ich es wieder regulieren kann. Ich zähle bis zwanzig, das hilft irgendwie. Kehre zurück in mein Zimmer bei Oma. Der Geruch – da ist er wieder. Die schmutzigen Tücher und Wattepads mit dem Make-up, die ich zum Abschminken benutzt hatte, liegen auf meinem Schreibtisch. Ich werfe sie weg. Nehme meine Ohrstöpsel und stelle die Musik so laut es geht. Erstes Lied auf meiner Playlist, mein Favorit: *Ik leef mijn eigen leven.* Ich lebe mein eigenes Leben.

Mein Schmuck baumelt über meinen Parfüms. Goldene und silberne Ohrringe, viele Ringe, Ketten. Leider ist der meiste Schmuck unterm Schleier nicht zu sehen. Ketten und Ohrringe verschwinden, die trage ich nur, wenn ich zu Freek oder ins Restaurant fahre. Karbunkel macht zuverlässig eine Bemerkung, wenn sie sieht, wie ich an meinem Klimbim Freude habe, wie ich mich fertigmache, um einen weiteren Tag makellos auszusehen, wie es mir meiner Meinung nach zusteht. Kann man im Leben etwas aufhübschen, sollte man es auch tun; das schließt mich ein.

»Du bist echt irre, so viel Geld dafür auszugeben, denk doch mal nach, fürchte Gott!« Oder: »Mit Parfüm darf man nicht beten, das ist absurd, da ist Alkohol drin!« (Sie glaubt, ich bete noch.) Oder: »Irgendwann schmeiß ich dein Make-up vom Balkon, das ist *haram*, schäm dich, du bist eine Muslima!« Oder: »Mit Make-up oder Nagellack kann man nicht beten, man muss sich waschen, Make-up ist verboten!« Oder: »Hast du den Imam nicht gehört? Wenn man mit Parfüm an einem Mann vorbeiläuft, schreiben sich die Engel in ihr Heft, dass du eine große Sünde auf dich geladen hast!«

Ein paar Mal hatte sie meine Kosmetik in der Hoffnung entsorgt, ich würde es aufgeben, doch ich deckte mich wieder neu damit ein. Inzwischen hat sie sich mit meinem Make-up abgefunden. Wenn sie mich geschminkt das Haus verlassen sieht, mir auf der Straße entgegenkommt, kann sie es nicht lassen, heftig mit dem Kopf zu schütteln, eine verletzende Bemerkung zu machen, zu verdeutlichen, was für ein schrecklicher Anblick es ist. Vater übrigens auch, der hat es mir sogar verboten, zum Glück ist er ständig auf Arbeit. Wenn er es einmal mitkriegt oder Mutter darüber klagen hört, was öfter vorkommt, kann er in Zorn geraten. Schminke sei etwas für Nutten; seine Assoziation Pornos. Er sieht nicht ein, warum ich geschminkt zur Schule oder Arbeit gehen muss. Wurde ich erwischt, versuchte ich es mit einem Lächeln zu überspielen – ohne Erfolg, sie lachten nicht. Einmal hat er es mit liebenswürdigen Worten versucht und Gott außen vor gelassen: »Make-up wird von den falschen Frauen getragen und es macht dich nicht schöner. Denkst du nur, weil Gesellschaft, Fernsehen, Werbung dir das weismachen. Natürlich sind da alle schöner.« Doch dann: »So hat Gott dich eben geschaffen! Wenn du das mutwillig verändern willst, ist es eine Sünde, es schickt sich nicht für eine bescheidene Frau.«

Die Argumentation stimmte mal wieder vorne und hinten nicht; wenn ich durch Make-up hässlicher würde, wäre das aus religiösen Gesichtspunkten gerade gut, da ich ja die Männer nicht verführen soll, darum trage ich doch auch das Kopftuch und die weite Kleidung? Wo war dann das Problem? Wollte ich diskutieren, wurden sie wütend, war ich das besserwisserische Miststück, das nicht zuhören kann. Zu entgegnen hatten sie natürlich nichts. Ich machte sie komplett wahnsinnig, ich war vorwitzig. Aber das beruhte auf Gegenseitigkeit.

Doch Vater nahm es mit der Religion nicht so genau wie Mutter, dafür legte er mehr Wert auf Sittlichkeit und Anstand. Mädchen mussten jungfräulich brav bleiben, um bei der Heirat eine gute Partie zu sein, sonst fanden sie keinen Mann und waren eine Schande.

Ich finde es stinklangweilig, von Frauen Bescheidenheit zu verlangen. Bescheidenheit führt zu nichts Gutem, verdient Bewunderung nur dann, wenn sie falsch ist. Weibliche Schönheit zu verhüllen, finde ich unsinnig. Ein Glück nur, dass fromme Frauen entscheiden, sich in Tücher zu hüllen, mit einem gottesfürchtigen Partner vorliebzunehmen, statt einen erfolgreichen, gutaussehenden, netten oder witzigen zu wählen. So haben andere Frauen weniger Konkurrenz. Ich entscheide mich lieber dafür, all meinen Charme in die Waagschale zu werfen, um mir den Besten zu angeln. Es ist doch idiotisch, sich in Tücher zu hüllen, dann jemanden zu ehelichen, der vor allem gläubig ist? Ich sehe keine Weisheit darin. Nur Dummheit. Ich bin nicht dumm.

Eigentlich hasse ich meine Erzeuger. Bei allem, was ich will und wofür ich stehe im Leben, stellen sie sich quer, doch der Gedanke, Oma und Defne für immer zu verlassen, bedrückt mich. Gleichgültigkeit wurde zu meinem unerreichbaren Ideal, ich zu einer Möchtegern-Zynikerin. Ich mache mir keine Illusionen, nie werden sie akzeptieren, wie ich bin; letztlich sind sie ungebildet, heimatlos, werden fortwährend der strengsten Umsetzung einer Lehre durch Organisationen ausgesetzt, in denen lauter Hohlköpfe mit staatlichen Fördermitteln ihrer Intoleranz zu Resonanz verhelfen. Meine Erzeuger schlucken das kommentarlos, weil es ihnen an kritischem Denkvermögen fehlt. Den Organisationen kann ich das schlecht übelnehmen. Fehlgehen aus Eigennutz ist eine Sache, aus Dummheit eine andere. Auf die Anhänger bin ich wütend. Und auf die Fördermittelgeber, darunter die niederländische Regierung. Ich bin nicht in der Lage, allein etwas dagegen zu unternehmen, ihr Denken zu verändern. Niemand steht mir bei, keine Menschenseele steht an meiner Seite. Nur Oma – aber die hat kein Mitspracherecht.

Meine Erzeuger sind, wie sie sind; in Anbetracht aller Faktoren kann ich es einigermaßen begreifen, mit Betonung auf einigermaßen, denn ich werde sie vorerst nicht von Unterdrückung, Erpressung und Einschränkung ihrer erwachsenen Tochter freisprechen. Was mein Fassungsvermögen übersteigt, ist, dass hier geborene und sozialisierte Leute meiner Generation denken wie sie. Gehofft hatte ich, dass gerade das Scheitern der älteren Generation an Aufklärung und Modernisierung bei der Jugend dazu führen würde, es anders, besser zu machen.

Niemand teilt meine Sicht auf die Dinge, Regeln werden akzeptiert. Niemand, der auch mit dem Kopftuch ringt. Niemand, der auch heimlich einen weißen Freund hat. Niemand, der auch lieber im Sommer mit dem Bikini am Strand liegt. Niemand, der auch tagtäglich mit seinen Erzeugern streitet. Niemand, der auch so viele Fragen hat zu religiösen Vorschriften. Ich bin eine Einzelgängerin, aber wie, warum? Wo sind meine Leidensgenossinnen? Warum begegnete ich nirgends Seelenverwandten? Ich halte mich nicht für einzigartig, ich weiß, dass das absolut Einzigartige recht einzigartig ist. Doch mich beschlich zunehmend das Gefühl, dass da niemand mit mir im selben Boot saß. Bevor man über Originalität urteilen kann, muss man alles Vorhergegangene, was vergleichbar ist, in Augenschein nehmen. Das habe ich getan. Ich sehe zu wenig Mitstreiter.

Musik ist nicht erlaubt, Dating verboten, außereheliche Romantik mit ihrer Spannung, ihrem Prickeln, unzulässig; es ist von Übel, ohne männlichen Verwandten in den Urlaub zu fahren; sittenwidrig, mit Vertretern des anderen Geschlechts befreundet zu sein; unschicklich, sich schön zu kleiden und zu stylen; nicht gestattet, abends unterwegs zu sein; anstößig, Fotos in soziale Medien einzustellen; inakzeptabel, »widerwärtige, unmoralische« Filme und Serien zu gucken (nicht Pornos, sondern einen Film, in dem sich zwei küssen); es ist *haram*, in Anwesenheit von Männern am Strand zu liegen und im Meer zu schwimmen; es gehört sich nicht, lebende Wesen abzubilden, gehört sich nicht,

Geburtstage oder heidnische Festtage zu feiern, gehört sich nicht, mit Männern zu arbeiten (laut den meisten muslimischen Erzeugern schon, nicht laut Koranschule); es gehört sich nicht, auszugehen und Festivals zu besuchen.

Was bleibt dann noch als Vergnügen im Leben? Oder soll man sich im Leben nicht vergnügen? Muss ich leben wie eine Zimmerpflanze? Muss ich zur Schule, zur Arbeit, so tun, als ob ich keine Gefühle, kein Verlangen hätte, obwohl ich überall Jungs sehe, die alle Freiheiten haben? Muss ich später in eine Ehe eintreten, der jeglicher Sex, noch bevor sie begonnen hat, ausgetrieben wurde, da meine Erzeuger einen komplett humorlosen, blutleeren und koranfesten Schlappschwanz für mich ausgesucht haben, der bei jeder Ungehorsamkeit meinerseits verbissen reagiert, weil er in der Vorstellung erzogen wurde, Frauen sei zu befehligen? Um mich in eine Legehenne zu verwandeln wie die Frauen um mich herum? Und den Rest meines Lebens derart vergeuden? Dafür lebe ich? Für Gott, Familie, Vaterland? Freut sich Gott an meiner Tragödie? Warum macht Er Gesetze, die fortwährend zur Übertretung einladen? Allgemein gilt, dass Gesetze und Vorschriften darauf abzielen, präventiv festzulegen, wessen Belange im Fall widerstreitender Interessen Vorrang haben. Wenn ich Gesetzen unterworfen werde, was ist der Belang der anderen? Die Vorstellung der Unterordnung des Individuums unter die Gruppe wird durch jene vertreten, die für eigene Ambitionen noch jeden Gruppenbelang zu opfern bereit sind. Was sind denn Gottes Ambitionen? Ambitionen werden von Angst getrieben. Welche sind Gottes Ängste?

Ich war sieben, als ich erfuhr, dass Sängerin, Tänzerin und Schauspielerin verfluchte Berufe waren; solche Frauen würden in der Hölle enden. Eine singende und tanzende Frau erregte die Männer, das durfte man nicht, höchstens beim eigenen Kerl. Berufssportler trugen enganliegende Kleidung und waren den Blicken der Öffentlichkeit ausgesetzt. Die Lehrmeisterin in der Koranschule verkündete, der Prophet – Friede sei mit ihm – habe laut Überlieferung gesagt, als Frau müsse man sich derartig verhüllen, dass es für einen Mann unklar bleibe, ob man jung oder alt sei, und die schwerste Prüfung für die Männer im Diesseits seien die Frauen. Kontakte zum anderen Geschlecht waren zu vermeiden, auf das Nötigste zu beschränken.

Nach Unterrichtsende durften wir, zur gleichen Zeit wie die Jungen, nach Hause, mussten jedoch, trafen wir auf dem Vorplatz zur Moschee oder dem Flur, wo man seine Schuhe aus dem Regal nahm, einen Jungen, den Blick zu Boden richten.

Um meinen fünfzehnten Geburtstag herum wurde ich über die Ehe unterrichtet. Dem Mann sei zu gehorchen; er stehe bei Gott eine Stufe höher, aus seiner Rippe sei die Frau gemacht. War dein Mann unzufrieden mit dir, kamst du nicht ins Paradies; seine Zufriedenheit, dein Ticket (und Zufriedenheit, vor allem in einer Ehe, ist wohl als knappes Gut zu betrachten.) Der Prophet – Friede sei mit ihm – habe gesagt, wenn er ein zweites Wesen neben Gott anweisen müsse, vor dem niederzuknien sei, würde er auf den Mann verweisen, dem die Frau Ehrerbietung schulde. Von Gott war er dazu auserkoren, die Führung zu übernehmen, fürs Geld zu sorgen, die Frau dagegen müsse sich um ihre Brut kümmern und ihren Mann unterstützen. Liebe stelle sich nach der Hochzeit ein oder nicht – das sei ungewiss; wählte man einen frommen Partner, werde man in jedem Fall glücklich.

Als ich die Lehrmeisterin fragte, wie man einen Ehepartner wählen konnte, wenn man vorher weder eine Beziehung noch ein Date gehabt hatte, meinte sie, so funktioniere das ja doch nicht. Man könne jemanden vorher nie wirklich kennenlernen, bei Verabredungen könne man sich verstellen, es gäbe immer ein Risiko, Gottvertrauen müsse man haben. Außerdem sei es halt auch einfach verboten. Sich besser kennenlernen durfte man nur, wenn man als Frau beim vorehelichen Treffen von einem männlichen Verwandten begleitet wurde. Sich privat zu treffen war von Übel.

Ich fragte lieber nicht, wie man vorher wissen konnte, ob man mit dem Typen auch im Bett klarkam. Spielt keine Rolle, würde die Antwort lauten. Bei uns heiratete man, wenn man sich verstand, miteinander konnte, nicht etwa aus Liebe oder Anziehungskraft – das sei nicht solide, von vorübergehender Natur. Als zufällige Beigabe vielleicht, aber es war nur mehr ein westliches, fehlgeleitetes Konzept. Es gehe darum, ob man vertrauen könne, ob derjenige bei dir bleibe, auch im Unglück wie bei Krankheit und Armut für dich da sein werde. Viele Muslime leben in arrangierten Ehen. Es kommt in Anwesenheit der Eltern höchstens zu ein paar Treffen beider Kandidaten, woraufhin bald geheiratet wird, sobald klar ist, dass beide atmen, sich körperlich einigermaßen behagen (nicht entstellt oder so) und ein Gespräch führen können. In meiner Familie haben alle so geheiratet.

Die jüngere Generation geht gegenwärtig selbst auf die Suche. Die Frau benötigt noch immer den väterlichen Segen, kann sich aber (im Rahmen streng einzuhaltender Grenzen) selbst jemanden suchen.

17

Ich habe zwei Seminare hinter mir und muss gleich zur Arbeit. Ein bisschen Zeit bleibt mir, daher quatsche ich noch mit Kommilitoninnen.

Angelique scrollt durch ihre Handyfotos, erzählt, sie vermisse Australien. Nach dem Abi hat sie ein Jahr dort gewohnt. Ich frage, wie sie das bezahlt hat; sie erzählt, dass ihre Eltern bis zu ihrem achtzehnten Geburtstag Geld für sie gespart haben. Sie hat es dann für Reisen und Hausrat ausgegeben.

Ich hörte öfter von Leuten, dass sie zum achtzehnten Geburtstag einen großen Geldbetrag von den Eltern bekommen, bei Freek war das auch so gewesen. Anscheinend typisch niederländisch. Freek hatte auch seine Fahrstunden von seinen Eltern zum Geburtstag geschenkt bekommen. Ich war an meinem achtzehnten Geburtstag froh, dass mein Stundenlohn im Supermarkt angehoben wurde. 6,74 brutto.

Im Seminar sprachen wir über *Candide oder der Optimismus*. Ich dachte über meine persönliche Situation nach. Mit der Lehre habe ich insgeheim seit Langem Schwierigkeiten, mit den von meinen Erzeugern auferlegten Regeln, mit der furchtbaren Koranschule, in der ich viel zu viel Lebenszeit vergeudet habe. Die Liebe meines Lebens ist kein Muslim, zweifellos inakzeptabel für eine muslimische Frau, während es Männern noch zugestanden wird, Andersgläubige zu ehelichen. Darüber hinaus hegte ich Zweifel am Kern: an Gott, der eine Welt voller Menschen geschaffen hat, die zur ewigen

Hölle verdammt sind. Ewig. Ich kann das nicht begreifen – ewig. Ist das nicht eins dieser bescheuerten Wörter, die nur in übertragenem Sinn verwendet werden? Ich meine, wenn man zum Geliebten sagt, man würde ihn ewig lieben, ist das zwar süß, aber offensichtlicher Bullshit. Alles ist vergänglich. Wie konnte man von mir verlangen, dass ich als zwanzigjährige Akademikerin glaubte, jeder Nicht-Muslim fahre zur Hölle? Glaubten andere Muslime das im Ernst? Wie – ohne geisteskrank zu sein? Und warum andere Menschen in die Hölle schicken? Zu allem Überfluss: die allerspannendsten Exemplare. Dienten moralische Prinzipien nicht insgeheim nur dem Zweck, die Möglichkeiten anderer einzuschränken?

Warum sollte Gott den Menschen geschaffen haben, damit dieser Ihn anbetet, wenn Er doch allmächtig ist und Anbetung nicht nötig hat – wir aber leben in Funktion der Anbetung? Warum sollte man versuchen, zu überleben, Geld zu verdienen, gesund zu bleiben, wenn Arme, Kranke und Kinder bei ihrem Tod direkt in den Himmel kommen? Wenn Leiden sinnvoll und nützlich ist, warum sollte man versuchen, ihm zu entgehen?

Laut Lehrmeisterin waren wir geschaffen zur Anbetung Allahs, auch wenn er das nicht nötig hatte; Allah hatte es so eingerichtet, bei Ungehorsam fuhr man zur Hölle, wo man auf ewig schmorte, die eigene Pisse trank, immer wieder eine neue Haut bekam, die Feuer fangen konnte. Der Strafvollzug ist ein wichtiger Maßstab für das zivilisatorische Niveau einer Gesellschaft, finde ich; Gott zeigte sein wahres Gesicht.

Wenn man als Nicht-Muslim geboren wurde, war man dafür verantwortlich, die wahre Gotteslehre zu finden, sich zu ihr zu bekehren, die Wahrheit zu suchen; Ausreden gab es nicht, nicht in unserer Zeit, wo man sich überall Zugang zu Wissen verschaffen konnte.

Ich fand, Wahrheit müsse unumstößliches Wissen sein, Glauben ist nur mehr zweifelhaftes Vermuten. Kein Wissen. Glauben ist Unwissenheit. Solange ein gläubiger Mensch sich im Wahn befindet, kann er nicht wissen. Das konnten sie sich doch denken? Dafür musste man doch nicht superschlau sein? War es nicht das typischste Merkmal von Wahrheit, dass unser Wissen über sie zweifelhaft ist?

Vielleicht möchte die Welt betrogen werden. Vielleicht ist Verstand verheerend. Vielleicht macht nur Dummheit das Leben lebbar, weil Wahrheit sich unseren Bedürfnissen nicht fügt. Verrückte und Narren sind vielleicht glücklicher als weise Menschen. Tiefgründige Denker sind meist geisteskrank. Hat nicht der Idiot das beste Schicksal? Folgen Menschen daher nur zu gern falschen Propheten? Sind wir denn ohne unser Talent zum Selbstbetrug unrettbar verloren? Ist das der Grund, warum gerade die unaufrichtigen Menschen sich erdreisten, Aufrichtigkeit öffentlich anzufechten?

Vielleicht hatten wir uns als Menschheit deshalb zum Ziel gesetzt, die Sinnlosigkeit des Lebens stets aufs Neue zu vergessen. Vielleicht waren Kultur und Religion Produkte menschlichen Verlangens danach, Sterblichkeit zu vergessen. Unsterblich wären wir kulturlos. Es ist auch davon auszugehen, dass die unsterblichen Götter kulturlos sind.

Je größer Angst und Unwissen rund um den Tod, desto größer auch das Bedürfnis, unsere Sterblichkeit zu vergessen oder auszublenden, desto stärker sind Kultur und Religion. Es sind just die Gläubigen, die das Wunder nicht akzeptieren können, sich eine Erklärung wünschen. Gläubige Menschen sind ganz einfach feige Menschen. Die derart fürchterlich am Leben hängen, dass sie ein Ende nicht verkraften können, die die Wahrheit vor lauter Schreck wieder verbergen, sobald sie sie gefunden haben. Die mit großem Aufwand versuchen, die einzige Gewissheit im Leben auf wacklige Beine zu stellen. Und das, obwohl man nur glücklich leben kann, wenn man seine Sterblichkeit wirklich annimmt. Und die Willkür des Lebens. Wer die Launen des Schicksals bestreitet, wird nie lernen, sich auf sie vorzubereiten, wird nie Trost finden in der Ergebung.

Sucht man nach Wahrheit, lernt man mehr, als wenn man sie schon besitzt. Es ist natürlich angenehm, wenn man alles schon weiß, was man wissen will; vielleicht ergreift einen sonst Unruhe, Verwirrung, aber schöner ist es, Angst zu überwinden, herauszufinden, dass es viel mehr zu entdecken gibt, was die Mühe wert ist. Lebenskunst heißt, Erfahrungen zu gestalten. Hunger nach einer Wahrheit geht auf Kosten des Wissens über die Wirklichkeit. Mit Philosophie verliert man sowohl Hoffnung als auch Angst, im Gegensatz zur Theologie. Das ist befreiend.

Während sie sich vor der Wahrheit fürchteten und Lügen erzählten, auch sich selbst, fürchtete ich mich vor dem Schweigen. Angst war es, die mich zu Enthüllungen führte.

Religiöse Erzählungen sind sinnstiftend. Darum unsinnig. Auch in unserer Zeit ließ man sich trotz Warnungen und wider besseres Wissen täuschen. Wem fiel man zum Opfer? Warum ließen Menschen sich von moralischen Geboten manipulieren? Moral mag zu etwas taugen, wenn sie lehrt, wie man mit der Wirklichkeit umgehen soll, statt vorzuschreiben, wie diese auszusehen hat.

Vielleicht gibt es bloß unvorstellbar viel Dummheit in den Köpfen von unvorstellbar vielen Menschen? Ich weiß nicht, was schlimmer ist.

Ich begriff nicht, was barmherzig war an Gott, aber ich traute mich nicht, den Gedanken zuzulassen. Einmal hatte ich mir ein Herz gefasst und der Lehrmeisterin beim Unterricht über die Schrecken der Hölle etwas erwidert.

»Aber – ist das nicht schrecklich?«, wagte ich mich zögerlich vor; so dürften wir es nicht sehen, unser nichtiger menschlicher Verstand besitze einfach nicht das Vermögen, die Weisheit der göttlichen Gesetzgebung zu erfassen, wir folgten nur unseren Lüsten, Gefühlen, die zudem verunreinigt waren davon, was die Atheisten in diesem Land uns beibrachten. Nicht unserer eigenen Logik sollten wir folgen, sondern uns vollständig unterwerfen, Untertanen sein. An der Gerechtigkeit zu zweifeln – es waren teuflische Einflüsterungen, die wir mit viel Beten und Gottesfurcht vermeiden könnten.

Religionen hatten ein makelloses System geschaffen; die Gedanken wurden zensiert. Die Gedankenpolizei von George Orwell war nichts dagegen.

Dann waren da noch die Regeln, mit denen ich mich so schwertue. Ich konnte nicht verstehen, warum ein Kopftuch und ein langes Gewand nötig waren und warum ich bis zur Ehe keinen Freund haben durfte – ganz schön lang. Und warum derjenige per se Muslim sein musste; damit schließt man verdammt viele nette Menschen aus.

Über die Jahre profilierte ich mich daher zunehmend als progressive und liberale Muslima, die nicht mit allen Regeln einverstanden war, und predigte, man müsse Zeitgeist und Kontext mitdenken. Eine Art Orientalistin. Auf YouTube hatte ich von linken Türken gehört, dass sie unsere Lehre so betrachteten. Ich war erleichtert: endlich eine Gruppe, der ich mich anschließen, mit der ich mich identifizieren konnte. Auf der Koranschule hatte ich mich bis dato als Sonderling gefühlt.

Als ich eines Tages in der Moschee verkündigte, nicht mit dem Kopftuch einverstanden zu sein, es lieber ablegen zu wollen, es heutzutage für überflüssig zu halten, für unfair, da Jungen tragen konnten, was sie wollten, auch im Sommer, wurde ich vom Biest unbarmherzig zurechtgewiesen. Wenn ich das nicht schnellstens zurücknehme und mich reuig zeigen würde, fiele ich automatisch vom Glauben ab. Wie konnte ich es wagen? Es ging mitnichten darum, mit etwas nicht einverstanden zu sein, wer glaubte ich, wer ich sei, vielleicht Mitgesetzgeberin neben Gott?

»Wir Muslime glauben an alle Texte, alle Vorschriften, die der Menschheit durch Allah und seinen Propheten – Friede sei mit ihm – zugekommen sind. Wir beteiligen uns nicht am modernen Gefasel kranksinniger Leute, angeblicher Muslime, die meinen, ein Kopftuch sei jetzt unnötig oder Schwule müsse man jetzt normal finden. Davon distanzieren wir uns. Halte dich fern vom Gesocks, seinem Unsinn, die haben bloß eine Identitätskrise, schämen sich für ihren Glauben. Wollen es dem Westen nachmachen, ihm gefallen, nennen sich ungeniert Muslime, obwohl sie mehr oder weniger alles vom Islam über Bord werfen und vom Westen annehmen, ausdrücklich hat der Prophet – Friede sei mit ihm – vor ihnen, den Heuchlern, gewarnt. Sie sind schlimmer als die Ungläubigen, ganze Bücher wurden darüber geschrieben, denn während sich der Ungläubige in die Karten gucken lässt, kommen solche Verräter von innen, sie haben sich in unsere Uniform gehüllt. Hat unser Prophet – Friede sei mit ihm – sich nicht glasklar über Homophile ausgesprochen? Über das Bedecken von Schönheit? Die Rolle von Mann und Frau, ihre Rechte und Pflichten? Was haben wir bitte mit Feministen und Homophilen zu tun?«

Sie rang es sich ab, meine Widerrede war schwierig für sie.

Linke Muslime, für die die Lehre mit Feminismus, Freiheit, Gleichberechtigung und anderen Prämissen der Moderne ganz wunderbar vereinbar ist, wenden sich heftig gegen Menschen wie meine Lehrmeisterin. Die Vorschriften seien im Hinblick auf ihre Entstehungszeit zu verstehen, man dürfe als Individuum seine Religion zurechtkneten, sie gestalten, sich bei den Regeln zusammenshoppen, was einem eben gefalle, obwohl die Heilige Schrift zwischen Muslim und Nicht-Muslim, Mann und Frau, Sklave und Meister unterscheidet. Obwohl Dinge in der Lehre festgelegt sind. Die Osmanen hätten sonst auch keine Harems und Kriegsgefangene gehabt, die sie als Sexsklavinnen missbrauchten. Sonst hätten sie auch kein Problem gehabt, die Sklaverei abzuschaffen.

Die progressiven Muslime folgen damit den Spuren der Kulturchristen, die in den vergangenen Jahrhunderten mit ihrer Kultur durch die Waschstraße gefahren sind. Heikle Angelegenheiten werden negiert (»hat nichts mit der Lehre zu tun«), man behauptet, es handele sich nicht um ihren Islam, sondern um den der Extremisten. Wenn die Religion in Mekka ihren Ursprung hat, wie ist sie in Gottes Namen vorgedrungen bis in nicht-arabische Gebiete wie Spanien, Pakistan, Somalia, Türkei, Iran, Atjeh und sonst wo?

Die besonders findigen Muslime behaupten, diese Dinge könne man nicht einfach abtun; sie beschuldigen diejenigen, die das tun, als Ketzer. Meiner Ansicht nach tragen bei der Diskussion die Konservativen den Sieg davon, denn eine Reformation hat es nie gegeben. Schließlich ist unser Glaube eine vollendete Religion, die weder an Zeit noch Ort gebunden ist – so habe ich es als Kind gelernt, so wird es bis heute gepredigt. In von allen sunnitischen Muslimen anerkannten Rechtsschulen wird das schwarz auf weiß festgehalten. Die

Rechtsschulen, Heimstatt solcher Texte, werden von Theologen weder abgelehnt noch reformiert, bis heute; nur vereinzelt sagen Muslime, dass sie sich davon distanzieren, sich lieber dazu ausschweigen wollen, es nicht umsetzen, wie die große Mehrheit der Muslime in Europa und in anderen säkularen Ländern. In der Praxis existiert also stillschweigend eine Reformierung, bei genauerem Hinsehen wird sie aber noch immer nicht theologisch gerahmt, von Geistlichen anerkannt; Radikalisierung und Fundamentalismus bleiben daher bestehen, wo Menschen dafür empfänglich sind. Muslime, die islamische Grundsätze als tragisch und überkommen ansehen, nicht einverstanden sind, überlassen es dem Einzelnen, zu relativieren, eine Auswahl zu treffen, zu kontextualisieren, die wortwörtliche Umsetzung schön bleiben zu lassen. Kein kluger oder nachhaltiger Ansatz, schließlich muss man dann darauf bauen, dass die anderen es auch so halten. Gibt aber genügend weniger intelligente oder schlicht fanatische Menschen, denen das schwerfällt, die sich ermutigt fühlen – und damit bleibt es eine *smoking gun*.

Will ein Imam einen anderen Kurs einschlagen, etwa eine Moschee grunden, wo in gemischten Gruppen gebetet wird, wie in Deutschland geschehen, wo Homosexuelle willkommen sind, wie in Frankreich, wo ein weiblicher Imam predigt, wiederum in Deutschland, bekommen die Verantwortlichen Kugeln ab und Bomben in den Briefkasten. Das ist der *modus operandi*. Sie werden durch Mitglieder bedroht, die meinen, solche Praktiken schwächten die Lehre, deren Unterstützer seien Heuchler und Ketzer. Die Lehre ist ja makellos; wenn man also Makel findet und ins Rampenlicht zerrt, glaubt man nicht. Es passiert im Herzen Europas, in den Ländern des Mittleren Ostens sowieso. In der Türkei gab es auch schwarze Tage: Im Jahr 1993 wurde in Sivas (Geburtsstadt meiner Erzeuger) ein Hotel in Brand gesteckt, weil alevitische Intellektuelle zusammengekommen waren, um den Roman *Die satanischen Verse* zu besprechen. Der Schriftsteller und Religionskritiker Turan Dursun wurde am 4. September 1990 am helllichten Tag von Islamisten ermordet. Wenn religiöse Fundamentalisten ein Problem sind, könnte man auf die Idee kommen, dass etwas mit den Fundamenten nicht stimmt. Die Sache stinkt zum Himmel. Tatsächlich geht es weniger darum, ob Reformen möglich sind – selbst wenn es da Möglichkeiten gibt, mit Texten kann man schließlich tun und lassen, was man will, sonst gäbe es auch nicht derart viele verschiedene Muslime –, sondern um folgenden entscheidenden Punkt: Wenn noch die kleinste subversive Regung zuverlässig durch Gewalt im Keim erstickt wird, und dafür braucht es lediglich ein paar übersinnliche Narren, die mit dem, was die stoffliche Welt zu bieten hat, nicht zufriedenzustellen sind, klappt es in der Praxis eben nicht.

Der unverkennbare Wert der Dummheit ist das Vermögen, große Gruppen Menschen miteinander zu verbinden.

Atatürk hat als Erster den Versuch zu Reformen unternommen, mit einigem Erfolg; er war aber kein Theologe und auf die Türkei begrenzt. Es handelte sich um eine Säkularisierung gegen Widerstände, von oben auferlegt, nicht um eine Entwicklung, die sich in der Bevölkerung vollzogen hätte; das Versprechen der Aufklärung ist nicht bis ins Herz der Menschen gedrungen. Wenn Säkularisierung erfolgreich sein will, muss sie nicht nur politisch, sondern auch geistig vollzogen werden.

In mehrheitlich muslimischen Ländern gibt es nach wie

vor theologischen Streit zur Auslegung eines sogenannten politischen Islams; der einfache Muslim in den Niederlanden hat davon keinen Schimmer, er hängt einem *Feelgood*-Islam an, bei dem man sich, häufig unreflektiert, innerhalb anerkannter Normen bewegt, auch der christlichen Parteien. Frauen sind zu unterdrücken, mit Kopftuch zu verhüllen, Töchter und Schwestern haben jungfräulich und untergeordnet zu bleiben, es gilt Halalfleisch zu essen, Homosexuelle sind auszuschließen, während des Ramadan gilt es zu fasten, keinen Alkohol zu trinken, mit politischen Fragen dagegen beschäftigt man sich nicht; ihr recht braver Islam dümpelt im Fruchtwasser der Demokratie, obwohl Sultan Erdoğan, dem alle türkischen Imame mit bedingungsloser Ehrfurcht begegnen, inzwischen grenzwertiges Verhalten an den Tag legt und die Säkularisierung in der Türkei in Gefahr bringt. Man kennt ihn dafür, dass er Ruhm und Glorie des osmanischen Reiches beweihräuchert, die muslimische Identität zur Schau stellt und massig Geld in Religionsunterricht investiert; linke Türken schäumen vor Wut, weil die Errungenschaften Atatürks aufs Spiel gesetzt werden, die im Übrigen der Aufklärung anzurechnen sind.

Atatürk hatte die Säkularisierung mit aller Unnachgiebigkeit verordnet; wer sich nicht ruhig verhielt, wie einige Imame, die nicht nachgeben wollten, hartnäckig für Fundamentalismus warben, dem Kalifat den Vorzug gaben, wurden ausgeschaltet. Seine Politik war darauf ausgerichtet, eine moderne Republik zu gründen, das Kalifat abzuschaffen, religiöse Dogmen, die üppig wucherten, zu untergraben, so dass Wissenschaft und Wirtschaft florieren und Frauen sich emanzipieren konnten. Es musste eine Organisation geschaffen werden, die alles mit Bezug auf religiöse Angelegenheiten zu bereinigen, alle Moscheepredigten, den Inhalt der religiösen Lehrbücher festzulegen hatte – diese Dachorganisation hieß Diyanet. Auch wirre Stimmen des fundamentalistischen Islam waren zu vermeiden; weltliche und geistliche Führer agierten als enge Verbündete. Diyanet sprach stets nur über den spirituellen, den salonfähigen Aspekt des Islam: Helft den Armen, fastet im Ramadan, betet so viel wie möglich, putzt eure Zähne, seid dankbar, gießt die Pflanzen, werft euren Müll in den Mülleimer, schmeißt eure schmutzigen Socken in den Wäschekorb, tötet keine Insekten – kurzum: Normal ist schon verrückt genug. So lautete das Motto. Ein Nullachtfünfzehn-Islam; Atatürk versuchte, dem blutjungen Nationalstaat ein kulturell-religiöses Angesicht zu verleihen, nicht per se ein islamisches, eher ein orientalisches. Heutzutage verunglimpfen strenggläubige Muslime solche Menschen als »Kulturmuslime«. Dabei können Bewunderung, hier für die Glaubenslehre, und ein scharfes Urteil Hand in Hand gehen. Sie meinen, nicht Bewunderung, nur blinde Anbetung zähle.

Viele Türken behaupten, dass die heutige Türkei wegen Atatürk bei Weitem das modernste, kultivierteste, liberalste Land unter den mehrheitlich muslimischen Ländern ist; sie sorgen sich über den heutigen Diskurs, in dem Politik immer stärker mit Religion verflochten wird. In der Politik geht es um die Frage nach dem Guten, und die gute, gerechte Gesellschaft dreht sich wesentlich um moralische Fragen. Wenn Normen und Werte der meisten Türken religiös bestimmt sind, führt das dazu, dass Politik inhärent mit Religion zu tun hat, die wiederum gemäß ihrer Definition von einer Ethik zur klaren Unterscheidung von Gut und Böse abhängt. Wo zieht man die Grenze? Darf eine politische Partei sich von religiösen Werten »inspirieren« lassen? Religion in der Politik ist eindeutig schlecht, wenn theokratische Programme entworfen werden, aber gilt das auch für Debatten zu grundlegenden moralischen Fragen? Darf eine christliche Partei etwa nicht aus religiösen Gründen gegen Abtreibung sein? Darf man Polygamie verteidigen? Darf Steuergeld für den Bau von mehr Koraninternaten und für den Lohn der Imame ausgegeben werden?

Ich selbst habe ein tiefsitzendes Misstrauen gegenüber Religion entwickelt, das ich nicht abschütteln kann. Religion hat großen Einfluss, viele Menschen in den Niederlanden haben ihr Wirken aus den Augen verloren. Der Gedanke, ein Problem sei passé, kann sich überraschend selbst als passé herausstellen.

Religion ästhetisiert das Leben, sie säumt die eigene Existenz mit einem mythologischen Horizont, durchtränkt selbst die banalsten Tätigkeiten des Lebens mit Sinn und Spiritualität, wonach viele Menschen einen stetigen Hunger empfinden. Es macht sie zum Rauschmittel, mit Drogen vergleichbar. Sie ist von großer Kraft, macht intensiv glücklich, weil sie an unser Urbedürfnis appelliert, mit dem Sein eins zu werden. Man gibt seine Individualität auf, um an etwas teilzuhaben, das größer ist als man selbst. Das macht es auch gefährlich: Seine Autonomie gibt man auf, schaltet das Denken ab, unterwirft sich dem Transzendenten bedingungslos. Es ist ein Rausch; wo ein Einzelner auf den Alkohol schwört, hat die Masse ihre Gebete, Verse, Leitsprüche. Es führt zu Fanatismus, Selbstaufopferung und Herdentrieb. Wenn man religiös ist, ist man keine Person; man trachtet bewusst danach, eine Art Karikatur zu werden.

Ich habe einen gesunden Respekt vor religiöser Kraft, fühle zugleich tiefsitzende Aversion, ein Misstrauen, weil es eine irrationale Kraft ist, die leicht Zerstörung bringt. Wenn jemand gläubig ist, sich persönlich davon bereichert fühlt, ist mir das gleichgültig, sofern es unter säkularen Bedingungen geschieht: Religion ist persönlich, gehört ins Privatleben. Menschen dürfen homophob, patriarchalisch sein – alles im Rahmen demokratischer Normen. Wenn allerdings ein totalitärer Anspruch davon ausgeht, es mit der Forderung nach Unterwerfung, dem Bedürfnis nach öffentlich religiöser Ordnung einhergeht, ist es etwas völlig anderes. In diesem Fall wird es zu einer existenziellen Bedrohung für die freie und offene Gesellschaft. Dem Geist eine Knute, der Freiheit des anderen eine Gefahr. Doch das ist abstrakt, in der Praxis komplizierter, da Religion mit ethnisch-kultureller Identität verschmilzt. Zur eigenen Tradition gehört. Horizont, Normen, Werte, Weltbild der Kultur, die einen ausmacht, sind von ihr geprägt. Sie ist, selbst wenn man nicht sonderlich religiös ist, unauflöslich mit dem eigenen Wesen verbunden.

In der Praxis ist selbst die Unterscheidung zwischen Privatem und Öffentlichem nicht eindeutig, es ist eine durch die Säkularisierung etablierte Ordnung, die der Religion nicht wesentlich ist. Die Vorstellung einer Glaubensgemeinschaft mit gegenseitiger sozialer Kontrolle ist von entscheidender Bedeutung für das Überleben kulturell prägender Glaubensformen. Passt aber nicht zum säkularen Konzept, dass alles schön privat bleiben soll.

Es erklärt auch die Empörung vieler Muslime, wenn man ihre politischen Auffassungen kritisiert. Politik ist irgendwie mit Religion verflochten und Religion wiederum mit Kultur, Identität, sogar mit Ethnizität und Herkunft. Ein Angriff auf Erdoğan, ein entwürdigender Cartoon – Angriffe auf den Islam, Angriffe auf die Muslime, auf jeden, der als Muslim geboren wurde und in der Gemeinschaft lebt. Eine Kettenreaktion, bei der die Einzelteile als zusammenhängend erfahren werden, obwohl man natürlich den Mittleren Osten, seine Menschen und Kulturen lieben kann, ohne Fan von den dort verbreiteten religiösen Auffassungen und politischen Anführern zu sein.

So schwer kommt mir das gar nicht vor, doch wenn ich das verkünde, ernte ich ungläubige Blicke.

18

An einem heißen Sonntag – ich war zwölf Jahre alt, seit sechs Jahren auf der Koranschule, wo wir verhüllt, nur Hände und Gesicht unbedeckt, beisammensaßen – klopfte es an der Klassenzimmertür. Eine blonde, spindeldürre Frau mit Millimeterhaarschnitt, Anfang fünfzig, trat herein; sie trug rote Kleidung, auf ihrem T-Shirt prangte eine Rose. Brav zog sie ihre Schuhe aus, passte sich den Regeln des Gotteshauses an. In der Hand hatte sie einen Stapel Flyer, Nachschub in ihrer großen, ausgebeulten Schultertasche. Die Lehrmeisterin hob kaum den Blick – kein Überraschungsbesuch. Sie erklärte uns, die Dame brächte Parteiflyer mit. Wir sollten zu Hause sagen, bei den anstehenden Wahlen sei ein Kreuz bei dieser Partei zu machen. Die Frau mit dem geschorenen Kopf unter lauter Kopftüchern lächelte, ein wenig gezwungen, denn sie verstand ja kein Wort. Es könnte auch sein, dass sie von der Lehrmeisterin gerade als ungläubiges Miststück verunglimpft wurde, dann stände sie lächelnd wie eine Idiotin dar. Ich persönlich würde das nicht riskieren, in einer Runde, in der mich jemand in einer mir unbekannten Sprache vorstellt, zu lächeln.

Ich betrachtete den Flyer, der mir in die Hand gedrückt wurde, besser gesagt: die Flyer – ich bekam vier Stück. Vier Mal denselben. »Gib sie deiner Familie.« Ach ja, sie dachte wahrscheinlich, ich hätte sechs Brüder und fünf Schwestern, alle wahlberechtigt. Hallo – wir sind doch keine Marokkaner. PvdA, Arbeiterpartei, las ich. Frauen mit Kopftuch auf dem Foto. WÄHLE SOZIAL stand da in Druckbuchstaben.

Wenn sie sozial wären, würden sie mir helfen, dem unerträglichen, quälenden Unterricht zu entkommen, würden sich mindestens für Subventionsstopp einsetzen, all dem Widerstand entgegenbringen, statt es zu kultivieren; in ihren Reihen würden sie keine konservativen Migrantenvertreter willkommen heißen, die meinen Erzeugern auf der Straße zusichern, schon bald würden mehr Moscheen gebaut. In meiner Wahlfreiheit, die Glaubenslehre weniger streng zu sehen, müssten sie mich unterstützen.

Religionskritik müsste ein linkes Steckenpferd sein; im vorliegenden Fall handelte es sich um Salonsozialisten.

Als die Flyerfrau abgerauscht war, kehrten wir zum Unterricht zurück. »Der Mann hat das von Gott sanktionierte Recht, die Frau berichtigend zu schlagen«, wiederholte die Lehrmeisterin. »Selbstverständlich müssen eine Vielzahl an Bedingungen erfüllt sein; zuerst muss sie mit Worten ermahnt werden, dann schläft man getrennt. Das Recht darf nur als letztes Mittel in der Not eingesetzt werden. Kluge Geister meinen, es dürfe keine gebrochenen Knochen geben, müsse vor allem eine Lehre sein, die Hierarchie im Haus klarstellen – der Mann hat die Führung inne über Frau und Kinder wie ein Schäfer über seine Herde. Die Gelehrten sind sich uneins, wie weit man mit den Schlägen gehen darf; einig sind sie sich darin, dass das Recht nicht leichtfertig missbraucht werden darf. Das wäre eine große Sünde, denn der Beste unter den Männern ist, wer mit seinen Frauen am besten umzugehen weiß. Die können aber nun recht hysterisch und unvernünftig sein, deswegen hilft manchmal nur körperliche Züchtigung.«

Ich war soeben unterrichtet worden zu »Wie romantisiert man häusliche Gewalt?«

Das Verhältnis der linken zu den orthodoxen Niederlanden dunklerer Hautfarbe ist voll der Ungereimtheiten und nicht zu ergründen. Eine Community, die größtenteils eine importierte Orientversion christlich-fundamentalistischer Gruppen darstellt, mit verschleierten Frauen, in der Moschee hinter den Männern betend, die gegen Abtreibung, Homosexuelle, Transgender, Genderneutralität, Meinungsfreiheit, Satire, Gotteslästerung ist, dagegen für Beschneidung einsteht, für religiösen Nationalismus und Geschlechterrollen, gemäß derer Frauen Kartoffeln schälen und Männer das Brot verdienen, die modernitätskritisch und antifeministisch ist – hat um Himmels willen was bei den inklusiven Linken mit ihren hocherhobenen Regenbogenflaggen zu suchen? Wer bitte wählt in einem Land Erdoğan, im anderen die Arbeiterpartei PvdA?

Ich bin wütend
Suche aber Ruhe
wegschauend
Will auf sich beruhen lassen

Will kämpfen
mit der Lehrmeisterin in der Moschee
wo sie immer noch hockt
unbehelligt
Will kämpfen
mit Mutter
Mich nicht länger
unterwerfen dem Joch

Will Liebe
Will Hass
Will alles

Will nichts
Will, dass Mutter eine Lektion erteilt wird
Will, dass sie den Regeln abschwört

Bin froh
Bin böse
Unbefangen
Und mitfühlend

Rege mich auf
suche den Mittelweg
Bis ich resigniere
Und herunterschlucke

Suche und suche
Für mich selbst, für meinesgleichen
Für die, die noch immer weichen
Und fluche und suche
Für die Kinder
ihre Zukunft
was ihnen zusteht

Und denke und suche
Suche wie verrückt
Schweiß bricht mir aus
Und es nagt an mir

Sinne und suche
wäge ab, hin und her,
Beratschlage, endlos
Suche Allah
Und mein Gewissen

Als junges Mädchen wurde mir irgendwann klar, dass nicht alle zur Koranschule mussten. Es gab andere Muslime, in Maßen gläubig. Sie hatten Mütter ohne Kopftuch, legten sich im Sommer an den Strand, konnten nicht auf Arabisch lesen. Will man vernünftig sein, ist entscheidend, zu wissen, wann Mäßigung erforderlich ist.

Montags berichteten sie im Stuhlkreis über die Sachen, die sie am Wochenende gemacht hatten – schöne Sachen. Ich war neidisch. Jeder freie Tag hieß für mich Koranschule, ich hatte nie etwas Abenteuerliches zu erzählen. Meine Wangen glühten, wenn ich an die Reihe kam, so viele Male hatte ich schon dasselbe Sprüchlein aufgesagt; ich fühlte mich unter Druck gesetzt, etwas Bedeutendes aufzutischen. Die anderen hatten Fußball gespielt, gegrillt, einen Film geguckt oder auf dem Sofa ferngesehen, waren Fahrrad gefahren, geschwommen, hatten sich Pommes und Eis geholt, waren in den Zoo gegangen oder auf den Spielplatz.

Einmal beschloss ich etwas zu erfinden. Ich sagte, ich sei ins Kino gegangen; das hatte ich von anderen manchmal gehört, ich selbst hatte noch kein Kino von innen gesehen. Wir unternahmen keine Ausflüge, könnte ja Geld kosten und teuer werden, meinten die Erziehungsberechtigten. Nur einige wenige Male hatten wir etwas unternommen, weil wir den Familienpass der Stadt im Briefkasten gehabt hatten, damit konnten wir gratis oder vergünstigt irgendwo rein. Nach langer Bettelei waren wir mit Vater ins Museum gegangen und Mutter brachte uns einmal ins Schwimmbad. Es war großartig; Halil und ich konnten die Nacht vorher vor lauter Aufregung nicht schlafen, quatschten endlos in unserem Etagenbett, er unten, ich oben.

Als die Lehrerin mich bat, kurz etwas über den Film zu erzählen, wurde ich puterrot. Nachdem ich gestammelt, gestottert, geseufzt und geschnauft hatte, setzte ich dem Ganzen nach einer Weile ein Ende, sagte, ich erinnere mich nicht. Wahrscheinlich dachte sie, ich sei minderbemittelt.

Auf der Koranschule wurde ich vor allem in den religiösen Vorschriften rund um den Haushalt und über das Leben des Propheten unterwiesen – Friede sei mit ihm. Mir fiel auf, dass sein Leben vor allem aus Schlachten bestand. Immer ging es um Krieg, Kämpfe, Ungemach. Die Lehrer waren vehemente Erdoğan-Supporter und begeistert von der türkischen Politik, sprachen auch oft von Geopolitik, wenn diese etwas mit Muslimen zu tun hatte, wie der ewige Israel-Palästina-Konflikt und der Irakkrieg. In ihren Augen war die Welt in zwei Lager geteilt: die Weltgemeinschaft der Muslime bzw. *ummah* und der Rest. Komisch, Muslime werden auf einmal als ein Block gesehen, wo doch die Nachkommenschaft Mohammeds in eine unendliche Vielzahl an Schismen zersplittert ist, die sich an die Gurgel gehen, nach dem Blut des jeweils anderen lechzen. Das islamitische Inselreich geht kaum als Archipel durch; steckt man einen gottesfürchtigen Türken und einen Palästinenser in einen Raum und lässt sie die Grundlagen der Lehre diskutieren, gibt es sicher Zwist, bei zwei Türken auch. Wir sind geborene Schismatiker.

Wir bekamen ständig scheußliche Bilder von leidenden Muslimen in Gaza, Irak, China und Birma zu sehen, die tief in mein Gedächtnis drangen und mich körperlich schmerzten. Dazu erzählte die Lehrmeisterin, die im Übrigen kein Wort Niederländisch sprach und, wie andere Mitarbeiter der Moschee auch, illegal im Land war, sogar in der Moschee schlief, dies sei der Beweis, dass Nicht-Muslime uns immer feindlich gesinnt sein würden, bis wir von unserem Glauben abfielen. Die Bilder waren scheußlich und schockierten mich, nächtelang konnte ich nicht schlafen. Ich erkannte Menschen, Kinder, die im Irak gewissenlos geschlachtet wurden. Einem Baby, das in einer Wasserpfütze lag, wurde mit elektrischen Schlägen zugesetzt, weil es zu den Rohingya, zu einer muslimischen Minderheit in Myanmar, gehörte. Es schrie sich die Seele aus dem Leib, immer wenn ein extremistischer Buddhist ihm einen neuen Schlag verpasste. Die Bilder brannten sich in meine Netzhaut. Eine Frau erzählte zeternd und schreiend, ihr Mann sei von amerikanischen Soldaten im Gefängnis von Abu Ghraib gefoltert worden, sie selbst zig Mal geschändet, vergewaltigt. Abscheu gegenüber den Feinden und den untätigen Regierungen, unter anderem der Niederlande, erfüllte mich. »Die Christen« nennen das Wohltätigkeit, sagte die Lehrmeisterin. Ich nahm das bedenkenlos hin.

Zum Glück war ich auf einer öffentlichen Grundschule, wo andere Perspektiven vertreten wurden. Ich empfand tiefe Zuneigung zu den Lehrerinnen und Lehrern, die keine Muslime waren und doch fast wie Eltern auf mich wirkten, ich war mir sicher, dass sie die Gräueltaten an den Muslimen niemals billigen würden. Sagten sie auch, wenn ich sie direkt danach fragte. Ich war nicht allein mit meinen Integritätsfragen. Schnell begriffen sie, was ihre Schüler beschäftigte. »Bist du ein Christ, Lehrer Erik?«, »Warum bist du kein Muslim?«, »Magst du Muslime?«, »Israel ist doch schlecht?«, »Achtest du die Muslime?«, »Wählst du den Mann, der Muslime hasst und das Kopftuch beleidigt?«, »Willst du, dass die Muslime abhauen?«, »Was denkst du über Amerika?«.

Außer Unmut und Ohnmacht fühlte ich vor allem auch Angst. Meine Liebsten und ich waren auch Muslime, sollte das etwa bedeuten, dass wir früher oder später mit Folterungen zu tun bekämen, mit Menschen, die uns an den Pranger stellten? Warum verhinderte Gott das nicht? Scheinbar konnten wir nicht auf ihn zählen, sonst hätte Er den anderen Muslimen doch beigestanden. Dass wir an Gott glauben, bedeutet noch nicht, dass Er an uns glaubt.

Angst wurde auch auf andere Weise eingeflößt. Das Foto eines schwerbehinderten, missgebildeten Mädchens wurde gezeigt; es habe zuvor den Koran zu Boden geworfen, dabei vermeldet, vom Glauben abgefallen zu sein. Keine Stunde später sei sie gelähmt gewesen. Die Ärzte hätten weder eine Erklärung noch ein Heilmittel. Die Moral lautete, dass wir den Koran oberhalb unserer Körpermitte halten mussten, ihn niemals auf den Boden oder in den Schoß legen durften – eine fürchterliche Sünde, nur plumpe Christenmenschen waren zu so etwas fähig, die schoben sich in der Kirche sitzend ihre Bibel ja sogar unter den Arsch.

Einmal fiel mir der Koran herunter, vor den Augen der Lehrmeisterin, was mich sehr sorgte; mir würde vergeben, wenn ich ihn dreimal küsste und gegen meine Stirn drückte. Zur Sicherheit tat ich es sechsmal.

Die gleichmütige Einstellung meiner atheistischen Lehrer ließ meinen Argwohn gegenüber Nicht-Muslimen, sogenannten »Christen«, bröckeln. Ganz anders als meine Lehrer am Wochenende waren sie nicht leidenschaftlich und gaben selten kategorische Antworten. Jene weinten manchmal – mir war das unangenehm, ich bekam Gänsehaut davon. Die gottlosen Lehrer dagegen waren vor allem unbeschwert und lustig; sie schienen sich einzig darüber Sorgen zu machen, dass es uns so sehr beschäftigte.

»Gott gibt's doch gar nicht, Kinder; alles vom Menschen ausgedacht – macht euch keine Sorgen.« Insgeheim hörte ich das gern, lieber als gefühlsbetonte Moscheepredigten, als mit Megafon verstärkte Emotionen. Es befreite mich von dem Gefühl, mich zwingend als Teil einer weltumfassenden Gruppe zu fühlen, die mit viel Widerständen und Leid zu kämpfen hat. Lehrmeisterin Hatice sagte, Tag und Nacht müssten wir für unsere »Brüder und Schwestern« beten; ich wollte aber nicht jeden Tag an Krieg und ermordete muslimische Babys denken. Es machte mich traurig, vor allem wütend, ich wusste nicht, wohin mit dem angestauten Frust. Mit dem erdrückenden Gefühl von Ungerechtigkeit und Opfertum – außer es bei Gott vorm Schlafengehen abzuladen, aber war das genug? Wenn ich grübelte und dann betete, konnte ich nicht in den Schlaf finden, durch all den Kummer, das Unheil, das wie eine schwere Wolke über meiner Seele hing.

Ich bedauere es sehr, dass Defne eine religiöse Schule besucht; die Chance auf kritisches Denken und vielfältige Perspektiven wird ihr genommen. Sowohl unter der Woche als auch am Wochenende hört sie nur von der Lehre. In meiner Kindheit gab es keine islamische Schule in der Nähe, wodurch ich mit anderen Perspektiven in Berührung gekommen bin, auch die niederländischen Feiertage begehen durfte. »Islamische Schulen erbringen exzellente Leistungen«, entgegnen Muslime in den Medien. Ja - *so what?* Sie bilden trotzdem kollektive, keine individuellen Denker aus. Eine Gymnasialempfehlung ist nicht sonderlich aussagekräftig, bedeutet nur, dass man gut lernen kann. Aber wer ist man als Mensch? Für welche Werte steht man? Intelligenz ist kein eindimensionaler Begriff. Wenn man die Freiheit des anderen nicht hochachten kann, ist eine hervorragende Note nichts wert.

Ich war früher in einer diversen Klasse voll Kinder mit

allerlei Lebensanschauungen. Ich wusste, dass Anjali an Weihnachten kein Rindfleisch aß, weil sie Hindu war. Ich wusste, dass Harmanjot ihre Haare nicht schneiden durfte, weil sie ein Sikh war. Auch ihr Vater und ihr Bruder hatten langes, geflochtenes Haar, das in einen weißen Turban gewickelt wurde. Ich wusste auch, dass jeder Sikh mit Nachnamen Singh hieß. Wirklich alle. Und die Frauen trugen Nachnamen mit der Vorsilbe »kaur«. Fand ich besonders unpraktisch.

Ich wusste, dass Himano halb Niederländer, halb Surinamer war, an den christlichen Gott glaubte, wie Jeremy, Latoya und Junior, alle drei Schwarz und – sehr sonderbar – alle drei vaterlos. Außerdem war da noch Nick, halb Türke, halb Niederländer, Alevit. Der hatte wiederum keine Mutter, weil die heroinabhängig war und in irgendeiner anderen Stadt wohnte und keinen Kontakt zu ihrem Kind hatte. »Das hat man davon, wenn man eine niederländische Frau heiratet, die sind unberechenbar«, kommentierte Mutter. Nick war mein allerbester Kumpel auf der Grundschule. Immer wenn es irgendwie um Mütter ging, zum Beispiel am Muttertag, oder wenn das Wort beim Vorlesen fiel, liefen ihm Tränen aus seinen grüngoldblauen Augen, wie die Farben des Schleierkampffisches in unserem heimischen Aquarium; er ging dann kurz auf den Flur oder die Toilette, um mit den Gefühlen zurechtzukommen. Ich ging mit ihm, strich ihm über den Rücken, was die Lehrerin gut fand. Es kam oft vor, das weiß ich noch, war aber nie nervig, wir fühlten jedes Mal mit. Er weinte vollkommen geräuschlos; wollte die Lehrerin mit ihm sprechen, kam kein Wort aus ihm raus. Er wollte weinen und auf dem Flur stehen. Nicht reden. Viel später wurde Nick auch abhängig.

Die Andersgläubigen aßen in der Pause Schinken und

griffen bei Gratis-Snacks zu den Chips mit Bacon. Von den Mitmuslimen hatte ich erfahren, dass sie Schwein enthielten – bekamen wir die Chips ab, mussten wir mit den Heiden ein Tauschgeschäft machen. Wenn Himano oder Jeremy auch keine Lust auf Chips hatten, taten wir uns zusammen und setzten sie unter Druck.

»Wir dürfen das aber nicht wegen unseres Glaubens; ist doch wohl ungerecht, dass wir dann keine Chips essen können und ihr wohl!?« Schließlich gaben sie notgedrungen nach, wir waren in der Mehrheit. So ging das auch mit Süßigkeiten, die wir nicht essen durften. Erst nur Marshmallows, später stand auch Haribo auf unserer *Haram*-Liste. Die muslimische Community kam während meiner Grundschulzeit dahinter, dass praktisch jede Süßigkeit »Schwein« enthält; wir durften noch Lolly's, Chips und Schokolade essen. Erst später gab es die vegetarischen Fruchtgummis von Katjes, alle Muslime kauften die. Zuvor hatten die Heiden der Klasse abgeräumt, wir lieferten in rauen Mengen den verbotenen Süßstoff bei ihnen ab, um dann unsere Chips zu mampfen, mit Katjes aber war der Spaß für die Andersgläubigen vorbei.

Einmal fielen mir Chips mit Bacon zu; ich aß nicht davon, tauschte sie auch nicht ein. Lehrerin Aliza, ihrer Unerbittlichkeit wegen als Schul-Gestapo verschrien, fragte mich, warum ich nicht essen würde. Selbst bei einer normalen Frage klang es, als ob sie streiten wolle, ihr riesiger Körper und ihre Haltung flößten einem Respekt ein, man war gleich kompromissbereiter, selbst bei Vater war das bei Elterngesprächen zu beobachten, auf dem Rückweg kam er aus dem Staunen über ihren Körperumfang gar nicht heraus.

»Ähm ... Da ist Schwein drin, laut Allah verboten«, sagte ich.

»Quatsch, da ist kein Schinken drin, schmeckt nur danach – wegen irgendwelcher Gewürze, Geschmackstoffe, die das kopieren, ist aber kein echter Schinken, unmöglich!« Ihre Aussage war plausibel, Chips mit Fleisch – das war mir sowieso schon komisch vorgekommen. Vorsichtig machte ich die Tüte auf und probierte. »Lecker, oder? Iss das ruhig, das ist vollkommen okay, wirklich.« Schnell aß ich weiter, aber dann kam Hajar.

»Oooooo, Büsra isst ein Schwein, guckt mal!«, schrie sie durch die Klasse.

»Ihhhhhhhhh, Mann!«

»Eklig!«

»Bist du keine Muslima, oder was?«

»Du kommst in die Hölle!«

»Nein!«

Der Chips blieb mir im Hals stecken.

»Aliza hat gesagt, da ist kein Schwein drin!«, brachte ich zögerlich zu meiner Verteidigung hervor.

»Ja klar, keine Muslima, deswegen sagt sie das, du Depp«, sagte Amin.

»Du nimmst ihr das ab? Wie dumm kann man sein?«, sagte Hajar.

»Meine Mutter weiß es ganz sicher besser, die ist Fahrschullehrerin und verdient zehnmal so viel wie unsere Lehrerin«, sagte Hamza.

»Bist du dämlich«, sagte Harun.

»Leute!«, brüllte Aliza, die die Diskussion mitbekam. »Jeder darf hier essen, was er oder sie will, Schluss jetzt! Ich will das nicht mehr hören! Büsra, iss einfach auf.«

Tja, Aliza hatte leicht reden, sie würde ja nicht monatelang ein Schwein genannt. Ich schmiss die Chips weg. Auf Alizas Gesicht machte sich Enttäuschung breit.

Andere Schüler hatten davor noch belegte Schinkenbrote mitgebracht, ließen es dann aber, weil wir sie als Schweine beschimpften. Beim Weihnachtsbüfett wurden sie auch ausgeschlossen. Wenn sie ein Fleischgericht mitbrachten, aß niemand von ihrem unreinen Essen. Wenn sie uns was anboten, starrten wir sie entgeistert an, als hätten sie uns gerade Scheiße serviert.

Die unbeschnittenen Jungen wurden beim Duschen nach dem Sportunterricht als Möchtegern-Männer und Weicheier fertiggemacht.

19

Mit vierzehn Jahren las ich den autobiografischen Roman einer Frau somalischer Abstammung, die über ihre Beschneidung schrieb. Das Buch rührte mich. Ich fragte die Moscheelehrmeisterin, warum es das gebe und ob die Lehre es wirklich vorschreibe. Ihre Antwort lautete, es verhalte sich tatsächlich so, werde gegenwärtig aber falsch angewendet. Die ursprüngliche Absicht habe darin bestanden, die Vorhaut der Klitoris, nicht die Klitoris selbst zu beschneiden, da die Vorhaut laut einer bestimmten Überlieferung für mehr Lust bei der Frau sorge.

Ich entgegnete lieber nichts und nickte. Tatsächlich war ich zutiefst erschrocken. Ich erwischte mich dabei, wie ich eigentlich damit gerechnet hatte, sie würde es zu einem rein afrikanischen Phänomen erklären, wie linke Muslime es auf YouTube taten.

Mit siebzehn Jahren beschloss ich, mich per E-Mail an Imame zu wenden mit Fragen zu den Forderungen, die meine Eltern an mich stellten, der Überlieferung, gemäß derer bei der Geburt eines Jungen zwei Schafe, bei der eines Mädchens ein Schaf zu opfern ist, dass das Zeugnis einer Frau nur halb so viel wert ist wie das eines Mannes, warum nahezu alle Geistlichen Männer sind, zur Legitimierung von Polygamie nur für Männer, zu dem Text, in dem stand, dass ein Märtyrer im Paradies 72 Jungfrauen kriegt, warum die Ehe zwischen Cousin und Cousine erlaubt war, warum geschrieben stand, dass eine Zeit kommen wird, in der die Bäume verraten, wenn ein Jude sich hinter ihnen verbirgt. Warum hatte der Prophet (Friede sei mit ihm) Tempel und Statuen der Andersgläubigen dem Erdboden gleichgemacht? Wie stand es um Toleranz von Diversität, die eingeschränkten Rechte von Andersgläubigen in islamischen Gesellschaften? Was war von dem Text zu halten, laut dem Blutgeld zu zahlen war, wenn man einen Muslim ermordet, nicht aber bei einem Andersgläubigen? Männer würden im Paradies angeblich auch mit vielen Frauen Sex haben, einschließlich denen aus ihrem irdischen Dasein, ohne Eifersucht oder Missgunst. Niemals würden sie ermüden und den lieben langen Tag ficken können. Keine Quelle sprach davon, wie viele Jungfrauen den Frauen vergönnt sein und ob sie nicht ermüden würden vom ganzen Ficken. Warum? Eifersucht gäbe es doch nicht mehr im Paradies? Galt das etwa nicht für Frauen? Und wie war das noch gleich mit dem Text, in dem der Prophet (Friede sei mit ihm) jemanden wegen Gotteslästerung hinrichten ließ (obwohl jede Religion im Hinblick auf eine andere gotteslästerlich ist)? Warum war der Prophet (Friede sei mit ihm) mit einem sechsjährigen Kind verheiratet gewesen – und wichtiger noch: Warum regte sich der durchschnittliche Muslim nicht darüber auf, wurden unsinnige Erklärungen bemüht, etwa dass man damals viel früher erwachsen gewesen sei? Warum wurden Mädchen in manchen Ländern unter Berufung auf die Heilige Schrift beschnitten? Warum heißt die Lehre Sklaverei und Krieg und Eroberung gut? Warum darf man seiner Frau eine runterhauen? Warum kann man sich als Frau gemäß dem islamischen Eherecht nicht scheiden lassen? Warum brauchte man als Frau die väterliche Zustimmung, wenn man heiraten wollte, nicht aber als Mann? Warum mussten öffentlich vom Glauben Abgefallene getötet werden? Warum meinten Imame in Saudi-Arabien, dass Frauen nicht Auto fahren durften? Warum sprach man nie von diesen Dingen, sondern nur davon, dass der Prophet (Friede sei mit ihm) klug, wahrheitsliebend, gerecht, ritterlich, mutig, pünktlich, ordentlich, geduldig, ehrlich, großmütig, geistreich, unterhaltsam, herzlich, sensibel, zuverlässig, demütig, wohlwollend, aufrichtig, freundlich, anständig, intelligent, gut gekleidet, aufmerksam, lieb, empathisch, selbstständig, kultiviert, offen, ehrgeizig, diszipliniert und von tadellosem Benehmen war? Warum war es ein einziger endloser Lobgesang?

Die Antworten der Geistlichen waren vor allem ausweichend: ein Um-den-heißen-Brei-Herumreden. Sie rieten mir zur Lektüre ganzer Bücher. Ich fand, ich habe Recht auf eine Antwort, statt nur Verweise auf Bücher zu erhalten, die so viel auf die Waage brachten wie ich, 24 Bände umfassten, auf Arabisch geschrieben waren. Als ich klarmachte, dass ich nichts lesen würde, sondern Antwort erwartete, notfalls nur eine Stellungnahme zur Authentizität der angeführten Texte, sagte jeder von ihnen, tatsächlich sei nichts überliefert, dass Frauen im Paradies auch mehrere Männer bekommen würden. Nix mit Männern also. Die Natur von Frau und Mann sei verschieden. Auch im Paradies. Aha. Bei den anderen Fragen mussten sie ebenfalls zugeben, es verhalte sich größtenteils genau so, wie es da stand, die genannten Texte seien authentisch und keine erfundenen Überlieferungen.

Was sie einzig vorbringen konnten, waren die Voraussetzungen, unter denen zu solchen Dingen übergegangen wurde; eine Person, die fremdgegangen war, dürfe nur in einem Scharia-Staat gesteinigt werden und es müsse vier Zeugen geben, bei einem Schwulen drei Zeugen, und seine Frau dürfe man nur dann schlagen, wenn es wirklich nicht anders gehe.

Als ob das die Sache in ein gänzlich anderes Licht rücken würde.

20

Wie jeden Sommer reisen wir heute in die Türkei. Anders als andere Familien reisen wir mit dem Flugzeug, weil außer Mutter die gesamte Familie an einer extremen Form der Reiseübelkeit leidet. In der Stadt Sivas, unserem Reiseziel, liegt der Ursprung meiner Erzeuger.

Eurotürken haben zumeist ganz reizende Häuser in der Türkei – wir auch, während man im eigenen Land in einem Hühnerverschlag haust. Dort haben wir eine große Terrasse, wo wir tagsüber in der Sonne chillen können. Ein bedeutender Nachteil ist, dass Nachbarn die Terrasse einsehen können, deswegen kann ich mich dort nicht sonnen, mein Kopftuch abnehmen oder mich knapp anziehen beziehungsweise Haut sehen lassen, was bedeutet, dass ich die Sonne nicht genießen kann – das Einzige, wofür ein Urlaub in der Türkei gut ist. Abends sitzen wir mit Musik und Shishas auf der Terrasse, zusammen mit den jungen Männern der näheren Verwandtschaft. Halil schafft es inzwischen nicht mehr ohne Paffen, auch in den Niederlanden. Letztens klagte er, dass er zu viel Geld dafür ausgebe. Darüber ärgerte er sich, er war abhängig geworden. Wenn man, wie die große Mehrheit, täglich raucht, geht es ins Geld und schlechte Gewohnheiten sind einem schnell in Fleisch und Blut übergegangen. In der Türkei sind Wasserpfeifen und Zigaretten um ein Vielfaches billiger. Wahrscheinlich raucht deswegen jeder dort. Jedenfalls habe ich diesen Eindruck, wenn ich mich auf der Straße umschaue.

Ich bin noch nie in einer anderen türkischen Stadt oder in einem anderen Land im Urlaub gewesen, bis auf die Romreise. Wenn Touristen in dem Restaurant, in dem ich arbeite, über Istanbul, Bodrum oder Marmaris erzählen, sage ich, dass ich nur Internetfotos kenne. Das ist ihnen unverständlich, weil ich schließlich immer erzähle, dass ich jeden Sommer sechs Wochen in der Türkei bin. Ich habe einmal probiert, meine Erzeuger zu überzeugen, nach Istanbul zu fahren, aber sie verspüren kein Bedürfnis danach, haben kein Interesse daran. Außerdem würde es unnötig viel Geld kosten, in Sivas hatten wir schon ein Haus – noch wichtiger: Die Familie wohnt da. Der vornehmliche Grund für ihren »Urlaub« in der Türkei: nicht Spaß, sondern Familienbesuch vor Ort. Und Familie gab es viel. Ich machte noch einen weiteren Versuch und fragte, ob ich mit einer Freundin fahren dürfe, aber das stand nicht zur Debatte. Zwei Mädchen, ohne männlichen Beschützer, auf Reisen – undenkbar. Ob Halil mit uns fahren könne. Stand auch nicht zur Debatte; komische Vorstellung, mein Bruder mehrere Tage mit einer Freundin von mir zusammen. Das sei unschicklich, zwei erwachsene Menschen vom jeweils anderen Geschlecht. Sie selbst würden es auch nicht gutheißen, wenn ich mit einer Freundin und deren Bruder auf Reisen ginge. »Wir wollen es mal nicht übertreiben mit euren losen Umgangsformen«, sagte Mutter.

Einmal auf dem Flughafen Schiphol angekommen, mussten wir die Koffer einchecken. Wie immer: Übergepäck. Flugangst quält mich. Ich finde es extrem beängstigend, auch wenn ich weiß, dass es statistisch gesehen sicher ist. So läuft das eben nicht mit Gefühlen. Ein berüchtigter Sowjet-Diktator hat es bereits treffend zusammengefasst: Der Tod eines Einzelnen ist eine Tragödie, der Tod von Millionen Statistik. Der Mensch ist manchmal irrational. Ich auch. Ich war nicht gut darin, Kontrolle über mein Leben abzugeben, 12 Kilometer über dem Meer baumelnd. In einem Auto sitzend sieht man den Boden, kann den Weg verfolgen, sehen, wie er bis zum Horizont reicht, das macht für das eigene Erleben einen Unterschied. Ich habe keine Angst vor dem Tod, der Tod ist schließlich ein fester und unabänderlicher Bestandteil des Lebens, vielleicht der einzig wirkliche Bestandteil; unsere Fähigkeit, stets abzustreiten, was wir sicher wissen, macht das Leben erträglich, aber es scheint mir ganz besonders unschön, dass ich einige Minuten vorher schon das Bewusstsein haben werde, gleich abzustürzen, mit dreihundert Unbekannten in beispielloser Panik und Bedrängnis abzusaufen. Wer ist der Pilot? Ich kenn den Typen überhaupt nicht. Oder das Mädel. Vielleicht ist er seit Kurzem Alkoholiker oder hat einen schlechten Tag oder ist gerade erst mit der Ausbildung fertig und wir sind seine Versuchskaninchen? Und wenn Vögel in die Motoren geraten? Wenn die Maschine neu ist, einen Herstellungsfehler hat, weil der ein oder andere unterbezahlte Arbeiter unaufmerksam war? Wenn ein Arbeiter anfällig war für terroristisches Gedankengut, jetzt seine Chance gekommen sieht, indem er diesen Flug sabotiert?

Vater spürt meine Angst, er legt eine Hand auf meine Schulter und will mich mit einem unüberlegten Sprüchlein wie von einer Trauerkarte trösten: »Wenn deine Zeit gekommen ist, ist deine Zeit gekommen.«

»Aber wenn die Zeit des Piloten gekommen ist, hängen wir alle mit drin«, gebe ich zu bedenken. Darauf weiß er keine Antwort. Aha. So viel zur Überzeugungskraft seines komplett arbiträren, nachgeplapperten islamischen Kredos.

In Sivas gibt es allerlei bekannte Ladenketten, Restaurants, Kinos, Vergnügungsparks und Schwimmbäder. Es lässt sich gut aushalten, wir können nicht klagen. Nervig ist allerdings, dass man nach ein paar Tagen alles gesehen hat und dann noch sechs Wochen bleibt. Jeden Sommer wieder. Es gibt keinen Strand in der Umgebung, man kann also nicht schwimmen und sich sonnen. Für mich sowieso keine Option, da ich Kopftuch trage und nur mit einem Ganzkörperbadeanzug, einem Burkini, der auch die Haare bedeckt, in der Öffentlichkeit schwimmen darf – ich weigere mich, so ein Ding anzuziehen. Sieht nicht aus. Jeden Tag machen wir dasselbe, Halil, Defne und ich: ab ins Zentrum, Futter fassen für wenig Geld, in einem Café was trinken, manchmal mit Live-Musik, wieder nach Hause schlendern, während einem die Sonne auf Haar und Tuch brennt. Was einem sofort auffällt in dieser Stadt, ist die große Anzahl blutjunger Verkäufer und Bettler. Viele balancieren ein Tablett voller Sesamringe bzw. *simit* auf dem Kopf. Setzt man sich auf eine Bank, schnellen Kinder auf einen zu, um eine Tüte Sonnenblumenkerne, Kaugummi oder Taschentücher zu verkaufen. Auf der Straße kommen abgemagerte Kinder mit einer Waage angelaufen und fragen, ob man sich gegen eine Lira wiegen möchte. Kinder und Jugendliche mit klapprigen Wagen voller gefälschter Markenkleidung oder anderem Zeugs laufen die Straßen hoch und runter und schreien sich die Seele aus dem Leib, in der Hoffnung, Kunden anzulocken, vor allem, wenn es Europäer sind.

Ich hasse meine Urlaube in der Türkei. Ich langweile mich dort zu Tode und ärgere mich über alles. Täglich belagern Menschenhorden unser Haus, die mich begeistert begrüßen und küssen, obwohl ich sie kaum kenne. Mir ist schon klar, dass sie alle irgendwie Familie sind von Vater oder von Mutter, dass das Grund genug sein muss, sie wärmstens willkommen zu heißen, zu tun, als ob ich eine richtig schöne Zeit mit ihnen hätte und mich wahnsinnig über ihre Anwesenheit freuen würde, doch mein Gesichtsausdruck und Auftreten verraten mich. Ich hasse es. Ich hasse es, die perfekte Tochter zu spielen, die in der Küche Plätzchen, Teilchen und Tee vorbereiten muss, danach stundenlang dem ausufernden Gesülze ausgesetzt ist, das mich kaltlässt. Sie sprechen ja doch nur über andere Leute, Leute, die ich nicht kenne, und erzählen Geschichten, die mich nicht reizen, die meinem Leben und Erfahrungsschatz nichts hinzufügen können, eher im Gegenteil. Es geht um Söhne und Töchter anderer Leute, die alleinstehend und auf Partnersuche sind, weil sie schon die zwanzig Jahre überschritten haben – dann muss man aber wirklich mit dem Suchen anfangen; um Kinder, die große Häufchen gemacht haben, um den Ehefrust anderer Leute oder deren Schwiegerfamilien, die sich aus den kleinlichsten Gründen nicht riechen können. Manchmal sprechen sie auch über Politik – noch unerträglicher. Die Leidenschaft, mit der das einhergeht, das Geschreie aus vollem Hals, das Gezeter, wenn es um Gegner von Erdoğan bzw. sogenannte Landesverräter, Nestbeschmutzer und Arschkriecher des Westens geht, reizen mich wahnsinnig.

Ich muss häufig pro Besuch dreimal Baklava und türkisches Obst auf dem Tisch auffüllen. Und den Tee ungefähr zwanzig Mal. Wenn jemand sein Glas Tee fast ausgetrunken hat, muss ich prompt nachschenken, bevor der Besucher darum bitten kann. Kommt es, dass jemand selbst nach der Teekanne greift oder um mehr Tee bittet, hat man als Bedienung versagt und Mutter wirft mir untröstliche Blicke zu.

Ich flüchte vor der Menge, indem ich tue, als ob ich in der

Küche beschäftigt bin, oder mit Defne spiele, lenke mich ab. Mir ist ständig zu warm, weil ich im Haus mein Kopftuch und ein langärmliges Kleid tragen muss, im stickend heißen türkischen Sommer, in einem Wohnzimmer, in dem Unmengen Tee getrunken werden. Während der gesamten Ferien geht das so. Jeden Tag neue Gesichter. Wieder ein anderer Typ mit Schnurrbart, wieder eine andere Tussi mit Tuch. Wie es mir gehe, ob ich noch studiere und wie lange noch. Das sind keine Fragen aus aufrichtigem Interesse, ein größerer Plan steckt dahinter. Sie sehen, dass ich eine erwachsene Frau bin, damit reif, um mit einer ledigen Testosteronbombe vermählt zu werden, die mich in näherer Zukunft gerne befruchten will. Mutter ist entzückt über derartiges Kaufinteresse, ihre Tochter weckt Begehrlichkeiten. Je mehr Begehrlichkeit, desto ehrenvoller. Es beweist, dass ihr geglückt ist, eine hübsche, angenehme, servile, reife und gesunde Frau zu fabrizieren. Mutter kann meine Heirat kaum abwarten, dann ist sie erfolgreich gewesen im Leben. Hat ein hochwertiges Produkt abgeliefert, das dem eigenen Kreis zufällt, die Familienbande verstetigt, indem eine neue Generation geboren wird. Begeistert kommt sie auf mich zu, um mir zu erzählen, dass an jenem Tag wohl mindestens so und so viel Frauen gefragt haben, ob sie um meine Hand anhalten können, mich mit ihrem Sohn verloben können, trotz meines Studiums, das solle doch kein Hindernis sein. Wenn es ihnen gelänge, mich zu verloben (sprich: in Ketten zu legen), hätten sie eine Garantie, dass ich ihnen nicht mehr entkomme. Festgesetzt hätten sie mich dann, als ob ich ein Liegestuhl bin, auf den man sein Handtuch legt. Bis zu meinem Studienabschluss warten wollten sie schon, dann aber ab unter die Haube, so schnell wie irgend möglich.

Mutter kann nicht verschmerzen, dass ich mich weiterhin

weigere. Eine verpasste Chance, der Sohn von der und der tauge wirklich zu etwas – was bedeutet, er hat einen Job und ein Dach überm Kopf, ist ergebener Muslim. Manchmal bin ich baff, welche Kandidaten meine Erzeuger als passend für mich erachten. Ich bin Akademikerin und sie fragen mich, ob ich einen Maler (und dann meine ich nicht einen vom Kaliber Rembrandt), Bauarbeiter, Flechtarbeiter, Installateur oder Taxifahrer heiraten möchte. Ich war alarmiert und habe mich einige Male darüber mit ihnen gestritten – wie konnten sie nur auf die Idee kommen, mich mit jemandem zu matchen, der ungebildet ist. Als Antwort: eine Schimpftirade. Wer glaubte ich wohl, wer ich sei, wie konnte ich wagen, auf ungebildete Menschen herabzublicken, wenn er rechtschaffen, fromm, ehrbar war, was spielte Bildung dann für eine Rolle? Ich hätte falsche Prioritäten. Wie eine Marionette fühlte ich mich behandelt: »Es gibt viele Ungebildete, die menschlich tausendmal besser sind als gebildete Leute«, »der Charakter zählt«, »dein Hochmut ist idiotisch«. Bei Widerrede wurde mir nicht zugehört, ich hätte ja doch keine Ahnung. Meine unschuldigen, gut nachvollziehbaren Bildungsansprüche, bei einer Ehe, die man ja doch meist für lange Zeit im Leben eingeht, waren den beiden zu radikal. Ich wisse gar nicht, worüber ich spreche, solle meinen Mund halten, meine Meinungen ergäben keinen Sinn und seien dünkelhaft. Wie so oft in meinem Leben fühlte ich mich zum schwachsinnigen, handlungsunfähigen Objekt degradiert. Ihr Wunsch war es, dass ich mich fürs Patriarchat prostituierte, nicht, dass ich auf die Suche ging nach meinem eigenen Glück.

An solchen Tagen fragte Mutter zum viertausendsten Mal, ob ich sicher sei, den Mann nicht kennenlernen zu wollen, dessen Erzeuger Interesse an mir bekundet hatten, alles ganz unverbindlich. »Er kommt aus unserer erweiterten Familie, er betet fünfmal am Tag, hat Arbeit, eine eigene Wohnung. Was willst du mehr? Du kannst doch nicht ewig jeden Kandidaten ablehnen; wenn du älter wirst, sind die guten Kandidaten schon vergeben.« Wenn ich heftig und abweisend reagiere, manchmal böse, hält sie erst mal ihren Mund. Macht am nächsten Tag weiter. Sie weiß genau, dass ich nicht heiraten will, das habe ich ihr längst klargemacht. Außerdem führe ich eine Beziehung mit Freek und liebe ihn von ganzem Herzen, aber das weiß sie natürlich nicht. »Nach dem Studium heißt es heiraten, Fräulein, sonst bist du abgelaufen, ist dein Verfallsdatum überschritten«, sagt sie oft. Bei uns gilt eine Frau als »abgelaufen«, wenn sie mit 25 Jahren nicht verheiratet ist, da die Schönheit schon bald dem Zahn der Zeit zum Opfer fällt. Die Leute denken dann, dass etwas nicht stimmt. Mutter will Spekulationen tunlichst vermeiden. Bald wird man denken, ich sei unfruchtbar, habe eine Krankheit, sei keine Jungfrau mehr oder als Frau zu schwierig und arrogant, um zu gehorchen, zu heiraten, einen Mann zu umsorgen. Es gibt für diese Leute nämlich keinen anderen denkbaren Grund, warum sich eine Frau von mehr als zwanzig Jahren nicht verheiraten lassen will, mit rechtschaffenen Männern, die alles zu bieten haben und um ihre Hand anhalten. Solche Gründe wie etwa eine Beziehung einer Heirat vorzuziehen, eine Karriere, Unabhängigkeit zu wollen, einer romantischen, zufällig sich ergebenden Liebe gegenüber einer arrangierten Ehe den Vorzug zu geben oder sich selbst entfalten zu wollen, sind ihnen unverständlich. An die Liebe glauben sie nicht.

»Liebe stellt sich nach der Hochzeit ein«, sagt Mutter immer. »Liebe macht nicht satt«, auch gelegentlich. Wenn ich ein Plädoyer für die Liebe halte, winkt sie ab und nennt es naiven Blödsinn. Ich sei jung, habe nichts von der Welt gesehen, zu viel Serien und Filme geguckt. Solch abwegige Ideen seien der Indoktrination in der Schule zu verdanken, die Niederländer seien schuld. In die fürchterlichsten Menschen könne man sich verlieben, predigt sie, es gebe genug Beispiele, ein Mädchen erkenne bei einem Mann nicht, was für Erzeuger erkenntlich ist, darum sei es ungeeignet, den Partner selbst auszuwählen, genau wie ein Kind unfähig sei, selbst über sein Essen zu entscheiden. Das ende in täglich ungesundem Zeugs. »Junge Frauen sind wie Kinder, naiv und unsicher. Es ist alles nur zu deinem Besten, für dein Glück, ich mach das nicht für mich.« Bei Allah – die Mädchen, die ihren Partner selbst auswählen, seien unglücklich, ließen sich nach ein paar Jahren wieder scheiden. Der Westen habe uns alle indoktriniert mit seinen verhängnisvollen Ideen, die eine Gesellschaft schwächten und zersetzten, da jeder viel zu individualistisch, auf sich und sein eigenes Glück fixiert sei, daher komme es zu vielen Scheidungen. Streben nach persönlichem Glück ist in Mutters Augen ketzerisch: »Das Familienleben wird zerstört, Freiheit und Individualismus machen den Menschen nicht glücklich, es sind nicht die entscheidenden Dinge im Leben. Guck dir doch mal die einsamen alten Niederländer an, wie sie dahinvegetieren, die depressiven Frauen mit Katze und Hund statt Kindern, die frustrierten Dreißigjährigen mit ihrem Nestbauinstinkt. Bei den Weißen herrscht eine Anti-Kind-Kultur, Kinder werden als zeitraubende Elemente angesehen, die bei Selbstentfaltung und Glücksstreben stören, alte Menschen genauso; in unserer Kultur stehen dagegen Kinder und Alte im Mittelpunkt der Fürsorge und Aufmerksamkeit. Individualismus bedroht die Nation und menschliche Spezies; das Verständnis des Menschen als bravem Bürger, Kind Gottes und als Gemeinschaftswesen wird marginalisiert.«

Es folgt eine Reihe Geschichten über Verwandte, Bekannte, Nachbarn und wildfremde Menschen aus dem türkischen Fernsehen, die als Argument aufgeführt werden.

»Als junge Frau achtest du nur auf die paar liebenswürdigen, einschmeichelnden Worte vom erstbesten Scheißkerl, der auf dich zukommt. So darf man nicht denken. Schöne Worte, ein schöner Körper oder schöne Augen sind zeitlicher Natur, es zählt, wie loyal er ist, ob er ehrbar und gottesfürchtig ist und wie er sein Geld verdient, um seine Familie zu ernähren.«

Ich schweige und nicke. Stoße innerlich einen tiefen Seufzer aus.

21

Auf der Terrasse unterhält sich Halil per Videochat mit seiner Freundin, die die Ferien mit ihrer Familie in einer anderen türkischen Stadt verbringt. Er tut das ganz offen, direkt neben meinen Erzeugern. Juckt ihn nicht, dass sie es hören können, sie haben ja doch nichts dagegen.

Als ich fragte, warum Halil eine Freundin haben darf, genauso unverheiratet wie ich, antwortete Mutter, sie sei ja nicht dafür verantwortlich, wenn die Töchter anderer Leute die Beine breit machen. »Wenn sie nicht zusammenbleiben und Eltern und Brüder aufkreuzen, um unseren Sohn zur Rechenschaft zu ziehen, sage ich ihnen einfach, dass ihr Mädchen halt die Knie hätte zusammenhalten müssen; so sind Jungs nun mal, nicht zu bändigen, essen, wo sie essen können, die Verantwortung liegt bei der Frau, Selbstachtung muss sie haben, Nein sagen können, ansonsten nicht rumheulen oder sich nachher aussortiert fühlen. Ihre Erzeuger müssen wachsam sein, sie richtig erziehen, damit sie keine Fehler begeht.«

Sie sagen, dass sie sich vermissen, Halil fragt, was sie den ganzen Tag über gemacht hat. »Du darfst am Strand nicht Bikini tragen, nimm einen Badeanzug und das Ding zum Umhängen«, sagt er. »Ja genau, ein Kimono, was auch immer.« Seine Freundin trägt kein Kopftuch, ihre Kleidung wird aber von Halil durchaus zum Thema gemacht. Alles darf sie nicht anziehen, einen Bikini findet er in seiner Abwesenheit *too much*, er möchte nicht, dass Gott und die Welt sie begaffen. Mustafa, unser Cousin, ist auch Teil des Klubs.

Er swipt auf seinem Handy und ruft ab und zu etwas wie: »Ui, du gefällst mir. Dich hol ich mir, wenn ich zurück bin, sexy Sophie.« Mustafa ist ein chronisch geiler Frauenmagnet, er hat jede Dating-App, die es gibt, auch die in der Beta-Version. Er hat sie aufgezählt, ich erinnere mich an Badoo, Tinder und Happn. Tragisch, aber wahr: Seit Jahren hat er auch eine Freundin, die ich persönlich kenne. Sie hat keine Ahnung, dass er in Amsterdam und Umgebung alles fickt, was nicht bei fünf auf dem Baum ist. Trotzdem erwische ich mich dabei, dass ich ihn verstehe; mit seiner zukünftigen Ehefrau kann er schließlich nicht ins Bett, sie ist eine prüde Muslima, die erst heiraten will. Und das kann dauern. Die Heuchelei besteht natürlich darin, dass er seiner Freundin dasselbe Verhalten niemals verzeihen würde.

Mein Cousin Abdul aus der Türkei ist auch dabei und regt sich tierisch auf, wenn wir auf Niederländisch sprechen. Wir versuchen aufzupassen, aber unbewusst schlägt es immer wieder durch. Ich fühle mich unwohl mit Abdul, er ist verknallt in mich, starrt mich immerzu an. Meine Oma aus der Türkei hat mich mehrmals gefragt, ob ich eine Ehe mit ihm in Betracht ziehen würde, obwohl ich andauernd betonte, dass die Zuneigung nicht gegenseitig war. Seit meiner Kindheit sagt Oma, dass ich Abdul heiraten muss, wir würden gut zusammenpassen. Abdul kriegte wahrscheinlich jedes Mal einen Ständer bei der Vorstellung. Und ich Flecken im Nacken und Brechreiz.

Mustafa und seine Freundin können noch nicht heiraten; er muss eine Menge Kriterien erfüllen, bevor er von den Erzeugern seines Mädchens gutgeheißen wird. Er muss Wohnung und Auto haben. Und mehr als die Hälfte der Hochzeitskosten bezahlen können.

Erst kommt die Verlobung. Es folgt ein Hennafest, im

Prinzip eine Hochzeit, allerdings exklusiv für die Frauen; irgendwann werden Hennatütchen verteilt. Es läuft melancholische Musik, die Braut verlässt immerhin definitiv ihr Elternhaus. Türken sind ein leidenschaftliches Volk – man braucht nur eine durchschnittliche Soap gucken, dann weiß man Bescheid. Ich habe mir oft ausgemalt, was es wohl auslösen würde, wenn die Serien ins Niederländische übersetzt würden, und habe mir fast in den Rock gemacht vor Lachen, weil Tragik, Dramatik und Leidenschaft bei nüchternem niederländischem Tageslicht besehen nicht funktionieren würden. Schließlich kommt es auf dem Hennafest zur Umarmung von Braut und Mutter, als gäbe es kein Morgen, im engsten Kreis der Familie wird geheult und gebrüllt, denn es ist ein Abschied. Danach wird in kleinen, verzierten Tütchen Henna an alle verteilt. Traditionsgemäß schmiert man sich das Henna auf die Hände, gegenwärtig ist es jedoch nicht mehr als eine Formalität und man schmeißt es zu Hause weg. Es wird nicht nur geheult – das wird eher zügig erledigt –, davor und danach tanzt und isst man ausgelassen. Die Hochzeit, meistens am Tag nach dem Hennafest, ist die eigentliche Feier. Die schönsten Festsäle von Amsterdam und Zaandam werden gemietet, oft ein Jahr im Voraus, denn auch andere Leute wollen heiraten. Festsäle wie von De Koning und das Rhone Party Centrum in Amsterdam sind ganzjährig ausgebucht. Kostet einschließlich Catering rund 20 000 Euro. Eine Limo oder einen Jeep muss man mieten, um die Braut bei ihrem Elternhaus abzuholen, wo man sie in Begleitung einer traditionellen türkischen Musiktruppe in Empfang nimmt, um sie dann zum Hochzeitssaal zu fahren und am Ende des Tages zu ihrer neuen Wohnung. Die Männer der Musikformation produzieren auf der Straße ihre Tanzmusik, die ziemlich, tja, explizit und indiskret ist. Angehörige tanzen und kreischen, bei den Marokkanern stoßen sie auch Schreie aus. Andere Bewohner des Stadtviertels verfolgen das Treiben fasziniert, vor allem weiße und Schwarze Nachbarn schauen gebannt von ihren Balkonen. Manchmal ist es Faszination, manchmal sehe ich auch, wie sie murren, brummen, fauchen. Häufig hängen übertrieben viele türkische Flaggen am Balkon der Brautwohnung. Manchmal wird eine niederländische Flagge danebengehängt. Die Verwandten hängen auch Flaggen an die Außenspiegel ihrer Autos, die beim Konvoi bald im Fahrtwind wehen; alle fahren hinter dem Brautpaar her, Richtung Festsaal, hupend. Auf der gesamten Strecke.

Bevor die Braut jedoch aus ihrem Elternhaus tritt und der Konvoi losfahren kann, wird sie von einem Bruder, Onkel oder Cousin aufgehalten. In jedem Fall von einem männlichen Verwandten. Der sagt zum Bräutigam und dessen Familie draußen vor der Tür, die Braut sei ja willens, herauszukommen, doch »die Tür lasse sich nicht öffnen«. Gehört zum Schauspiel. Der Mann, der Teil ihrer Familie ist, »lässt sie nicht einfach gehen«, weil eine Frau seiner Familie wertvoll ist, er Geld vom Bräutigam erwartet. Der großzügige Bräutigam, der natürlich alles für seine Frau tun würde, greift tief in einen Beutel, um das bereitgelegte Geld zu übergeben. Es darf nicht zu wenig sein. Meistens muss man recherchieren, um den gebräuchlichen Betrag zu kennen. Oft sind es 500 Euro, je nach Familie kann es sich aber unterscheiden, auch bis zu tausend sein, abhängig davon, wie wohlhabend der Bräutigam ist. Wenn der, dem der Betrag überreicht wird, es zu wenig findet, kann er mehrmals sagen, »dass die Tür sich immer noch nicht öffnen lässt«. Es empfiehlt sich, niedrig einzusteigen. Bei der Verlobung läuft das übrigens ähnlich ab: Wer das rote Bändchen zwischen den Eheringen durchschneidet, meistens Vater oder Bruder der Braut, sagt, »die Schere schneide nicht«.

Schließlich tritt die Braut nach draußen, man fährt zum bereits vollen Festsaal, nicht nur Verwandte sind anwesend. Auch Menschen, die dem Paar nicht nahestehen, aber über mehrere Ecken Verwandte oder Bekannte der Erzeuger des Paars sind. Bei unseren Festen gilt: je mehr, desto besser, also wird jeder, der Erzeuger, Großerzeuger jemals gegrüßt hat, eingeladen. Auch jeder aus dem Erzeugerdorf, dessen Kinder und Verwandte, alles Familie. Durchschnittlich ergibt das mehr als achthundert Gäste. Bei meiner letzten Feier waren es 1100 Gäste. Marokkaner halten es kleiner: Sie geben sich mit 150 bis 250 Besuchern zufrieden. Da Marokkaner nicht den Brauch pflegen, von allen Hochzeitsgästen Geld einzusammeln, Türken schon, muss ein marokkanisches Paar wirklich alles bezahlen, und das wird bei einem großen Fest zu kostspielig. Die Türken können einen Großteil, teils sämtliche Kosten, mit geschenktem Gold begleichen.

Wenn das Ehepaar beim Fest zusammen die Torte anschneidet, schieben sie sich gegenseitig ein Stückchen in den Mund und es werden Fotos gemacht. Wichtig ist, dass Weingläser und Luxus-Weinflaschen von Moët auf dem Tisch stehen, aus denen eingeschenkt und getrunken wird – allerdings nur Apfelsaft. Ist nur fürs Foto, es soll »elegant« und »schick« aussehen. Komisch: Man will mit dem verabscheuungswürdigen Alkohol abgelichtet werden – habe ich nie begriffen, genauso wenig wie andere Unstimmigkeiten.

Gegen Ende des Festes bildet sich ein Kreis der engsten Angehörigen. Die Braut trägt ein rotes Band um die Taille gebunden, Symbol ihrer Jungfräulichkeit, die sie erfolgreich für den Mann bewahrt hat. Vater oder Bruder der Braut lösen das Band und umarmen sie. Zeigen Dankbarkeit für das Wahren der Familienehre, erteilen ihre Zustimmung, dass die Unversehrtheit heute Nacht für ihren gesetzlich angetrauten Typen aufgegeben werden darf.

Während des Festes bekommt das Ehepaar von jedem Besucher Geld oder Gold. Das Ganze läuft auf eine recht lächerliche Art und Weise ab. Es wird jemand beauftragt, der von einem Podium und mittels Mikrofon nach dem Essen die Besucher aufruft. Er, meistens ist es ein Kerl, verkündet, die Zeit für die Bescherung sei gekommen, fordert die Gäste auf, in Gruppen nach vorne zu kommen, den Anfang macht dabei der vorderste Tisch. Das Ehepaar steht Seite an Seite parat, seine Geschenke einzukassieren. Beide tragen ein rotes Satinband. Man reiht sich ein und gratuliert ihnen. Sie umarmen einen, man gibt sich vier Küsse; die Frauen küssen die Braut, die Männer den Bräutigam, wenn wir es mit einem gemischten Hochzeitsfest zu tun haben, bei einer getrennten Veranstaltung gibt es zwei Säle. Dann klemmt man den Schein oder das Goldstück ans Band. Wenn alle durch sind, sind die Bänder vollgespickt, manchmal braucht man mehrere Exemplare. Die Braut sieht aus wie eine Schaufensterpuppe beim Juwelier. Oder die Frau eines Ölscheichs. Die engsten Verwandten müssen am meisten schenken. Mindestens dicke goldene Armbänder, kolossale Ketten oder um die 1000 Euro. Alle Geschenke werden übers Mikrofon mit Vor- und Nachnamen in den Saal gerufen. Man hört etwa: »Zwei goldene Armbänder vom Onkel der Braut, Ahmet Kaya. 1000 Euro vom besten Freund des Bräutigams, Ali Aydin. 500 Euro von der Großmutter der Braut, Ayse Kaya.« Eine Stunde lang oder länger geht das so. Wer nicht zur engeren Familie gehört und die weniger betuchten Menschen verschenken nicht weiter nennenswerte Beträge. Im wörtlichen Sinne: Weil es ein bisschen schändlich und ordinär ist, wird in einem solchen Fall ein Umschlag übergeben, nichts ans Band geheftet, und der Mann auf dem Podium ruft nur, ein Umschlag sei abgegeben worden, nennt wiederum Vor- und Nachnamen. Das alles wird gefilmt, ein Kameramann ist extra dafür abgestellt. Überhaupt wird die ganze Hochzeit gefilmt, eben auch dieser Teil, mit Zoom und allem, damit Ehepaar und Erzeuger es zu Hause in Ruhe nachvollziehen können. Sie wissen dann, was jeder geschenkt hat, kommentieren, ob ein Betrag noch durchgeht oder nicht. Danach wissen sie auch, was sie den anderen bei einer Hochzeit schuldig sind.

Die Hochzeitskosten werden also teilweise mit dem Betrag beglichen, den das Ehepaar am Ende des Abends zusammengerafft hat.

Hochzeiten bei strenggläubigeren Familien finden in getrennten Sälen statt. Das ist teurer als gemischte Hochzeiten, da zwei Säle für ein Fest gemietet werden müssen.

Junge Kinder beiderlei Geschlechts gehen mit ihren Müttern in den Frauensaal, bis sie die Pubertät erreichen und männliche Züge sichtbar werden. Manchmal führt das zu komplexen Fragen, denen man sich am Eingang zum Fest stellen muss: Wann darf ein Junge nicht mehr mit seiner Mutter in den Frauensaal? Der eine hat mit elf Jahren schon Bartwuchs, der andere mit sechzehn noch nicht.

Gegenwärtig kommt es immer häufiger vor, dass die Hochzeitsgesellschaften gemischt sind, in meiner Kindheit noch undenkbar und eine lachhafte Vorstellung. Vater sagte kürzlich, er finde gemischte Hochzeitsgesellschaften viel lustiger, weil man als Familie zusammen das Fest genießen kann. Mutter meint – auf keinen Fall, Vaters Bemerkung sei schändlich, fand er es etwa normal, dass Frauen ausgelassen mit Männern auf der Tanzfläche rumsprangen? Eine unmoralische Entwicklung, sehr beunruhigend, weil es immer normaler zu werden schien. Man habe «schützend eifersüchtig« über die Frauen der Familie zu wachen. Daher verbietet sie mir, auf gemischten Hochzeiten zu tanzen, nur bei getrennten Gesellschaften. Sie selbst zieht ihren langen schwarzen Mantel nicht aus, wenn es gemischt zugeht, genauso wie die anderen rechtgläubigen Frauen, die in der Moschee entsprechend unterwiesen wurden.

22

Wir stehen auf dem Bürgersteig vor unserem Haus in der Stadt und warten aufs Taxi nach Kümbet, ins Erzeugerdorf. Gebäude, Berge und Pflaster des Bürgersteigs flirren vor Hitze am Horizont.

Halil ist frisch wie eh und je: Er trägt ein Tanktop mit Palmenmotiv und hellblaue Shorts. Ich habe mich bemüht, mich so sommerlich wie möglich zu kleiden. Mir fällt es immer schwerer, zu begreifen, wofür dieses Tuch gut sein soll, das ich mir morgendlich um den Kopf wickle. Meine Schönheit soll es bedecken – lächerlich. Das soll mich vor den Testosteronbomben beschützen, denen ich draußen ausgeliefert bin? Bei einer Burka, einem langen, verhüllenden Gewand scheint es mir noch annehmbar, dass es jeglichen Zauber verbirgt, aber bei einem Kopftuch bezweifele ich es.

Wiederholung und Gewohnheit können die wunderlichsten, absurdesten Dinge zu Selbstverständlichkeiten werden lassen. Jeder – auch Mutter - weiß verdammt genau, dass ein Kopftuch weibliche Reize nicht verbirgt. Es ist nur ein verkapptes kulturelles Symbol, man trägt es, weil die eigene Mutter, die Tanten, Omas und Cousinen es auch tragen. Man trägt es wie ein Markenzeichen des Glaubens an den richtigen Gott.

Man trägt es, um sich insgeheim von ungläubigen Frauen zu unterscheiden, die wie Obst ohne Schale, wie Lolly ohne Zellophanpapier sind, wie Internetimame es ausdrücken. Jede Fliege kann davon essen, innerhalb kürzester Zeit setzt Verrottung ein, ohne Schutzschicht, eine Verschleierte ist dagegen wie ungeschältes Obst lange frisch. Einmal zur Reife gelangt, wird die Frucht durch den rechtmäßigen Besitzer geschält, der voll auf seine Kosten kommen darf. Früher wollte ich auch ungeschältes Obst sein. Jetzt nicht mehr. Außerdem war ich ja längst geschält.

Das Einzige, was ich mir bei unserem Ausflug ins Zentrum gekauft hatte, war eine Kette mit Anhänger, auf dem die Unterschrift Atatürks zu sehen war. Der Namenszug prangte überall: auf Schmuck, Handyhüllen, T-Shirts, Mützen und Heften. Unter linken Jugendlichen waren seine Ideen quicklebendig, viele trugen ein Tattoo seines Konterfeis oder Namens. Als Vater die Kette sah, fragte er beunruhigt, was es damit auf sich habe.

»Einfach so, ich finde gut, was er auf die Reihe gekriegt hat.«

»Zum Beispiel Imame erhängen? Den Westen imitieren? Das Kopftuch und andere religiöse Kleidung verbieten? Die Hagia Sophia in ein Museum verwandeln? Was genau? Das findest du gut? Schäm dich! Du schmückst dich mit dem Symbol eines Alkoholikers und Schufts, der keinen Funken Glauben hatte, den Menschen ihre Gläubigkeit aus den Herzen gerissen hat! Leg das ab! Es soll mir nicht mehr unter die Augen kommen, beschäftige dich erst mal mit ihm, trag nicht einfach bedenkenlos Symbolik, von der du nicht die geringste Ahnung hast, sei nicht so naiv! Du trägst doch selbst ein Kopftuch – er verabscheute das, und du hängst dir seinen Namenszug um den Hals, machst dich lächerlich, ein Widerspruch auf zwei Beinen, du Idiotin.«

Man sollte meinen, ich hätte mich selbst fürs Kopftuch entschieden. Ich hatte keine Lust auf Auseinandersetzungen mit den Erzeugern, ihrer geharnischten Identität, es würde sich ja doch wieder anfühlen, wie unter Wasser zu schreien, also nahm ich die Kette ab und warf sie weg. Nur Geduld, dachte ich, wenn ich mich irgendwann befreit habe, lasse ich mir den Namenszug auf den Unterarm tätowieren. Gerade ich. Oder, noch besser, auf meine Stirn.

Ich hatte die Nase gestrichen voll vom Urlaub, wurde von Heimweh nach den Niederlanden geplagt, auch weil ich meine Nachtruhe wiederhaben wollte.

Das erste Gebet ist in Sivas schon um vier Uhr morgens, ich schrecke dann aus meinem Schlaf. Zu Hause in Amsterdam hatten wir eine digitale Uhr für den Gebetsaufruf; in Sivas nahmen Minarette die Aufgabe mit ohrenbetäubendem Lärm wahr. Der Imam unseres Viertels hat eine Krähenstimme und meine Erzeuger hielten es für eine ausgezeichnete Idee, ein Haus direkt neben der Moschee zu erwerben, so dass seine lärmende Stimme fünfmal pro Tag Hornhaut, Fasern, Zellen, jedes Atom unserer Körper durchdrang. Manchmal scheinen bei dem Ruf die Fenster zu erbeben, so laut ist es – Momente, in denen ich begreife, wie schön das Leben in den Niederlanden ist, wo man nicht vom Staatsglauben belästigt, fünfmal am Tag mit dessen Dominanz konfrontiert wird. Zehn Minuten lang hört man den Gesang, gegen 4 Uhr, 13 Uhr, 18 Uhr, 22 Uhr und schließlich um Mitternacht das letzte Mal. Fünfmal am Tag verhöhnt der Gebetsruf *ezan* die Ungläubigkeit der ungläubigen Türken in der Türkei. Und wenn jemand gestorben ist, egal wer, einfach irgendein Stadtbewohner, ertönt ein extra langer, intensiver Ruf. Denn: Memento mori.

Wenn der *ezan* erklingt und man befindet sich in der Horizontalen, hat man sich aus Respekt aufzurichten. Ich liege lesend auf dem Sofa und Mutter schimpft mit mir, ich sei eine respektlose Hündin, sie zwingt mich, dem Werbeblock aufrecht sitzend zu lauschen.

Während unseres Aufenthalts kommt stets der Augenblick, wo wir das Heimatdorf der Erzeuger besuchen. Heute ist es wieder so weit; ich bin alles andere als glücklich darüber. Dort liegt die Hölle auf Erden, schlimmer als in der Stadt. Jedes Jahr verbringe ich ein paar Tage dort und jedes Jahr muss es erst wieder zu mir durchdringen, wie schlimm es ist. Es ist recht primitiv, als ob man eine Zeitreise unternommen hätte bis ins Mittelalter, ein Effekt wie bei dem Film *Kreuzzug in Jeans*. Sagen wir, es handelt sich um einen Ort, der den Wünschen und Bedürfnissen des modernen Menschen nicht wirklich entspricht. Es herrscht eine Ökonomie der Genügsamkeit statt des Fortschritts: Asphaltierte Wege gibt es nicht, die Häuser sehen erbärmlich verarmt aus und die Menschen noch schlimmer als die Häuser. Glücklich sind nur die Tiere. Es gibt dort nämlich keine gewissenlose, gewinnorientierte Quälerei, wie wir sie aus der industriellen Tierhaltung kennen. Die Bevölkerung besteht aus Bauern, daher hat jedes Haus einen Stall. Vor den Häusern sieht man eine Menge Hühner. Das Vieh kann bis Sonnenuntergang an der frischen Luft und den etwas weiter entfernten Berghängen grasen. Ich weiß, dass Kommilitonen manchmal von digitalem Detox schwärmen, aber für mich ist das nichts. Das merke ich immer, wenn ich in Kümbet bin, ich werde beinahe verrückt vor den geschlossenen Pforten des World Wide Web. Spontan duschen geht auch nicht, erst muss Wasser in einer Art Ofen aufgewärmt werden. Ist das Wasser einmal heiß, muss man es wieder abkühlen lassen, um sich mit einer Plastiktasse schöpfend zu waschen. Außerdem steht das Plumpsklo draußen, wenn man also nachts aufs Klo muss,

muss man raus, begleitet von den Geräuschen der Grillen und des Ungetiers der Umgebung. Das WC wiederum ist voller Schnecken und Tierchen, manchmal liegt eine tote Maus vor der Schüssel oder man blickt direkt in die Knopfaugen einer Ratte. Ich weiß noch, wie ich als Dreizehnjährige nachts aufs Klo bin und von einem Fuchs angestarrt wurde. Nie wieder, schwor ich mir. Lieber eine Blasenentzündung.

Kaum dass wir eine halbe Stunde im Taxi sitzen, schlägt die Reisekrankheit zu. Ich frage Allah, wozu das gut ist, dieses quälende Übel. Mein Gesicht wechselt die Farben. Ich fische die Primatour-Schachtel aus meiner Hüfttasche, werfe eine weitere Pille ein. Bevor wir ins Taxi gestiegen sind, hatte ich schon die erste intus, wie Vater, Halil und Defne auch. Außer der Reisekrankheit hatte ich auch die chronisch juckenden Ohren von Vater und Oma geerbt. Ich war ein paar Mal beim Arzt gewesen, aber es gab keine Lösung für das Problem. Ein seltenes Übel, nicht zu erklären. Vermutlich eine Art Allergie.

Ich spüre, wie es mir hochkommt. Blicke aus dem Fenster, versuche mich abzulenken. Sehe kolossale, atemberaubende Berge, die an mir vorüberziehen, schrumpfen, zurückbleiben, gen endlosen Horizont, während neue Berge, wiederum wachsend, dann schrumpfend, in meinem Blickfeld auftauchen. So geht das Stunden. Hellblaue Luft, keine Wolke zu sehen.

Drei Stunden später sind wir im Urzeitdorf angekommen. Meine geistigen Fähigkeiten sind inzwischen auf ein Minimum zusammengeschrumpft. Mir ist übel, und als wir gerade aus dem Auto gestiegen sind, sehe ich, wie Vater sich ein paar Meter weiter übergibt. Alle halbe Stunde hat jemand gekotzt, was der Taxifahrer wohl denkt? Mutter beschwert sich, dass sie während der gesamten Fahrt säuerliche Kotzeluft riechen und unsere grünen und lila verfärbten Gesichter anschauen musste. Ich habe ja auch nicht darum gebeten – beschwer dich doch beim lieben Gott.

Ein junges Straßenkätzchen springt mir entgegen, sein Blick ist höchst anrührend. Kümbet wie die Türkei als Ganzes können sich vor Straßenkatzen kaum retten. Für Hunde bzw. einen bestimmten Typ Hund galt das auch: Kangal-Hirtenhund, auch anatolischer Hirtenhund genannt. Eine Heidenangst habe ich vor ihm. In der bergigen Landschaft von Sivas fühlt sich der Kangal wohl. Traditionell wird er zum Schutz der Schafherden gegen Bären und Wölfe eingesetzt. Es gibt eine Arbeitsteilung, erzählten die Erzeuger, einige Hunde bleiben bei der Herde, während andere den Wolf über lange Strecken verfolgen. In den Niederlanden kommt er als Wachhund vor.

Defne nimmt das Straßenkätzchen zu meinen Füßen hoch und streichelt es. »Mama, guck mal, wie süß! Darf ich es mit nach Hause nehmen?«

»Nein, Tiere haben im Haus nichts zu suchen, die gehören nach draußen in die Natur«, sagt sie. Mutter ist prinzipiell gegen das Halten von Haustieren, sie findet es egoistisch vom Menschen, daher sündhaft. Außerdem sind sie unrein; in einem Haus wird gebetet und Essen zubereitet, dort darf kein Geschöpf herumlaufen, das überallhin pieselt, kackt und haart. Die Waschung vor dem Gebet zählt nicht mehr, wenn ein Tier an dir schnüffelt oder leckt.

Früher hat Mutter mir beigebracht, man dürfe keine Insekten töten, Blumen seien nicht zum Pflücken da. Sie könnte glatt als veganer Hippie durchgehen. »Im Koran steht, dass man nicht einmal eine Ameise töten darf«, sagte sie. Tja, das ist richtig, im Koran steht aber noch mehr. Der Islam ist im Prinzip für Nächstenliebe, aber dann kommt ein Komma. Außerdem sollte man nicht vergessen, dass sie vorm Opferfest ausschließlich damit beschäftigt ist, ein Schaf oder einen Stier auf dem Küchentisch in Stücke zu hacken. Die haben mehr Bewusstsein als Insekten oder Blumen. Mutter ist voller Widersprüche, genau wie ihre Ideenlehre.

Ich würde normalerweise sagen: Ein wirklich lebendiger Mensch steckt voller Widersprüche – doch handelt es sich um eine andere Art Widerspruch. Einer, der nicht aus Halsstarrigkeit, sondern aus Zweifel, Reue, Reflexion, den Müttern der Weisheit, entsteht. Mutter zweifelt nie. Kein Zweifel bedeutet kein geistiges Wachstum. Eine rückständige Art der Widersprüchlichkeit. Strenggläubige sind, wie Psychopathen, ausgesprochen tatkräftig, weil sie sich nicht vom Bedürfnis aufhalten lassen, andere Interessen zu berücksichtigen oder Zweifel zuzulassen. Mutter ist ganz Ausrufezeichen, Vater Fragezeichen, manchmal. Ein Fragezeichen ist ein unsicher zu Boden blickendes Ausrufezeichen – stehe ich hier richtig? Habe ich mich auch nicht auf Glatteis begeben? Hat es sich von der Unsicherheit befreit, richtet es sich zum Ausrufezeichen auf.

Ich höre lautes Muhen. Der Sonnenuntergang beginnt, die Kühe kehren vom Grasen zurück in ihren Stall. In der Ferne schlägt ein Hirte sein Vieh, um es unter Kontrolle zu bekommen. Eine Kuh kommt und produziert direkt vor mir in aller Unverfrorenheit einen riesigen Haufen, der Gestank ist abstoßend. Haufen liegen überall, sie werden nicht weggeräumt, es stinkt nach Scheiße. Die trocknet, wird von den Menschen im Keller aufbewahrt, für den Winter.

Die Kühe wissen Bescheid. Wenn sie kürzlich verkauft wurden, kommen sie trotzdem zum früheren Stall, widersetzen sich ihrem Ex-Besitzer mit vereinten Kräften, wenn dieser sie wegschaffen will. Ein tragisches Schauspiel, das ich schon mehrmals mit ansehen musste. Meistens wird der neue Besitzer zur Hilfe gerufen, die Kuh aber weigert sich, sie muht laut, kreischt fast, Tränen sind auch im Spiel, egal wie viel der Besitzer schlägt, zieht und schubst. Auch dem Ex-Besitzer fällt es schwer, das Tier immer aufs Neue aus seinem Stall zu schaffen. Haben sie mehrmals kräftige Schläge abgekriegt, kommen sie nicht wieder: Sie begreifen, dass sie nicht mehr willkommen sind, verstoßen wurden, nehmen ihr Schicksal als Verbannte an. Von den Kühen konnte ich lernen.

Ich laufe auf das Haus zu, in dem wir unterkommen. Es fällt auf, ist luxuriöser, größer, sauberer, schöner und vor allem massiver als die anderen. Es sticht hervor aus der Menge, wenn auch nicht ganz so unverhohlen wie die neue Moschee. Meine Großerzeuger haben im Gegensatz zu den anderen alten Leuten hier das große Los gezogen, haben damals ihre sechs Kinder in die Niederlande geschickt. Es gab auch andere Eltern im Dorf mit Kindern im Ausland, aber die wohnten nicht mehr hier, waren mitgegangen nach Frankreich, Deutschland, Belgien, Italien oder in die Niederlande. Oder wohnten in der Stadt. Meine Großerzeuger allein hatten sich bewusst entschieden, in ihrem Dorf zu bleiben, trotz des gewachsenen Vermögens – warum wegziehen, nur weil man mehr Geld hat. Sie fühlten sich pudelwohl, lebten vollkommen sorglos von geschenkten Euros und befanden sich in einem Zustand von materiellem *très bien être*. Ich frage mich, was in Gottes Namen sie den ganzen Tag machen; es muss einen aus der Fassung bringen, wenn man sein ganzes Leben geschuftet hat und die Kinder plötzlich einen Sack Gold überreichen. Eine Art Jackpot, aber was macht man bloß als koranfester alter Muslim in *fucking* Kümbet mit einem Jackpot? Ich verstehe jetzt, warum Mutter den lieben langen Tag mit ihren Eltern Videogespräche führt.

Zu Besuch in die Niederlande waren Oma und Opa nie gekommen – *haram*. Laut Dorfimam durfte der aus einem islamischen Land stammende wahre Gläubige nicht in ein unislamisches Land auswandern, die Gottesgläubigkeit würde negativ beeinflusst werden durch das Lasterhafte, dem man ausgesetzt wäre, das sich allmählich, auch gegen den eigenen Willen, aufdringen, die Seele verderben, den Wertekompass zerstören, das Herz verwirren würde. Ich muss ihm insofern Recht geben, als Amsterdam für alles, was Gott verboten hat, ein Mekka ist, doch auch in Amsterdam gibt es Burkaträgerinnen und Moscheen mit lauten Gebetsrufen. Hängt ganz davon ab, wohin man geht: Allebéplein oder Spuistraat. Während andere Dorfbewohner den Rat des Sittenpredigers überhörten – schließlich füllte der noch keinen Magen –, nach Europa gingen, sobald sich eine Chance dazu ergab, blieben meine Großerzeuger standhaft; ihre Loyalität zu Allah und Dorfimam war unerschütterlich. Nicht einmal Ferien wollten sie dort verbringen, wo die Heiden wohnen, es teuflisch zugeht. Mehr als das: Jeden Sommer versuchten sie vergeblich, ihre Kinder von einer Rückkehr zu überzeugen. Sie hatten inzwischen genug Geld verdient, was hatten sie dort noch zu suchen? Sie waren doch vermögend genug, um sich bis an ihr Lebensende Kleidung und Essen zu kaufen, was wollten sie denn noch? Ein Spatz in der Hand ist besser als eine Taube auf dem Dach. Ihre Söhne hatten allesamt große Häuser in Sivas mit allem Drum und Dran, sogar indirektes Einkommen, indem sie weitere Wohnungen vermieteten. Meine Onkel mütterlicherseits hatten ihre Geschäfte tatsächlich gut geregelt, waren nun versorgt; erfolgreiche Bauunternehmer waren sie geworden, ohne viel Schulbildung und mit dürftigem Niederländisch.

Mutter war als Mädchen aufgewachsen unter fünf Brüdern, die zur Grundschule gegangen sind. Sie nicht – es herrschte die Auffassung, Mädchen einzuschulen sei sündhaft, eine Ablenkung für die Jungen. Es sei nicht ihre Bestimmung; gebildete Frauen würden ihr Naturell aus den Augen verlieren und dem Mann gleich werden, das könne nicht Sinn und Zweck sein. Die Aufgaben von Mutter bestanden darin, die Lunchbox ihrer Brüder zuzubereiten, ihre Kleidung sauber zu halten, wenn sie abends lesen oder schreiben mussten, für Licht zu sorgen, eine Lampe über sie zu halten, sie gelegentlich mit einer Fußmassage zu verwöhnen, wenn sie müde waren von den kilometerlangen Wegen zur Schule und zurück.

Oma tischte ihrem Nachwuchs jeden Sommer aufs Neue das Thema der Rückkehr auf, flehte sie regelrecht an, weil sie, ein Unglück im Glück, auf ihre alten Tage einsam war, doch Omas Kinder hatten ihre Seelen dem Geldteufel verkauft und fanden, man könne es in den Niederlanden gut aushalten. Nur Mutter nicht. Sie versuchte ständig das Thema anzuschneiden, Vater auf ihre Seite zu ziehen. Wir sollten in der Heimat bleiben, da könnten wir mehr wir selbst sein, hätten mit unserer Sprache, den Sitten, der Kultur, Religion, den Gebräuchen und uns ähnlichen Menschen zu tun. Es gehe doch sonst nur abwärts: Kinder von Einwanderern würden nur noch Niederländisch sprechen, ihre Muttersprache dagegen immer schlechter, vor allem spätere Generationen seien keine praktizierenden Muslime mehr, ihnen würden die sündigen Ideen des Westens auf der Schule beigebracht, wonach Freiheit und Individualismus das größte

Gut seien, man im Leben selbst bestimmen und kritisch sein könne, ohne Autorität und Gemeinschaftsregeln zu respektieren, ohne sich dem großen Ganzen unterzuordnen. Im Gegenteil: Man lerne nur alles in Zweifel zu ziehen, kein Wissen mehr anzunehmen. Ein Mensch könne nur glücklich sein, wenn er sich geborgen fühle – unmöglich in den Niederlanden. Danach verlange aber jeder Organismus, nach diesem verpönten Gefühl, das entstehe, wenn man Teil einer wirklichen Gemeinschaft sei, sich zusammengehörig fühle, weil man bestimmte Dinge teile, die emotionale Verbindungen schaffen, wie ethnische Herkunft, Sprache, Religion, Sitten und Gebräuche. Nur dann können Solidarität, Loyalität, Schicksalsverbundenheit und Pflicht zu gegenseitiger Hilfe und Beistand empfunden werden. Wer meine, darauf verzichten zu können, sehe einer frostigen Existenz entgegen, die allein auf ökonomischen Beziehungen fuße. »Ein Volk ist nichts anderes als eine große Familie, wir werden nie zu den Niederländern gehören, unsere Kinder und Kindeskinder auch nicht, wir erfüllen die Regeln ihrer Gemeinschaft nicht, sehen anders aus, haben andere Vorstellungen. Tun wir es doch, geben wir uns selbst preis, geben unsere Identität und Gemeinschaft her.«

Wie konnte Vater verkennen, dass auch ihre gemeinsamen Kinder immer weniger formbar waren und stets stärker von dem abwichen, was sie wesentlich waren? In den Niederlanden wurden Kinder mit der Vorstellung groß, nur auf das Ego sei zu achten, Individualität sei das Kostbarste. »Damit schafft man weder Geborgenheit noch Gemeinschaft, Zuneigung, Vertrauen, nur bitteres Unglück, geistige Einsamkeit, innere Zweifel, Hilflosigkeit, Zerbrechlichkeit, es fehlen einem wesentliche Antriebskräfte, die Fähigkeit zur Entzückung. Man lernt, Autoritäten nicht zu akzeptieren, sondern den eigenen Weg zu suchen, möglichst viel zu experimentieren. Jeder Einzelne macht unzählige überflüssige Fehler. Es wird verteufelt, sich anzupassen, sich aufzuopfern für den anderen, ab und zu, oder für ein höheres Ziel, Rücksicht zu nehmen. Man bleibt nur sich selbst treu, sonst niemandem. Wie viele Niederländer würden sterben für ihr Vaterland, ihren Glauben? Sehr, sehr wenige. Das ist ein fundamentaler Unterschied zu uns!«

Mutter wollte dieser dekadenten Kultur nicht noch ein Kind überlassen: Defne war jung, gerade acht Jahre alt, mit ihr würde sie alles anders machen – genug war genug. Sie konnte in der Türkei zur Schule gehen, im Unterricht und in der Kultur hier mühelos aufgehen. »Einen jungen Baum kann man noch biegen.« Außerdem hatte sie die Nachricht von besonderen Koraninternaten erreicht, wo man die Woche über ganztägig Unterricht zu allen Facetten des Islam bekam, getrimmt wurde, um selbst eines Tages zu lehren. Das wäre doch toll? Konnte Vater sich vorstellen, wie sehr Gott diese Tat gutheißen würde, ihr Kind in den Dienst seiner Anbetung zu stellen, fernab alles Weltlichen? Weg aus Holland, wo die Erziehung des Teufels herrschte? Mit Gottes Hilfe würde Vater schon Arbeit finden, solange seine Absichten nur gut seien, man einen Schritt in Richtung des Guten machte, denn Allah war allmächtig, Helfer in der Not.

»Kannst du dir abschminken, ich gehe nirgendwohin und Defne auch nicht«, hatte ich gesagt, als sie letztens wieder davon anfing. »Nach deiner Meinung hat keiner gefragt«, hatte sie geantwortet. Bei diesem Thema bekam ich jedes Mal leichte Panik, nicht etwa, weil ich mir Sorgen machte über mich – ich würde Holland sicher nicht verlassen –, aber Defne war leider ihrer Eizelle entsprungen, nicht meiner, und sie war minderjährig.

Für den Fall der Fälle schmiedete ich einen Entführungsplan. Vielleicht könnte ich gegenüber dem Jugendamt lügen, angeben, ihre Erzeuger misshandelten sie, um für eine Unterbringung außerhalb der Familie zu sorgen oder so ähnlich. Lügen würde ich das gar nicht mal nennen, auch wenn es sich nicht um körperliche Misshandlung handelte, war Mutters Plan schlimmer als das. Doch was, wenn Defne mich und meine Lügen verraten würde? Sie konnte selbst sprechen. Außerdem war das Jugendamt schrecklich, das wusste ich von Freek, der nicht aus so einer adretten Familie kommt wie ich. Shit. Ich wusste nicht weiter. Besser war es, Mutter von der Idee abzubringen, viele Leute einzuschalten, die ihr davon abraten würden.

Doch da schaltete sich Vater zum Glück selbst ein: eine Auswanderung sei finanziell zu riskant. In den Niederlanden habe er ein gutes Einkommen, während in der Türkei Arbeitslosigkeit und Inflation hoch, die Löhne aber niedrig seien. Erst müsse Geld gespart werden. Ich wollte dem Gott der ungleichen Einkommensverteilung auf den Knien danken.

Bis Mutter zu Ohren kam, dass die Koraninternate auch Ableger in den Niederlanden hatten. Mir schwante Böses. Natürlich, wie hatte ich ihn vergessen können – den langen Arm der Türkei. Oder na ja, die freiwillige Prothese. Mutter war schon mit konkreten Plänen befasst; es wäre auch äußerst praktisch für sie, wenn Defne im Internat schlafen würde, sie hätten mehr Platz zu Hause und Halil sein eigenes Zimmer. Ich setzte alles daran, Halil zu überzeugen, gegen den Plan vorzugehen, und obwohl er vorerst noch gleichgültig war, sah er dann doch ein, dass die Zukunft unserer kleinen Schwester auf dem Spiel stand, es nicht mit unseren Wochenendschulen zu vergleichen war, wesentlich eingreifender wäre, ihren Lebensweg für immer bestimmen könnte.

Wir widersetzten uns unseren Erzeugern und redeten ihnen die Idee aus; es war vor allem Halil, der sie überzeugen konnte, mir hörten sie nicht zu.

23

Vater bedankt sich und bezahlt den Taxifahrer. Defne setzt das Straßenkätzchen wieder ab. »Hoffentlich sehen wir uns wieder, liebe Katze, darfst leider nicht mit, pass gut auf dich auf!« Man konnte nur hoffen, dass das Kümbet-Kätzchen Niederländisch verstand. Halil läuft auf das Haus von Oma und Opa zu, erklimmt bereits die Treppe. Mutter pfeift ihn zurück.

»Hallo?! Wo gehst du hin? Wer trägt die Koffer – etwa der Portier?«

Halil kommt zurück, öffnet den Kofferraum des Taxis und hievt sich ein schweres Gepäckstück auf den Rücken.

»Uff! Ist hier eine Leiche drin oder was?«

»Nicht rumheulen, sei kein Mädchen, komm schon, habe dich ja wohl nicht jahrelang umsonst gestillt.«

Mutter hängt einer Theorie an, der zufolge körperlich schwache oder »verweiblichte« Männer nicht gestillt, sondern mit künstlichem Papp gefüttert wurden. Frauen würden zudem zu lange mit dem Kinderkriegen warten, keine Löwen, sondern nur schlaffe Exemplare gebären, die noch nicht mal in ein Päckchen Butter eine Beule drücken können. »Hervorragendes Olivenöl gewinnt man nicht aus alten Oliven«, tönte sie.

Halil schleppt schnaufend den riesigen Koffer die Treppe hoch, setzt sein Leben dabei aufs Spiel, denn ein Geländer oder eine angrenzende Mauer gibt es nicht, die Treppen im Dorf sind komplett freistehend, einfach eine Reihe Stufen an der frischen Luft. Eine falsche Bewegung und man knallt hin. Acht Meter geht es hoch. Unterm Haus ist der Stall, wo gar kein Vieh mehr gehalten wird. Vor Jahren schon hat Opa sich dessen entledigt, Geld kommt ja genug von den Kindern.

Als Kleinkind bin ich mehrmals von besagter Treppe gefallen. Unter ihr steht eine steinerne Tränke, mit Wasser gefüllt, circa drei Meter tief. Eine ehemalige Viehtränke. Ich selbst kann mich an den Vorfall nicht mehr erinnern, aber Mutter erzählte, dass ich einmal auf der Treppe ausgerutscht bin, ins Wasser fiel und meinen Kopf aufschlug, was eine Blutung und einen kurzen Schreck zur Folge hatte. Ich konnte nämlich nicht schwimmen, bin wohl fast ertrunken. Sie kam noch gerade rechtzeitig, um mich herauszufischen.

Das ist nicht das einzige Mal, dass ich in diesem Dorf dem Tod von der Schippe gesprungen bin. Als Baby fiel ich einmal vom Balkon. Eine schwachsinnige Großnichte von Mutter hielt mich und ließ mich dann, warum auch immer, fallen – die dumme Kuh. Ich bin offensichtlich ein Sonntagskind bzw. in unserem Fall ein Freitagskind, denn unterm Balkon lag ein Heuhaufen. Laut Mutter hat Allah mich beschützt. Zum Glück bin ich *open-minded*, schließe nichts aus, auch nicht den speziellen Schutz von Allah, allerdings frage ich mich dann schon, warum andere nicht beschützt werden, zum Beispiel ein unschuldiges Mädchen in Somalia, das mit einer stumpfen Rasierklinge beschnitten wird, wodurch sie ihr ganzes Leben bei der Penetration Schmerzen erfahren wird. Sonne und Mond gucken einfach zu, der Vater auch – gepriesen sei der Herr. Auf solche Fragen hat Mutter keine Antwort. Sonst weiß sie doch immer alles. War vielleicht schwieriger, die Augen vor den eigenen Überzeugungen zu verschließen als vor der Wirklichkeit. Ein Konservativer, der es behaglich hat, baut in der festen Überzeugung, er selbst sei auf dem Trockenen sicher, keinen Damm mehr gegen steigendes Wasser. Und doch gibt es auch das Bedürfnis, sich zu kümmern, dass andere es ihm nachtun.

Wie Strenggläubige trotz Unglück, trotz an Krebs sterbender Kinder, trotz Unrecht und Elend in ihrem Glauben unerschütterlich bleiben – kann alles nicht an Gott liegen –, bleibt mein Unglaube unerschütterlich trotz aller segensreichen Vorfälle.

Auch Vater nimmt einen Koffer und steigt die Treppe hoch. Mutter und ich müssen nichts tragen, wir sind Frauen. Wir steigen mit leichtem Gepäck nach oben und klopfen an. Oma öffnet, strahlt vor Begeisterung, sogar ihre Augen lachen. Mit dem Kopftuch trocknet sie ihre Freudentränen. Sie herzt mich so zupackend, dass ich einen Moment nach Luft schnappen muss, sie ist eine starke Frau. »Ich habe euch so vermisst, meine Kinder«, sagt sie mit einer Alte-Leute-Stimme. Vier feuchte Küsse drückt sie mir auf jede Backe, herzt anschließend Defne zu Tode. »Au, Oma, nicht so feste«, sagt Defne. Defne vergisst ständig, dass sie Türkisch sprechen muss. Ab heute kein Wort Niederländisch mehr, sagt Mutter. Defne wiederholt den Satz auf Türkisch.

»Entschuldige, mein Kind, mein Augapfel, ich habe dich so vermisst, die Fassung habe ich verloren – ich wollte dir niemals wehtun«, übertreibt Oma. Ich sehe, wie Defne sich die Nase zuhält. Mache ihr Zeichen, dass sie das nicht tun soll, amüsiere mich heimlich auch ein bisschen. Gewollt böse gucke ich sie an und sage ihr mit Blicken, wie unhöflich das ist. Sie lässt ihre Hand sinken, drückt dann doch wieder die Nase zu. Oma stinkt nach Kuhmist, es ist der eklige Gestank der Leute hier. Selbst hat Oma zwar keine Kühe mehr, aber sie hilft den Nachbarsfrauen mit dem Vieh, damit sie eine Beschäftigung hat.

Karbunkel schlägt Defnes Hand weg, die ihre Nase zudrückt wie eine Wäscheklammer, schickt sie rein ins Haus. Sie nimmt ihre Mutter in den Arm, lässt ein Tränchen dabei. »Wie groß sie geworden sind, *maschallah*!«, sagt Oma. »Kommt schon, kommt schnell rein, auch du, mein Schwiegersohn, sei herzlich willkommen!«, sagt sie zu Vater, tritt zur Seite. Müde laufe ich ins Wohnzimmer. Sofas – Fehlanzeige, nur eine Art längliches Sitzkissen mit bunten, von Hand gewebten Motiven. Der Boden und die Wände sind mit selbst gewebten Teppichen bedeckt, kein Teppich gleicht dem anderen. Die Muster sind immer dieselben, bunt zusammengewürfelte Abbildungen, grelle Farben, Fransen an den Seiten.

Als Erstes fallen mir die vielen Mücken auf. Ich hatte völlig vergessen, wie grauenvoll die Scheißmücken sind. Warum und wieso – keine Ahnung, in der Stadt habe ich nie Probleme damit, in den Niederlanden ab und zu, eine oder zwei, in Kümbet: ü-ber-all die verfluchten Biester. Man hört es surren, permanent, am Tag, in der Nacht, drinnen, draußen – wahnsinnig kann man werden. Hat man einen Teller Essen vor sich, kommen mindestens zwanzig Mücken, setzen sich drauf. Es hängen Klebefallen an der Decke, schwarz vor lauter festklebenden toten kleinen Teufeln. Beinahe muss ich mich übergeben, so eklig. Ich sehe sieben lange Klebestreifen, komplett voll, lange nicht gewechselt worden. Opa und Oma stören sich nicht weiter an den Mücken, kann sich gut um die Fallen handeln, die wir letzten Sommer aufgehängt haben. Auf die Nacht freue ich mich so gar nicht. Ich hasse Kümbet.

Wir reden mit Oma über unsere Anreise. Wie jedes Jahr fragt sie, warum Oma aus den Niederlanden nicht gekommen ist.

»Sie fühlt sich dort wohler, sagt sie«, meint Mutter. Stimmt genau. Oma hasst Kümbet mindestens so sehr wie ich, obwohl sie hier geboren und aufgewachsen ist. Wird wohl zu viele unglückselige Erinnerungen wachrufen. Oma weiß ihren Luxus zu schätzen, kann gut verzichten auf Plumpsklo, Sitzkissen statt Sofa, regelmäßige Stromausfälle, Mücken überall und einen Wasserhahn ohne warmes Wasser.

Die Nachricht enttäuscht Oma, sie hätte gerne Zeit mit ihrer Freundin verbracht. Opa war noch unterwegs, zum Beten in der Moschee, kommt jetzt rein. Mutter macht mir böse Handzeichen, weil ich vor lauter Übelkeit längs ausgestreckt liege. Ist ein Mann anwesend, Opa, ein anderer Verwandter, darf man eine derart anrüchige Haltung unter keinen Umständen einnehmen. Normalerweise gilt das auch für den Vater einer türkischen Familie, doch zum Glück ist Vater nicht streng damit, ich darf auf dem Sofa liegen oder meine Füße auf den Tisch legen. Ich weiß noch, dass die Erzeuger früher oft darüber stritten; Mutter machte Vater seine Unbekümmertheit zum Vorwurf, er setze sich nicht für die Unterweisung in traditionellen Verhaltensregeln ein, die ein Mädchen lernen müsse, um sich in der Anwesenheit von Männern oder des Hausherrn, später ihres eigenen Mannes, sittsam zu betragen. Sie redete regelmäßig auf Vater ein, er gestehe mir zu viele Freiheiten zu, akzeptiere gar, dass ich meine Beine übereinanderschlüge. Frauen mussten ihre Knie geschlossen halten, sich nicht zu weit im Sofa zurücklehnen, nicht die Beine ausstrecken; vor allem durften sie nicht breitbeinig sitzen, heutzutage auch *Manspreading* genannt, das war die unhöflichste aller möglichen Haltungen. Männern vorbehalten. Männer durften sowieso nach Belieben sitzen, keine Rücksicht auf die Anwesenheit einer Frau nehmen.

Mutters bohrender Blick lässt mich abrupt aufstehen, um

Opa zu begrüßen. Wieder macht sie Zeichen: Opas Hand soll ich küssen. Ich hasse Handküsse, auch beim Zuckerfest. Halil macht den Anfang. Ich begrüße Opa, sage, dass ich mich freue, ihn wiederzusehen, nehme seine Hand, neige den Kopf, um einen Kuss darauf zu hauchen. Nach meinem Empfinden ist es eher sklavisch, unterwürfig, keine Respektsbekundung. Ich bin kein Fan von hierarchischen Familienverhältnissen.

Nach ausführlichem Geplänkel mit den Großerzeugern beginnt das Elend: eine Woche. Eine Woche mit schlaflosen Nächten, weil der Gebetsruf ertönt, weil es viel zu still und viel zu dunkel ist, nicht wie Amsterdam, wo ich beim Geräusch vorbeifahrender Züge, Autos, U-Bahnen, vom Fernseher, von Netflix, einem Podcast, in den Schlaf fiel, es durch Straßenbeleuchtung niemals stockdunkel war.

24

Die Tage zogen sich in die Länge. Ich konnte nicht raus, nicht spontan einen Spaziergang machen, obwohl die Natur bei Weitem das Beeindruckendste hier war. Frauen hatten draußen nichts zu suchen, man wurde von Halbstarken belästigt, die niemals je ein Mädchen zu Gesicht bekommen, vor allem keine, die schön gekleidet ist. Frauen werden zu Hause gehalten und nur verschleiert von Kopf bis Fuß, wenn es absolut notwendig ist, rausgelassen; schöne Frauen sieht man nur unerreichbar im Fernsehen, Männer werden ihre sexuellen Frustrationen los, indem sie Pornos gucken. Ich habe sie nicht erwischt oder heimlich beobachtet, wie sie onanieren, aber Halil meinte, von den Jungen im Ort habe er gehört, sie holten sich den ganzen Tag einen runter. Verständlich, denn in Kümbet gibt es nichts zu tun, hier lernt man zaubern. Es passiert nie etwas, auf nichts kann man sich freuen. Aktivitäten und Einrichtungen gibt es nicht und jeder Tag ist eine Kopie des vorhergehenden. Und des darauffolgenden. Keine Geschäfte, Cafés, Nachbarschaftsheime, Kinos oder Schwimmbäder. Nur Häuser, Kühe, Mist. Die Jungen träumen davon, möglichst bald ein Auto zu kaufen, damit sie Abstecher in die Stadt machen oder umziehen können – einfach ist das aber nicht, Kapital ist nötig, und daran fehlt es. Das modernste Gebäude ist eine frisch erbaute und über allem aufragende Moschee, die beim Betreten des Dorfes sofort im Blickfeld erscheint. Letztes Mal gab es sie noch nicht. Laut Oma ein Geschenk von Sultan Erdoğan, wie sie ihn hier nennen. Das Bauwerk fällt durch seine Größe und Farben auf.

Und weil es ultramodern wirkt zwischen lauter trostlosen Behausungen. Die Minarette flößen unmissverständlich Respekt ein. Ich beschloss, heute mit Halil hinzugehen. Wenn ich mit ihm zusammen war, wurde ich auf der Straße nicht belästigt, lediglich ausführlich gemustert. Ich wich den Blicken aus, die überall auf meinem Körper brannten. Ein unansehnlicher Mann um die dreißig zwinkerte mir zu wie ein Geisteskranker mit Sambal Oelek im Auge.

Es war noch nicht Gebetszeit, die Moschee leer. Außer uns niemand da. Das war praktisch, ich konnte mir auch den Raum für die Männer, Halil den Frauenraum ansehen. Es raubte mir den Atem, vor allem der gigantische Kronleuchter schrie nach Aufmerksamkeit. Die Teppiche waren weich, farbenfroh, von guter Qualität und schön dekoriert worden. Die Fenster zierten Abbildungen von roten Tulpen, an der Decke prangten osmanische Motive. Die Pracht der farbigen Wandverzierungen überwältigte. Die Moschee war so groß, dass man die Echos unserer Stimmen hörte. Man kann sagen, was man will: Moscheen sind anregend für Geist und Körper. Defne hatte das Echoprinzip längst begriffen und rief, typisch Kind, irgendwelche Wörter und Banalitäten wie »Amsterdam-West *is the best*«. Dann sang sie »Kopf und Schulter, Knie und Fuß«. Rannte im Kreis und dachte sich ein Spiel aus, bei dem sie bestimmte Teppichmotive nicht betreten durfte.

Im zur Moschee gehörenden Garten, den nur die Männer aufsuchten, für Frauen war er lediglich in Abwesenheit von Männern zugänglich, war ein Brunnen vorzufinden, einladende Bänke, über Zäune und Mauern fallende Weinblätter, Blumen, Zitronen- und Pflaumenbäume mit hübsch gefärbten Vögeln hier und da. Prächtig pittoresk, eine ganz andere

Atmosphäre als in den Niederlanden, so still, behaglich, vollkommen und sorglos, fernab jeglicher Pünktlichkeit. Trotzdem: Nichts für mich, lieber das hektische Amsterdam, hier machte mich die Stille, auch nachts, wahnsinnig.

Das Gras sah so weich aus, dass ich spontan Lust bekam, mich mit dem nackten Hintern daraufzulegen. Ich hätte es tun können, aber wäre ich entdeckt worden, hätten die türkischen Zeitungen am nächsten Tag getitelt: »Nackte Frau im Garten der Moschee«.

Nachdem wir uns ausführlich umgeschaut hatten, wollte ich auch den Frauenraum besichtigen. Ich musste sowieso vor der Gebetszeit weg, bevor jemand bemerken konnte, dass ich mich im Männerraum aufhielt. Mit meiner unreinen, blutenden Vulva – wenn Frauen menstruieren, dürfen sie Moschee und Gebetsraum nicht betreten –, aber zum Glück ist das ohne Röntgenaugen nicht zu erkennen. Halil wollte nicht mit, jeden Moment könne eine Frau reinkommen, er würde sich bis auf die Knochen blamieren. Ich fand, er solle sich nicht anstellen, aber er weigerte sich hartnäckig, ich ging allein mit Defne.

Ich druckte die Tür auf, und eigentlich war ich sofort baff. Nicht weil es schön war. Der Frauenraum war kleiner und schmucklos. Ein grauer Verschlag. Kein Mikrofon, keine *mimbar* bzw. Kanzel. Frauen tragen natürlich nichts vor, haben keinen Imam, konsumieren nur, was der männliche Imam nebenan sagt. Ich sah auch keine Regale mit farbenprächtigen Büchern. Na ja, was sollen Frauen auch mit Büchern? Verstehen sie doch gar nicht, zu kompliziert für sie mit ihren blutenden Vulven und anderen Sorgen und Interessen, wie etwa die Kinder zu versorgen und Brötchen zu backen. Ein türkisches Sprichwort lautet: Frauen haben lange

Haare und einen kurzen Verstand. Mit ihren von Teig verklebten Händen sollen sie keine Meinungen äußern zu Dingen, von denen sie nichts verstehen.

Wir gingen raus. Halil unterhielt sich mit einem Mann mittleren Alters. Der hatte vermutlich wie jeder Vorbeikommende gefragt, wer er sei, woher er käme. Einheimische fragen ständig nach den Namen unserer Erzeuger – mit der Antwort können sie meistens nichts anfangen –, dann nach unseren Großerzeugern. Freudig werden wir zum Tee eingeladen, worauf ich nicht mehr eingehe, denn beim letzten Mal, ich war damals ohne Halil unterwegs, fragte mich das Paar, bei dem ich zu Besuch war, ob ich ihren Sohn heiraten würde, und als ich ablehnte, gaben sie so schnell nicht auf. Die Leute sind zu allem in der Lage, um das Schicksal ihrer Kinder zu retten, sie in die Niederlande zu schicken, wenn nicht mit Zuckerbrot, dann mit Peitsche, und ich würde in eine Falle gelockt; im Extremfall werde ich vergewaltigt oder entführt, später wird behauptet, ich habe wohlwollend zugestimmt und meine Familie müsse sich dafür verantwortlich zeigen, meine Sünde ungeschehen machen, indem sie mich mit dem erstbesten Mann verheiraten, wodurch er natürlich mitkann in die Niederlande. Davor hatte Mutter mich bereits gewarnt, bei einem Mädchen aus Frankreich war das vorgekommen.

Nächste Frage der Einheimischen: »Wo gefällt es dir besser, in *Hollanda* oder der Türkei?« Sie sind eben neugierig, wie das bezaubernde Europa wirklich ist, das sie mit eigenen Augen nie haben betrachten können, über das sie schon ihr ganzes Leben Geschichten hören. Es sind diejenigen, die damals nicht mitkonnten oder -wollten. Wie Oma und Opa hat sich manch einer trotz der Armut dem Gastarbeiter-Sein verweigert, denn es waren keine islamischen Länder. Oder Anträge wurden nicht bewilligt, schon genug Arbeitskräfte. Jedenfalls ist die Route links- oder rechtsherum hermetisch abgeriegelt. Auch der Typ hatte scheinbar genau diese Frage gestellt, denn ich hörte Halil antworten: »Hat beides seine Vorteile.«

»Na klar, du findest es natürlich besser da, hier ist ja nichts – nur Kuhscheiße«, sagt der Mann lachend, entblößt seine verfärbten, schiefen Zähne. »Nicht vergessen, junger Mann, dein Vaterland ist nicht, wo du geboren bist, deine Eltern geboren sind, sondern Vaterland ist da, wo man seinen Magen füllt. Die Niederlande füllt eure Mägen hervorragend, wird mir berichtet. Sozialhilfe, wenn man nicht arbeiten kann, bei niedrigem Einkommen wird aufgestockt. Die Miete zahlt der Staat, man bekommt eine Vorzugsbehandlung bei der Wohnungssuche, Kindergeld kriegt man auch. Die Kinder bekommen Gratisunterricht, bis sie arbeiten, Pflege und Medikamente sind bezahlbar, die Inflation niedrig, Einkäufe billig. Sei Allah dankbar, dass du da wohnen darfst, nicht hier – wir kommen gerade so über die Runden, scheißen nicht, um Hunger zu vermeiden.«

Je nachdem wird eine andere Antwort für gut befunden. Sagt man, in den Niederlanden sei es besser, meint einer, man verleugne seine Identität – nicht gut, zuallererst müsse man, trotz aller Nachteile, der beschränkten Möglichkeiten, sein Vaterland lieben; sagt man dagegen, in der Türkei sei es besser, meint ein anderer, das sei nicht wahr, es gäbe weder Wachstum noch Sozialstaat.

Der Mann fährt fort: »In Holland ist es wirtschaftlich gesehen zweifellos besser, deswegen muss man aber noch nicht die eigene Sprache, den Glauben vernachlässigen. Man muss wissen, woher man kommt, auch die eigene Herkunft kennen. Ein Gleichgewicht finden.«

Also doch.

»*Inschallah* können du und deine Kinder auch eines Tages nach Europa kommen«, sagte Halil.

»Besser kein Amen nach einem Gebet, das unmöglich wahr wird«, sagte der Mann und blickte zu Boden.

Auf dem Rückweg jammert Defne wegen der Steinchen in ihren Sandalen. Einen anständigen Weg gibt es nicht: Kühe, Autos, Menschen, alle nutzen eine steinige Sandpiste. Wenn ein Auto oder Traktor vorbeifährt, entsteht jedes Mal eine Staubwolke und die ganze Kleidung wird schmutzig. Der Mund sandig. Man hat ausgemusterte Autos mit illegalen Auspüffen versehen, damit sie schneller fahren; die Abgase sind deutlich zu sehen und zu riechen.

Eine kurze Pause, damit Defne die Steinchen aus ihren Sandalen klauben kann. Ich hätte ihr besser zu Turnschuhen raten sollen. Ein Schwarm Kinder, verschieden alt und groß, gleichbleibend dünn, kommt vorbei und betrachtet uns fasziniert. Schmutzige, zerlumpte, alte Kleidung haben sie an, viele tragen löchrige Schuhe, Zehen lugen hervor. Einige T-Shirts sind zu klein, andere viel zu groß. Ein Kerlchen trägt Schlappen, in die er zweimal passen würde. Mich überkommt Unwohlsein. Die Kinder krepieren vor Armut; daneben unser gleichaltriges Schwesterlein in neuester H&M-Fashion, wofür ich persönlich gesorgt hatte. Mutter hatte noch einen Ärmel an Defnes T-Shirt angepasst: Sie sollte sich bereits daran gewöhnen, keine nackten Arme mehr zu zeigen.

Der Kontrast zu den anderen Kindern war riesig, dadurch unangenehm.

Ich höre, wie die Mädchen voller Begeisterung darüber sprechen, wie toll Defne aussieht. Über ihre Haarspangen, solche hatten sie noch nicht gehabt. »Wie ein Mädchen aus dem Fernsehen«, sagt eine von ihnen mit löchrigem und von Flecken übersätem Hemd. Ich habe einen Kloß im Hals. Halil, Defne und ich könnten genauso gut eines der Kinder sein; das rührt mich. Es sind nur die Umstände und schlicht Glück, dass wir in Amsterdam-West, nicht in Kümbet geboren wurden. Wäre Vaters Vater als junger, gesunder Mann nicht ausgewählt worden, um in die Niederlande zu kommen, hätten wir auch so ausgesehen. Ich gönne den Kindern, dass sie haben, was wir haben, ich sehe mich selbst in ihnen. Sie ähneln uns.

Ein Mädchen beäugt unablässig Defnes Sandalen. »Sie sind wunderschön«, bricht es irgendwann aus ihr heraus. Ich kann es kaum noch mit ansehen. Der kleine Prinz hatte Recht: Was für ein komischer Planet! Er ist ganz trocken, alles ist spitz und salzig. *Gutmensch* spielen für wie viele? Selbst wenn ich das ganze Dorf in die Niederlande hole, was dann? Und andere Dörfer? Andere Länder, in denen es noch ärger zugeht? Die Niederlande kann nicht alle holen, Europa auch nicht.

Ich weiß auch nicht, ob es eine gute Sache ist, dass jeder unseren Lebensstil übernehmen kann, unser Planet hält es nicht aus, wenn jeder Mensch Kühlschrank und Auto will, das führt doch in eine Sackgasse? Wir sind zu viele Geschöpfe auf Erden und Armutsflüchtlinge haben Pech, sie können keinen Krieg anführen, ökonomische Aussichtslosigkeit in einem erbärmlichen Bauernkaff wird im Asylantrag nicht als Grund anerkannt. Wir, die Eurotürken, waren das Ergebnis eines Deals.

Die Fragen ermüdeten mein Gehirn und mein Gewissen. Nicht der Tod, sondern das Tötenmüssen – um zu überleben, sich zu entwickeln –, ist der perfideste Witz Gottes auf unsere Kosten. Entweder Jäger oder Beute, häufig gibt es gar keine Wahl, das Schicksal ist bereits besiegelt. Die Sonne scheint überall, aber das Licht ist anders. Wenn es wahr sein sollte, dass jedem sein gerechter Lohn zuteil wird – wie kann es dann sein, dass die guten und unschuldigen Menschen verkommen?

Defnes Kleidung hatte ich noch letzte Woche mit Mutter in den Niederlanden gekauft. Im Zentrum liefen an jenem Tag maskierte Aktivisten rum, mit Laptop in der Hand, auf denen sie Videos zeigten: schonungslose Bilder aus der Fleischindustrie. Sie setzten sich für Veganismus ein, es sei ethisch nicht verantwortbar, lebende Wesen mit Bewusstsein, Gefühlen und Schmerzempfinden für den menschlichen Konsum derart zu quälen. Mutter wusste nicht, wie ihr geschah, als plötzlich eine junge Frau auf uns zuschnellte und ein flottes und zermürbendes Plädoyer hielt. Sie drückte uns einen Flyer in die Hand mit Fotos von aufgequollenen Schweinen, zusammengepferchten Masthühnern und Kühen, die wieder und wieder vergewaltigt würden, um weiter Milch zu produzieren. Kälber würden von den Müttern getrennt, wodurch beide traumatisiert seien. Tiere würden objektiviert, das müsse aufhören. Sofort. Was wir wohl dazu meinten? Ob wir auf Fleischersatzprodukte umsteigen wollten? Ob wir Milchprodukte in Zukunft vermeiden würden?

Ich übersetzte. Mutter meinte, es sei sicher lobenswert, sich für Tierrechte einzusetzen, auch sie fände es schrecklich, wie Tiere behandelt würden, Gott habe so etwas strengstens verboten. Ich übersetzte in die andere Richtung und ergänzte, auch ich schätze ihre Aktion. Sie bedankte sich und fragte noch einmal, ob wir Veganerinnen werden wollten. Es rette Tierleben, sei gut für die Umwelt und für unsere Gesundheit, Fleisch enthalte viele Antibiotika und Hormone.

Das hielt Mutter für Unsinn. »Sag der jungen Frau, dass

sie sich keine Sorgen machen muss, denn Gott hat die Tiere geschaffen, damit sie uns zu Diensten sind – sie kann ohne Schuldgefühle Fleisch essen. Kauft man *Halal*-Biofleisch, gibt es auch keine Zusatzstoffe und die Tiere werden gut behandelt.« Ich fragte mich kurz, ob ich das wahrheitsgetreu übersetzen sollte. Der jungen Frau verschlug es die Sprache; an ihrem Gesichtsausdruck konnte man ablesen, dass ihr von dem Gedanken schlecht wurde. Und Blicke sind in jeder Sprache zu verstehen. Wenn sie jetzt entgegnete, dass das falsch sei, sagte sie damit, Mutters Lebensanschauung tauge nicht. »Nein, hören Sie, Tiere sind nicht dazu da, uns zu dienen, sie haben eigene Leben, eigene Freuden, wie wir. Das ist vollkommen falsch, ich bedauere es sehr, dass das Ihre Überzeugung ist, Sie nicht offen sind für einen anderen Blick darauf. Einem anderen lebenden Wesen Schmerz zuzufügen, für den eigenen Genuss zu morden, obwohl es andere Ernährungsoptionen gibt, die genauso nahrhaft und lecker sind, ist ethisch nicht zu verantworten. Es gibt im Übrigen auch muslimische Veganer!«

Ich übersetzte und Mutter sagte daraufhin: »Lass uns weiter shoppen, Büsra, die hört ja nicht auf zu quatschen.« Das haben wir dann auch gemacht.

Der H&M hing voll Sommerkleidung in elastischen Stoffen und schönen Farben. Ich suchte einige Sachen für Defne aus, kurze Hosen, ärmellose Tops. Mutter sagte, ich könne alles zurückhängen, nichts davon komme in Frage. Defne war acht, musste sich an tugendhafte Kleidung gewöhnen, sie war kein Kleinkind mehr. »So viel Sommerkleidung ist Quatsch, nach den Ferien kommt sie in die vierte Klasse, da sind Kopftuch und ein langes Kleid angesagt, das hier bringt uns dann nichts mehr. Klamotten mit Tieren oder anderen Lebewesen drauf geht auch nicht mehr, damit darf man nicht beten.«

Verdammt. Ich hatte kurz verdrängt, dass man auf einer islamischen Schule als Mädchen keine Haut zeigen darf. Auch nicht im Sommer, auch nicht beim Sport, auch wenn der Unterricht für die Jungen getrennt ablief wie beim Schwimmen. Nach dem Sport wurde auch nicht geduscht, es wäre unangemessen, vor Klassenkameradinnen die Geschlechtsteile zu entblößen. Gemäß der Lehre muss man sein *awrah* (bei den Männern: die Körpergegend vom Nabel bis zum Knie, bei den Frauen: vom Hals bis zum Knie; die Definition ist strittig, aber so habe ich es gelernt) allzeit und vor wirklich allen außer dem eigenen Ehepartner bedecken. Nicht zulässig, den Schambereich von anderen Frauen lasern oder enthaaren zu lassen. Lediglich in lebensbedrohlichen Situationen darf ein Mann deinen Körper sehen und nur dann, wenn trotz größter Anstrengungen keine Ärztin aufzutreiben ist. So habe ich es gelernt.

Ich frage mich, wie sich eine Frau diesem Edikt gemäß jemals eine Spirale setzen lassen soll. Eine Frage für die Geistlichen. So bekommen wir vielleicht noch ein paar Glaubensströmungen dazu. Je mehr davon, desto besser.

Letztens klopfte eine junge Frau meines Alters an die Tür. Ich machte auf, grüßte und fragte, wer sie sei. Sie starrte mich fünf Minuten lang an, proklamierte dann dionysisch, endlich habe sie ihre verlorene Schwester gefunden, nahm mich beängstigend fest in den Arm und sabberte meine Bluse voll. Ich wusste nicht, wie mir geschah.

»Du, meine Schwester! Ich liebe dir! Ich dich vermisst! Du in mein Traum!« Oma kam herbeigestürmt, gab ihr ein paar Plätzchen; sie müsse gehen, könne leider nicht reinkommen, zu viele Männer im Haus. In Kümbet sitzen Frauen für sich und Männer auch; es ist normal, als Besucherin an der Tür abgewiesen zu werden, wenn Männer da sind. Wegen der Plätzchen strahlte das Mädchen vor Freude und stieg Stufe um Stufe die Treppe hinab, murmelte dabei vor sich hin, ich sei ihre Schwester, schaute sich immer wieder um, erst mit einem ernsten, dann mit entzücktem Blick. Sie trug schmutzige und zerrissene Kleider, löchrige Schuhe, die ihre ungepflegten Füße und Zehennägel bloßstellten.

»Was war das denn?«, fragte ich Oma entgeistert.

»Das ist Nuray. Sie ist krank, sie kommt hierher, weil ich mich ein bisschen um sie kümmere. Ich habe Mitleid mit ihr, möge Allah sie gesund machen.«

»Woran leidet sie denn?«

»Es ist nicht klar, was sie hat, eine Geisteskrankheit, aber Ärzte sind teuer, ihre Erzeuger haben nicht mal genug zum Essen. Manchmal wird sie richtig wild. Wenn sie eine Gurke sieht, beginnt sie zu zittern wie ein kopfloses Huhn, rennt wild umher, schreit, fällt manchmal in Ohnmacht – ich achte darauf, dass sie hier bloß keine Gurken sieht, man kriegt sie dann nicht mehr ruhiggestellt.«

»Gurken?« Ich frage mich, ob das ein Witz ist, ich in einer Tragikomödie gelandet bin. Aber Nuray war nicht die einzige. Es gab mehr Leute mit merkwürdigsten Anwandlungen, teils körperlicher, teils anderer Art. Erst war mir nicht klar, woher das kam, aber Halil hatte eine Erklärung – viele seien mit Familie verheiratet. Dass Cousins und Cousinen heirateten, war eher die Regel als die Ausnahme. Natürlich, das hatte ich komplett vergessen. Daran sind auch die Imame schuld, die die Praxis befürworten.

Ich muss an eine Freundin aus der Schulzeit denken. Esra war ein kluges Mädchen, auf dem Gymnasium wie ich. Sie hatte drei schwerstbehinderte Schwestern. Ohne Hilfe ging nichts: Toilette nicht, Essen nicht, Laufen nicht. Als ich einmal bei ihr zu Besuch war, schaute ich mich verdutzt um. Eine riesige Wohnung mit breiten, langen Fluren und gigantischen Zimmern. Wie ein Krankenhaus. Die Wohnung war ihnen vom Staat zur Verfügung gestellt worden wegen der drei kranken Kinder. Alles stand voll mit Hilfsmitteln und Apparaten. Beim Anblick der schwerstbehinderten Schwestern wurde mir mulmig, ihre Körperglieder passten überhaupt nicht zusammen, sie schauten einen durchdringend und böse an oder schrien plötzlich vor Schmerzen.

Jedes Mal danach, wenn Esra mich einlud, gab ich vor, bereits etwas vorzuhaben. Sie war das gewöhnt und wunderte sich nicht; ich gruselte mich, was mir Gewissensbisse machte.

Eines Tages sprachen wir mit ein paar Klassenkameraden über unsere Familiennamen, typisches Pausengelaber. Manche waren genervt, den Nachnamen des Vaters zu tragen, der der Mutter war schöner. Esra erzählte, bei ihr mache es keinen Unterschied, ihre Eltern hätten denselben Nachnamen. Cousin und Cousine. Einige Zeit später wagte ich es, sie darauf anzusprechen.

»Sag mal, Esra, denkst du nicht, deine Schwestern sind behindert, weil deine Eltern miteinander verwandt sind?«

»Nee, Quatsch«, sagte sie. »Ich bin doch auch normal? Der Prophet, Friede sei mit ihm, hat es erlaubt, den Cousin zu heiraten. Der Prophet, Friede sei mit ihm, hätte das doch sonst nicht gemacht? Viele Leute heiraten Verwandte und kriegen gesunde Kinder.«

Ich schwieg und nickte einfach.

25

Wir sind wieder in den Niederlanden, das neue Semester hat begonnen. Mein Laptop funktioniert nicht mehr, der Akku lädt nicht. Um das Seminar morgen vorzubereiten, muss ich an einem Unicomputer arbeiten. Als ich mich fertig mache, kommt Defne – sie »langweile sich zu Tode«. An ihrer Schule gibt es einen Selbstlerntag wegen Lehrermangels – kommt öfter vor.

»Kann ich nicht mitkommen?«, fragt sie.

»Nein, du langweilst dich nur. Ich werde stundenlang an einem Computer sitzen und arbeiten. Was machst du in der Zeit?«

»Dasselbe! Gibt es da keinen Computer für mich?«

»Ja schon, aber dann will ich nicht hören, dass du dich langweilst, sonst werde ich sauer.«

»Versprochen!«

»Was für ein schönes Kleid, woher hast du das?«, frage ich, als ob ich die Antwort nicht wüsste.

»Hat Mama gemacht«, sagt sie stolz. »Schau mal, wenn ich mich drehe, fliegt es!« Sie dreht sich im Kreis.

Mutter hatte tatsächlich Talent beim Schneidern. Früher hat sie auch für mich genäht, viel Geld kann man so sparen. Frauen aus der Nachbarschaft baten Mutter öfter um Gefallen: ein Kleid zu kürzen, maßzuschneidern, auszubessern. Machte sie. Ein Nein kam ihr nicht über die Lippen, auch wenn sie keine Lust hatte. Es wurden stetig mehr, Bekannte und Verwandte der Nachbarn, die etwas von ihr wollten. Es hatte sich herumgesprochen, dass in der Kolenkitbuurt eine sehr gute Schneiderin wohnte – die Lage geriet außer Kontrolle. Mutter wurde es am Ende leid. Klagte bei Vater, dass die Frauen gleich die Hand nahmen, wenn man ihnen den kleinen Finger reichte.

»Ein bisschen kürzen oder ausbessern – okay, aber jetzt kommen sie und fragen, ohne eine Miene zu verziehen, ob ich nicht ein paar Kleider für sie nähen könnte, sie würden mir auch den Stoff bringen. Unverschämt – ich habe auch ein Leben, so etwas dauert Stunden, in einem Geschäft würde man Hunderte Euro dafür bezahlen, vor allem für ein Abendkleid.« Vater ermutigte sie immer wieder, ihr eigenes Atelier zu eröffnen, Geld dafür zu nehmen.

»Ich nehme doch kein Geld, Ismail, von meinen Nachbarn, von Freunden und Familie?«, sagte sie dann gereizt.

»Warum nicht, was soll daran falsch sein?« Vater war stets sachlicher, unternehmerischer, nüchterner als Mutter. Doch sie weigerte sich, von den in ihren Augen felsenfesten sozialen Normen abzuweichen.

»Nein, das ist nicht normal, das macht man nicht. Nicht alles dreht sich ums Geld.«

Na, dann heul auch nicht rum, dachte ich.

»Schön und gut, dann heul mir aber auch nicht die Ohren voll«, sagte Vater.

Typisch Karbunkel: viel Gejammer, dann aber komplette Verweigerungshaltung, wenn Lösungsansätze präsentiert werden – man will ja weiternölen. Sie erwartet, dass man sich das anhört, Lösungen hervorzaubert, mit denen auch sie einverstanden ist, dabei gibt es die nicht. Das ist eine Eigenschaft von Mutter Contraire, die mich bis aufs Blut reizt. Nicht nur mich.

Als ich vor dem Badezimmerspiegel mit Nadeln mein Kopftuch feststecke, kommt Defne rein, mit Sonnenbrille und Eis in der Hand.

»Es ist echt warm, warum trägst du keine kurzen Ärmel so wie ich?«

»Tja, Schlaumeier, du weißt doch, dass Mutter das nicht erlaubt.«

»Steck doch einfach andere Klamotten ein und zieh dich auf der Toilette um. Nachher ziehst du wieder die langen Klamotten an, Dummie.«

Sie leckt weiter unbekümmert an ihrem Eis, hüpft davon. Verblüfft stehe ich vor dem Spiegel. Habe ich das richtig gehört? Auf einmal muss ich lachen, wie ein Bauer, der ein Hufeisen findet. Ein verheißungsvolles Mädchen; sie bereitet sich auf ihr baldiges Doppelleben vor. Einerseits bin ich froh, in ihr eine Mitstreiterin zu sehen, andererseits habe ich schon jetzt Mitleid mit ihr. Wappne dich, Schwester, es werden Zeiten der Schizophrenie anbrechen.

26

Ich stehe in der Küche und koche Linsensuppe. Mutter sitzt im Wohnzimmer und schaut ein Fernsehprogramm, in dem Singles erzählen, was für einen Partner sie sich wünschen, damit auch sie endlich heiraten können. Sie sagen auch, was sie selbst zu bieten haben, interessierte Zuschauer können anrufen. Als Heiratskandidat wird man hinter eine Trennwand gesetzt. Die Person, für die man gekommen ist, sitzt auf der anderen Seite. Sehen kann man sich nicht, aber hören. Das Publikum, ein ganzes Land plus Diaspora in Europa, guckt zu.

Man führt ein Gespräch von fünf bis zehn Minuten, meist über was für Erwartungen man an die Ehe hat, welche Ziele im Leben einem wichtig sind. In einer solchen Sendung ähneln sich die Antworten verdächtig, man ist sympathisch, es ist kaum zu glauben, dass es sich um Singles handelt oder sie schon mehrere gescheiterte Ehen hinter sich haben. Es war ja auch immer der andere schuld, deshalb hat es nicht geklappt.

Die Trennwand verschwindet irgendwann, es entscheidet sich, ob man zusammen essen geht. So läuft das stundenlang. Tagtäglich. Alle Hausfrauen gucken das. Was ich an türkischen Sendungen immer verwunderlich fand, ist, wie westlich sie sind. Kopftücher sieht man kaum. In Serien oder Filmen sieht man kein einziges Kopftuch. Die Soap-Frauen kleiden sich sexy, haben vorehelichen Sex. Man trinkt Alkohol, geht aus, feiert sogar Weihnachten. Wenn ich in der Türkei bin oder mich umschaue, sehe ich meistens eine andere Wirklichkeit.

Auch das türkische Kabarett ist ganz anders, nie geht es um Politik oder Religion, Gesellschaftskritik ist selten. Eher Witze mit komischen Typen. Mit Typen, die sehr dumm sind und dumme Dinge tun, und mit anderen Typen, die sich sarkastisch darüber auslassen. Wie Spongebob und Thaddäus Tentakel. Fortschrittliche Comedy Fehlanzeige.

Nach der Fernsehsendung wird Mutter stundenlang mit der Familie in der Türkei facetimen. Sie fragen auch immer nach mir, ich nehme schnell Reißaus in mein Zimmer bei Oma, sage, dass ich studieren muss. Ich hasse es. Ich fühle mich ihnen überhaupt nicht verbunden, sie sind ja nur Tugendwächter und damit beschäftigt, mich zu verurteilen. Bei meinem letzten Videogespräch mit Oma fragte sie, ob ich mein Top wohl auch draußen anziehen würde. Viel zu eng, »alles entblößt und nackt«. Warum Mascara. Dieses Leben sei nur vorübergehend, ich würde zu viel sündigen, sie sei deswegen sehr traurig, höre ich von Mutter. Aha, natürlich, wahrscheinlich hatten sie über Tage und Stunden gemeinsam über mich abgelästert, wegen mir und meiner Sündhaftigkeit konnten sie sich so richtig tugendhaft fühlen. Genauso wie Stille sinnlos ist, wenn kein Geräusch sie umgibt, war Tugendhaftigkeit sinnlos, ohne einen Sünder wie mich beschimpfen zu können.

Ich hasse es, der Sünde bezichtigt zu werden, mit der Aussicht auf ewiges Feuer leben zu müssen. Fortan flüchte ich, ich muss es mir nicht anhören, will es nicht mehr. Ich bin neugierig, was sie sagen werden, wenn ich mein Kopftuch ablege. Sie werden sich noch wundern.

Heute ist auch *Asure*-Tag, wie jedes Jahr am zehnten Tag des islamischen Monats *muharram*. Im sunnitischen Islam wird daran erinnert, dass Moses sein Volk von Ägypten nach

Kanaan führte und sie damit von der Unterdrückung durch den Pharao befreite. Im schiitischen Islam ist es ein Tag der Reue und sie kasteien sich in ihren Tempeln selbst, aber Details sind mir unbekannt – ich bin Sunnitin. Mutter fastet, damit hofft sie Gott zu schmeicheln. Außerdem macht sie einen Nachtisch, der auch *Asure* heißt. Marokkaner und andere nicht-türkische Muslime kennen den Brauch nicht. Aufgrund fundierter Recherchen kann ich vermelden, dass in den Quellen keine Rede ist davon, genauso wenig wie von der Geburtstagsfeier des Propheten (Friede sei mit ihm), vom Himmelfahrtstag und anderen typischen türkisch-islamischen Feiertagen außer dem allseits bekannten Zucker- und Opferfest, aber gut, ich werde mich nicht beschweren, das Dessert ist herrlich. Mutter erzählte mir als Kind, der Prophet, Friede sei mit ihm, habe sie improvisiert, nachdem es Krieg gegeben habe und Essen rar gewesen sei. Er habe seinen Jüngern befohlen, alles an Nahrungsmitteln zusammenzutragen; aus allen Zutaten habe er dann die Nachspeise aus Mandeln, Haselnüssen, getrockneten Aprikosen, Granatapfelkernen, Rosinen, weißen Bohnen, Milch, Reis, Kichererbsen, Kokosraspeln, Wasser und Zucker gemacht. Es sieht aus wie eine Suppe, wird auch warm gegessen, aber ist süß. Ich freue mich jedes Jahr darauf. Man macht eine große Menge davon, meistens vier Töpfe, verteilt es dann unter den Nachbarn, die es auch so halten. Am Ende des Tages haben wir von jeder Nachbarin einen Teller voll Asure bekommen und sie von uns, ein Tausch irgendwie, aber vom selben Produkt, von kleinen persönlichen Abweichungen abgesehen.

Ursprünglich sollte man es an die Armen verteilen, aber da wir in unserer Straße alle gleich reich (oder gleich arm) sind, teilen wir es untereinander. Ärmere Leute als wir kennen wir nicht. Auch beim Opferfest ist das so; auch hier soll man das Fleisch den Armen geben, aber wir geben es den Nachbarn, weil es in den Niederlanden keine Bettelarmen gibt.

Ich schaue auf mein Display. 16.30 Uhr. Ich trage mein Make-up auf, ziehe mein Heineken-Polohemd und meine Jeans an und mache mich auf den Weg. Die Straße wird belagert von Männern in Orange, die mit Laubbläsern ausgerüstet sind. Laubbläser haben die wohl überflüssigste Funktion aller Zeiten. Blätter liegen im Herbst halt rum, was macht das schon? Es grenzt an Autismus, sie wegmachen zu wollen. Als ob auch nur ein einziger Mensch im ganzen Viertel davon wachliegen würde, dass Blätter auf dem Bürgersteig liegen. Das Geld dafür hätte die Gemeinde besser direkt den Menschen auszahlen sollen, wenn sie es schon unbedingt loswerden musste.

Als ich an einem der Männer vorbeiradle, dreht er seinen Apparat absichtlich in meine Richtung, so dass Blätter und Sand über mich niedergehen. Ich kneife meine Augen zu, spüre Körner in meinem Mund, in der Nase, ich spucke. Als ich blind auf die Bremse trete, dem Mann einen verständnislosen und um Erklärung bittenden Blick zuwerfe, höre ich ihn sagen »Tschuldigung! Ein Versehen! Zum Glück hast du dein Tuch, sonst wären ja auch deine Haare schmutzig geworden, ist das Ding doch irgendwo gut für!« Ich erwidere nichts und steige wieder aufs Fahrrad.

Zur Mittagszeit gerate ich auf der Arbeit in eine Auseinandersetzung. Eine Gruppe Israelis wollte wissen, ob unser Fleisch koscher sei.

»Yes«, sagte ich. Ich dachte: *Halal* bedeutet wohl auch koscher, denn koscher war laut Koranschule *halal.* Ich hatte mich geirrt – die Toleranz war nicht gegenseitig. Beim Essen hatten sie nochmals eine Kollegin gefragt, die ihnen gesagt hatte, es sei lediglich *halal*, nicht aber koscher.

Sie waren wütend. Auf mich. Sie trugen alle auch solche Käppis, wie sie gläubige Muslime tragen, nur in kleinerer Ausgabe und höher auf dem Kopf, während sie bei Muslimen den ganzen Kopf bedecken. Mir wurde böswillige Täuschung vorgeworfen, sie wollten den Chef sprechen, nicht zahlen.

»It is slaughtered in the name of Allah, the One and Only God, you call him Jahwee, we call him Allah, but it's the same entity, you see? Just another name«, versuchte ich es noch einmal, aber es wirkte gegenteilig, sie wurden noch wütender. Der Chef kam dazu. Nach zwanzig Minuten Gebrüll mussten sie trotzdem zahlen, sonst hieße es Polizei. Ich musste mich entschuldigen. Um Entschuldigung zu bitten, bedeutet nicht automatisch, dass der andere im Recht ist. Es bedeutet, dass die Beziehung zu der anderen Person wichtiger ist als dein Ego.

Sie alle gaben schlechte Bewertungen ab. Ich machte mich darauf gefasst, Ärger zu bekommen. Meine Nase, mein Kinn, meine Achseln glänzten vor Schweiß, aber zu meiner Überraschung machte der Chef mir ein Kompliment.

»Gut gemacht, Juden muss man Judenstreiche spielen, das ist die Sprache, die sie verstehen«.

Nach diesem Vorfall nahm ich meine Pause in Anspruch. Nachdem ich beim Koch mein Essen bestellt hatte – dieses Mal nahm ich Lachs –, traf ich auf der Toilette auf Karima. Sie war erst seit drei Wochen dabei, aber es fühlte sich an, als ob ich sie schon viel länger kannte. Es hatte sofort gepasst zwischen uns. Sie war immer fröhlich, machte Witze und ließ die langen Arbeitstage kürzer erscheinen.

»Na, wie geht's, meine Liebe?«, fragte ich. Sie schwieg

und starrte auf ihr Handy. Als sie ihren Kopf hob, sah ich ihre feuerroten Augen und dunkle Ringe. Müde und überrumpelt sah sie aus, trug kein Make-up, was in ihrem Fall sonderbar war. Plötzlich stürzte sie schluchzend in meine Arme, ich konnte spüren, wie sie zitterte, roch ihr tolles Parfüm. Wäre sie nicht so emotional gewesen, hätte ich sie nach der Marke gefragt.

»Ich hab ein Riesenproblem, Büsra«, schluchzte sie.

»Yo, ruhig, Mann! Spuck schon aus!«, sagte ich, löste mich, strich ihr über den Rücken, wie Grundschullehrerinnen das machen, wenn man weint.

»Es ist aus mit Nick«, sagte sie.

»Oh ... darum. Warum denn?«, fragte ich. Sie weinte heftiger.

»Meine Eltern akzeptieren ihn nicht, wollen, dass ich Hamza heirate, weil Nick kein Muslim ist.«

»Und das ist neu für dich?«, höre ich mich fragen.

»Nein, ich wusste, dass sie ihn nicht akzeptieren würden, aber weiß nicht ... Irgendwie hatte ich immer ein bisschen Hoffnung, aber sie haben mich dermaßen fertiggemacht, waren viel wütender, als ich jemals gedacht hätte. Außerdem bin ich tot, wenn sie wüssten, was ich getan habe«, schluchzte sie.

Ich sah es kommen.

»Ich bin keine Jungfrau mehr, sie bringen mich um, wenn sie das erfahren. Jungfernhäutchen-OPs sind hier wohl seit Kurzem verboten! Was für ein Scheiß! Genau jetzt!«, sagte sie und schlug auf das Waschbecken.

»Du kannst auch einfach auf deine Eltern scheißen«, sagte ich etwas zu schnell, ich saß schließlich im selben Boot.

»Nee, das würde bedeuten, keine Familie mehr für den Rest meines Lebens – mach ich nicht, das geht zu weit. Dann eben Hamza heiraten. Das Problem ist nur: Sie werden es rauskriegen, dass ich keine Jungfrau mehr bin.«

»Komm schon, meine Liebe, wir finden bestimmt eine Lösung, nicht heulen, komm schon, bist nicht die Einzige, im schlimmsten Fall lügst du, hättest dich selbst mit einem Tampon oder so entjungfert«, sagte ich.

»Meinst du, dass er mir das glaubt?«, fragte sie noch.

Mein Ratschlag ging mir gegen den Strich. Solange Frauen sich so verhielten, würde es keine Veränderung geben, der Unsinn niemals aufhören. Ich nahm es ihr sogar übel, merkte ich. Dass sie nicht für ihr Glück einstand. Aber dann fiel mir ein – ich machte es genauso. Warum war es so viel einfacher, einer anderen den Ratschlag zu geben? Warum nahm ich es ihr übel, dass sie nicht für sich einstand, mir selbst aber nicht? Warum konnte ich sie nicht wie mich selbst entschuldigen?

Nach dem langen Arbeitstag musste ich nach Hause laufen, da mein Fahrrad das fünfte Mal in diesem Jahr gestohlen worden war, ein unschöner Begleitumstand von Amsterdam-West. Zu Fuß fühlte ich mich unsicherer als mit dem Fahrrad, hielt meinen Schlüsselbund fest, Minideo in der Jackentasche, das als Pfefferspray eingesetzt werden konnte. Auf dem Heimweg lungerten marokkanische Jungs herum, die einen jederzeit in einschüchterndem Kunstfellkragen-Ton ansprechen konnten. Manchmal verfolgten sie einen bis zur Haustür, bei Kopftuch tragenden Frauen fielen Belästigungen geringer aus, die anderen galten als leichtsinniger und wohlwollender.

Ich würde mir wünschen, nachts in Ruhe auf der Straße laufen, nächtliche Spaziergänge machen zu können, aber das Privileg besaßen Frauen nicht. Wäre Freek doch hier.

27

Wir sind heute mit Mustafa, Halil und Defne beim Bowlen. Defne wollte schon länger bowlen gehen, heute passte es uns allen gut. Außerdem hat sie Geburtstag. Mutter betonte: »Nicht weil sie Geburtstag hat - einfach so, oder?«

»Jaaa«, seufzte Halil.

Mutter wollte unter allen Umständen vermeiden, dass wir Gewohnheiten der Ungläubigen übernahmen. Wir durften keine Geburtstage feiern - absolut untersagt -, andere heidnische Feiertage wie Muttertag, Neujahr, Valentinstag, Weihnachten und Ostern auch nicht. Auf der Koranschule habe ich gelernt, dass der Prophet (Friede sei mit ihm) gesagt habe, wer es einem anderen Volk nachmache, werde einer von ihnen; wenn man ihre Feiertage beging, riskierte man, selbst Ungläubiger zu werden. Als Halil an seinem letzten Geburtstag mit einer Torte ankam, wollte Mutter erst am nächsten Tag davon essen, sonst würde Gott eine Feier vermuten. An Silvester hält sie das bei Einladungen von Nachbarn oder Verwandten auch so.

»Wir kommen, weil es nett ist, wie an anderen Tagen auch, nicht weil es ein Fest ist«, wurde sie nicht müde zu sagen. Wenn sie bemerkte, dass die Nachbarin sich ins Zeug legte, die Wohnung in Schuss gebracht hatte, fühlte Mutter sich trotzdem schuldig. Es kam ihr dann wie ein besonderer Tag vor, während sie ja eigentlich genau das hatte vermeiden wollen.

Bowlen also. In ein gutes Restaurant danach, Mustafa lud ein. Er hatte auch ein Geschenk für Defne gekauft. Ein Monopoly-Spiel. Als wir zusammensaßen, wollte ich ein Foto machen. »Einmal in die Kamera gucken, meine Herren.«

Halil sagte, er müsse mal, und wartete das Foto nicht ab.

»Dann halt nur einen Schnappschuss von uns dreien.«

Ein paar Stunden später machte ich das Foto zu meinem WhatsApp-Profil. Mustafa und ich lachend nebeneinander, er hatte einen Arm um mich gelegt, Defne saß auf unserem Schoß.

Kurz darauf bekam ich eine Nachricht von einer Tante.

»Ist das auf dem Foto dein Cousin?«

»Ja«, tippte ich.

Sie: »Ihr beide passt wirklich zueinander. Vielleicht solltet ihr heiraten. Magst du ihn?«

Verwirrt starrte ich auf mein Display. Stand das da wirklich?

Ich tippte: »Äh ... bist du verrückt geworden, Tante? Das ist mein Blutsverwandter, mein Cousin!« Eine Gegenfrage ist die einzig richtige Antwort auf eine unverschämte Frage.

Sie: »Ja, und? War nur als Kompliment gemeint. Du bist ein hübsches Mädchen, er ein attraktiver Junge, reif genug seid ihr beide. Und ihr könnt so gut miteinander! Passt doch prima, gibt es doch oft bei uns!«

Ich blockierte sie. Darüber wäre sie sicher verärgert, aber das war mir egal.

Eine halbe Stunde später, als ich gerade meine Notizen aus einer Vorlesung durchging, bekam ich einen Anruf von Mutter.

»Warum gibt es ein Foto von dir und Mustafa?! Bist du von allen guten Geistern verlassen? Er ist weder dein Mann noch dein Verlobter, du kannst nicht einfach ein Foto mit ihm machen, lachend, Seite an Seite, du sitzt fast auf seinem Schoß! Warum ist Halil nicht auf dem Foto? Ihr wart doch nicht ohne ihn da? Hast du dich heimlich mit Mustafa getroffen? Schäm dich! Was werden die Leute wohl sagen, wenn sie dieses Foto sehen? Niemand wird um deine Hand anhalten, jeder wird denken, du seist längst vergeben! Lösch das Foto augenblicklich und komm sofort nach Hause!«

Bevor ich zu einer Antwort ansetzen konnte, hatte sie schon aufgehängt. Ich nahm ein Kaugummi und kaute aggressiv darauf herum, biss mir in die Zunge. Verdammt, wieso war ich bloß so dämlich gewesen, ihr beizubringen, wie man WhatsApp benutzte? Letztes Jahr rannte sie noch mit einem alten Nokia herum, geriet beim Empfangen einer SMS in Panik. Eigentor. Ich löschte das Foto, ging rüber zu den Erzeugern. Eigentlich wollte ich nicht, nichts darauf geben, nichts war verkehrt daran – keine Zugeständnisse mehr. Und doch geriet ich immer wieder in ihren Würgegriff. Flößten ihre Drohungen mir Angst ein.

Ich machte mich auf eine Strafpredigt gefasst.

Beim Betreten des Wohnzimmers flog mir ein harter Gegenstand an den Kopf, es tat weh. »Au!« Mein linkes Auge begann zu tränen. Mutters Hausschuh. Nicht etwa Pantoffeln, sondern typische türkische Hausschuhe mit Keilabsatz. Ich schirmte mein Auge ab, fragte, ob sie den Verstand verloren habe – eine rhetorische Frage.

»Ich soll verrückt sein? Du bist irre geworden! Kennst deine Grenzen nicht mehr, junge Dame, ich habe es satt, dich und dein Verhalten! Warum veröffentlichst du als erwachsene alleinstehende Frau ein Foto mit einem Mann, obwohl ihr weder verlobt noch verheiratet seid? Willst du, dass die Leute tratschen? Dass sie über ein Verhältnis spekulieren? Oder findest du Mustafa heimlich toll, willst ihn heiraten? Dann gib es einfach zu, wir regeln das, statt dass du heimlich mit ihm herumfummelst, gegen Regeln verstößt!«

Ich starrte sie fassungslos an. Mutter übertraf sich mal wieder selbst.

»Du wirst täglich irrer! Was ist verkehrt an einem Foto mit meinem Cousin, sag mir das mal, du Wahnsinnige! Warum musst du aus jeder Mücke einen Elefanten machen, alles sexualisieren? Was habe ich falsch gemacht, um das hier zu verdienen? Ich bin es, die dich satthat! Verfickte zwanzig Jahre bin ich alt und es schleudert mir verdammt noch mal keiner einen Schuh an den Kopf! Die Pest wünsch ich dir an den Hals!«

Mutter erhob sich in böser Absicht: »Was glaubst du eigentlich, bei wem du so ein freches Maul riskieren kannst? Glaubst du etwa, mit zwanzig müsstest du keinen Respekt mehr zeigen? Wo sind deine Manieren? Deine Ehrerbietung gegenüber mir, die dich geboren, ernährt, erzogen hat? Mit einem Beil wollte man einen Baum fällen, doch da sprach der Baum, der Griff des Beils sei aus ihm gemacht. Ich habe dich geboren, nicht umgekehrt – kenne deinen Platz!«

Ja klar, so kannte ich sie, das war normal für Mutter. Sie debattierte nie inhaltlich, parierte Kritik nicht angemessen. Wenn es um sie ging, war eine Gegenmeinung unter Selbstgewissheit und Mahnung zu verbuchen, bei mir dagegen unter Frechheit. Ich besaß Erzeuger, die mit dreihundert dummen Voreinstellungen operierten, die ich mit den Jahren zu schlucken gelernt hatte. Hatte man Nachfragen, waren sie geschickt darin, lange Sätze zu produzieren, die keinerlei Relevanz hatten für die gestellte Frage. Wenn es um Stolz ging – Mutter hatte das Wort erfunden. Darum hielt ich es nicht durch. War müde gekämpft. In den Wortgefechten der letzten Jahre hatte ich mich verausgabt. Ich zog ein heiteres Gemüt bzw. eine stabile geistige Gesundheit der Durchsetzung meines Rechts vor. Es ging eher um das Rechthaben, denn die Durchsetzung würde eh nicht gelingen. Gegen Besessenheit kann man nicht gewinnen, das ist eine Tatsache – wer besessen ist, setzt alles auf eine Karte und man selbst nicht. Ein ehrgeiziger Mensch ist gefährlicher, verletzlicher. Wenn jemand a priori und aus irrationalen Gründen an etwas festhält, muss man ihm mit Ratio nicht kommen, und ihn auf seine Irrationalität hinzuweisen, bringt gar nichts. Unsinn zu widerlegen, ist weniger effektiv, als ihn zu ignorieren. Man hat nur Scherereien, wenn man solche Menschen in ein Korsett des sauberen und vernünftigen Argumentierens zwängt. Im Beisein von Unvernunft darf die Vernunft nicht sie selbst sein.

Doch ist Dummheit außer Ursache auch Entschuldigung?

Wenn man kein Gehör hat, gibt es auch keine Geräusche. Existieren tun sie trotzdem. Für den Farbenblinden gibt es keine Farben, er weiß aber von anderen, dass da etwas ist, was er nicht kennt. Milliarden gläubige Menschen bedeuten nicht, dass Gott in unserem Leben anwesend wäre.

Meist wird das Argument der großen Zahl als Gottesbeweis angeführt. Ich glaube an das Gegenteil. In der Zwischenzeit hatte ich einen Lebensstil angenommen, dem zufolge stets, egal bei was, die Verneinung des kollektiven Geschmacks zählt. Ein unfehlbarer Kompass, weil alles, was reißenden Absatz findet, minderwertig ist. Verlasse dich niemals auf Entscheidungen einer Mehrheit.

Den Erzeugern ist alles erlaubt: Sie dürfen ausschimpfen, kneifen, schlagen, mit Gegenständen werfen, abfällig sein, ehrverletzend sein, psychologische Kriegsführung betreiben, aggressiv werden, wegen Lappalien herumzetern. Dinge sagen, die verabscheuungswürdig, schändlich, kränkend, niederträchtig sind, aber wenn ich das spiegele – oje, dann sind sie Opfer. Sie haben Talent, die Lunte ans Pulverfass zu legen, wenn es Feuer fängt, die Hände aber in Unschuld zu waschen. Tun, als ob ich es bin, die durchdreht, sich respektlos aufführt. Die Welt steht Kopf. So lief das also. Ich sollte Ja und Amen sagen, gesenkten Hauptes kommen. Weil ich Frau bin, sonst würden sie anders reagieren, fast nichts für ein Problem halten. Ich darf keine Widerworte geben, nicht kritisch und aufmüpfig sein, nichts erwidern, muss mich versklaven lassen. Muss auf die Knie fallen vor ihrer Majestät. Ihre Arroganz schreit zum Himmel, aber ich war es, die als dreiste Göre galt, stets ein Widerwort auf den Lippen, ich brach die Regeln, vor allem meines Geschlechts, war gewieft, meiner wurde man nicht habhaft. Mutter wollte jemanden aus mir machen, der sein Haupt schamhaft, unterwürfig beugt, der Emotionales, Frust herunterschluckt, am besten gleich seine Zunge mit. Der den Druck vom Kessel nimmt, eigene Interessen zurückstellt, weil er Angst hat, ihr Gesicht entgleisen zu sehen, ich sollte sagen: »Ja, werte Mutter, es tut mir leid, Sie haben Recht, hoffentlich können Sie mir eines Tages verzeihen.«

Da wird aber nichts draus. Zugleich stand mir plötzlich klar vor Augen, dass sie gewonnen hatte. Ich hatte das Foto gelöscht, meine Beziehung führe ich heimlich, in ihrer Anwesenheit trage ich die von ihr gebilligte Kleidung, im Restaurant jobbe ich heimlich, gehe nicht aus, bin abends meistens früh zu Hause, fahre nicht mit Freunden in den Urlaub, gehe nur heimlich zum Strand, denke immer öfter daran, eine Beziehung einzugehen, der sie ihren Segen geben würden, bleibe nirgendwo über Nacht. Ich lebe nicht das Leben, das ich gerne hätte. Ich rebelliere hier und da, aber alles in allem hat sie den Sieg davongetragen. War ich eine Rebellin? Oder war ich jemand, der dachte, zu rebellieren, immer schön innerhalb der gesteckten Grenzen? Verkörperte ich nicht geradezu Defätismus, da noch immer sie mein Spielfeld absteckte?

Als ich nicht lockerließ, dabei blieb, dass es mit dem Foto nichts Verkehrtes auf sich habe, sie bekloppt sei, total irre, mir Regeln aus dem Mittelalter auferlegte, traf ich einen wunden Punkt bei ihr – nicht besonders schwierig, Mutter hat viele empfindsame Punkte; wie eine verirrte Kugel schoss sie auf mich zu und kniff mich in den Unterarm. Ich schubste sie weg, fast fiel sie hin. Ihr Blick war rachsüchtig. Auf ihrer Stirn standen Schweißperlen und ich sah die blaue Ader an ihrer linken Schläfe, die immer dann erschien, wenn sie mich in der Luft zerreißen könnte.

Vater griff ein. Nicht wegen eines akuten Anfalls von Mitmenschlichkeit, sondern aus reiner Berechnung.

»Nicht, Fatma, das ist unnötig, du hast doch auch einen Mund zum Sprechen?« Er spürte die drohende Eskalation, zum wiederholten Male in letzter Zeit, ich würde es nicht länger hinnehmen. Ein Begleitumstand des Älterwerdens ist nämlich, dass man immer weniger bereit ist, Dinge zu tun, die man bescheuert findet. Die körperlichen Angriffe aufs Geratewohl waren ein Zeichen für Mutters Schwäche, sie wusste sich keinen Rat mehr, mit Worten probierte sie es nicht mal mehr. Sie ließ sich in die Karten schauen durch ihr unbestimmtes, ratloses Verhalten. Sollte sie doch nicht die Siegerin sein?

»Wer nicht hören will, muss fühlen! Dein Glück, dass dein Vater sich beherrscht, ein anderer hätte dir die Zähne ausgeschlagen, du verdienst auch nichts anderes«, tönte Mutter.

Ich wendete mich an Vater: »Warum sagst du nichts? Hörst du nicht, was sie mir alles vorwirft! Wegen eines Fotos mit Mustafa! Denkst du, das ist noch normal? Warum verteidigst du mich nie, stehst nur dumm dabei? Du weißt verdammt gut, dass sie nicht sauber tickt!«

Ich sah, wie Vater zögerte – das tat mir gut. Vater war ein größerer Zauderer als Mutter, die autoritätshörig war; wer zweifelt, besitzt ethisches Bewusstsein, innere Normen und Werte, gemäß derer man Ideen und Handlungen rechtfertigt oder ablehnt. Man darf sich und seinen Gewissheiten nie das Recht des Irrtums versagen. Mutter hielt Zweifel für ihren ärgsten Feind, dem man nicht nachgeben durfte, auch nicht in einem Moment der Schwäche. Sie meinte, Zweifel entstünden aus Mangel an Wissen, obwohl Zweifel mit zunehmendem Wissen eher wachsen. Überall war Nebel, nur nicht da, wo sie stand.

Doch es währte nicht lange: »Büsra, hör auf! Jetzt! Du musst deine Mutter respektieren, was auch immer sie tut oder sagt. Sie hat dich großgezogen! Benimm dich gefälligst! Und deine Mutter hat Recht, auch wenn sie übertreibt. Die Zähne ausschlagen ist keine Lösung, trotzdem liegt sie richtig, kennt die Leute, ihren Tratsch, die Spekulationen. Du kannst ja ein Foto mit Mustafa machen, nur nicht veröffentlichen. Warum machst du das? Letztens hast du ein Foto von deinem Gesicht bei WhatsApp oder Facebook benutzt – geht gar nicht! Nimm einen schönen Spruch oder so, eine Blume – was du machst, ist nach Aufmerksamkeit heischen, was für Schlampen. Was daran ist so schwierig? Ist das etwa zu viel verlangt? Bist du unglücklicher ohne Fotos online?«

Ich nahm es Vater nicht mal mehr übel. Inzwischen halte ich mich nicht mehr damit auf, von anderen enttäuscht zu sein.

Mutter läutet eine neue Runde ein, läuft herum wie im Hamsterrad.

»Du bist eine gottlose Frau! Lachend auf einem Foto mit einem jungen Mann, wie kannst du nur? Fürchte Gott! Du spielst mit dem Feuer! Männer in dem Alter platzen vor Hormonen. Du magst keine falschen Absichten haben, aber sie schon! Wenn man solch eine Aufmerksamkeit schenkt, kann ein Mann Gefühle entwickeln, denn du bist eine Frau und er ein Mann, Punkt! Familie hin oder her, so tickt die Spezies nun mal – wenn Frau und Mann allein sind, ist der Teufel die dritte Person im Bunde, hat der Prophet gesagt, Friede sei mit ihm. Muss ich dir das noch beibringen? Warum haben wir dich all die Jahre in den Unterricht geschickt, wenn nichts davon bei dir hängenbleibt?! Lektion Nummer eins: eine Frau und ein Mann – wie Feuer und Holz nebeneinander, das geht nie gut!«

»Fatma, im Übertreiben bist du gut, du drehst jetzt ein bisschen durch. Wir kennen Mustafa, du machst dir Sorgen um nichts. Löscht sie das Foto, gibt es kein Problem mehr«, sagte Vater.

»Was sagst du da? Mustafa hat eine Freundin! Und er ist mein Cousin! Es gibt doch auch Männer auf der Schule und bei der Arbeit, mit denen ich zu tun habe, ganz ohne Gefühle zu entwickeln? Wo ist die Logik?«, fing ich wieder an.

»Ich weiß nicht, was du mit deinen Kommilitonen und Arbeitskollegen treibst – kann ich nicht kontrollieren, aber ich hoffe sehr für dich, dass du dich nicht verhältst wie auf dem Foto! Man kann normal mit Männern umgehen, wenn man distanziert und sachlich ist. Man muss nicht mit ihnen lachen, quietschen, kichern, muss sie nicht berühren, an ihnen kleben, lachend zusammen auf einem Foto. Es gibt Grenzen! Geschlechterunterschiede gibt es nicht umsonst, Allah sagt nicht umsonst, dass man als Frau seine Schönheit verhüllen solle, der Prophet, Friede sei mit ihm, sagt nicht umsonst, man solle bei einem Mann mit tieferer Stimme sprechen, damit sein Begehren nicht geweckt werde. Wann wirst du das begreifen und auch so handeln? In deinem Alter haben die meisten Mädchen in der Türkei bereits ihr zweites Kind, und du verhältst dich immer noch zügellos und kindlich naiv, flatterst frivol umher, als hättest du von nichts eine Ahnung. Oder tust nur so – das weiß ich fast sicher. Du schändest deine und unsere Ehre schon jetzt durch das Gerede! Für eine Frau ist Ehre wichtiger als ihr Leben, verstehst du? Schreib dir das hinter die Ohren, statt immer so neunmalklug zu sein!«

Wie unzählige Male zuvor ließ ich sie mit Schlamm auf mich werfen. Ich betrachtete Mutter. Ihr Name war Ungeheuer. Ich griff zu meinen Ohrstöpseln, obwohl sie noch jede Menge loswerden wollte. Ich schützte mich vor diesem endlosen Geschwafel, hörte laut Musik. Ich sah, wie Mutter weiterredete, es klang wie das nervige Gesumme einer Fliege während einer unerträglich heißen Sommernacht. Ich schloss meine Augen, bis ich einen Schlag auf meiner rechten Wange spürte. Mein Ohr brummte. Ich hatte keine Lust, Jesus nachzueifern, ging in mein Zimmer. Schmeckte den altbekannten salzigen Geschmack. Richtete meine Augen gen Himmel und sprach zu Allah.

»Warum hast du ihr, die ich von ganzem Herzen verachte, keine passende Tochter geschenkt? Ich werde täglich dafür bestraft, ich zu sein! Warum?«

Eine Antwort blieb aus.

28

Mit sieben Jahren kam ich gelegentlich zu Eva nach Hause, einem Nachbarsmädchen, das in derselben Straße wohnte, dann bald nach Purmerend wegzog. Ihre Mutter kaufte regelmäßig Bücher und Zeitschriften, las jeden Abend vor. Manchmal durfte ich bleiben und mithören. Ich war neidisch, Mutter machte das nie. Während Evas Mutter ihr bei den Hausaufgaben half und täglich vorlas, brachte ich meiner das Alphabet und Bezahlen bei. Bei uns zu Hause waren die Rollen vertauscht. Eva hatte Hefte mit Kreuzworträtseln und Puzzle, die ich gerne lösen wollte, was ihr nicht passte – sie wollte sie selbst lösen. Mutter kaufte solche Zeitschriften nicht für mich, sie waren zu teuer. Ich sah sie im Supermarkt liegen, wenn wir in der Schlange an der Kasse standen. Eine Zeitschrift kostete so vier, fünf Euro. »Für so viel Geld kann man acht Packungen Brot kaufen«, sagte Mutter.

»Schön, dass manche Kinder eine Mutter haben, die ihnen vorliest, oder? Schade, dass du das nicht kannst, aber ist nicht schlimm«, hatte ich mal vor Mutter fallen lassen. Am nächsten Tag lag plötzlich ein Buch vor ihr auf dem Tisch: ob sie mir daraus vorlesen solle. Sie hatte die Lehrerin in der Schule nach einem Vorlesebuch gefragt. Sofort setzte ich mich neben sie und spitzte die Ohren. Sie dachte sich anhand der Bilder eine Geschichte aus; das Vorlesefiasko nahm seinen Lauf. Manchmal musste sie selbst kurz nachdenken, wie die folgende Abbildung mit der vorherigen zu verknüpfen war, aber das spielte keine Rolle, ich bemerkte, wie viel Mühe sie sich gab, wusste das zu schätzen. Darum drückte ich ihr einen Kuss auf die Wange und strich über ihr Kopftuch.

Hass ist einmal Liebe gewesen. Der tiefste Hass ist enttäuschte Liebe.

Ich radle am Supermarkt vorbei. Erinnerungen steigen in mir auf. Früher konnte Mutter die Preise nicht lesen, beim Einkaufen musste ich sie begleiten, um an der Kasse zu assistieren. Ich musste den Bon zur Sicherheit zweimal vorlesen, auch dann vertraute sie meinen Rechenkünsten nicht. Sie fand stets, dass wir für zu wenige Sachen zu viel bezahlten, auch wenn alles stimmte.

Ich komme an der Stadtteilbibliothek von Bos en Lommer vorbei. Wie sehr liebte ich es als Kind dort, sie war mein zweites Zuhause. Irgendwann hatte ich die Regale durch. Erst bei einem Grundschulausflug verschlug es mich dorthin, vorher wusste ich nicht, wo sie war und dass es sie gab. Es war Liebe auf den ersten Blick. Für mich eröffnete sich eine Welt: spannende Geschichten, *Donald Duck*, Computer mit Internetverbindung, DVDs, eine Maschine, die Kakao ausgab, alles umsonst. Nur der Kakao nicht, der kostete 50 Cent. Niemand kriegte mich mehr dort weg. Weil ich nicht allein hingehen durfte, war ich abhängig von Mutters Wohlwollen, musste sie anbetteln, Vater war immer bei der Arbeit. Manchmal sagte sie ja, auch wenn sie selbst nicht lesen konnte oder offenbar keine Lust dazu hatte. Ich lieh immer das Maximum an Büchern, genau acht, sonst hatte ich alles ausgelesen, bevor Mutter sich wieder bereitfand. Sie wollte lediglich alle fünf bis sechs Wochen, hielt es sonst für zu viel des Guten. Ich las die Zeitschriften direkt in der Bibliothek, so dass ich die umfangreicheren Bücher nach Hause mitnehmen konnte und ein besonders langes Lesevergnügen hatte. Filme wollte ich auch ausleihen, wir hatten damals von einem Nachbarn seinen alten Computer geschenkt bekommen, wenn auch ohne Internet, aber mit DVD-Player. Ich hatte den Einfall, für Halil einen Ausweis machen zu lassen, stockte so auf insgesamt sechzehn Bücher auf, die ich ausleihen konnte, doch Mutter weigerte sich, alles zu schleppen, daher lieh ich mit seinem Ausweis nur Zeitschriften oder Filme.

Ab der sechsten Klasse durfte ich endlich allein in die Bibliothek, stundenlang hing ich dort rum. Ich kaufte Kakao, Geld dafür bekam ich von Papa, wenn ich beim Zustellen der Post und Werbebroschüren geholfen hatte. Ich musste auf der Hut sein vor Postmitarbeitern, die mich erwischen könnten, dann würde Vater seine Arbeit verlieren, wegen mir – das war stressig. Manchmal übernahm ich die Arbeit ganz, Vater ruhte sich einen Nachmittag aus und ich bekam fünf oder sogar zehn Euro. Das war gar nichts, muss ich rückblickend feststellen, wenn man berücksichtigt, was er dafür bekam – egal, damals freute ich mich.

Gelegentlich lieh ich auch Bücher für Halil, der nicht in die Bibliothek ging, lieber Fußball spielte, aber er las sie dann, wusste es zu schätzen – nur Ausleihe und Rückgabe musste ich übernehmen. Die Bücher von Carry Slee hatten mich in ihren Bann geschlagen, ich konnte unbekannte Welten erkunden, las von Küssen, Freunden, vom Betrunkensein, Ausgehen, Rauchen, den Drogen. Wenn es ums Küssen oder Sex ging, wurde ich ganz kribbelig und hatte Schmetterlinge im Bauch, eine Art Prickeln im Unterleib, ohne dass ich wusste, warum mein Körper so komisch reagierte. Ich war so im Bann der Geschichten, dass ich, kaum aus der Koranschule zurückgekehrt, das ganze Wochenende oder die gesamten Weihnachtsferien hindurch in meinem Zimmer hockte und alles sofort lesen wollte. Ein gutes Buch verschaffte mir locker eine ganze Woche Genuss. Manchmal machte mich die Lektüre fassungslos oder wütend oder traurig oder sie beschäftigte mich weiter, ich fragte mich, was ich da eigentlich gelesen hatte. Unbekannte Worte notierte ich mir, fragte in der Schule den Lehrer danach und schrieb die Bedeutung auf.

Wir hatten kein WLAN, Lesen stellte die einzige schöne Beschäftigung dar, vor allem, wenn die Alternative lautete, Korantexte auswendig zu lernen. Mutter stürmte regelmäßig in mein Zimmer und beschwerte sich, dass ich mich nicht den Hausaufgaben aus der Koranschule widmete. Wann würde ich die neue Sure auswendig können? Schon seit zwei Wochen hielt ich mich damit auf, die Lehrmeisterin verlor allmählich die Geduld. Wenn ich mich nicht weiter an den mütterlichen Ermahnungen störte, einfach weiterlas, nahm sie meine Bücher und schloss sie in einer Schublade weg. Dort lagen auch ihre Goldstücke, die sie noch von ihrer Hochzeit hatte. Türkische Frauen heben diese Dinge bis zu ihrem Tod auf, es ist eine Art Unterhalt, falls ihr Kerl sie sitzen lässt, ein Krieg ausbricht oder ein Genozid und wir flüchten müssen. Hat sie so gesagt.

Ich hasste es, wenn sie mir meine Bücher wegnahm. Ich wollte keine Koranverse lesen. Das war zäh, langweilig, kompliziert, kein Wort davon begriff ich. Warum musste ich Textpassagen in meinen Kopf hämmern in einer Sprache, die ich nicht verstand? Ich fand es einfach nur sinnlos; wenn Mutter mir erzählte, Gott würde mich dadurch mehr lieben und mir zu mehr Glück im Leben verhelfen, war ich wieder hundertprozentig überzeugt, bereit, das Leiden auf mich zu nehmen. Ich griff nach meinem kleinen rosafarbenen Koran. Ich hatte einen Trick für das Auswendiglernen: Rhythmisches Lesen, man konnte es sich dann besser merken, wie ein Lied in einer fremden Sprache.

Sonntags hörte die Lehrmeisterin mich ab und ich wollte der Schande entgehen, es wieder nicht zu beherrschen. Sie richtete hohe Erwartungen an mich, ihrer Meinung nach konnte ich schneller und mehr lernen als die anderen. Wenn ich einmal nachließ, war sie besonders enttäuscht. Beleidigt.

»Es ist wichtig, dass du dir Mühe gibst, um Wissen zu erlangen über alles, was Gott zu Gefallen ist, Büsra, oder willst du etwa, dass Er von dir enttäuscht wird? Du willst doch nichts Schlimmes erleben? Dass deine Erzeuger krank werden zum Beispiel oder dass du erfolglos oder unglücklich wirst, zur Hölle fährst? Willst du ins prächtige Paradies? Gegen alles Übel und Unglück beschützt sein? Dann musst du unter Beweis stellen, dass du für Gott alles zu geben bereit bist, auch deine freie Zeit, gerade die, und du musst dein Bestes tun, um Sein Buch zu kennen. Gott erwartet das von dir, du bist gescheit, die Fähigkeit hat Er dir mit einem einzigen Ziel gegeben – sie in Seiner Anbetung zur Anwendung zu bringen.«

Zumeist gilt, dass, wer lügt, die Wahrheit kennt. Ich habe meine Zweifel, ob das bei Frommen auch so ist.

Ich hatte auch schon gemerkt, dass ich gut war im Lernen. Zu Beginn des Koranschuljahres kannten alle die gleiche Anzahl Verse, schon bald hatte ich deutlich mehr auswendig gelernt. Ich fragte mich, warum. Auch in der Grundschule war ich als Erste fertig mit Rechnen und Schreiben, während die anderen trödelten, sich ablenken ließen oder die Aufgabenstellung nicht begriffen. Weil sie nicht nachsitzen wollten, guckten sie bei mir ab. Irgendwann wollte ich mein Heft nicht mehr hergeben, da drohten sie mir, mich bei den Spielen in der Pause und beim Sport auszuschließen. Einige bestachen mich mit Süßigkeiten, manchmal sogar mit 50

Cent oder einem Euro. Dann reichte ich mein Heft sofort weiter, damit konnte ich mir Kakao in der Bibliothek holen. Ich dachte, dass sie aus Faulheit langsamer waren, erst später begriff ich, dass sie es wirklich schwierig fanden, vor allem Niederländisch war verhasst, während ich damit keine Mühe hatte. Wahrscheinlich, weil ich mehr Lesekilometer zurücklegte, denn zu Hause sprach ich kein Niederländisch, schaute auch kaum Fernsehen.

In der ersten Klasse hatte Lehrerin Eline sogar die Sonderschule ins Spiel gebracht, da ich immer noch kein Wort Niederländisch sprach und nichts sagte. Vater hat das damals nicht akzeptiert, ich blieb auf der normalen Schule. Meine Defizite habe ich in den Jahren danach lesend wettgemacht.

Die Bibliothek ließ mich auch an die Stunden denken, die ich dort mit Mutter für ihre Prüfungen gelernt hatte. Ich übte mit ihr für den Integrationskurs. Das war nur in der Bibliothek möglich, die Computer dort hatten Internet. Die Nutzungsdauer war auf eine halbe Stunde pro Tag und Person begrenzt. Erst benutzten wir die halbe Stunde, zu der ich berechtigt war, dann die von Halil. Sie selbst hatte keinen Mitgliedsausweis, für Erwachsene war das nicht umsonst, also hielt sie es für überflüssig. Mutter hatte die Prüfung im ersten Anlauf bestanden, während die meisten anderen aus ihrer Klasse einen zweiten Versuch nötig hatten. Obwohl sie erst noch hatte lesen lernen müssen und die anderen schon im Herkunftsland zur Grundschule gegangen waren. Sie war, völlig zu Recht, unbändig stolz, und wir aßen an dem Abend Torte; selbstgebacken wegen der Schweinegelatine in den gekauften.

Mehrmals war sie vom Dozenten gelobt worden. Sie solle weiterlernen. Nach sechs Monaten Unterricht bestand sie die A2-Prüfung. Der Dozent vermittelte Jobangebote.

»Ich kann einen Job in einer Apotheke oder Kita für dich organisieren. Oder in einer Kantine des Altersheims. Was denkst du?« Mutter hatte erst zugestimmt, machte dann einen Rückzieher. Sie war unerwartet schwanger geworden von Defne, obwohl sie die Pille nahm, wie sie meiner Tante am Telefon berichtete. Sie hatte die Nase voll, wollte nicht noch ein Kind, unsere Wohnung war zu klein, aber eine Abtreibung keine Option.

Ich war damals in der sechsten Klasse und wusste nicht, welche Pille gemeint war, aber ich googelte ein bisschen und wusste Bescheid. Vom Imam hatte sie gelernt, dass es nicht taktvoll sei zu arbeiten, wenn der Mann des Hauses genug für den Lebensunterhalt verdiente. Sie sollte sich der Erziehung der Kinder, dem Haushalt und der Anbetung Gottes widmen. Na dann.

Als ich weiterradle, sehe ich, dass die Werbetafeln an der Bushaltestelle beschmiert wurden. Es ist eine Shampoo-Werbung mit einer eleganten Frau mit Kopftuch. Man hat ihre Augenbrauen mit schwarzem Stift verbunden. Ein paar Zähne wurden geschwärzt. Neben ihrem Kopf prangt ein Penis. KAMELFICKER steht geschrieben. Und: WENIGER, WENIGER, WENIGER!

29

Das Radio läuft, ich mache mich vor dem Spiegel fertig, da höre ich, wie die Wohnungstür aufgeht. Shit: Das ist einer meiner beiden Erzeuger, die haben einen Schlüssel zu Omas Wohnung. Nervös lege ich meine Kosmetik weg und wische den roten Lippenstift ab. Vater betritt mein Zimmer, wirft einen Umschlag auf meinen Schreibtisch.

»Heute wird gewählt – hier, deine Wahlbenachrichtigung, gleich zum Wahllokal und bei T. Kuzu ein Kreuz machen.«

»Ich habe heute keine Zeit. Und warum sollte ich Kuzu wählen? Bestimmst du das jetzt für mich?«, frage ich.

»Keine Zeit? Das Ganze dauert fünf Minuten, musst nur den Personalausweis mitnehmen, eben ein Kreuz machen, und danach kannst du wieder arbeiten oder zur Uni. Ist doch wohl nicht zu viel verlangt? Wählen ist wichtig, es wird festgelegt, wer im Parlament das Sagen bekommt – machst du dir denn keine Sorgen um unsere Gemeinschaft, die von allen Seiten unter Druck gerät?«

»Wieso?«, frage ich.

»Kuzu ist der Einzige, der sich für unsere Interessen einsetzt, die anderen Parteien versuchen doch nur, uns das Leben hier langsam aber sicher sauer zu machen, damit wir abhauen. Immer müssen wir einlenken, dürfen unsere Identität und unseren Glauben nicht ausleben; wenn du Ali oder Mohammed heißt, wirst du nirgends genommen, bekommst keinen Praktikumsplatz. Wir wollen es nicht länger hinnehmen, dass Wilders und seine Leute über uns Muslime wettern, sich abfällig äußern. Wir haben auch Selbstwertgefühl, wir sind keine Tiere oder Parasiten, aber niemand nimmt es wirklich mit ihm auf. Guck dir doch an, was in Neuseeland passiert ist – ein Anschlag auf eine Moschee! Auch hier werden Islamhasser und Neonazis Gewalt verbreiten, alles nur eine Frage der Zeit. Hast du schon vergessen, dass hier in der Nähe eine islamische Schule mit Drohbotschaften beschmiert wurde, dass Extremisten eine Schule besetzt haben, mit Skimasken und Transparenten bewaffnet, dass einer Moschee in Den Haag eine Puppe, die aussah, als wäre ihr von einer Explosion der Kopf abgerissen worden, in den Briefkasten gesteckt wurde, mit Spielzeug-LKW und Begleitschreiben? Hast du vergessen, dass Molotowcocktails in eine Moschee in Enschede geschleudert worden sind? Und ein Schweinekopf in eine andere Moschee? Deine eigene Schwester ist auf einer solchen Schule, ihr kann das widerfahren! Letztens wurde ein Anschlag auf eine Moschee im letzten Moment vereitelt! Das kommt davon, wenn Politiker es zulassen, dass Rassisten und Leute voller Hass ungestört ihrem Geschäft nachgehen und Ressentiments schüren. Bald haben wir die Gewalt gegen Muslime vor der Haustür, der Hass nimmt exponentiell zu – das ist völlig klar. Vielleicht bemerken wir es noch nicht, wirtschaftlich läuft es zu gut, aber warte nur, bei der ersten Krise sind wir Muslime der Sündenbock. Vor allem jetzt, wo die ganzen Asylsucher ins Land kommen und bei der Wohnungsvergabe bevorzugt werden, ist die Anspannung mit Händen zu greifen, aber wir Türken haben ihnen nichts getan, mehr noch, wir sitzen im selben Boot, weil Afrikaner und Syrer billiger arbeiten als wir und Wohnungen bekommen, für unsere Kindeskinder wird es unmöglich, hier eine Wohnung zu finden, dieses Land ist zum Bersten voll! Die Niederländer, die sich über Muslime beschweren, müssen begreifen, dass ihre eigene Regierung verantwortlich dafür ist, immer mehr Immigranten reinzulassen, wir haben damit nichts zu tun, wir Türken verhalten uns vorbildlich und schuften wie verrückt, denken nur an unser bescheidenes Auskommen, aber selbst dann sind wir noch ein Problem für sie, weil wir loyal sind gegenüber unserem Vaterland und wegen unseres religiösen Hintergrunds, obwohl das doch menschlich ist. Es ist ihre eigene Regierung, die sich vom Abschaum verarschen lässt und noch sagt: Macht ruhig! Nicht wir – wir verarschen die nicht, das machen die Araber. Rutte sagt, dass Türken sich verpissen sollen, wenn sie sich nicht benehmen – muss man sich mal vorstellen, unser Premierminister! Alle werden immer rassistischer; was früher extrem war, ist heute normal – wir brauchen Widerrede! Nur Kuzu traut sich das im Moment.«

»Ich halte nicht viel von Kuzu, also werde ich ihn auch nicht wählen, nur weil du das von mir verlangst – sorry. Ich bilde mir eine eigene politische Meinung«, sagte ich barsch. Sogar mein Wahlverhalten wird mir aufgezwungen. Verdammt.

»Du bist aber auch immer ein Klugscheißer, alles weißt du besser, dabei von nichts eine Ahnung, nie kannst du einer Meinung sein mit uns, nie hörst du auf Leute, die klüger sind als du. Warum bist du so? Du glaubst wirklich, alles besser zu wissen, oder? Wirst du von falschen Freunden beeinflusst oder was? Warum in Gottes Namen wählst du ihn nicht einfach – erklär mir das mal, ist doch ein guter Mann, der sich für unsere Interessen einsetzt?«

»Er steht für eine Blase, für ein paar ambivalente identitäre Interessen – mir sind mehr Sachen wichtig, wenn es um die politsche Richtung geht, deswegen will ich mir gut überlegen, wen ich wähle. Außerdem denke ich, dass man Polarisierung nicht löst, indem man sich selbst ständig der Zuspitzung bedient. Es gebe ein Akzeptanzproblem, kein Integrationsproblem, ruft er, dabei sind die Probleme unübersehbar. Er sucht die Fehler nie bei sich, er guckt weg und weist auf andere, gibt Unsinn von sich, tut so, als ob jeder in diesem Land durch und durch rassistisch ist, erklärt Menschen zu Opfern, um politisch Vorteil daraus zu schlagen. Überall sieht er Ungerechtigkeit, Rassismus, Unterdrückung, Chancenarmut und Ausschlussmechanismen. Sie haben sich ihre eigene Paranoia und Verschwörungstheorie gebastelt. Die ganze Erzählung ist aufgebauscht, hat sich verselbstständigt. Glauben die wirklich, dass sie in einem Land des Unrechts und der Apartheid wohnen? Das ist doch krank! Er ist feige, verbrennt sich nicht die Finger an heiklen Themen, zieht stattdessen einen Nutzen aus dem mangelnden Denkvermögen seiner Wähler, ruft Irritation hervor bei denen, die Probleme durchaus sehen und selbst erleben. Wenn man sich hartnäckig weigert, zu erkennen, dass das Glas halbleer ist, ist man auch nicht bereit nachzuschenken. Man kann nicht einfach jedermann als fremdenfeindlich und islamophob beschimpfen – die Leute haben auch berechtigte Kritik. Unsere Gemeinschaft ist nicht gerade einfach. Wenn wir die nackten Zahlen betrachten. Sein antirassistisches Mantra ist ein Fass ohne Boden. Rechts die rote Karte zeigen – ja, das darf man, aber ich würde nie jemanden wählen, dem jede Form der Selbstkritik abgeht, immer nur Defensive, wenn man eine kritische Nachfrage stellt, macht er mehr Umwege, als Google Maps anzeigen kann. Sein politisches Programm bedient einzig und allein Empfindlichkeiten, die hartnäckig, beständig und quicklebendig sind. Ich bin aber nur für etwas zu gewinnen, wenn ich mir Vorteile davon verspreche, keine Nachteile – ich will kein Opfer sein.«

Vater starrte mich entgeistert an und schüttelte heftig

seinen Kopf. Als ob er denken würde: Was habe ich falsch gemacht? Wo habe ich bei der Erziehung versagt?

»Ich habe mich immer gefragt, wie Nestbeschmutzer, die sich dem rassistischen Holland als Maskottchen andienen, wirklich aus unseren Kreisen kommen können. Jetzt habe ich so was selbst im Haus! Schämst du dich nicht, über deine eigenen Leute, deine eigene Kultur, deine eigenen Eltern herzuziehen, die Hand zu beißen, die dich gefüttert hat?«, fragte er. Es kommt nicht oft vor, dass jemand so freiheraus undankbar ist wie ich.

»Es ist rassistisch von dir, mich zum Maskottchen zu erklären, nur weil ich andere Standpunkte einnehme als du; wer bist du eigentlich, dass du mich wegen meiner Herkunft als Clown des „rassistischen" politischen Spektrums darstellst?«, entgegnete ich.

»Du bist total verrückt geworden, dir ist nicht mehr zu helfen«, sagte er abschließend und warf mir die Wahlbenachrichtigung ins Gesicht, um fünf Minuten später wiederzukommen.

Er hatte meine Einkäufe auf der Küchenanrichte gesehen. Ich hatte fünf Stück Lachs für die Familie gekauft, auf der Verpackung prangte noch der Preis, ich hatte vergessen ihn zu entfernen. Vater wurde wütend, wie konnte ich nur so viel Geld ausgeben für so wenig Essen? Hatte ich den Verstand verloren? Hatten sie mir nicht beigebracht, mit Geld umzugehen?

»Ist aber mein eigenes Geld«, sagte ich.

»Dein Geld?! Unterscheiden wir jetzt zwischen deinem und meinem Geld? Du wohnst aber schon in meiner Wohnung, oder? Wir sind Familie, müssen zusammenhalten, oder? Dein Geld? Also egal, wenn du es zum Fenster herauswirfst? Weißt du eigentlich, wie viel normales Essen man davon kaufen könnte? Wenn du schon so viel Geld übrig hast, gib es mir, ich halte meinen Kopf gerade so über Wasser.«

Tja, ich würde sagen – gib deiner Frau einen Tritt in den Arsch.

30

Samstagnachmittag. Eine volle Schicht im Restaurant. Um 15 Uhr mache ich das erste Mal Pause. Mein Essen hatte ich beim Koch vorbestellt, es ist jetzt fertig. Mit dem Teller in der Hand schaue ich mich nach einem Sitzplatz um. Tellerwäscher Mohammed isst auch gerade. Ich zögere, ob ich mich zu ihm setzen soll. Bei Männern mit dunklerer Hautfarbe und Vollbart weiß man nie. Wenn er kein Araber, sondern Weißer wäre, müsste ich nicht nachdenken, wäre es vielmehr asozial, sich woanders hinzusetzen und kein Wort mit dem Kollegen zu wechseln, aber gläubige Muslime sehen das anders. Ich habe ihn in der Putzkammer schon beim Beten gesehen, er lässt den Bart wachsen, meidet Alkohol und ich hörte, wie er den Chef fragte, ob das Fleisch auch *halal* sei. Und ob er freitags in die Moschee könne. Er ist praktizierender Muslim, erfüllt alle Kriterien. Wahrscheinlich schüttelt er auch niemandem die Hand. Er spricht Englisch, wenn er bei der Arbeit etwas sagen muss, ansonsten hatte ich noch nicht mit ihm gesprochen. Englisch – er ist also erst seit Kurzem im Land, wie die meisten Kollegen aus dem Jemen und Palästina. Ich bin neugierig, wer er ist, warum er hier ist, kein Niederländisch spricht. Setze mich zu ihm; findet er das unangenehm, muss er es halt sagen, kann ich nicht riechen. Ich verhalte mich gemäß den niederländischen Umgangsformen, da kann Mohammed sich besser gleich dran gewöhnen. Es wird ihm noch öfter passieren, von einer Frau angesprochen zu werden.

Ich frage, ob ich ihm gegenüber Platz nehmen darf. »Yes

of course, sister! Sit please.« Immer diese Araber mit ihrem »sister« und »brother« nach jedem Satz, den sie an einen anderen Muslim richten. Irgendwie anrührend. Ich darf mich also hinsetzen, sehr gut. »How are you, Mohammed?«, frage ich.

»Fine, fine, *alhamdulillah*, and you? What was your name again?«

»Büsra«, sage ich.

»Aah, Boechra, sorry, I forget.«

Araber und Marokkaner sprechen meinen Namen zuverlässig Boechra aus. Ich heiße aber verdammt noch mal Büsra, nicht Boechra – egal, Erklären lohnt nicht, bin ich eben Boechra.

»No problem, I forgive you«, sage ich. »Magst du das Essen hier?«

»Yes, yes, I do, really good food, *alhamdulillah*, sister.«

Natürlich mag er türkisches Essen, wer nicht?

Ich frage Mohammed, woher er kommt und warum er kein Niederländisch spricht. Aus dem Jemen, einen Sprachkurs macht er bereits, findet die Sprache aber schrecklich schwer. Nach der Arbeit – er arbeitet jeden Tag von morgens bis abends – lernt er nachts Vokabeln, aber gut läuft es nicht gerade. Ich frage ihn, warum er hier ist. In seinem Land ist Krieg, seine Familie ist leider noch drüben, ihr Nachzug so gut wie ausgeschlossen, nur er hatte Glück. Ich erkundige mich genauer nach dem Krieg, merke aber, dass er nicht darüber sprechen will, eine offene Wunde, ich frage nicht weiter. Stattdessen will ich wissen, was er über die Niederlande denkt. Er hat kaum etwas gesehen vom Land, eigentlich nichts, seit seiner Ankunft arbeitet er rund um die Uhr, aber die Infrastruktur beeindruckt ihn.

»But the language is very very difficult«, sagt er noch,

schüttelt den Kopf und seufzt. Er fragt mich, was ich studiere. Als ich Niederländisch sage, ist er überrascht und freut sich – ob ich ihm beim Lernen der Sprache helfen könne. Ihm Nachhilfe geben könne, die Dinge erklären, die er nicht verstehe. Bald habe er eine Prüfung.

Hätte ich mich doch nicht zu ihm gesetzt.

Als ich an diesem Abend müde bei Oma eintraf, klingelte es an der Tür: Ensar, der beste Kumpel von Halil.

»Hey Büsra, wo sind denn deine Eltern, weißt du das?«, keuchte er. Ihm stand der Schweiß auf der Stirn.

»Nicht zu Hause? Keine Ahnung, komme grad erst von der Arbeit«, sagte ich, die Füße taten mir weh nach dem stressigen Tag. Ich konnte kaum noch stehen.

»Ich brauche wirklich schnell ein Auto. Habe bei deinen Eltern geklingelt, sie sind aber nicht da. Du hast doch die Schlüssel zu eurer Wohnung? Kannst du mir den Autoschlüssel deines Vaters leihen? Heute Nacht bringe ich ihn zurück!«

»Ähm ... Warum fragst du nicht Halil?«

»Geht nicht ans Telefon.«

»Wofür brauchst du das Auto denn?«

»Lange Geschichte, erzähl ich dir später – jetzt hab ich echt keine Zeit«, sagte er hastig mit einer sich fast überschlagenden Stimme.

»Okay, Moment mal, ich hole den Schlüssel, aber bring ihn bitte schnell wieder, Vater wird sonst echt böse.« Ich nahm Vaters Autoschlüssel aus dessen Jackentasche und gab ihn Ensar, es war tatsächlich niemand zu Hause. Schnell zog er ab. »Thanks! Ich bringe ihn schnell wieder!«, rief er noch, während er die Treppe hinabstürmte.

Eine halbe Stunde später kam Vater und fragte mich nach

seinem Autoschlüssel. Er war mit Mutter und Defne bei den Nachbarn gewesen und brauchte jetzt das Auto.

»Ensar hat sich das Auto ausgeliehen, wohl ein Notfall, ich habe ihm den Schlüssel gegeben, ich wusste nicht, dass du das Auto brauchen würdest«, sagte ich ängstlich.

»Bitte was? Du hast der Rotznase mein Auto überlassen, ohne mich zu fragen? Weißt du eigentlich, was du da sagst? Du bist wohl nicht ganz bei Trost?« Er war richtig wütend.

Shit. Ich wusste, dass Vater es nicht gut finden würde, er hütet Sachen wie seinen Augapfel, fast schon krankhaft, vor allem das Auto. Sogar als sein Bruder es ausleihen wollte – dessen eigenes war in der Werkstatt –, hatte Vater sich rausgeredet. Vater meint, die Leute könnten nicht einfach ihre Probleme auf andere abwälzen; wie man sich bettet, so liegt man. Er selbst bittet auch niemanden um etwas, selbst wenn es um Leben und Tod ginge. Ich weiß nicht, woher das kommt, vielleicht ein Kindheitstrauma. Alles in seinem Leben hat er allein tun müssen, ohne Liebe oder Unterstützung von wem auch immer. Schon mit fünfzehn Jahren hat er das Haus verlassen, um in den Textilfabriken der Niederlande zu arbeiten. Sein Alter wurde offiziell nach oben korrigiert, wie bei minderjährigen Mädchen, die verheiratet werden sollen. Auch als ich noch ein Kind war, legte er mir und Halil regelmäßig ans Herz, dass wir niemals glauben dürften, es würde uns auch nur ein einziger Mensch zur Seite stehen, man könne immer nur auf sich selbst zählen, sogar der eigene Schatten würde einen in der Dunkelheit verlassen, alles im Leben drehe sich um Geld und Macht, vor allem vor der eigenen Tür habe man zu kehren. Vater sprach oft von seiner Kindheit. Wie hart er hatte schuften müssen, dass er niemanden gehabt hatte, dass er hätte studieren wollen, sein Grundschullehrer zu seinem Vater gesagt hatte, er sei intelligent, solle studieren, aber dass sich niemand für ihn interessiert habe. Dass es bei der Sehnsucht blieb, zur Schule zu gehen. Wie Carl Jung sagt, liegt die größte Tragödie einer Familie in den ungelebten Leben der Eltern. Vater brachte uns bei, sich um andere zu kümmern, sei dumm – die kümmerten sich ja auch nicht. Er war ein typischer Vertreter derer, die Schlausein mit Gewissenlosigkeit gleichsetzen. Bis heute lebt er in der Vergangenheit, genau wie Oma.

»Ja, sorry, ich hätte dich fragen müssen, aber er hatte es eilig und bringt es gleich wieder zurück, hat er gesagt«, sagte ich noch.

»Wer hat gesagt, dass du meine gottverdammten Sachen ausleihen darfst? Noch nie habe ich mein Auto irgendjemandem überlassen und du gibst es einfach diesem Vollpfosten? Du unverbesserliche Idiotin!«

Und dann kam der Schlag. Der tat kurz weh. Ach ja, immerhin hatte Ensar seine Angelegenheit regeln können.

31

Es ist Ramadan. Insgeheim faste ich nicht mit. Bei dem Wetter kann ich unmöglich den ganzen Tag durstig sein. Ich frage mich, ob Allah das schlimm findet, da Er, der angeblich Allmächtige, mein Leiden doch gar nicht nötig hat. Ich finde, dass ich schon genug für Ihn leide, indem ich mich verhülle und Dutzende anderer Freiheiten und Freuden aufgebe. Es ist ein Geben und Nehmen.

Mutter schaut Ramadansendungen: Imame beantworten den lieben langen Tag Publikumsfragen. Gestern fragte jemand, ob das Fasten noch gültig sei, wenn man beim Waschen des Hinterteils über den Anus einen Tropfen Wasser aufgenommen habe. Zählte noch. Ein anderer wollte wissen, ob man das Fasten im Haus von Verwandten brechen dürfe, die ihr Geld mit Drogen oder anderen illegalen Dingen verdienten. Besser nicht. Und wenn sie sowohl ein *Haram*-Einkommen (illegal) als auch ein *Halal*-Einkommen (legal) hatten? Der Imam antwortete, es sei trotzdem nicht zulässig und das Fasten dadurch ungültig. Wieder ein anderer wollte wissen, ob das Fasten anerkannt würde, wenn man den nackten Körper einer Frau gesehen habe. Der Imam antwortete, es zähle noch, wenn es einen nicht erregt habe, sonst nicht – dann müsse man den verlorenen Tag nach dem Ramadan wiedergutmachen. Ein weiterer Anrufer wollte wissen, ob es eine Sünde darstelle, Filme illegal herunterzuladen. Der Imam antwortete, die meisten Filme seien sowieso verboten, da unmoralisch. Wenn es jedoch ein islamischer Film ohne sündhafte Inhalte sei, dürfe man ihn nur legal herunterladen.

Bei der Arbeit im Supermarkt bin ich Zeugin eines Streits zwischen dem Filialmanager und einigen Regalfüllern marokkanischer Herkunft. »Auf keinen Fall arbeite ich am Zuckerfest, bist du wahnsinnig, geht gar nicht, Mann«, sagt Hoessein nervös.

»Ja, sorry, Mann, Peter, geht echt nicht, ich muss da frei haben«, meint Ali.

»Ich auch«, sagt Hamza.

»Alles schick, Jungs, aber ihr könnt mir ja noch nicht mal sagen, wann genau das Fest stattfindet; ihr wisst, dass ich die Schichten drei Wochen vorher einteile, also wann wollt ihr Urlaub haben?«, sagt Peter.

»Aber das wissen wir nicht! Können wir doch auch nichts dafür! Wir wissen das erst einen Abend vorher, wenn nach dem Mond geguckt wird, dann wissen wir, ob am nächsten Tag das Fest ist oder letzter Fastentag«, sagt Ayoub hastig.

»Tja, Jungs, ist vielleicht so, schön für euch, aber ihr könnt nicht alle am selben Morgen anrufen und euch abmelden, weil das Fest dann stattfindet, dann hab ich kein Personal, das akzeptiere ich nicht. Fest hin oder her, bei uns läuft das Geschäft weiter.«

»Ich kann es schon sagen, unser Feiertag steht fest«, sagt Hakan, der Türke ist.

»Wieso kannst du es denn jetzt sagen?«, fragt Peter verwirrt.

»Na, Türken, die gucken nicht nach dem Mond, die haben ihren eigenen Islam«, sagt Hamza abschätzig.

»Echt, Mann«, stimmen die anderen Marokkaner zu.

»Hey, hört auf, ihr macht den Mann noch verrückt mit eurem Mondgefasel – Mond ist egal, dreißig Tage fasten, dann feiern, fertig, was für ein Stress. Peter, hör einfach nicht auf sie, Araber können sich nie auf etwas einigen.«

Ich habe nie verstanden, wie Ablehnung von Arabern und Liebe für den Islam bei den Türken zusammengehen.

32

Während meiner Vorlesung sah ich, dass ich acht verpasste Anrufe hatte. Und eine Menge Nachrichten. Das ist allerdings öfter der Fall, aber es ging erst gegen Mittag, zu spät war ich auch nicht, daher doch ungewöhnlich. Ich las, dass Karbunkel der Meinung war, ich müsse unverzüglich zur Wohnung von Tante Kadriye kommen, Mutters Cousine, der sie schwesterlich eng verbunden war. Die Nachricht war alarmierend, konnte nur eins bedeuten: Seit zwei Jahren schon hatte Tante Krebs, in der letzten Zeit ging es immer schlechter, Mutter war regelmäßig außer Haus. Die Ärzte hatten sie schon aufgegeben, hatte ich vor Kurzem mitbekommen. Sie sagten, wir müssten uns vorbereiten. Kam auf dasselbe hinaus, in politisch korrekter Ärztesprache – die bittere Pille versüßen. Jetzt war es so weit, wir würden Abschied nehmen.

Ich packte meine Sachen, wartete auf einen günstigen Moment. Da gerade mal sechs Studenten in meinen Studiengang eingeschrieben sind, sitzen wir meistens in Unterrichtsräumen, nicht in großen Vorlesungssälen wie normale Studenten. Nur wenn wir gemeinsame Veranstaltungen mit Studenten der Geschichte und Philosophie haben, landen wir in einem Saal. Ich konnte mich daher schlecht unbemerkt mitten in der Vorlesung aus dem Staub machen. Ich hob meine Hand.

»Entschuldigen Sie, Meneer Koppenol, es tut mir leid, Sie zu unterbrechen, aber ich habe eine Nachricht von meiner Mutter bekommen und muss jetzt dringend gehen. Ich erkläre es Ihnen später.«

»Dringend? Hoffentlich nichts Ernstes?«

Was sollte ich jetzt sagen? Nicht dringend, weil es um eine Tante geht, die im Sterben liegt, wir uns schon seit Monaten vorbereiten, es nicht aus heiterem Himmel kommt? Oder: Ernst, da meine Tante im Sterben liegt?

»Es ist nicht sehr ernst, aber ich muss jetzt wirklich gehen, denn wichtig ist es schon«, sage ich einfach.

»Okay, dann los ... alles Gute!«

Ich traf ein, Tantes Haus war komplett voll. Mit den Ellbogen bahnte ich mir einen Weg durch die Menschentrauben bis zum Sterbebett. Dort sah ich sie liegen. Liegen und leiden. Nur einen Teil ihres Gesichts – schluchzende und heulende Verwandte, Bekannte, Nachbarn standen überall. Was ich mitbekam, war genug, um zu begreifen, wie ungnädig das Leben ist, ich erkannte sie kaum. Sie war extrem abgemagert, ihre vollen, rosaroten Wangen waren fast verschwunden und durch bleiche Hautfalten ersetzt worden, eingefallen wie geplatzte Luftballons. Ein leichenblasses Gesicht. Keine Haare, keine Augenbrauen und Wimpern. Eine kranke Schaufensterpuppe mit Magersucht. Unendlich viele Kabel und Schnüre hielten sie umfangen. Sie kämpfte offensichtlich mit ihrer Seele, wie Türken sagen. Krankheit ist extrem indiskret.

Ich sah Karbunkels feuerrote Augen. Ging zu ihr. »Wir warten darauf, dass Allah sie zu sich nimmt, sie ist nicht mehr zu retten«, schluchzte sie. Ich wusste nicht, was tun mit einer emotionalen Karbunkel, die ich nur als Tyrannin kannte, nicht aber als Opfer. Ich zog meine Jacke aus und setzte mich erst mal neben die Hausärztin aufs Sofa. Einige Besucher blickten mich verwundert an, ich war nicht bedrückt genug; alle heulten und litten lautstark und ich setzte mich aufs Sofa, als ob es mir nichts ausmachte, ich unberührt davon war, nicht überwältigt von dem Bild, das sich mir soeben geboten hatte; ich musste mitmachen, brachte aber keine Tränen zustande. Ich gab mir Mühe, betrübt auszusehen, hielt mein Gesicht gelegentlich in den Händen, stand es durch, bis Tante starb, was sich über Stunden hinzog. Ich sah, dass Cousinen und Cousins, die Kinder von Tante, auch weinten. Ein schrecklicher Anblick – Ibrahim war sechs. In den letzten beiden Wochen war Tante nur dank der Maschinen am Leben geblieben.

Die Ärztin hatte gesagt, der Krebs verursache einen brennenden Schmerz, sie könne sich kaum regen, Gehirn und Signale seien bereits schwach, sie leide jedoch sehr. Daher solle die Familie sich für ein künstliches Koma entscheiden, um sie dann mit Hilfe von Morphium sterben zu lassen, die Quälerei könne sonst tagelang dauern, es sei unberechenbar, wann sie wirklich sterben könne. Die Familie meinte, das gehe auf keinen Fall, was für ein absurder Ratschlag. Wir glauben daran, dass das eine unverzeihliche Sünde wäre, als Selbstmord durchgehen würde, bis zum bitteren Ende habe man zu leiden, müsse die natürliche Erschöpfung vollbringen, auf Gottes Entscheidung warten, Er sei des Wunders mächtig – wir warten. Wir wussten nicht, ob die Maschine heute diesen langen Ton von sich geben würde; vielleicht würden wir alle wieder nach Hause gehen, weil es der Maschine heute nicht genehm war?

Just bei diesem Gedanken passierte es. Ein fast unhörbares Piepen – geschafft. Sie war fort. Wohin genau, gute Frage. Ihre Mutter begann ohrenbetäubend laut zu schreien, zu weinen, zu kreischen, schlug mit geballten Fäusten auf ihre Brust. Sie wurde umringt, man sagte ihr unermüdlich aufs Neue, sie müsse ihre Gefühle bändigen, doch dafür war sie nicht ansprechbar. Der bärtige Imam bat mit tiefer und Respekt einflößender Stimme um Aufmerksamkeit, das Gekreische der Frauen endete abrupt. Den Imam hatte ich noch nicht gesehen, er saß natürlich in einem anderen Zimmer mit den Männern.

»Wir sind, Brüder und Schwestern, zusammengekommen, um dem endgültigen Aufbruch unserer hochverehrten Schwester Kadriye beizuwohnen. Eine außergewöhnlich fromme Frau, sie hat auf unbeschreiblich vielfältige und weithin sichtbare Art und Weise viel für unsere Moscheen bedeutet – möge Allah ihre Taten annehmen, *amin*! Glaubensgefährten des rechten Pfades, soeben ist sie verschieden, das Buch ihrer Taten für immer geschlossen – macht Euch keine Sorgen mehr um sie, sie ist jetzt zurück bei ihrem Schöpfer; wir aber müssen uns auf dieser Welt höllischer Versuchungen jeden Tag neu beweisen. *Vallah*, von nicht nennenswerter, unbedeutender Dauer nur ist dieses Leben. Allah, der Barmherzige und Gnadenvolle, nimmt geliebte Menschen von uns, weil Er, der Allmächtige, an die Vergänglichkeit des unbedeutenden Lebens gemahnen will. Wir nichtigen Menschenseelen vergessen allzu schnell, sind gerichtet nur auf unsere flüchtige, weltliche, materielle Existenz, begreifen kaum, dass wir uns für die Ewigkeit schinden. Kadriye hat das getan, wegen ihrer Verdienste gelangt sie, so Gott will, ins herrliche Paradies, wenn wir betrachten, was wir von ihr wissen, nämlich dass sie eine rechtschaffene Frau war mit vielen edlen Taten und keinen offenkundigen Sünden. Und was sie verschwieg oder verbarg, ist Sache nur zwischen ihr und ihrem Schöpfer. Ihre Aufgabe auf dieser Welt hat sie zur Gänze erfüllt, froh sein müssen wir für unsere Schwester! Wir dagegen, Brüder und Schwestern, müssen täglich noch gegen den Teufel streiten. Seid nicht betrübt! Allah nimmt seine geliebtesten Diener als Erste zu sich! Wir alle haben dasselbe Schicksal! Wir wussten es längst – jeder von uns wird eines Tages seine Seele an den Herrn zurückgeben, schon bei der Geburt wissen wir von unserem Schicksal. Der Tod kennt keine Lieblingskinder, auch die des Propheten, Friede sei mit ihm, verschieden eins nach dem anderen, als er sie am meisten gebraucht hätte in seinem Streit gegen Polytheisten und Unterdrücker. Der Schmerz aber hinderte ihn keinen Augenblick daran, Allahs des Erhabenen zu gedenken, ihn anzubeten. Nicht von törichten Gefühlen ließ er sich leiten, nein, im Gegenteil! Natürlich trauerte er – das ist nur menschlich, aber mit Augenmaß. Wie kein Zweiter wusste er: Dieses Leben bedeutet nichts; er verlor sich nicht selbst in quälenden Gefühlen und Schmerz. Ihr Brüder und Schwestern, lasst die Zweifel nicht zu, die uns gelegentlich befallen. Betet viel, besucht die Moscheen, achtet auf den Glauben Eurer Kinder; jedes fromme Kind, das Ihr erzogen habt, wird nach Eurem Tod bei Allah für Euch Zeugnis ablegen. Spendet so viel wie möglich, denn jeder Cent spricht für Euch, helft Euren Glaubensbrüdern, denn wahrlich, das Totenhemd *kefen* hat keine Taschen! Sündigt nicht länger, verwerft das Schlechte, ermutigt Euch gegenseitig zum Guten! Lasst uns einer den anderen ins Gute zerren, ins Tugendhafte, dafür werdet Ihr euch dankbar sein! Ändert das Sündhafte, so Ihr es vermögt, mit Euren eigenen Händen – so nicht, mit Eurer Zunge, oder zumindest verabscheut es von ganzem Herzen! Dies ist der schwächste Glauben. Aus euch soll eine Gemeinde werden, die zum Guten einlädt und das gebietet, was rechtens ist, und das Unrecht verbietet; und diese sind die Erfolgreichen. Sure 3, Vers 104. So enden auch wir, höchstens in ein paar Jahren, vielleicht morgen schon!«

Die Menschen im Wohnzimmer hatten eine gemeinschaftliche Tugendekstase. Ich klatschte mit geballten Fäusten. Das Verräterische von Anmaßungen ist ihre Überzeugungskraft.

33

»Kommst du mit zum Einkaufen, *Abla*?«, fragt Defne.

»Ich hab zu tun«, antworte ich, mit dem neuesten McEwan in Händen.

»Komm schon, Schwesterherz, ohne dich ist es langweilig und Mama kauft nie, was ich will, nur du.«

Das stimmt. Mutter ist geizig, schließlich muss sie mit dem von Vater zugeteilten Geld auskommen; sie glaubt auch, man bekomme von Süßigkeiten Krebs, hat sie im Fernsehen gehört. Tante hatte auch plötzlich Krebs, ohne eindeutige Ursache. Unkontrollierte Zellteilung, aber warum? Niemand wusste das. An Gott konnte es nicht liegen. Mutter ist daher felsenfest davon überzeugt, dass es durch die minderwertigen Sachen kommt, die wir konsumieren, unsere Zellen sich wegen Wifi-Strahlung deformieren und so weiter. Telefoniere ich länger als fünf Minuten, ruft sie, mein Gehirn würde zu viel Strahlung abbekommen. Letztens geriet sie mit Vater in Streit, weil sie das Modem fürs Internet nicht mehr direkt neben Halils Bett stehen haben wollte, sondern weiter weg, er würde sonst einen Tumor bekommen. Halil nahm sie nicht ernst, Vater auch nicht. Auch wenn Defne auf der Schule etwas spendiert wurde (nicht zum Geburtstag, das ist auf islamischen Schulen verboten, sondern zu richtigen Feiertagen), nörgelte Mutter herum.

Einmal im Supermarkt angekommen, darf Defne sich etwas Süßes aussuchen. Sofort läuft sie zu den Buchstaben aus Schokolade, wir reihen uns in die Schlange vor der Kasse ein.

»Oh, nein, warte, bin sofort zurück!«, sagt sie plötzlich,

rennt zurück zu den Regalen, um dann japsend mit einem R aufzutauchen.

»Warum willst du denn unbedingt ein R?«, frage ich.

»Ich bin doch nicht blöd, R ist größer als D, da hab ich mehr Schokolade. E sah auch groß aus, ich hab kurz überlegt, aber R ist noch ein bisschen größer. Wer das L, I oder J nimmt, muss wirklich dumm sein.«

Ihr fallen plötzlich die bunten Knecht Ruprechte auf, wie sie im Eingangsbereich des Supermarkts weihnachtlichen Süßkram unter den Kindern verteilen.

»Müssen die nicht schwarz sein?«, fragt sie.

»Jetzt nicht mehr«, sage ich. Sie will wissen, warum.

»Weil manche Leute denken, dass man damit Menschen mit schwarzer Haut beleidigt«, sage ich. Ich finde, dass ich ihr die Debatte besser erklären muss. »Wieder andere Leute finden einen bunt angemalten Knecht Ruprecht dämlich, weil man leichter erkennt, wer unter der Verkleidung steckt, und weil es sich um eine Tradition handelt«, ergänze ich.

»Mhm«, sagt sie und betrachtet grübelnd ihre Schuhspitzen.

»Ich hab's!«, sagt sie. »Wenn man sie dunkellila oder grau anmalt, sind sie nicht zu erkennen, und beleidigen kann man auch niemanden.«

Defne hatte soeben die Frage aller Fragen gelöst.

Zurück zu Hause, musste ich tief durchatmen, als ich den ersten Schwung Besucher in unserem Wohnzimmer sah. Ein schwerer Tag stand mir bevor. Opferfest. Bedeutet: rund um die Uhr bedienen, abwaschen, unzählige Menschen auf Stippvisite, mit denen ich über das Leben anderer faseln und so tun musste, als sei ich von den Geschichten, meistens Gerüchten, völlig hingerissen, dabei waren wie bei einer amerikanischen Serie Lacher vom Band zu produzieren. Die Geselligkeit, die man solchen Gelegenheiten zuschreibt, kann mir echt gestohlen bleiben.

Ich sitze am Tisch und starre, in Tagträume versunken, vor mich hin, mein Blick ruht auf Tellern und Schalen mit übertrieben viel Essen, das in den vergangenen Tagen von mir zubereitet worden ist. Das Essen findet reißenden Absatz bei den bereits korpulenten Besuchern. Bei den süßen Nachspeisen splittert die Glasur an ihren Zähnen.

Ich gucke, sehe aber nicht. Bin umgeben von Menschen, die Geräusche hervorbringen, höre aber nicht. Beim letzten Schwung Besucher ging es um ein Paar, das nach sechs Monaten Ehe schon wieder geschieden ist.

»Nie mehr kriegt sie, Secondhand wie sie ist, einen Mann ab, wäre sie mal besser bei ihm geblieben. Frauen von heute sind sich doch alle zu fein, können nichts ab, lassen sich bei der ersten Kleinigkeit scheiden und machen ihr Nest einfach so, mir nichts, dir nichts, kaputt.«

»Na ja, er hat sie geschlagen, das kann man dann schon verstehen, das geht heute zu weit.«

»Ach, hör doch auf, ist noch niemand von ein paar Klapsen gestorben! Wer weiß, am Ende war es gar nichts, und sie hat einfach Zeter und Mordio geschrien, um eine Ausrede zu haben, denk mal daran, was unsere Mütter von ihren Männern hinnehmen mussten, außerdem sind sie nicht immer unschuldig, die Frauen, wer weiß, was sie gemacht oder gesagt hat, um ihn so aufzubringen, Mehmet ist keiner, der einfach so losprügelt, meistens ist die Frau schuld, glaub mir.«

Ich stehe auf und gehe in die Küche, ich halte es nicht mehr aus. Beim Hereinkommen musste ich mir schon anhören, mein Rock sei zu eng, ich solle mich umziehen. Immer wieder herrlich, wie Scham und angelernte Prüderie auf andere übertragen werden. Immer wieder der Spagat zwischen Hure und Jungfrau. Einen anderen Rock habe ich dennoch angezogen. Ich bin von mir selbst genervt. Warum gebe ich immer wieder nach? Warum kann ich nicht wütend, schamlos, unbescheiden, gefährlich und schlecht sein? Warum erobere ich mir nicht meinen Raum, warum bleibe ich süß und goldig, warum bin ich nicht in all meiner Glorie ich selbst, ein Vorbild, das wir nötig haben? Habe ich vielleicht nicht die Kraft dazu, ist es das?

Ich schaue aus dem Fenster und sehe, wie die Nachbarn in der Wohnung gegenüber sich küssen. Die Studenten, vor Kurzem eingezogen, ohne Gardinen. Als einzige. Für Mutter unvorstellbar, dass es Menschen gibt, die dermaßen schamlos sind. »Das ist ja wieder typisch für Niederländer«, meinte sie. Als wir kürzlich neue Gardinen bestellt hatten und die alten schon im Müll waren, konnte Mutter es nicht einmal die paar Stunden aushalten.

»Ich fühle mich offen und bloßgestellt, jeder kann reingucken«, sagte sie immer wieder nervös, um schließlich Reklame und Zeitungspapier auf die Scheiben zu kleben.

Vom Balkon aus sehe ich Passanten auf dem Bürgersteig, einige mit Handy in der Hand, andere mit Ohrstöpseln, wieder ein anderer, der ein kreischendes Kind beruhigen will. Ich sehe eine Frau auf einem Lastenfahrrad vorbeikommen und Jugendliche auf Motorrollern. Noch eine Frau, die mit dem Handy unters Kopftuch geschoben telefoniert.

Irgendwann sind alle tot, denke ich plötzlich, wie alle Menschen vor uns, die hier entlanggelaufen sind, die Straße überquerten, ein kreischendes Kind beruhigten. Anhand von Fotos und Videos werden kommende Generationen diese Menschen höchstens eine kurze Zeit lang betrachten. Werke und Bücher einer Handvoll Bürger werden noch von Bedeutung sein, nicht aber diese Menschen, die übergroße Mehrheit der Weltbevölkerung ist dazu verdammt, endgültig vergessen zu werden, und wird niemals genannt oder erinnert, ihre Existenz in der Welt wird keinen Unterschied gemacht haben. Jede Generation nimmt ihre Zeit ernst, obwohl jede Epoche zu Pulver wird, von der mitleidslosen Schwerkraft durch den Sanduhrhals der Geschichte gerieselt. Wird man davon nicht melancholisch und nihilistisch? Vielleicht denke ich zu oft nach, wie unglaublich absurd die menschliche Existenz ist. Was ich sehe, ist Überlebenswille, aber auch schicksalhafte Abwesenheit des Wissens, wofür man überlebt, wodurch man Halt sucht in Göttern. Diese Menschen erhalten allesamt ihren Todeskuss, das ist unser aller Schicksal. Wir spielen die Rolle, die in der Weltgeschichte für uns vorgesehen ist. Und wenn das Klimaproblem zur Vernichtung unserer menschlichen Spezies führen sollte, muss Gott halt von vorn beginnen mit einem neuen Adam, einer neuen Eva, nur diesmal darf ihm kein Fehler unterlaufen und sie rührt den Apfel nicht an. Obwohl – der Apfel war ja eher Gottes Problem, Er hat ein Drama daraus gemacht, nicht Eva. Außerdem war Version 1.0 so fehlerhaft, dass ich den Mensch 2.0 doch lieber einem mittelmäßigen Technikfreak überlassen würde. Wir sollten wohl einer anderen Gottesmarke eine Chance geben, die letzte hatte Zeit genug, sich zu beweisen. Mir wären auch Adriana und Eva lieber. Spart uns eine Menge Elend.

»Büsra, Tee für Canan!«, höre ich Mutter rufen. Canan schenke ich gern nach, ich mag sie. Sie ist eine Nachbarin, die sich neulich von ihrem aggressiven Mann hat scheiden lassen, deswegen jetzt, ohne des Niederländischen mächtig zu sein, abends die Hauptbahnhoftoiletten putzt, tagsüber und nachts belegte Brötchen, Frühlingsrollen und Pizzen vorbereitet, die sie einfriert und an Bäcker und Restaurants in der Gegend verkauft. Solchen Frauen zolle ich tiefen Respekt. Die prostituieren sich nicht für irgendeinen Kerl. Da konnte sich die ein oder andere türkische Hausfrau ein Beispiel dran nehmen. Aus nationalen Statistiken geht hervor, dass türkische Frauen beim Thema Depressionen allen anderen den Rang ablaufen: Im Jahr 2011 nahmen 28 % von ihnen im Alter von 45 bis 55 Jahren ein Antidepressivum. Meistens darum, weil sie geistig behinderte Männer heiraten, eine Scheidung wegen sozialen Drucks aber nicht in Frage kommt. Oder weil sie keine Lust haben, als Ungelernte arbeiten zu gehen. Wenn jemand also den Mut hatte, genau das zu tun, wollte ich gern eine Lanze für sie brechen.

Ich nehme die überschwere Teekanne vom Herd und gehe ins Wohnzimmer; ich höre, wie sie über die Schwiegertochter von einer von Mutters Tanten sprechen, die keine Kinder mehr will, obwohl sie nur zwei hat und schon 42 ist. Tante meint, ein drittes müsse schon noch sein, zwei seien arg dürftig.

Ich höre, wie meine Tante mich fragt, ob ich an einem Ehekandidaten interessiert sei, den sie gut kennt. Er sei Maler, stehe mit beiden Füßen im Leben, habe eine eigene Wohnung und seine Familie komme aus demselben Ort, aus dem auch meine Erzeuger stammen. Dass ich studiere, stelle kein Problem für ihn dar, mein Studium dürfe ich gern abschließen, das habe sie schon für mich nachgefragt. So lieb und geduldig wolle er durchaus sein, nur für mich würde er ein Auge zudrücken – richtig süß von ihm. Sie habe Fotos von mir gezeigt, ich sei für gut befunden worden, allerdings habe er eine unverhandelbare Bedingung formuliert, nämlich dass ich ab der Verlobung nur noch lange Kleider tragen dürfe, Beine und Rundungen angemessen verhüllen müsse, keine Jeans oder Leggings, sonst wäre ich nämlich eine Verlockung und er sei äußerst eifersüchtig. Ab der Hochzeit müsse ich in Teilzeit arbeiten, Muttersein sei wichtiger. Ich dürfe mir diesen Kandidaten unmöglich entgehen lassen, seit Jahr und Tag kannte Tante den Mann und seine Familie, vorbildliche Leute.

»Nein, Tante, danke vielmals, in dieser Runde setze ich weiter aus, mit Heiraten habe ich es nicht eilig«, sagte ich zum wohl hundertsten Mal an diesem Tag.

»Aber warum denn? Dein Studium ist kein Problem. Warum noch länger warten? Er ist der perfekte Kandidat, lass ihn dir nicht entgehen!«

Mit Mühe schluckte ich meinen Ärger herunter. Hatte keine Lust auf eine weitere hitzige Diskussion, aber *fuck it*. Ich wusste genau, was ich sagen musste, um sie auf die Palme zu bringen.

»Ich bevorzuge einen Akademiker, das ist mir bei einem Mann am wichtigsten.«

Ich weiß schon: Wer glaubte ich eigentlich zu sein, um jemanden aufgrund fehlender Bildung zu diskriminieren, meine Erzeuger waren schließlich auch ungebildet, sollte das etwa heißen, ein Mensch sei minderwertig oder weniger geeignet als integrer Partner oder zukünftiger Vater? Was in Gottes Namen hatte denn bitte Bildung mit einer Ehe zu tun – mein Wunsch war absurd und ergab keinerlei Sinn. Wichtig sei, dass jemand fromm sei, blablabla, Herz am rechten Fleck, blablabla, verantwortungsbewusst, echter Mann, blablabla.

»Und wo sollen wir einen studierten Mann für Frau Königin hernehmen, die auf ihrer Wolke thront und nicht zu uns hinabsteigen will?«, sagte Tante Durdane. »Ich kenne mehr gute Menschen, die keine Bildung haben, als umgekehrt. Wirklich wahr. Gebildete Leute sind gerissen, listig, ungebildete Menschen sind dagegen ungekünstelt.«

Ich hatte es satt – die erbärmliche rhetorische Armut, die Trugschlüsse.

»Ist halt mein Kriterium und dabei bleibe ich, sorry – meine Entscheidung. Ich muss denjenigen ja schließlich heiraten und nicht ihr«, sagte ich knapp. Einer arrangierten Ehe würde ich überhaupt nie zustimmen, aber das konnte ich nicht sagen, denn dann würden sie begreifen, dass ich ihre Gebräuche und ihren Glauben nicht respektierte, also sagte ich schlicht, nur ein Akademiker käme in Frage. Ich wusste, es wäre mehr oder weniger unmöglich, so jemanden aufzutreiben. Ein Akademiker würde sich eher nicht auf seine Erzeuger berufen, um eine Frau für sich zu organisieren. Die einzigen Männer, die das tun, sind trauriger Abschaum, ohne eigenes Talent, eine nette Frau für sich zu gewinnen, oder derart fromm, dass sie nicht von der Lehre abweichen wollen, weder daten noch flirten.

»Sei nicht so halsstarrig, gib ihm wenigstens eine Chance; niemand sagt, dass ihr direkt heiraten müsst, du sofort dein Okay geben müsstest, lass die Leute wenigstens vorbeikommen, würde dir als anständiger Dame gut zu Gesicht stehen«, sagt Mutter.

»Weißt du was, ich gebe ihnen einfach deine Nummer, dann redet ihr und guckt einfach mal, was daraus wird«, sagt Tante bestimmt.

Ich spüre, wie Wut in mir aufkommt.

»Nein, Tante. Nein ist nein. Nicht drauf rumreiten, das kann ich nicht ausstehen.«

»Aber warum?!«, fragt Mutter und rauft sich die Haare. Eigentlich vielmehr ihr Kopftuch.

»Du kannst es doch mal probieren? Ist wirklich ein exzellenter junger Mann, ich kenne ihn von hier aus der Nachbarschaft, wie er jeden Freitag brav in die Moschee geht, bei schweren Einkäufen hilft er mir tragen, hat ein nettes Wort für alle, keine schlechten Angewohnheiten, unterstützt seine Erzeuger finanziell, hat mir seine Mutter erzählt«, sagt Tante.

»Ein solches Exemplar ist heutzutage selten, sind doch alle Junkies – er dagegen: gut erzogen. Möge Allah seine Eltern vielmals belohnen«, betet Mutter laut.

»Ich glaube euch gerne, dass er vollkommen ist, aber ich möchte lieber einen studierten Mann, das habe ich schon deutlich gemacht.«

»Da kommt sie wieder mit ihrem verdammten Studium!«, sagt Mutter, als ob sie jeden Augenblick vor Frustration platzen könnte, und wirft Vater vielsagende Blicke zu. Ich wusste zu diesem Zeitpunkt noch nicht, dass diese Diskussion immer häufiger geführt werden würde, zunehmend dringlich. Ich beschließe das Thema zu wechseln.

»Am liebsten will ich arbeiten, sparen und eine eigene Wohnung kaufen, bevor ich heirate.«

Mutter: »Warum solltest du wohl arbeiten, wenn du auch einen Mann finden kannst, der das für dich tut?«

Ich: »Weil ich keinen Mann brauche.«

Mutter: »Du bist wirklich strohdoof. Ja, mach mal, kauf du mal eine Wohnung, kann dich der Mann, den du heiratest, benutzen, muss sich null anstrengen, nicht schuften, um eine Wohnung zu kaufen – du hast ja schon eine. Der werte Herr kann gratis zu dir kommen. Wenn du so einfach bist, wird er dich schnell wieder für eine andere verlassen, du warst ja eh gratis. Er hat ja nichts in dich investiert, warum sollte er bei dir bleiben? Was wenig kostet, ist wenig wert!«

Ich rührte mich nicht mehr und ging weg, nahm Papier und Stift; wie der Kleine Prinz es schön gesagt hat: Nicht nur in der Wüste, auch unter den Menschen kann man einsam sein.

Zeitalter der Fische

Ich ertrinke
in den Fischen um mich herum
den Fischen, die sich als Mitschwimmer
und Verwandte präsentieren

Falsch
nicht von Herzen
unauthentisch
Vermisse Kontakt
verdammt sehne mich danach
leide an Kontakthunger
doch die Aorta ist wie zugewuchert

Ihre Herzen
sind noch da
aber tot
Nicht Gehirntod
Sondern Herztod
Augen, die lachen ohne Glanz
ohne Glitzern
ihre Pupillen ... seltsam starr

Wie sehr ich auch flüchte
überrollt werde ich
und eingesackt

Go with the flow
ist das Motto der Fische

Sie ergreifen jede mögliche Hand
und nennen es Freundschaft,
Liebe
Während ich
was in der Liebe nicht möglich ist
auf den Rücken drehe

Ich überlasse sie
der Zeit
verstecke mich in mir selbst
Sie nennen es asozial, unangepasst
Ich nenne es Menschlichkeit
Nenne es Einsamkeit

Und ich liebe die Einsamkeit
Weil sie allein
mich beschützt,
mich abhält davon
ein Teil zu werden
des Terrariums

Ich sehe Menschen, keine Menschlichkeit
Ich sehe Fische
Augen, die lachen ohne Glanz
ohne Glitzern
ihre Pupillen ... seltsam starr

34

Mein Telefon vibriert. Freek.

»Na, Schatz«, sage ich.

»Rate mal, wo ich bin«, höre ich.

»Beim Praktikum?«

»Ich stehe hinter dir.«

Als ich mich umdrehe, werde ich in den Arm genommen und geküsst.

»Überraschung!«

Wir stehen vor der Uni. Heute war sein erster Tag beim Praktikum in einem Amsterdamer Unternehmen, das übergangslos an sein Bauingenieursstudium anschloss. Absichtlich in Amsterdam und nicht in Den Haag, um mich häufiger zu sehen. Immer noch war er der Meinung, wir sähen uns zu wenig. In den letzten Tagen waren wir deswegen aneinandergeraten.

»Du musst deine Familie einfach konfrontieren, nicht machen, was sie wollen, sondern deinen eigenen Wünschen treu sein; du verdienst das so nicht, wir tun es nicht«, hatte er gesagt. Er hatte keine Ahnung.

Womit er natürlich unbestritten recht hatte, war mit dem, was man normalerweise in einer Beziehung tut, nämlich über Nacht bleiben, zum anderen nach Hause kommen, sich frei bewegen – aber ich konnte meiner Familie nicht den Rücken kehren und das Haus verlassen. Nein – ich war nicht bereit dazu. Ja – ich hasste die Erzeuger, Oma und Defne waren zugleich aber die Menschen, die ich im Leben am meisten liebte, sie würde ich nicht missen wollen. Auch fürchtete ich

Einsamkeit, die mir, so war mein Gefühl, nach einer solch radikalen Entscheidung ständig drohen würde. Die Wahl war endgültig. Ich liebte Freek, aber ich wusste nicht, ob er ein solches Opfer wert war. Würde ich es mir im Leben nicht sehr schwer machen, nur für einen Kerl? War es nicht besser, jemanden zu Hause vorzustellen, den meine Erzeuger akzeptieren konnten, der auch zu mir, Muslima und Türkin, passte, nämlich einen türkischen Muslim? Solche wie mich musste es doch auch in männlicher Ausgabe geben?

Ich wusste es nicht, wusste nichts mehr, war ganz von Gedanken eingenommen und fühlte mich ausgemergelt. Ich fand mich zum Kotzen. Die innere Stimme hatte ich besonders satt. Im Hintergrund dröhnte sie, bald würde alles anders sein. Welche der beiden Alternativen ich auch wählte – eine Wahl musste ich treffen. In meinem Kopf hatte sich Unsicherheit breitgemacht: Wie würde ich das wohl lösen? Dass sie bei mir zu Hause meine Entscheidung für Freek respektierten, war ausgeschlossen – abzuhaken. Ich hatte einmal bei Mutter, Vater und bei Halil vorgefühlt; schnell war überdeutlich, dass ich dann kein Mitglied der Familie mehr wäre, selbst wenn es sich um einen Konvertiten handelte. Es war nur möglich, wenn die Quadratur des Kreises gelingen würde. Der Papst Muslim wäre. Anders erwartet hatte ich es nicht: Vorurteile sind *Modus operandi* der Unfähigen. Mit meiner doch eher optimistischen Annahme, die Liebe siege zumeist über den Starrsinn, habe ich falschgelegen. Leider. Um die Welt zu begreifen, musste sie übersichtlich gehalten, Dinge in Schubladen gesteckt, mit Etiketten versehen werden; man lebte das Leben regelkonform. Ich forderte etwas, was unmöglich war. Nur Oma war offen dafür, hatte aber nichts zu melden.

Ich musste eine Entscheidung treffen. Schnell, denn je

länger die Beziehung dauerte, desto schwieriger einen Punkt dahinter zu setzen, desto größer auch das Unrecht, das ich ihm damit antat. Lieber sofort. Auch für mein Wohlbefinden; früher oder später würde alles rauskommen, es die Spatzen von den Dächern pfeifen; das Kasperletheater fortzusetzen, taugte wie türkisches Geld nur wenig.

»Schön, dass du hier bist, du hast mir gefehlt.«

Ich küsste ihn, strich mit den Händen über seinen Rücken, als würde ich ihn vorbereiten wollen auf den Dolch, der bald folgen sollte.

»Lass uns die Tram nehmen, hier um die Ecke ins Kino gehen. Nachher können wir noch zusammen essen und dann lasse ich dich gehen; möchte ich nicht, muss aber sein, schöner Mann.«

Wieder küsste er mich; es würde den ganzen Tag so weitergehen, wieder und wieder, wir konnten nicht voneinander lassen. Mit Freek durch Amsterdam zu streifen, war ein schlechter Plan, es bedeutete, das Schicksal regelrecht herauszufordern, die Götter zu provozieren. Jeden Augenblick konnte ich von meiner Familie erwischt werden. Jemand aus der Nachbarschaft, Familie, Freunde von Halil – man wusste nie, sie waren überall. Das jetzt zu sagen, würde ihn enttäuschen. Dennoch ... Wir würden das jetzt öfter tun, er würde öfter Praktika machen. Heute kann ich vielleicht überleben, ein zweites, drittes Mal vielleicht auch, aber was würde ich bloß danach anstellen?

Ich verscheuchte die schweren Gedanken, überließ mich dem Augenblick. Ich nahm seine Hand und wir gingen.

Nach dem Film und dem gemeinsamen Essen liefen wir nach draußen. Es war sterbenskalt, meine Hände leuchteten blau. Ich nahm ihn ein letztes Mal in den Arm und wurde übermannt von einem Gefühl der Geborgenheit.

Mir wurde klar – ich hatte ihn vermisst. Vermisste ihn jeden Tag. Freek ist besonders, ich war mindestens so verliebt in ihn wie vor drei Jahren. Mit ihm möchte man bei *Expedition Robinson* gestrandet sein und zusammen nach einem Schollenfilet suchen. Was mich vor allem zu ihm hinzog, war sein Talent, andere Menschen aufzuheitern, ohne Absicht; er war einfach so jemand, stets frohen Mutes, strahlte Treue und Vertrauenswürdigkeit aus – das war seine Aura. Er ist witzig, gut gelaunt, kann dich mit Komplimenten beeindrucken, von früh bis spät. Er ist ein Gentleman, wie ich es mag; er ist für mich da, ist fürsorglich, fühlt mit, steht parat, ruft täglich an, überrascht mich mit spontanen Geschenken. Viele meiner Freundinnen konnten das von ihren Beziehungen nicht behaupten. Blumen, Schokolade, ein Buch, ein Parfüm, ein Album voller peinlicher Fotos von mir – all das habe ich von ihm bekommen. Er hatte eine Privatsauna oder in einem Massagesalon reserviert. Auf einmal gingen wir schwimmen, er hatte Theaterkarten für einen Kabarettabend oder er brachte mich weg aus Amsterdam bis nach Veluwe oder zu den Beekse Bergen. Mit Freek war es nie langweilig, es gab immer einen Plan, ich musste mich seinen Eingebungen nur überlassen. Er vermittelte mir das Gefühl, eine unvergleichliche Erscheinung zu sein.

Zu allem Überfluss sieht er auch bemerkenswert gut aus. Er hat schulterlanges dunkelblondes Haar, als Männerdutt besonders unwiderstehlich, blaugrüne Augen, die farblich von tiefbraunen und vollen Brauen hervorgehoben werden; sehnig und erbarmungslos muskulös, nicht zu sehr, genau richtig, und Arme, die nichts zu wünschen übriglassen. Ist er nackt – ein griechischer Gott; eine Skulptur könnte man davon machen, polieren und in den Saal eines Museums stellen. In welchen Umständen auch immer – er sah perfekt aus, seine Schönheit lässt sich mit Worten nicht beschreiben. Das Äußere lässt auf das Innere schließen; er war entsetzlich attraktiv, ein extrem berückendes Geschöpf. Seine Stimme, die salbungsvoll und tief war, und sein deutlich ausgeprägter Adamsapfel waren das Erotischste an ihm und trieben mich in den Wahnsinn. Als ich ihn das erste Mal am Telefon sprach, war ich blitzartig verliebt, weil seine Stimme stimmte. Er konnte die schönsten Frauen kriegen, was er in der Vergangenheit auch getan hatte, in großer Zahl, wie an den Fotos seiner Ex-Freundinnen zu sehen war. Aber er war mein – die größte Trophäe in meinem Leben.

Er hatte bereits gewitzelt, neidisch zu sein, wie sehr meine Erzeuger sich kümmerten. Wie oft sie anriefen, mich im Blick behielten, Regeln zu meinem Besten aufstellten. Freek hielt Regeln für ein Zeichen von Liebe, Fürsorge, Schutz; ich fand, sie erstickten, unterdrückten, verrieten Misstrauen und schränkten die persönliche Freiheit und Entfaltung ein – auf dass ich nicht mehr sei als Verlängerungsstück meiner Familie. Ich war kein Individuum, sondern Fortsetzung von Mutter und allen anderen Frauen; mit meiner Vulva wachte ich über die Familienehre, meine Erzeuger würden alles tun, aus mir zu machen, was sie wollten, nämlich eine anständig keusche Frau, die den Regeln der Gemeinschaft genügt. Jemand im Hintergrund, Dienstmädchen, sanftmütige Dienstleisterin, Podest für einen Mann, für Männer, für die Männerwelt. Nicht jemand mit eigener Meinung, eigenen Zielen, eigenen Problemen und eigener Initiative; ich war Gebärmutter, Nährende, Behütende und Mutter, die sich in ihr Schicksal ergeben hatte, meine Rolle war unterstützend, alles andere zweitrangig. Ich musste Arm in Arm mit Mutter zum Markt laufen, um exzellentem Blumenkohl nachzujagen, mich mit ihr zusammen der Frage widmen, was wir den arbeitenden Männern des Hauses zum Abendessen servieren würden; so würde ich mich bereits für die eigene Haushaltsführung vorbereiten. Ich musste es unterhaltsam finden, mit weiblichen Familienmitgliedern bei HEMA, IKEA oder in türkischen Cafés rund um den Wochenmarkt zu frühstücken. Ich musste beim Kaffeeklatsch kurzweilige Gespräche mit Nachbarinnen, Tanten, Cousinen und anderen Hausfrauen führen; schon bei den Vorbereitungen hätte ich voller Vorfreude Plätzchen gebacken und Brötchen geschmiert, woraufhin sie ihren Lobgesang anstimmten, mich nach dem Rezept befragen würden, nur damit ich von einem Geheimrezept witzeln könnte, um anschließend die selbstbewusste Anmerkung fallen zu lassen, Qualität mache sich eben bemerkbar, die ersten Versuche seien jedoch zugegebenermaßen misslungen, erst mit der Zeit habe ich den Dreh rausgehabt, woraufhin sie anmerken würden, mein Zukünftiger sei nun wirklich ein wahrer Glückspilz. Nachdem sie ihren türkischen Kaffee getrunken hatten, würde eine meiner unzähligen Tanten im Kaffeesatz lesen und die Zukunft vorhersagen (was laut Islam übrigens unter Abgötterei fällt, aber egal). Beim Snacken von Sonnenblumenkernen wäre es zwingend, über die Butter im Sonderangebot zu sprechen oder über Probleme von strohdummen Menschen, die, als Gott ein Töpfer war, eher weit hinten in der Schlange gestanden haben, sich in allerhand Bedrängnis befanden, während ich nicht das geringste Bedürfnis hatte, mich damit abzugeben, für sie da zu sein, überhaupt etwas von ihrem armseligen Leben zu erfahren. Mutters feuchter Traum: ein Frauenleben.

Freek meinte stets, ich habe Unrecht, übertreibe, er sei sich sicher, sie würden das alles nur tun, damit ich gut zurechtkäme; wenn sie ihn wirklich eines Tages kennenlernen würden, würden sie ihn bestimmt akzeptieren. Ich seufzte. Offensichtlich hatte er auch nach Jahren nichts begriffen. Es war schwierig, es jemandem zu erklären, der vor allem die Nachteile von zu viel Freiheit sah, nicht mit Kulturen vertraut war, die sich am Kollektiv orientieren, der Ehrfurcht und Faszination verspürte angesichts von Konservatismus, Religion und ihrer Fähigkeit, Struktur zu schaffen. Wir gerieten häufig aneinander, immer meinte er, meine Kritik relativieren zu müssen. Ich fand, dass es im Leben darum gehe, sich zu suchen, zu finden, man selbst zu sein, sich frei zu entfalten. Ich war fundamentalistische Individualistin – ich wollte mich mir selbst und meinem eigenen Gefühl zuwenden, sonst nichts.

»Ach, Darling, ich verstehe genau, woher das kommt, aber Freiheit ist nicht alles, glaub mir, man verirrt sich, gerät in Sackgassen; in einem Moment der Schwäche wird man zu etwas verleitet, hat keine Kraft, sich zu widersetzen, dann kann man viele Schwierigkeiten bekommen im Leben. Freiheit ist elitär, man muss damit umgehen können, sonst fällt man ins Leere; Unfreiheit lässt manchmal gewisse Wege im Voraus unsichtbar werden. Soll ein Leben gelingen, braucht man Gemeinschaft, Geborgenheit, Güte, Weisheit und Ruhe. Wir kennen das gar nicht mehr, ihr schon; seit meiner Jugend habe ich das bei den Muslimen so erfahren. Wir haben das verloren – und das Schlimmste ist, dass die meisten von uns gar nicht raffen, was uns fehlt. Freiheit macht einsam. Wir sind doch den Menschenaffen eng verwandt. Ein Großteil davon lebt in Gruppen. Sie sind zwar intelligent, bleiben aber beim Konzept des Rudels. Individualismus kennen sie nicht, wir eigentlich auch nicht – deswegen sind wir unglücklich; der Mensch ist das einzige Tier, das nicht akzeptiert, was es im Wesen ist. Rudeltiere sind wir, Affen, weniger behaart und einen Tick schlauer, wollen aber geliebt und bestätigt werden, wollen Umarmung, Gespräche, uns gegenseitig in die Augen sehen. Das Ende religiöser Gemeinschaften ist der Grund, warum Menschen Subkulturen aufsuchen, bei denen sie sich als Teil einer Gruppe fühlen, sich ein Ziel im Leben verschaffen, letztlich kann sich das als schlechter erweisen als eine religiöse Gemeinschaft. Unsere Blaupause ist das, dem entkommen wir nicht. Du beschwerst dich über deine Kultur, über das, was dir aufgezwungen wird – verstehe ich, aber weißt du, Atheismus kann auch beschädigen. Menschen, die über Jahrzehnte in ihrer Wohnung verwesen, ein Teil der Jugend, die vom rechten Pfad abgekommen ist, Familie und enge Gemeinschaften, die nicht mehr zählen, brüchige Familien, jede Menge Scheidungen, deren Konsequenzen, Psychiater und Psychologen können ein Lied davon singen. Wir haben in den letzten sechzig Jahren unsere Werte über Bord geworfen, ungeborenes Leben relativiert, Ältere verwahrlosen lassen, die Familie untergraben. Wir sind Kinder einer postmodernen Gesellschaft ohne Kleidertracht, Folklore und Kirche. Der Zusammenhalt ist verloren gegangen. Der Islam ist die letzte kollektivistische Ideologie, die sich gegen das postmoderne Getue sträubt – das ist bewunderungswürdig! Sich nach feministischen Vorstellungen als Frau ganz zu entfalten, ist nun mal nicht vereinbar mit dem Zwang, für Kinder da zu sein. Das muss man dann aus der Hand geben und schon geht es schief. Beim Kinderkriegen geht es bereits los, bei Akademikerinnen kurz vor oder nach ihrem Vierzigsten, wenn es körperlich kurz vor knapp ist. Ein Drahtseilakt – wissenschaftlich gesehen mit Nachteilen verbunden. Vertue dich bloß nicht! Unsere Lebensweise mag dir als Außenstehender wie ein strahlender Vollmond in der Nacht vorkommen, schön rund, gleichmäßig, erleuchtet, kommt man näher, ist er aber voller Krater. Der Mensch erfährt Ruhe und Geborgenheit durch die Zugehörigkeit zu einer größeren Gruppe, die nach Zusammenhalt strebt. Die Extreme sind natürlich zu vermeiden, Individualismus ist auf jeden Fall wichtig für z. B. die Wissenschaft, und klar, ein überzogenes Gemeinschaftsgefühl ist nicht gut für Diversität. Übertreiben muss man es aber auch nicht, wie wir, die wir sogar Pädophilie relativiert haben, denn – ach, können wir denn jemanden für etwas verurteilen, woran er nichts ändern kann? Das ganze Treiben einfach zugelassen, mitten in einem Wohnviertel. Unglaublich, Mordgelüste krieg ich davon. Pure Degeneration. Nihilismus.

Wenn Vernunft radikale Ablehnung von Gefühl, Tradition, Glaube, Intuition und menschlichem Willen bedeutet, ist sie unvernünftig. Beziehungen waren früher komplexer und enger, jetzt bröckelt das; wir sind ein seelenloses Volk geworden, in Unfrieden mit uns selbst, leben nur um Gewinnmaximierung und Begehren willen. Sind kulturell ausgehöhlt, erleben Vergreisung und niedrige Geburtenraten. Wer soll eigentlich den Sozialstaat finanzieren? Und weißt du, Darling, jeder Mensch hat Gleichgesinnte nötig, wir finden uns ineinander, wir können unseren sozialen, tierischen Merkmalen nicht entkommen – genau deshalb schluckt halb Holland Antidepressiva. Die heutigen Beziehungen gründen auf Handel und Berechnung, das lässt eine Gesellschaft scheitern. Gesund wäre beides. Wir relativieren alles zu Tode, wissen nicht einmal mehr, warum wir heiraten oder Kinder haben sollten. Ihr habt noch eine deutlich erkennbare Kultur, Ehre, Respekt; schätze das, schütze das. Unser Gott heißt Geld, mehr nicht.«

Klang wie Mutter; man könnte glatt meinen, er schmücke sich mit ihren Federn. Hinter einer Gardine, mit verzerrter Stimme – ich würde schwören, Mutter würde vor sich hin schwadronieren, nur akademischer formuliert war es; außerdem spürte man bei ihm statt Mutters Glaubenslehre eine Art christlich-kulturellen Konservatismus. Und er hatte kein Problem mit einer multiethnischen außerehelichen Beziehung, Mutter dagegen schon. Mit solchen Freunden braucht man keine Feinde. Nur: Dass Mutter und Freek an dieselbe Lüge glaubten, hieß noch nicht, dass sie wahr war. Es machte mich wütend, wenn er wie Mutter klang. Wütend und konfus. Wie verraten fühlte ich mich. Sicher meinte er es gut, aber er brachte es immer wieder fertig, sich in der Schlacht nicht auf meine Seite zu schlagen.

Vielleicht gab es keine Tatsachen, nur Erfahrungen, Behauptungen, Interpretationen, die anderen widersprechen. Die Wirklichkeit bei solchen Diskussionen ist vielleicht nicht unabhängig, sondern gebunden an das, was ein jeder in ihr sieht. Freek und wie er auf Freiheit und Individualismus blickte, ließ mich während unserer Gespräche an den Fisch im Witz von David Foster Wallace denken: Ein Fisch schwimmt und begegnet dabei einem älteren Fisch, der den jüngeren fragt, was er heute vom Wasser halte. Der jüngere Fisch weiß nicht, was Wasser ist.

35

An einem Werktag im November – Freek war zur Post, um ein Päckchen abzuholen – blieb ich mit Koos allein im Haus. Der saß an seinem Schreibtisch hinterm Laptop, ich saß mit Buch im Schoß vorm Fernseher auf dem Sofa. Ich snackte Nüsse zu Mittag. Machte mal wieder einen auf gesunde Ernährung. Ich war krank; seit Tagen plagte mich ein Husten, der schlimmer zu werden schien, es tat weh.

Ich weiß nicht, wie es plötzlich dazu kam, aber während ich aß und gleichzeitig redete, blieb eine Nuss in meiner Luftröhre stecken. Ich bekam keine Luft mehr. Ich versuchte, irgendwie zu husten, schlug vor Beklemmung mit den Armen auf und ab wie eine Taube, die nicht mehr auffliegen kann – alles nutzlos. Kein Geräusch brachte ich mehr hervor, konnte nicht atmen und nicht husten. Hatte mich festgefahren, verfahren, war einmal. Ich spürte, wie mein Kopf leichter wurde, mein Gesicht die Farbe änderte. Ich würde ohnmächtig werden, sterben. Bis ich spürte, wie Koos' kräftige Arme mich umfassten, mir feste Stöße verpassten, die in den oberen Bauch zielten. Nachdem er zweimal zugedrückt hatte, flog sie endlich raus, die elendige Nuss. Dass ich heute herumlaufe, habe ich nur Koos zu verdanken.

Aus Dankbarkeit bemühte ich mich, besonders nett zu meinem Lebensretter zu sein. Wenn ich zu Freek ging, besorgte ich vorher jedes Mal Essen und Getränke nach Koos' Geschmack. Bat er mich um etwas, machte ich es sofort; bat er nicht darum, machte ich es auch. Wenn seine Frau ihm den

Einkauf oder etwas im Haushalt übertragen hatte, erledigte ich es für ihn, auch wenn er sagte, das sei nicht nötig. Ich quatschte immer mit ihm, fragte, wie es ihm gehe, ob alles in Ordnung sei, ich etwas tun könne. Beim letzten Weihnachtsfest schenkte er mir einen Gutschein vom Kaufhaus Bijenkorf.

»Deiner ist 50 Euro mehr wert als Valentinos – also pst«, hatte er mich eingeweiht. Ich musste lügen: Auch ich hätte wie Tessas Freund 150 Euro bekommen. Ich hatte ihm dagegen lediglich ein DNA-Testkit geschenkt; der Mann besaß ja schon alles und war begeistert gewesen, als ich kürzlich einen Test gemacht hatte und Freek in seinem Beisein mein Ergebnis vermeldete. Ein merkwürdiges: 40 % griechisch; 33 % Mizrahi-jüdisch; 15,8 % westasiatisch; 9,2 % skandinavisch und 2 % Eskimo. Vor allem über den jüdischen Anteil war ich verwundert. Wie es zum skandinavischen Anteil gekommen war, war mir ebenso rätselhaft, bis Koos es mir erklärte:

»Wir waren Wikinger, wir plünderten und vergewaltigten, wo wir nur konnten, wahrscheinlich wurde ein Vorfahre von dir vergewaltigt.« Aha. Ich wüsste nicht, was ich mit dieser Information anfangen sollte.

Als ich zu Hause von dem Ergebnis berichtete, wurden meine Erzeuger wütend, empörten sich. »Wir sind einfach türkisch; alles Unsinn, solche Unternehmen lügen, nur damit du dich nicht als Türkin fühlst«, sagte Vater.

»Jüdisch? *Astaghfirullah*! Bist du wahnsinnig? Wir sind Muslime!«, sagte Mutter, die nicht zu wissen schien, dass die Bezeichnung auch für eine ethnische Gruppe verwendet wird.

Beim Weihnachtsessen erzählte Freeks katholische Oma davon, dass sie für einen guten Zweck gespendet hatte. Meine Erzeuger machten das zu religiösen Feiertagen auch. Ihren Enkeln und deren Partnern, darunter ich, überreichte sie Geld. Wie meine Oma zu unseren Feiertagen. Allerdings konnte Freek dann nicht dabei sein – darin lag der Unterschied.

Sechs Wochen später hatte Koos sein Ergebnis erhalten. Divers wie die Führungsetagen im Finanzsektor. 100 % skandinavisch. Später am Abend erstellte jeder eine Gute-Vorhaben-Liste für das kommende Jahr; wie immer würden sie lediglich unsere Befähigung zum Selbstbetrug unter Beweis stellen.

36

Freek begann zwei Monate nach Weihnachten sein Praktikum in Amsterdam; zweimal wöchentlich war ich mit ihm unterwegs in meiner Stadt, ständig auf der Hut, mein Herz klopfte, sobald ich jemanden sah, der von Weitem wie ein Bekannter aussah. Wenn ich abends nach Hause kam, gab es nur Streit, inzwischen heftiger. Kürzlich hatte Mutter entdeckt, dass ich die Pille nahm. Hatte sie an der Verpackung erkannt, die lag nämlich auch in ihrem Zimmer. Ich gab vor, sie wegen Menstruationsproblemen zu schlucken. Sie sagte, dass sie die Hausärztin fragen würde, warum ich sie mir hatte verschreiben lassen. Unsere gemeinsame Hausärztin war Frau Kaya, eine türkische Frau mit Kopftuch, Vertraute von Mutter, ihre Väter hatten sich früher gekannt. Sie ging in dieselbe Moschee, war mit Karbunkel befreundet. Als Hausärztin durfte sie keine Informationen weitergeben, dahingehend war ich also unbesorgt, obwohl – man konnte nie wissen bei Türken untereinander. Für einen HIV-Test, sollte ich jemals einen machen müssen, würde ich nicht zu ihr gehen.

Mutters Misstrauen wurde immer größer. Auch Vater hatte sie augenblicklich von der Pille erzählt, in meinen Socken hätte ich sie versteckt gehabt. Vater war schockiert und kaufte mir nicht ab, dass es wegen meiner Menstruation sei. Von Halil erfuhr ich, dass sie nachts darüber sprachen, Vater solle mir heimlich folgen, wenn ich nächstens früh aus dem Haus ging.

»Sie haben null Vertrauen mehr in dich«, sagte Halil, der weiter an mich und meine Erklärungen glaubte. Glasklar:

Meine Seifenblase würde platzen. Ich balancierte am Rand des Abgrunds.

Ich musste zwischen zwei Übeln wählen. Die Schwermut der letzten Wochen wurzelte in meinem Verlangen nach Befreiung; ein Mensch leidet am meisten unter dem, was er fürchtet, ich setzte also dem endlosen Zaudern, das meinem Herz und meinem Kopf zusetzte, ein Ende. Besser sich vorbereiten auf das Unvermeidliche. Besser sich jetzt schon lösen.

Ich ging. Heute Nachmittag würde ich Freek den Laufpass geben.

Ich gönnte Mutter den Sieg, die ihn mit Opfergebärden und Selbstmorddrohungen errungen hatte. Sie hatte ausreichend Mittel in der Hand, um mir ihren Willen aufzuzwingen. Eine Entscheidung mag als Schluss verkauft werden; mein Schluss war es keineswegs. Mutter ist nun mal geisteskrank und Krankheit macht, dass man sich selbst nicht entkommen kann. Wer gesund ist, hat die Pflicht, jemandem in Not zu helfen, auch wenn die Not ihre Ursache hat in einem Verhalten, das dumm, krank, ruchlos oder bösartig zu nennen ist.

Ich machte mich auf den Weg zur Tram, im Wissen, es würde das letzte Mal sein, dass ich diese Straße entlangging, auf diesem Pflaster, ich durch jene Haustür nicht mehr treten würde, ich Freek vielleicht nie wieder sehen würde. Es gibt Lösungen, die dazu einladen, mit Problemen leben zu lernen. Wer nicht beizeiten Abschied nimmt, bleibt zurück in Einsamkeit.

Inzwischen ist es der nächste Morgen. Ich stehe in meinem Zimmer und habe mich die ganze Nacht hindurch mit langen E-Mails gequält, die meine Finger immer weiter tippten, um sie nicht abzuschicken. Freek ist nicht mehr Teil meines Lebens; ich hatte Vernunft der Unbefangenheit vorgezogen, beim Wachwerden keine Gute-Morgen-Nachricht mehr. Nicht dass es ein guter Morgen gewesen wäre; Stunde um Stunde hatte ich in der Nacht wachgelegen.

Vorlesung in einer Stunde, ich muss los. Automatisch ziehe ich mich an. Rechtes Hosenbein, linkes. Hochziehen, zuknöpfen. Erstbeste Bluse. Eine blaue. Scheißknöpfe, springen immer wieder auf. Socken. Kopftuch. Natürlich, das Kopftuch. Welche Farbe zu meinem Outfit heute? Das von gestern, als ich mich von meinem Geliebten verabschiedete, das im Zug klatschnass geworden war von meinen Tränen? Oder das rote, das ich zu seinem Geburtstag trug? Oder das cremefarbene, das ich am Strand ablegte, um mit ihm zu schwimmen? Vielleicht das schwarze, das ich auf der Beerdigung seines Opas trug. Oder keins. Einfach keins. Ich will nicht mehr, ich kann nicht mehr.

Ich lege das schwarze Tuch auf meinen Kopf, es fällt an meinen Schläfen herab. Jetzt noch eine Nadel und festmachen. So schwer ist das nicht, mache ich seit Jahren, aber heute ist es schwer. Warum trage ich dieses Tuch eigentlich noch? Weil es von mir verlangt wird? Aus demselben Grund, aus dem ich meine Liebe geopfert habe? Wie weit reicht meine Bereitschaft, mich selbst zu quälen, um den Wünschen meiner Unterdrücker zu entsprechen? Wie lange würde es noch dauern, bis ich meine Ketten abwarf?

Ich lasse das Tuch sinken. Ich bin diese Person nicht. Ich bin die hier, die ich im Spiegel sehe, ohne Kopftuch, mit verweinten, geröteten Augen und einer Rotznase. Unter jedem Kopftuch ist eine vernachlässigte Frau verborgen.

Ich beschließe, das Haus zu verlassen. Jacke an, Stiefel an, los. Oma fragt, wo ich in diesem Zustand hingehe.

»Zur Uni.«

Haustür zuziehen. Treppe hinunter. Ich bin draußen. Ich fühle den Wind in meinen Haaren. Ungeschützt. Das Siegel ist gebrochen. Ein Nachbar starrt mich an. Halil steht auf dem Balkon.

»Häh? Wo ist dein Kopftuch?«, höre ich.

Ich blicke nicht hoch, würde zu viel Kraft kosten. Ich laufe zur U-Bahn-Station. »Büsra! Wo gehst du hin? Deine Haare!« Ich laufe unbeirrt weiter, Ohrstöpsel rein.

An der Endstation treffe ich auf Maartje. Sie erkennt mich nicht, ich belasse es dabei. Wir haben denselben Weg, ich laufe direkt hinter ihr. Vor dem Unterrichtsraum bemerkt sie es. Die anderen auch. Der Dozent ebenfalls. Sie wissen nicht wirklich, was sie sagen sollen. Ich auch nicht. Am liebsten wäre mir, sie sagen nichts.

Als ich wieder nach Hause komme, wartet Mutter vor der Haustür. Bereits zwanzig Mal hat sie mich heute angerufen. Sie schreit, brüllt, bestürmt mich mit Fragen. Macht einen ratlosen Eindruck, aber nichts dringt zu mir durch. »Ich habe beschlossen, kein Kopftuch mehr zu tragen. Meine Entscheidung. Mehr will ich dazu nicht sagen«, antworte ich. Ich will nichts erklären müssen, es gab keine Erklärung, ich wollte nicht mehr, fertig, nur das, musste reichen, ich hatte nicht vor, das Evangelium des Nichts zu predigen, ich war nicht so jemand, der gegen Dogmen ist und das nicht für sich behalten kann; ließen sie mich nur mit ihren Dogmen in Ruhe, wäre alles in Ordnung. Aber natürlich kam es anders.

Meine Begründung stößt auf Widerstand. Vater kommt. Halil kommt. Defne. Oma.

Halil beschwichtigt, packt es intellektueller an: »Büsra, erklär uns das.«

»Gibt nichts zu erklären, ab heute gehe ich mit meinen Haaren raus, seht ihr ja, braucht sich niemand aufregen, ist meine Entscheidung, Punkt.«

Ich gehe in mein Zimmer und schließe ab. Ich höre, wie Mutter tobt und die anderen abwechselnd schweigen oder etwas anmerken, was ich lieber nicht hören will; Vater fragt sich, wo und wann genau es schiefgelaufen sei mit mir. Sie klopfen an meine Zimmertür, sagen alles Mögliche, aber ich mache nicht auf, höre mit Ohrstöpseln laut Musik.

Eine Stunde später kommt Onkel vorbei, klopft an meine Tür, den hat sicher Mutter eingeschaltet, in solchen Dingen ist er ihr Verbündeter. Ich bedecke mich nicht in seiner Anwesenheit, das ist für immer abgehakt. Onkel ist wütend. Voller Zorn. Mit durchdringendem Blick fragt er mich, ob ich keine Scham kenne, keine Gottesfurcht, ob ich all die Jahre umsonst auf die Koranschule geschickt worden sei, keinen Respekt habe gegenüber den Gefühlen und Wünschen meiner Erzeuger, meiner eigenen Mutter, warum ich undankbar sei, mein Nest beschmutze, darauf aus sei, Mutters Leben zu zerstören, sie der Gefahr einer Lähmung auszusetzen. Er zeigt auf sie.

»Schau sie dir an!«, gebietet er.

»Schau dir an, was du mit ihr gemacht hast! Bist du stolz darauf?«, fragt er mit irrlichterndem Blick.

Sonderbar, wie Menschen über ein Stück Stoff in Eifer geraten können.

»Und warum hast du *Haram*-Hühnchen aus dem Supermarkt im Kühlschrank? Isst du jetzt auch wie die Ungläubigen, wo du dich schon so kleidest und sprichst und verhältst wie sie?« Die Fragen wurden immer bitterlicher, lauter, ich bekam allmählich weiche Knie, Gänsehaut am ganzen Körper, obwohl ich es nicht wollte, doch gar keine Angst hatte, schließlich konnten sie mir nichts antun; mein Körper aber reagierte nicht übereinstimmend mit meinen Gefühlen. Ich weigere mich, Mutter anzuschauen, etwas zu erwidern, schweige einfach, richte meinen Blick ins Leere. Ich gucke erst auf den Boden, die Umgebung, dann auf ihn, unbewegt und gleichgültig, wie die Katze vorm heißen Brei; keine Ahnung, was noch passieren würde, ich verspürte sogar Neugier. Man lebt eben erst wirklich, wenn man mitten im Sturm steht und sich weigert, einen Unterschlupf zu suchen.

Er packt mein Kinn und dreht meinen Kopf in Mutters Richtung, ich zucke zusammen.

»Schau dir an, was du aus deiner Mutter gemacht hast, du zerstörst ihr Leben! So bedankst du dich also bei ihr?!« Mutter weint, wirkt in sich zusammengefallen. Ihr Traum, aus mir könne noch etwas Passables werden, war Geschichte. Wie gnadenlos können wir Verletzlichen sein, wie verletzlich die Gnadenlosen.

»Ich lebe mein eigenes Leben, geht euch nichts an, ich habe nichts Falsches getan; sie muss einfach lernen, meine Entscheidungen zu respektieren«, bringe ich noch hervor. Man spuckt mir ins Gesicht, ich werde beschimpft. *Deus lo vult.* Man verletzt keine Grundprinzipien ohne Konsequenzen. Immerhin sind moralische Prinzipien nur etwas wert, wenn sie in Extremsituationen angewandt werden.

»Warte nur, ich schneide dir im Schlaf deine Haare ab, dann wirst du dich freiwillig wieder bedecken«, sagt Mutter. Sie kann es nicht verschmerzen, das Ablegen des Tuchs, den Aderlass, Wochen und Monate würde sie sich daran abarbeiten.

Ich habe beschlossen, meine Familie in diesem Werk niederzubrennen. Rache ist mit Widerstand nicht zu verwechseln.

Mutter kann nicht klagen. Sie hat sich für ein Kind entschieden, das ein gnadenloser Spiegel eigenen Verhaltens werden kann.

Das Ein-Herz-und-eine-Seele-Zeitalter liegt für immer hinter uns. Es ist Krieg, weil ich, die ich Licht gesehen habe, nicht mehr ins Dunkel zurückzuzwingen bin. Ist Versöhnung noch möglich? Und wenn ja, wünsche ich sie mir überhaupt? Ist Versöhnung nichts anderes als wieder und wieder erkennen zu müssen, dass man für einen Sieg zu schwach ist? Ist das Paradox nicht Prinzip des Kompromisses?

Später hatte Mutter auch mit anderen Verwandten dazu telefoniert. Eine Tante meinte, ihr Imam meinte, ich wäre möglicherweise besessen, gar nicht ich selbst, sondern von einem bösen Geist angestiftet, in wenigen Sitzungen könnte man mich davon heilen. Ich müsste ein paar Mal pro Woche über mehrere Stunden Koranrezitationen anhören, mich mit heiligen Ölen einschmieren und heiliges Wasser trinken, der böse Geist würde dann von selbst meinen Körper verlassen, weil er dem nichts entgegenzusetzen habe.

In derselben Nacht war ich erst spät eingeschlafen, weil mir alptraumhafte Bilder vor Augen standen, wie Mutter meine Haare abschnitt. Verrückt genug war sie, auch wenn ich es für unwahrscheinlich hielt, schließlich glaubte sie jetzt, ich sei besessen und habe keinen eigenen Willen mehr.

Ich fühlte mich schlecht in meiner Haut, ratlos und verloren; ein Fünkchen Hoffnung aber gab es in mir für die Zukunft. Und Hoffnung und Zuversicht sind schließlich unabdingbar für ein erfülltes Leben – die Fortschritts-DNA.

Nach dem Alptraum folgte noch ein Traum. Gott sprach zu mir. Die althergebrachte Weise, wie der Herr seine Existenz unter Beweis stellt bei den Sterblichen.

»Warum, mein Kind, suchst du mich denn nicht?«, fragte Er.

»Ich kenne dich nicht mehr, habe dich verlassen. Kenne nur mehr die Grenzen meines Unglaubens, dem ich verfallen bin, seit ich den Blitzableiter auf dem Dach der Moschee erblickte. Ich kann sie nicht mehr übertreten.«

»Aber, wenn du weiter an mich glaubst, hast du doch nichts zu verlieren?«

»Ich halte ein Leben als Gläubige für ein vergeudetes Leben«, antwortete ich.

»Von mir aus kannst du leben, wie du willst, solange du weiter glaubst«, sagte Er.

»Deine Jünger auf Erden sagen etwas anderes.«

»Aber der Chef bin ich. Lass sie reden. Der Teufel hat mehr Grund, stolz zu sein auf diejenigen, die sich für fromm halten, als auf die Ungläubigen. Mit meiner Religion ist es wie mit Frankreich – schade, dass dort Franzosen wohnen. Du bist gläubig, auch wenn du dir das Gegenteil einbildest. Sonst sprächen wir nicht miteinander. Wer nicht seiner Seele und seinem innersten Verlangen gemäß lebt, dessen Seele verdunkelt sich. Gib deinen Glauben nicht auf. Und werde glücklich. Stellst du eigene moralische Regeln auf, lebst entsprechend, stirbst als ehrenwerte Bürgerin, hast du tugendhaft gelebt; das nennt man Lebenskunst«, sagte Er.

»Und die ganzen Vorschriften?«, fragte ich überrascht.

»Die Kraft wahrer Moral zeigt sich am Raum, den sie der eigenen Verantwortlichkeit überlässt, mein Kind«, antwortete Er.

»Ich werde leben«, sagte ich.

Enttäuschung wirkt Wunder. Jetzt ist mir der klaffende Abgrund zu meinen Liebsten lieb. Ich hatte Gottes Segen. Nichts kann mir mehr etwas anhaben.

Abschied

Ich habe versucht
Ein Gedicht zu schreiben
Doch konnte ich die richtigen Worte
Nicht finden
Meine Gefühle einzufangen
Sprachlich zu fassen
Da begriff ich
Wie winzig mein Schmerz doch wäre
Hätte ich sie gefunden

Etwas in aller Kürze Gesagtes
Kann Frucht sein von viel
Und langem Nachdenken
Dem ausdruckslosen Wirrwarr der Gefühle
Entspringt dieses Werk

Nur selten
Kann man es wirklich fühlen
Im Herzen
Und im Magen
Den glühenden Stoß
Den unmöglichen Knoten

Die Zeit heilt, sagen sie
Ich weiß jetzt
Dass das gelogen ist
Nachteil eines guten Gedächtnisses ist
Dass man öfter als nur einmal leidet
An ein und denselben Dingen
Mein Leben ging weiter

Tag ein Tag aus
Monat nach Monat
Jahr auf Jahr
Der Schmerz wurde älter
Nicht geringer

Wir sind jetzt
Fremde
Wir redeten so viel
Und auf einmal nicht mehr
Denn ich liebte den Regen
Wollte aber keinen Sturm danach
Denn ein vernünftiger Mensch
Versucht Schmerz zu vermeiden

Aber auch jetzt, wo alles für immer
Verändert ist
Sind manche Dinge
Geblieben, was sie waren
Trotz dieser komischen Welt
Und allen in ihr
Liebe ich dich

Ich hoffe für dich
Dass die nächste Seele
Die dich zärtlich lieben wird
Mehr vermag als nur
Deine Hoffnung zu mehren
Und sie wird kommen
Oder ist schon da
Denn letztlich haben wir Menschen
Das Begehren lieb
Nicht die Begehrten

Manchmal
Ist sich trennen
Die einzig mögliche Art
Zu lieben

Die Vorstellung
Was aus uns hätte werden können
Hat mich gnadenlos verfolgt
Auf meiner Flucht
Doch Zuflucht gab es keine
Für eine Flamme so groß
So allgegenwärtig
So bestrickend
Und alles verwüstend

Deshalb
Habe ich meine Gefühle
Lebendig begraben
Und nie wieder aufgesucht
Oder gegossen
Denn
Je mehr Gefühl
Desto mehr Leid
Liebe schafft Pflichten
Brennende Begierde
Ist nichts
Wonach heftig zu verlangen wäre
Und ein vernünftiger Mensch
Versucht Schmerz zu vermeiden

Ich habe dich mehr geliebt
Als ich Liebe vorrätig hatte

Ich schreibe über dich
Weil mir das einzig bleibt
Um dich festzuhalten
Und berührbar zu machen

Ich sehe dich
Wenn ich dich sehe
Ob nun im nächsten Leben
Oder danach

Du bist ein Zugeständnis
Das ich machte
Und das mich bis
Zum heutigen Tag
Mit Wehmut erfüllt
Und Weltschmerz

Liebeskummer
Hat mich geheilt
Von feuriger Liebe
Wie die Frömmler
Mich heilten
Vom Frommsein

Und Freunde und Familie
Mich heilten
Von Freundschaft
Und Verwandtschaft
Und Omas Krebstod
Der Leidensweg, den sie deswegen
Zu beschreiten hatte
Mich heilten

Es ernst zu nehmen
Das Leben
Und täglich zu schätzen
Die Dinge
Die nicht selbstverständlich sind
Und das Ausmustern ihrer Habseligkeiten
Nach ihrem Begräbnis
Heilte mich
Vom Wunsch nach Besitz
Nichts anderes ist er
Als Widerstand gegen den Verfall
Gegen das Zeitliche
Gegen den Tod
Nichts bringt uns uns selbst näher
Als tiefe Trauer

Ich habe gelernt
Triebe zu zügeln
Alltägliches zu mögen
Habe mich gewandelt zur
Feinschmeckerin
Des Lebens
Weisheit macht
Freude und Trauer klein
Die menschlichen Sorgen
Sind zahlreicher
Als die aller übrigen
Im Tierreich

Anfälle von Schwermut
Bei lebenslustigen Menschen gehen
Wie auch Lebenslust

Hervor aus ihrem Unvermögen
Zu Gleichgewicht

Ergebenheit
Mehr kann keiner kaufen
Von verflogener Hoffnung

Weg mit ihnen
Die nur sehen wollen
Wie das Glas halbvoll ist
Auf dass sie sich einbilden
Es sei unnötig
Nachzuschenken

Ich weigere mich
Mich anzuschließen
Dem Heer der Radikalen
Der Kritiklosen
Der Strenggläubigen

Am besten
Rächt man sich an ihnen
Wenn man tut
Was sie kaum je verwinden
Nämlich sich zu unterscheiden
Ich führe sie hiermit aus
Die Rache
Weil Potentaten
Die Neigung haben
Ihre Mitmenschen
Zu unterschätzen

Auch wenn es unvernünftig ist
Wer Komfort und Ruhe will
Sollte Widerstand nicht üben
Und ein vernünftiger Mensch
Versucht Schmerz zu vermeiden

Doch ich entschied mich
Für eine kostbare Tugend
Aufrichtigkeit genannt
Während Unaufrichtigkeit
Ein bewährtes Mittel ist
Vertrauen zu gewinnen

Wonach ich enden werde
Familienlos
Weil ich mich verweigerte
Der Heuchelei
Der Mittelmäßigkeit
Ein bewährtes Mittel
Gegen Einsamkeit

Als ich mich umsah
Sah ich, wo ich gelaufen war
Eigentlich aber
War ich viel gekrochen
Und wer kriecht
Fühlt sich innig verbunden
Damit, wo er hingeht

Nach Victor Hugo
Hat jedes Dorf einen Lehrer
Der alles erleuchtet

Und einen Papst
Der das Licht wieder dämpft
Was, wenn es mehr Lehrer gäbe
Als Päpste?

Feigheit ist oft
Eine lebensverlängernde
Charakterschwäche

Und wird der Wert
Eines Lebens
Nicht bestimmt
Insofern
Als es in der Lage ist
Leid zu ertragen?

Vielleicht liegt die Größe
Meiner Existenz
In der Anerkennung
Der Tragik
Dass ich strebte
Nach dem, was unmöglich war

Vielleicht ist der Optimist
Nur ein heranstürmender
Defätist
Vielleicht auch nicht

Man muss der Fähigkeit treu bleiben, was falsch ist, gnadenlos zu verraten.

Fortsetzung folgt (vielleicht).